REJETÉE

LA BÊTE DE L’OMBRE - 1

www.editionsbookmark.com

Jaymin Eve

REJETÉE

La Bête de l'ombre - 1

Traduit de l'anglais par

Lucile Boutanquoi

MOON LIGHT

Moonlight est un label appartenant aux Éditions Bookmark.

Titre V.O : *Rejected*

Traduction © Lucile Boutanquoi
Suivi éditorial © Julie Nicey
Correction © Emmanuelle Raux-Boterberg
Maquette © Alexandre Ascencio
Contrôle qualité maquette © Marine Barrelet
Illustration de la couverture © Miesis

ISBN: 9791038139855
Existe en format numérique : 9791038104334

www.editionsbookmark.com

À tous ceux qui rêvent d'être enlevés par le diable.
Parce que nous sommes dérangés, voilà tout.
Embrassez votre part d'ombre.

1

Des cendres, le phénix renaîtra.

Je relus cette phrase tirée d'un devoir de l'université. On nous avait assigné notre première rédaction de l'année en Littérature anglaise : on devait discuter en détail d'un livre qui ne manquait pas de défauts. Premièrement, l'utilisation constante d'allégories dans le but d'instiller du sens à l'histoire me rendait chèvre. Sans parler de la prose. Ne vous méprenez pas : si l'histoire était bonne, j'étais à fond pour un usage éblouissant des mots, avec des phrases qui se succédaient avec fluidité pour former un cercle d'émotions et de lumières, pour lesquelles mon cœur s'enflammait et mon cerveau palpitait. Certaines fois, cependant, j'avais envie de crier à l'auteur : « Viens-en au fait, bon sang ! »

Ma mère disait toujours que je ne devais pas être son enfant : elle était née d'étoiles et de rayons de lune tandis que moi j'étais issue de faits et de chiffres. Quoi que ça veuille dire. Cela signifiait probablement qu'elle aurait apprécié cette histoire du cours de Littérature anglaise. Si elle n'était pas bourrée, bien sûr.

En ce qui me concerne, je n'avais pas eu le choix de l'histoire et il fallait bien écrire un exposé. J'écrivais mieux quand quelque chose me parlait dans le livre ;

j'avais cherché et trouvé cette phrase. Elle se répétait en boucle dans ma tête, dévorant mes pensées et régnant sur ma journée.

Simplement parce que rien ne me plairait plus que renaître de mes propres cendres.

Vingt-deux ans. En dernière année de mon cursus universitaire. Née dans la meute de métamorphes la plus puissante au monde. La vie n'aurait dû être faite que de roses et de chocolat. Ou d'étoiles et de rayons de lune… histoire de remuer un peu plus le couteau dans la plaie. Et ça aurait pu être le cas si mon cher vieux papa, c'est-à-dire Lockart Callahan, n'avait pas décidé de mourir en défiant l'alpha, ce qui a fait basculer ma famille du côté des parias. Nous étions des déchets aux yeux de cette meute ; la seule raison pour laquelle nous étions encore là, à en croire ma mère, c'était parce qu'il valait mieux un ennemi que l'on connaissait plutôt que d'essayer de s'en sortir en tant que loups solitaires. J'avais des doutes à ce sujet.

— Mera !

Le braillement alcoolisé de ma mère me rappela que je l'évitais ce matin-là. Elle voulait de l'argent, et celui que je gagnais durement était caché dans un seul but : m'en aller d'ici dès que je changerais pour la première fois et que je contrôlerais ma louve.

Plus que quelques semaines.

Tous les métamorphes se transformaient pour la première fois à la pleine lune du solstice d'hiver, l'année de leurs vingt-deux ans. On était déjà en novembre, j'avais discrètement fêté mes vingt-deux ans le mois passé, et bientôt je pourrais m'échapper de cette foutue ville.

Fourrant ma tablette sur le point de rendre l'âme dans mon vieux sac élimé, je passai une bretelle sur mon épaule et sautai par la fenêtre, atterrissant avec grâce sur le sol en dessous. Nous habitions un deux-pièces au centre de Torma, une petite ville au pied des montagnes de Santa Cruz, en Californie. La ville appartenait à la meute. Notre alpha était l'alpha de toutes les meutes d'Amérique, et ça faisait de nous les meilleurs.

D'après cet enfoiré moralisateur, tout du moins.

À titre personnel, Torma était l'Enfer sur Terre, et j'avais hâte de la quitter.

En me dirigeant vers l'école, je resserrai ma poigne sur mon sac et baissai la tête pour éviter d'attirer l'attention. Mieux valait que le punching-ball de la meute ne se fasse pas remarquer. Faire profil bas. Rester en vie. Survivre encore un mois.

Et renaître de ses cendres.

2

Il y avait une seule école à Torma. *L'école de la meute*. On y allait de la maternelle jusqu'aux études supérieures. Je n'avais jamais quitté cette ville (c'était la croix et la bannière pour en obtenir la permission) et je fréquentais l'établissement depuis le cours préparatoire.

De toutes ces années coincée là-bas, je ne gardais qu'une seule et unique amie.

— Salut, ma belle, me salua Simone, alors que je franchissais le portail, avançant sur le chemin bordé de part et d'autre de pelouse.

— Salut, Sim, répondis-je en la rejoignant en un instant. Toujours en train de tester cette natte, à ce que je vois.

Simone avait une chevelure fantastique, qui lui descendait jusqu'à la taille, épaisse et d'un noir si profond qu'elle paraissait bleue à la lumière du soleil. Elle adorait tester de nouvelles coiffures et, ces dernières semaines, elle avait tenté de tresser ses cheveux façon queue de poisson. *Tenté* était le mot clé ici.

Son visage expressif se renfrogna pour montrer son agacement.

— Bon sang, pourquoi c'est si difficile ? s'exclama-t-elle en désignant l'endroit où la plupart des mèches s'étaient déjà barrées. Je regarde les tutos en ligne, et ces pétasses se font une tresse jusqu'aux fesses en, genre, cinq secondes, d'une seule main, tout en se filmant, nom d'un métamorphe ! C'est des conneries, si tu veux mon avis.

Je lâchai un reniflement amusé, l'élégance même, comme toujours.

— Continue à t'entraîner. J'ai vraiment l'impression que tu t'améliores.

Un petit mensonge n'avait jamais fait de mal à personne, si ?

Elle me jeta un regard qui voulait dire *Je sais ce que tu es en train de faire, mais merci d'être une super amie* tandis que nous continuions vers l'école. La personne qui avait construit cette monstruosité de briques en 1847 ne s'était pas vraiment attardée sur autre chose que la fonction pratique, car personne n'aurait conçu quelque chose d'aussi moche, ramassé et déprimant, sauf si c'était le style le plus simple à réaliser à l'époque. La seule chose qui sauvait l'ensemble, c'étaient les jardins bordés d'arbres et composés de fleurs et d'herbe qui entouraient le terrain.

Une vaine tentative pour masquer le fait qu'il fallait le raser et recommencer à zéro.

— Je ne sais pas si je pourrai rester une année de plus, soupira Simone, baissant ses yeux marron foncé de manière théâtrale. Je veux dire, est-ce que c'est légal, déjà, de nous empêcher de voyager et de rencontrer de nouvelles personnes ? J'en ai marre de ces enfoirés.

Elle n'était pas la seule, mais légal ou non, nous n'avions pas le droit de mettre un pied hors de Torma sans autorisation. Alors on était coincées là, avec les mêmes métamorphes avec qui nous avions grandi. Des métamorphes que je haïssais.

— Si j'étais toi, je ne me ferais pas trop d'illusions à propos de partir avant de m'être métamorphosée et d'avoir appris à contrôler la bête, déclarai-je en répétant la règle capitale tout en ouvrant les portes en verre du bâtiment afin que nous puissions entrer.

Personnellement, je ne demanderais pas la permission, mais Simone, à l'inverse de moi, jouissait d'une bonne réputation grâce à la place de ses parents dans la meute : hommes de main de l'alpha.

Elle laissa de nouveau échapper un soupir exagéré.

— C'est vrai. Mais à la minute où on peut, on part pour un road trip épique. J'ai déjà tout planifié.

Je n'avais pas le cœur de lui dire que je serais partie bien avant. L'anniversaire de Simone ne serait pas avant janvier, ce qui voulait dire qu'elle avait encore plus d'un an avant sa première transformation puisqu'elle allait manquer le solstice d'hiver de cette année.

Je ne pouvais pas l'attendre ni lui demander d'être une louve solitaire… La plupart des loups solitaires devenaient ce que l'on appelait des sauvages dans les premières années et perdaient complètement le contrôle de leur bête. Les sauvages étaient systématiquement mis à mort par les meutes, mais j'étais prête à prendre le risque.

D'une façon ou d'une autre, j'allais être mise à mort, sauvage ou non. C'était juste une question de temps, alors pourquoi ne pas me donner une chance de me battre, dans le vrai monde ?

— Donc, dit Simone en changeant rapidement de sujet, tes cheveux… on va bien en parler, non ?

Je tendis le bras pour essayer de passer la main à travers le nid d'oiseaux que j'avais sur le dessus de la tête.

— Fait chier, j'ai oublié de les brosser. Il a fallu que je quitte en vitesse la maison-décharge ce matin.

Elle m'examina de plus près.

— Écoute, d'habitude je ne dis rien, vu les miens, reprit-elle en faisant un geste vers sa « tresse ». Mais ce que tu as aujourd'hui, c'est une nouvelle tendance intéressante.

Merde.

Il y avait des toilettes à proximité ; je m'y précipitai, Simone sur mes talons.

Mes cheveux étaient longs et ondulés, d'une manière stupide qui ne faisait pas vraiment des boucles, mais qui leur donnait assez de volume pour paraître constamment décoiffés. Et ils étaient roux. J'étais la seule rouquine de la meute, histoire que je passe encore plus facilement inaperçue.

— Tu devrais me laisser les couper, suggéra inutilement Simone. Ou Daphne, si tu préfères.

Je secouai la tête tout en serrant les dents.

— Tu sais que je ne peux pas gaspiller cinquante balles dans une coupe de cheveux.

Je défis l'élastique et passai les doigts dans ma chevelure plusieurs fois. Simone s'avança pour me donner un coup de main, et nous finîmes par en venir à bout.

— Cette couleur reste la nuance la plus stupéfiante que j'aie jamais vue, fit-elle remarquer avec envie, tandis que ses doigts jouaient avec des mèches libres.

C'était une couleur inhabituelle, pour sûr. D'un bordeaux profond à la racine, elle s'éclaircissait pour devenir blond vénitien sur les pointes en un effet ombré. Subtil, et naturel.

Et bizarre comme pas permis.

C'était l'histoire de ma vie, vraiment. J'étais la bête de foire de la meute.

Merci, papa.

Le bruit que faisaient les étudiants nous parvint de dessous la porte, et dès l'instant où des première année entrèrent, nous décampâmes. Je ne pouvais pas rester trop longtemps dans des espaces restreints sous peine de servir de punching-ball.

Il y avait du monde dans le hall, donc je baissai la tête et serrai plus fort les bretelles de mon sac.

— Est-ce que tu as fait le devoir ? demandai-je à Simone, qui faisait partiellement bouclier pour que nous puissions nous faufiler parmi les étudiants métamorphes.

Elle soupira tout en hochant la tête.

— Je veux qu'on me rende les vingt heures que j'ai perdues à lire ce foutu truc, cela dit, déclara-t-elle. Genre, c'était pire que celui sur l'île où tous les gamins sont devenus des enfoirés féroces.

Je frissonnai.

— Je l'ai détesté aussi. Je commence à croire que les choses trop réalistes, ce n'est simplement pas mon truc.

Elle cligna des yeux en me regardant.

— Tu trouves que c'était réaliste ?

— Ça me rappelle un peu comment les choses se passent dans notre meute, expliquai-je en tentant sans succès de paraître blasée.

Simone m'observa intensément du coin de l'œil avant de secouer la tête.

— Je ne peux même pas argumenter avec toi. C'est une dictature, mais c'est comme ça que les métamorphes ne tournent pas sauvages. Les loups ont besoin d'un alpha puissant, sans quoi ils perdent les pédales et leurs bêtes prennent le contrôle, récita-t-elle avant de faire la moue. J'en sais trop rien, j'ai encore un an à attendre avant la métamorphose.

Dire que ça gonflait Simone que nous n'allions pas passer cette étape ensemble pour la première fois était un euphémisme. Mais la *Règle de la Première Métamorphose* nous avait été transmise par le créateur de notre peuple. La divinité obscure que nous vénérions.

La Bête de l'Ombre.

Il avait mis en place les lois des métamorphes et on ne pouvait passer outre. Des loups avaient essayé par le passé, mais personne n'avait réussi à induire une métamorphose précoce. On pourrait parler de puberté du loup, gravée dans le marbre.

Peut-être était-ce parce que nous vieillissions lentement et pouvions vivre deux cents ans de plus que les humains. Ou peut-être que la Bête aimait simplement l'âge de vingt-deux ans.

Personne n'avait rencontré le démon de notre peuple pour lui poser la question.

— J'en ai tellement envie, enchaîna Simone. Mais la douleur me fait flipper. Tu sais à quel point j'ai mal quand je me casse un ongle, et là c'est comme…

— Se casser tous les os ?

Elle frémit.

— Ma chérie, tu peux pas au moins essayer d'édulcorer un peu le truc pour moi ?

Je haussai les épaules.

— La douleur ne me dérange plus comme avant. Ce qui me fait peur, c'est de ne pas être capable de me lier à la louve. Et si elle me rejette ?

Comme toutes les autres personnes dans ma vie. Oui, je sais, *ouin ouin,* on a tous une histoire triste.

— Elle ne le fera pas, proclama Simone avec force. Elle va t'adorer, et vous chasserez des lapins, et ce sera comme une deuxième meilleure amie intégrée à toi, pour la vie.

Apparemment, personne n'allait la remplacer dans le rôle de meilleure amie *number one*… Pas même une entité avec qui je partagerais une âme.

— Je suis presque certaine que j'aurai le contrôle à la troisième métamorphose, ajouta-t-elle en secouant ses épaules dans une petite danse confiante. Je gère.

— Je n'ai aucun doute là-dessus, affirmai-je avec la plus grande sincérité.

Les deux premières métamorphoses étaient toujours une défaite totale, car la bête prenait le dessus ; notre côté humain ne se rappelait presque rien. La plupart des métamorphes obtenaient le contrôle à la quatrième ou cinquième fois, mais je faisais confiance à Simone pour contrôler sa bête dès la transformation numéro trois. C'était une fille très déterminée.

Peu importe, dans mon cas, dès l'instant où j'aurais le contrôle de ma louve, je me barrerais de cette foutue ville.

Sans un regard en arrière.

Alors que nous passions le couloir principal des casiers des dernière année, un groupe familier fit son apparition. Il était facile à repérer vu que les étudiants s'écartaient comme s'il s'agissait de membres de la royauté.

Ce qui était plus ou moins le cas.

Simone les vit en même temps que moi.

— *Cours*, me souffla-t-elle sévèrement en me poussant vers la sortie la plus proche.

Néanmoins, c'était trop tard. Ils m'avaient vue, et je ne pouvais les distancer. En particulier les deux qui s'étaient déjà métamorphosés : Torin Wolfe et Jaxson Heathcliffe.

Qu'est-ce qu'ils fichaient là de toute façon ? Ils avaient eu leur diplôme l'année précédente, mais pour une raison qui me dépassait, ils étaient toujours là.

— Bouge pas !

L'ordre venait de Torin, le futur alpha de la meute de Torma. Son père, Victor, régnait sur nous depuis cinquante ans maintenant et ne montrait aucune envie de se retirer. Je veux dire, le fait qu'il ait changé leur nom de famille en *Wolfe* en disait long sur l'estime qu'il avait de lui et de sa position dans le monde des métamorphes.

Et Torin, le précieux fils unique, était le futur alpha. Avec ce pouvoir, il pourrait commander les loups de la meute. Il n'avait pourtant pas besoin d'aide pour les contrôler, en règle générale. Surtout les métamorphes de la gent féminine, grâce à ses yeux verts et lumineux, ses cheveux sombres couleur chocolat et le genre de mâchoire ciselée à propos desquels on écrivait des histoires d'amour.

Pour moi, néanmoins, il était un roman d'épouvante ; mon pire cauchemar.

Ils étaient deux sur trois à s'approcher à présent, et mon estomac se tordit alors que je me préparais à ce qui allait se passer. C'était l'ordre de Torin qui m'avait fait m'arrêter net, mais ce jour-là, il restait en retrait pour laisser ses amis s'amuser. En vérité, Torin ne m'avait jamais réellement fait de mal, mais il n'en avait pas empêché les autres non plus, ce qui, à mon avis, ne valait pas beaucoup mieux.

Sisily Longeran, la nana alpha de mon année, commença à me tourner autour.

— Mera Callahan, lâcha-t-elle d'une voix traînante. La chienne rousse de la meute.

Elle éprouvait un malin plaisir à faire régulièrement remarquer que personne d'autre ne possédait ma couleur de cheveux. Dans le reste de la meute, ça allait du blond miel aux boucles noir de jais assortis à toutes les couleurs de peau possibles. J'avais le teint mat et les yeux noisette, pareil à ceux de beaucoup d'autres, mais mes cheveux…

Un putain de panneau stop géant qui annonçait ma présence.

— Sisily Longeran, répliquai-je. La future compagne de l'alpha. Torin et toi allez avoir de si beaux bébés.

De beaux merdeux malfaisants, mais je me retins de le dire.

Le sourire de Sisily s'élargit alors qu'elle se glissait plus près de Torin. Ils allaient assurément bien ensemble, sa parfaite crinière acajou et ses yeux azur brillant qui contrastaient tellement avec son teint à lui.

Au moment où elle se métamorphoserait pour la première fois, après la lune du solstice, le lien attendu entre eux se mettrait en place et ils ressentiraient la connexion. Le lien entre compagnons était prédéterminé.

Un foutu miracle magique.

J'avais un compagnon quelque part, mais si c'était un des enfoirés de ma meute, je préférais encore m'arracher le bras avec les dents.

Sisily avait fini de flirter avec le «presque alpha» et revenait vers moi. Elle emportait dans son sillage son parfum de jasmin, de citron et de myrtille, et j'en eus presque un haut-le-cœur. C'était sa signature, une odeur créée par Thomas, le maître apothicaire, qui préparait à la main tous nos produits pour la peau afin que nous ne fassions pas de réactions aux produits chimiques humains. Et je le détestais au point qu'une simple inhalation me donnait la nausée.

Au moins ça me rencardait habituellement sur sa présence proche, ce qui me permettait de m'échapper. Pas aujourd'hui, cela dit.

Elle découvrit ses dents, un grondement dans la poitrine, et je me tins prête alors qu'elle me plaquait contre les casiers. La rangée tout entière trembla sous l'assaut, et la chaleur brûla le long de mon dos. Les métamorphes guérissaient vite, mais je n'aurais pas cette capacité avant que ma bête ne soit lâchée ; j'allais pour le moment devoir souffrir et guérir presque aussi lentement que les humains.

— Tu es pathétique, cracha-t-elle. Faible.

— T'aimerais bien, ripostai-je en lui décochant un de ces sourires mauvais dont j'avais le secret.

Ce qu'elle considérait comme faible, j'appelais ça *rester en vie pour pouvoir leur échapper*. Une seule louve face à une meute entière ? Sérieusement, qui pourrait bien gagner avec de telles probabilités ?

Je m'étais battue au début, mais les passages à tabac n'en avaient été que plus rudes par la suite. J'avais à présent choisi d'accroître ma force mentale et émotionnelle, forgée dans le feu de leur haine, tout en prenant mon mal en patience jusqu'à ce que je sois libre.

— Laisse-la tranquille ! cria Simone.

Elle ne pouvait pas m'atteindre ; Torin lui bloquait volontairement le passage.

— Ça va, Simone, la rassurai-je en me forçant à prendre un ton enjoué. Sis est super maladroite ; j'ai l'habitude qu'elle trébuche et me tombe dessus.

Les grognements de Sisily se firent plus forts et plus menaçants, mais je n'en avais plus rien à faire.

— Arrête ! essaya encore Simone, et j'aurais vraiment aimé qu'elle ne le fasse pas.

Comme je le lui avais dit de nombreuses fois, ça ne valait pas le coup que l'on soit toutes deux des cibles. Je ne me le pardonnerais jamais s'il lui arrivait quoi que ce soit.

Heureusement, la place de ses parents dans la meute la préservait du pire des brimades, mais certains trouvaient tout de même de petites façons de lui faire payer le fait d'être mon amie.

Elle était sacrément loyale, comme amie. Je la méritais à peine.

— Ferme-la, Simone, répondit Sisily sans me quitter des yeux. Ou tu vas rejoindre ton amie la bâtarde sauvage.

— Bâtarde et sauvage, raillai-je avec un rire forcé. La semaine dernière j'étais aussi une putain. Sérieux, ma mère est super fière de moi. À titre d'information.

Elle serra les poings tandis qu'elle s'apprêtait à me casser encore une fois le nez ; c'était sa spécialité. Mais elle fut arrêtée par Jaxson Heathcliffe.

Mon bourreau préféré.

Mon plus vieil ami en dehors de Simone.

Même si nous étions plutôt des ennemis ces derniers temps.

— Je croyais t'avoir dit de laisser tomber les cours, déclara-t-il d'une voix traînante, alors qu'il se rapprochait de moi.

Il fit glisser son doigt sur ma joue. C'était un geste délicat, mais les ténèbres qui s'amoncelaient dans ses yeux couleur café révélaient tout autre chose.

Je me fendis d'un sourire enjoué.

— Oui, c'est vrai. J'ai bien essayé mais les profs étaient là « Tu vas échouer » et « Je suis à la recherche d'un couvre-lit en fourrure rousse », donc j'ai décidé que ne pas venir n'était peut-être pas une bonne idée.

Pourquoi ? Pourquoi fallait-il que je fasse la maligne ?

Honnêtement, cette facette de ma personnalité allait finir par me faire tuer. Et je n'avais pas *du tout* besoin d'aide dans ce domaine.

Jaxson me pressa contre les casiers, et la brûlure dans mon dos s'accentua. Je n'émis cependant aucun son. Il se pencha vers moi, laissant courir son nez le long de mon cou pour me renifler. Il n'avait jamais fait ça auparavant, et je m'interrogeai : était-ce le moment où les péchés de mon père allaient finalement me rattraper et que j'allais avoir la gorge arrachée ?

Quand il se recula, il avait les yeux brillants et je ravalai un autre commentaire stupide, faisant le choix de me concentrer plutôt sur son visage. J'arborais une expression de défi, car je ne me coucherais jamais devant lui. Jamais.

Jaxson était splendide, la peau marron, les cheveux noirs comme la nuit, et un corps fin et élancé qui ne cachait rien de sa force. C'était logique qu'il soit le meilleur ami du futur alpha. Ils avaient une apparence similaire, l'incarnation même des métamorphes mâles dans tout ce qu'ils avaient d'alpha et de beauté.

D'un point de vue personnalité en revanche, c'étaient des petites bites, des abrutis finis.

— Mon père voulait vous tuer, ta mère et toi, murmura-t-il, son souffle effleurant ma joue.

C'était la première fois que j'entendais ça, alors je tendis l'oreille. Mon père avait été le meilleur ami du sien, respectivement à la deuxième et troisième place derrière l'alpha, tous deux des hommes puissants et sûrs d'eux. Le père de Jaxson était l'homme qui avait purement et simplement éviscéré le mien dans les instants qui avaient suivi sa tentative de renverser Victor, l'alpha de l'époque.

Aucune question. Pas de procès.

— Pourquoi tu n'as pas quitté l'université ? insista de nouveau Jaxson. La vraie raison ?

Je le repoussai de toutes mes forces, sans le faire bouger d'un pouce.

— Qu'est-ce qu'il t'est arrivé, putain ? On était amis !

Quand vos parents étaient amis, vous étiez forcément copains étant enfants. Il avait été un grand frère pour moi, mais j'avais tout perdu dès l'instant où mon père avait trahi la meute.

Ses yeux s'assombrirent, passant de café à goudron, et ce fut le seul signe que j'eus que ça allait mal tourner. Ses mains devinrent des griffes, balayant ma poitrine d'un seul mouvement. Elles déchirèrent ma chemise et mon soutien-gorge, laissant de longues balafres rouges sur ma peau, sans la couper. Il avait fait ça de manière délibérée ; je n'avais jamais vu quelqu'un avec autant de contrôle que Jaxson, et s'il avait voulu m'entailler, il l'aurait fait.

— Pourquoi tu me détestes autant ? lui demandai-je doucement. Je ne suis pas mon père. Pourquoi je devrais payer pour ses péchés ?

Je me forçai à afficher un visage calme alors que la douleur pulsait dans ma poitrine et s'ajoutait à celle dans mon dos.

Il balança de nouveau son bras, donnant cette fois un coup au-dessus de ma tête. Son poing s'encastra dans un casier en déformant le métal.

— C'est ton foutu visage. J'ai pas envie de le voir.

Il me jeta un dernier regard noir, tourna les talons et s'en alla. Sisily lui emboîta le pas, souriant comme la chienne suffisante qu'elle était. Torin s'attarda une seconde de plus, jetant un coup d'œil sur ma poitrine dénudée et les lignes rouges laissées par les griffes.

— Tu devrais aller t'arranger, dit-il rapidement.

Une fois qu'ils furent partis, je me laissai aller contre le casier endommagé, ce qui me fit grimacer. Ma respiration était rapide tandis que j'essayais de reprendre le contrôle, et si j'avais eu une bête à l'intérieur de moi à ce moment-là, je me serais assurément tenue sur mes quatre pattes. Nos loups étaient un bon moyen d'échapper à la douleur et à la peur.

— Allez, viens, murmura Simone en tirant sur mon bras. J'ai tes affaires de rechange dans mon casier.

C'était elle qui les gardait, car, au moins une fois par mois, le mien était vandalisé à l'occasion d'une farce dégoûtante. Des poubelles, une bombe de peinture, du sang, des boyaux, des animaux morts.

Ils n'étaient pas créatifs, mais ils avaient de la suite dans les idées.

Ma tête bourdonnait tandis que je la suivais, agrippant d'une main les pans de ma chemise pour la garder fermée. Alors que je marchais, une sensation familière m'envahit. Pour moi, c'était mon cerveau qui prenait de la distance par rapport au carnage qu'était ma vie. Parfois, quand ça tournait vraiment mal, ma vision se dédoublait alors que l'obscurité s'y faufilait. Des ténèbres qui m'appelaient.

Une santé mentale en vrac, c'était mon truc ces derniers temps.

— Il faut que je quitte Torma, murmurai-je, principalement pour moi-même.

Simone me jeta un regard compatissant, tendant le bras pour m'attraper la main. Elle avait déjà entendu ça venant de moi, mais elle ne comprenait pas à quel point j'étais sérieuse. Je ne pouvais pas tenir encore plus longtemps.

Ma lignée était indésirable à Torma.

Mon héritage, et celui des enfants que je pourrais avoir, pratiquement détruit.

Après des décennies à fréquenter la meute de Torma, le nom de Callahan se réduisait à deux louves mises au ban de la société : Mera Callahan, une presque-métamorphe, et Lucinda Callahan, une louve alcoolique qui se souvenait à peine qu'elle avait un nom de famille.

Rien qui vaille le coup de se battre plus longtemps. Pas ici, en tout cas.

En ce qui me concernait, la pleine lune du solstice n'arriverait jamais assez vite.

3

Le reste de la journée se déroula sans accroc. On m'ignora, ce qui me permit d'assister à mes quatre cours, rendre tous mes devoirs et même prendre mon déjeuner en paix. La douleur dans mon dos et ma poitrine finit par cesser, et je me serais presque sentie normale, sans les souvenirs de cette attaque.

Les pensées violentes avaient tendance à subsister plus longtemps que la douleur.

— Tu sais que Victor ne te laissera pas partir, déclara Simone.

Nous nous tenions à l'extérieur de l'école en regardant les voitures passer à toute vitesse. La réunion hebdomadaire de la meute se tenait le lundi, donc ils allaient bientôt tous se diriger vers les terres de l'alpha.

Je ne pris pas la peine de répondre. C'était un débat sans fin que nous avions eu de nombreuses fois.

— Personne ne quitte la meute de Victor, Mera ! Pas pour toujours. Il ne le permettra pas. Je propose qu'on demande à partir en vacances et qu'on voie au bout de combien de temps ils nous ordonnent de revenir.

Je lui décochai un sourire.

— Il me laissera partir, répondis-je avec assurance tout en m'écartant du chemin maintenant que le parking était sûr.

Victor serait sûrement d'accord pour dire que c'était mieux que d'avoir dans la meute une louve souillée par le péché telle que moi.

— Il a changé son nom de famille pour celui de Wolfe, me rappela-t-elle. C'est un égocentrique qui exige d'avoir le contrôle et le pouvoir sur tout le monde.

Je lui fis un seul signe de la main avant de partir, le sac à dos sur l'épaule et une douleur dans la poitrine. J'avais bien conscience que Simone essayait de m'empêcher de faire une énorme bêtise, mais elle n'avait pas eu la même vie que moi.

Parfois, le choix le plus dur n'était pas si dur, au final.

Le poids que je ressentais dans mon corps s'estompa à mesure que j'approchais du centre-ville. J'étais en route pour mon petit boulot d'après l'école, la seule bouée de sauvetage que j'avais. Et la clé de mon évasion.

La ville de Torma accueillait environ dix mille métamorphes et possédait une artère principale animée. C'était là que se trouvait mon lieu de travail.

— Bonjour, ma belle, m'interpella Dannie depuis l'arrière-salle, tandis que j'entrais en faisant tinter le carillon au-dessus de la porte.

— Salut, Dan, la saluai-je en laissant tomber mon sac dans un tiroir derrière le comptoir.

Dannie la vagabonde était une des recrues les plus récentes de notre meute. Elle avait atterri ici dix ans plus tôt, juste après le meurtre de mon père, et avait d'une manière ou d'une autre réussi à intégrer notre groupe plus rapidement que quiconque dans l'histoire de la meute. Elle n'avait pas de famille ici, tout du moins aucune qu'elle accepte de reconnaître, et était une des rares à ne pas nous traiter, ma mère et moi, comme des lépreuses.

— Oh, ma chérie, qu'est-ce qui est arrivé à ta poitrine ? s'inquiéta-t-elle, tandis qu'elle débarquait avec une boîte dans la main.

Il était difficile de lui donner un âge ; Dannie avait peu de rides autour de ses yeux bleus et des boucles blondes étaient attachées en chignon sur le haut de sa tête. Elle se plaisait à dire qu'elle était diseuse de bonne aventure, et même si je n'étais pas du genre croyante, cette dame était souvent au courant de choses dont elle n'aurait pas dû avoir connaissance.

Comme le fait que j'arborais quelques zones sensibles entre mes seins, bien que les preuves aient été recouvertes par de nouveaux vêtements.

— Juste Jaxson et Torin qui m'ont remise à ma place, expliquai-je en me penchant sur le comptoir. Je vais bien cela dit. C'est juste une éraflure et ça ne fait presque plus mal.

L'espace d'un instant, ses yeux perdirent leur couleur de ciel bleu et prirent à la place une teinte d'un mauve trouble qui m'évoqua des potions et des lagons au clair de lune.

— J'ai voyagé à travers de nombreux territoires dans ma vie, raconta-t-elle. J'ai rencontré plus d'alphas que je m'en souvienne. Torin est en train de monter en haut de la liste de ceux que j'aime le moins, c'est dire.

Je tournai la tête vers la porte pour vérifier encore qu'aucun membre de la meute n'entrait. Dannie disait tout le temps des choses comme ça, et dans cette meute, ce genre de « trahison » était un délit hautement répréhensible. Pour autant que je sache, elle n'avait heureusement jamais été réellement prise sur le fait.

— Tu ne devrais pas dire ça à voix haute, lui signalai-je.

C'était un avertissement, parce que je m'en faisais pour cette excentrique.

Elle posa la boîte en agitant la main, comme pour me dire de ne pas m'en faire.

— Fillette, je n'ai pas peur de cet attardé de sac à puces. Tu devrais repenser à ma proposition de le remettre à sa place la prochaine fois qu'il dépassera les bornes avec toi et ta mère.

Je laissai échapper un petit rire nerveux, mais je ne poursuivis pas le débat. C'était une vieille métamorphe inoffensive qui n'avait pas la lumière à tous les étages. Mais je l'adorais parce qu'elle avait été une mère pour moi ces dernières années, plus que ma propre génitrice. Et ce travail m'avait en gros sauvé la vie.

— Je vais mettre en rayon la nouvelle livraison, lui dis-je en attrapant sur le plan de travail la pile déjà déballée.

Les Livres de Dannie était la seule librairie de la ville et j'en avais été une cliente régulière bien avant de travailler entre ses murs. Pendant des années, les livres avaient été ma bouée de sauvetage. Une façon de m'échapper de ma vie sans intérêt et parfois réellement horrible. Et c'était la raison pour laquelle j'avais été particulièrement énervée de passer des heures à lire cette histoire stupide pour mon devoir.

Ne jamais gâcher de temps à lire de mauvais livres. Il y avait trop d'histoires incroyables qui attendaient d'être découvertes.

Déambulant entre les étagères, j'inspirai profondément, inhalant l'odeur formidable et unique que seuls les livres possédaient. Les plus vieux, dans la section «occasion», n'avaient pas la même que les neufs et, malgré les notes chimiques que mon nez de métamorphe percevait, je les aimais toutes. L'essentiel de mes meilleurs souvenirs de ces dix dernières années était là. Avec Dannie, et plus particulièrement avec les livres.

— Oh, la nouvelle série de Leia Stone sur les métamorphes est arrivée aussi ! me héla-t-elle d'une voix étouffée par les étagères qui se dressaient entre nous. Je t'ai mis un exemplaire de côté.

— Qu'est-ce que je t'aime ! lui criai-je en retour.

J'étais déjà tout excitée à l'idée de découvrir un nouveau monde dans lequel je pourrais m'évader. J'adorais lire le point de vue d'un auteur sur les métamorphes. Certains étaient si justes que je savais qu'il s'agissait de semblables qui écrivaient secrètement de la fiction. Mais les humains parlaient de nous également. Souvent avec moins d'exactitudes, mais j'aimais quand même ça. En ce qui me concernait, j'approuvais n'importe quel monde fantastique dans lequel je pouvais me perdre.

Le reste de mon après-midi passa rapidement et, à dix-huit heures, Dannie retourna l'écriteau «*Fermé*» et verrouilla la porte. Il faisait toujours jour dehors ; l'hiver arrivait doucement mais n'était pas encore complètement là. J'attrapai mon sweat à capuche, glissai les trois livres de poche dans mon sac puis l'enfilai sur une épaule.

— Est-ce que tu vas à la réunion ? m'interrogea Dannie tout en farfouillant dans la caisse pour compter mon argent.

Elle me payait tous les jours en espèces, «au cas où». Elle ne m'avait jamais dit pourquoi, mais je ne m'en plaignais pas. C'était pour moi la meilleure façon, et la plus simple, de mettre de l'argent de côté.

Ma poitrine se serra à l'idée de me retrouver au même endroit que des milliers de métamorphes qui me haïssaient.

— Si j'avais le choix, ma réponse serait *non*, déplorai-je. Mais si je ne me pointe pas, les sbires de Victor vont me traquer, me passer à tabac et m'y traîner de force de toute façon. Autant éviter une raclée.

Je n'imaginais rien. Je parlais d'expérience.

Dannie me tapota l'épaule et je sentis son énergie me picoter le long du bras. Ça arrivait souvent, ces petites décharges, lorsqu'elle me touchait. J'en avais l'habitude à présent, et cette familiarité m'apportait du réconfort.

— Le changement est inévitable, souffla-t-elle, les paupières baissées. Ta métamorphose approche. Il faut t'y préparer.

Je déglutis brutalement, me demandant si elle faisait de nouveau son tour de voyante. Je ne lui avais pas parlé de mes plans. Simone était la seule à savoir que je voulais partir, mais je sentais que Dannie avait aussi sa petite idée ; elle en voyait toujours trop.

— À ce soir, me lança-t-elle, alors que je déverrouillais la porte pour sortir.

— Ouais, à ce soir, lui répondis-je en lui faisant un signe de la main par-dessus mon épaule.

Je mis un pied dehors. Un petit vent frais me fouetta et je réalisai que l'hiver approchait peut-être plus vite que ce à quoi je m'étais attendue. C'était logique. Le solstice était dans peu de temps, et je décomptais les jours qui m'en séparaient depuis de foutus mois.

L'hiver venait enfin.

Ouais, en référence à *Game of Thrones*. J'avais osé.

4

— Nous devons préparer les louveteaux à leur changement du mois prochain, dit Victor l'Alpha.

Son pouvoir nous verrouillait sur place pour que personne ne manque un seul mot de son discours.

Simone n'avait pas tort quand elle le traitait d'égocentrique ; il l'était, et même plus encore. Mon père avait été le seul de toute notre histoire à essayer de le renverser, et je n'avais toujours aucune idée de la raison pour laquelle il s'était retourné contre son ami et alpha. Ça m'empêchait de dormir la nuit, d'autant plus après une journée particulièrement rude.

— Nous avons décidé que, pour ce solstice, nous allions voyager encore plus loin à l'intérieur des terres de la meute, poursuivit-il, l'air satisfait de lui-même.

D'après la tradition, seuls l'alpha, le beta et leurs fils seraient avec nous pour notre métamorphose initiale. Le reste de la meute nous retrouverait plus tard, et c'est à ce moment-là que les liens entre compagnons prendraient effet.

Moi, je m'en fichais complètement de tout ça, y compris de savoir jusqu'où nous allions vagabonder sur les vastes territoires contrôlés par la meute de Torma. Je ne me préoccupais que d'une seule et unique chose : prendre le contrôle de ma louve pour pouvoir me barrer.

— Et maintenant, parlons de notre soirée avec la meute de Strigent, poursuivit l'alpha en changeant rapidement de sujet, comme à son habitude. Nous avons reçu des demandes pour qu'il y ait la participation entière de tous les loups qui n'ont pas de compagnons. Avec un peu de chance, il y aura d'autres liens qui émergeront.

Ces soirées se tenaient plusieurs fois par an et avaient de l'importance. De ce que j'avais pu observer du haut de mes vingt-deux années, c'était que les métamorphes étaient régis par leur besoin de trouver leur compagnon. Je ne leur jetais pas la pierre : j'aurais aimé avoir quelqu'un sur qui me reposer. Quelqu'un qui serait parfait pour moi et me soutiendrait quoi qu'il arrive.

J'avais été seule, tellement seule et solitaire, pendant presque la totalité de ma vie.

Mais à aucun moment je n'avais été assez désespérée au point de vouloir m'accoupler avec qui que ce soit dans cette meute. Franchement, le destin n'allait pas me jouer un tour et me rendre soudainement désirable et attirante pour un de ces trous du cul qui me tourmentaient, si ?

La vie ne pouvait pas être aussi injuste.

— Ce soir, c'est l'une des dernières fois que nous allons courir en groupe avant que nos louveteaux ne nous rejoignent ! hurla Victor, tandis que ses cheveux couleur de miel se dressaient à mesure que son loup apparaissait. Métamorphosons-nous et communions avec nos bêtes.

Des cris retentirent tout autour de la gigantesque clairière où nous nous rassemblions, à l'extérieur du manoir de l'alpha, de ses soixante chambres et de ses salles de bain tout aussi nombreuses. On ne pouvait faire plus éloigné d'une humble demeure, mais ce n'était rien en comparaison des milliers d'hectares inestimables qui y étaient rattachés.

Des territoires sauvages et indomptés que la meute parcourrait cette nuit-là lors de son échappée.

Les plus jeunes d'entre nous allaient maintenant s'en aller, avant que les bêtes ne fassent leur apparition. J'avais évidemment déjà été témoin de la transformation d'homme en loup, mais jamais en masse comme ici.

Simone m'attrapa la main tandis que l'alpha levait la tête et hurlait vers le ciel, relâchant son emprise sur nous.

— Fichons le camp d'ici, suggéra-t-elle. J'ai ma voiture.

Nous courûmes. Tout comme à l'école, il valait mieux que je me fasse toute petite quand émergeaient les instincts primaires des loups.

— Est-ce que ta mère est ici ? demanda-t-elle, alors que nous sprintions toutes les deux à pleine vitesse vers le champ où était stationnée sa voiture.

Elle avait eu l'intelligence de se garer sur le côté, là où personne ne pourrait nous bloquer. Ce n'était pas notre première réunion de meute, et nous étions des pros de la survie.

— Pas vue, répondis-je rapidement. Et elle n'accepterait pas qu'on la ramène de toute façon. Elle doit être là-bas, se métamorphosant avec les autres pour essayer de se frayer un chemin dans le cœur de l'un d'eux.

Mon père avait été son vrai compagnon, mais elle n'en avait rien à faire. Sa mort, ou plutôt comme elle disait, sa trahison, nous avait toutes deux détruites. Et je la comprenais. Il y avait une part de moi qui le détestait plus que j'aurais pu imaginer pouvoir haïr quelqu'un.

Une autre ressentait un manque avec une intensité qui me coupait le souffle.

En me glissant dans le vieux pick-up rouge de Simone, j'essayai de reprendre le contrôle de ma respiration alors que mon cœur battait la chamade. Je n'étais pas à bout de souffle du fait d'avoir couru. C'était l'effet de la peur.

Et merde.

La peur était un paralysant puissant, et ce n'était pas la première fois que je me demandais ce que ça ferait de vivre sans. Simplement… pouvoir se lever chaque matin sans redouter le reste de la putain de journée.

Je fus frappée d'une révélation tandis que je tentais de calmer mon foutu cœur pour la deuxième fois ce jour-là : j'aurais dû m'enfuir des années plus tôt. C'était juste une honte que je sois restée, en me mettant dans cette position de tourment quotidien.

Je m'étais changée en victime, jour après jour, et j'en ressentais une grande honte, jusqu'au plus profond de mon âme.

— Il faut que je parte ce soir, déclarai-je avec une certaine intensité dans la voix. C'est ce soir ma meilleure chance de le faire. Ils seront tous en vadrouille pendant des heures, et la ville est déserte.

Simone appuya brutalement sur le frein et la voiture s'arrêta en crissant.

— Tu te fiches de moi ? dit-elle en hurlant presque. Ma belle, t'es à un mois de ta métamorphose. Tu peux pas partir maintenant. Tu mourras sans alpha pour te guider la première fois.

Je serrai les poings contre moi tandis que j'étais parcourue par la colère et l'humiliation. Ma gorge était si serrée que les mots eurent du mal à sortir.

— Je les ai laissés faire de moi une chienne pleurnicharde, objectai-je, les dents serrées. Pendant une décennie, j'ai vécu dans la peur. On m'a fait subir les pires choses et j'en porte les cicatrices, qu'elles soient visibles ou pas. Bon sang, pourquoi je suis restée aussi longtemps ? À cause de l'infime chance de mourir pendant ma première métamorphose ? Au point où j'en suis, ce serait une bénédiction.

Sans compter que m'en aller avant ma transformation affaiblirait la connexion qui me lie à l'alpha et rendrait plus difficile, même à lui, la tâche de me retrouver. Dire les mots à voix haute me permit de changer d'état d'esprit. Jusque-là, je n'étais restée concentrée que sur une chose : attendre ma première transformation pour déguerpir. Maintenant, il était clair qu'il fallait que je parte. Ce soir.

Simone était muette comme une tombe, ses yeux écarquillés et remplis de larmes. Elle déglutit difficilement, plus d'une fois, mais semblait ne pas pouvoir reprendre le contrôle d'elle-même.

Je tendis la main et la posai sur la sienne en serrant fort.

— Je t'aime. Je n'aurais jamais survécu à cette chienne de vie sans toi, mais il faut que je parte. Je dois m'enfuir, sans jamais regarder en arrière.

Elle ne discuta pas, se contentant de hocher la tête à plusieurs reprises, un flot de larmes coulant le long de ses joues.

— Où… commença-t-elle en se raclant la gorge. Où est-ce que tu vas aller ?

Je représenterais un danger durant mes premières métamorphoses. Il fallait que j'aille dans un endroit sûr, un endroit désert où j'aurais de l'espace pour courir.

— Je ne sais pas, admis-je avec sincérité. Mais ce sera toujours mieux qu'ici.

Elle se tint le visage entre les mains, et un sanglot lui échappa.

— Ça ne peut pas être un adieu, asséna-t-elle.

Sa voix était étouffée, et le resta jusqu'à ce qu'elle relève la tête de nouveau.

— Tu es ma meilleure amie depuis que nous sommes gamines, reprit-elle. Je veux dire… Allez, Mera. Réfléchis bien à ce à quoi tu renonces !

Merde.

Elle était en train de m'anéantir. Et elle sortait l'artillerie lourde.

— Et Dannie ? enchaîna-t-elle. Tu ne veux même pas lui dire au revoir ?

Simone n'allait pas me laisser partir sans combattre, et j'étais déjà très fatiguée de mes combats.

— Je vais y réfléchir. La nuit porte conseil, pas vrai ? répondis-je en faisant de mon mieux pour paraître enjouée. Peut-être que je peux tenir un mois de plus. Après tout, c'est quoi un mois dans une vie ?

Elle s'essuya les yeux et opina plusieurs fois.

— Oui. Tu peux faire un mois de plus. Je vais te protéger. Je peux le faire.

Je me penchai dans la voiture pour la serrer fort dans mes bras, en respirant simplement ces légères fragrances qu'elle portait toujours sur elle. La lavande de son jardin et le parfum anisé de la réglisse qu'elle aimait en secret. Ça allait me manquer.

Une fois que nous en eûmes fini avec le festival des pleurs, Simone redémarra sa voiture et me déposa devant ma porte.

— On se voit demain, affirma-t-elle tout en observant mon visage.

Ce n'était pas une question. Elle était en train de me faire comprendre que j'avais intérêt à être là le lendemain ou elle allait me botter les fesses.

Je hochai la tête avec un sourire forcé.

— Ça marche, chérie.

Avec un dernier regard vers son beau visage, sa tresse atroce et ses yeux affables, je fis silencieusement la prière d'être un jour assez forte pour revenir ici.

Et qu'elle me pardonnerait pour ce que j'avais l'intention de faire.

5

— Lucy, ta commande est prête !

Il m'avait fallu deux bonnes semaines, mais je réagissais enfin à mon faux nom : Lucy Jones. Quitter Torma s'était avérée être la meilleure décision que j'aie jamais prise. La deuxième avait été de me diriger vers une ville où il n'y avait pas de meute, en faisant le choix de courir le risque d'être livrée à moi-même.

Je me réveillais sans ressentir la peur et cette liberté n'avait pas de prix. Ces temps-ci, mes seules pensées négatives étaient à propos des nombreuses années que j'avais gâchées à Torma quand j'aurais pu être libre.

Je me précipitai vers le comptoir pour attraper un lourd plateau sur lequel reposaient trois burgers et environ cinquante tonnes de frites. Dans le coin, on servait les chauffeurs routiers à tour de bras et ils étaient affamés après avoir passé tant d'heures sur la route. Ce plateau de nourriture disparaîtrait en un rien de temps.

— Et voilà pour vous, dis-je avec un sourire tout en abaissant le plateau afin de disposer les trois assiettes autour du plat de frites à partager au centre. Vous avez besoin que je vous resserve en boisson ?

J'avais noté que les leurs étaient à moitié vides.

— Nan, ça ira, mon cœur, me répondit le plus baraqué d'entre eux.

Sa moustache poivre et sel trembla quand il mordit dans le burger. Les deux autres s'étaient également jetés sur la nourriture, ce qui me fit glousser.

— OK, d'accord. Je reviens vers vous dans quelques minutes.

Je fis le tour de quelques tables supplémentaires, resservis à boire, déposai des commandes. Et pendant tout ce temps, mon visage affichait un sourire sincère. Bien sûr, la vie n'était pas parfaite. Simone et Dannie me manquaient, et je savais qu'elles devaient être contrariées par ma disparition soudaine. Sans parler du stress de ma première métamorphose la semaine suivante ; je ne savais pas encore trop comment j'allais m'en sortir. Mais je préférais largement vivre ces petits moments de noirceur plutôt que la vie que je menais auparavant.

— Ça fait combien de temps que tu es à Hood River ? me demanda Moustache Poivre-et-Sel quand je revins le resservir en soda. Cet arrêt est sur mon chemin depuis une vingtaine d'années et je n'avais jamais vu ton joli visage avant.

C'était un petit flirt innocent. C'étaient ceux que je préférais.

— Pas très longtemps. Je ne faisais que passer et cet endroit a conquis mon cœur, alors j'ai décidé de rester.

C'était l'abondance de végétation qu'il y avait ici. Un véritable sanctuaire pour ma louve, qui aimerait par-dessus tout se perdre dans la forêt. Encore mieux : il n'y avait pas de meutes officielles à des centaines de kilomètres à la ronde.

Hood River ne manquait clairement pas d'attraits.

— T'es trop jeune pour te retrouver coincée dans une petite ville plan-plan comme celle-là, se moqua l'un des deux autres.

Il était plus jeune que celui à moustache et appréciait de toute évidence le genre de vie nocturne que l'on ne trouvait pas ici.

Je haussai les épaules.

— Plan-plan, ça me convient en ce moment, affirmai-je en leur décochant un autre sourire radieux tout en débarrassant leurs assiettes. Est-ce que je peux vous apporter autre chose, messieurs ?

Moustache secoua la tête.

— Juste l'addition. Merci, trésor.

Je hochai la tête puis fis demi-tour. Au moment où j'avançais, la porte d'entrée s'ouvrit avec fracas et le bruit qui s'ensuivit résonna dans tout le restaurant. À cet instant, mon sentiment de bonheur s'envola alors que la peur avec laquelle j'avais vécu pendant la majeure partie ma vie me revint en pleine figure et me mit presque au sol.

— Désolé, s'excusa un homme âgé aux cheveux gris, tandis qu'il pénétrait à l'intérieur. Une bourrasque de vent.

Je ne pouvais pas vraiment expliquer la façon qu'avait mon corps de réagir à des situations inattendues. On m'avait harcelée et blessée tellement de fois que j'étais maintenant conditionnée : je m'attendais à ce que l'on m'inflige de la douleur. D'habitude, je le cachais mieux que ça, mais à en juger par la réaction des trois camionneurs qui me fixaient, je n'avais pas réussi cette fois. Sentant le rouge me monter aux joues, je détournai le regard et me dépêchai d'aller chercher leur addition.

Merde, merde, merde. Reprends-toi, Mera !

Je me réprimandai moi-même mentalement d'attirer l'attention sur moi de cette façon. De retomber dans mes vieux travers. Il était évident que quelques semaines loin de la meute ne m'avaient pas suffi pour changer, pas réellement. Mais j'allais continuer d'aller de l'avant et me forcer à faire avec cette nouvelle vie. Je refusais de laisser gagner ces bâtards.

Je saisis la totalité de la commande de la table des camionneurs, puis me dépêchai d'y retourner et de leur donner la note. Tous trois m'observèrent en silence et je priai pour qu'ils ne posent aucune question. Heureusement, le temps que je fasse le tour de quelques tables, ils étaient partis. Je ramassai l'argent en remarquant qu'ils avaient payé l'addition tout en me laissant un généreux pourboire. Par pitié, certainement, mais peu importe. Au point où j'en étais, je prenais.

À cheval donné, on ne regardait pas les dents, et j'étais bloquée dans une vieille cabane délabrée dans les bois qui aurait eu besoin d'être remise au goût du jour. Cet argent ne serait pas de trop.

Le reste de la nuit ne fut qu'un brouillard de plateaux, de sodas renversés et de pourboires minables. J'en fus encore plus reconnaissante envers les chauffeurs routiers. Quand mon service prit fin, je poussai un profond soupir de soulagement tout en me massant la nuque pour soulager les tensions musculaires.

J'avais été tendue ces derniers jours ; je sentais la bête s'agiter en moi. Ce n'était pas la première fois, mais elle était bien plus proche de la surface à présent.

Je pouvais sentir le goût de son énergie. La nature sauvage qui parcourait son âme. Elle était prête à se transformer.

— Beau travail ce soir, Lucy.

Je me retournai tandis que Greg me sortait de ma rêverie. Pour un patron, il était plutôt génial ; sa femme était elle aussi gentille, même si elle passait peu au restaurant.

— Merci, Greg, lui répondis-je. Le temps passe à une vitesse folle quand on a du monde comme ça.

— C'est le genre de soirée que je préfère, commenta-t-il avec un rire retentissant avant de s'éloigner vers le rez-de-chaussée.

Je m'assis au comptoir pour faire la caisse, mettant de côté l'argent de mes pourboires avant de déposer le reste dans un petit coffre près des casiers.

Je m'en étais mieux sortie que ce que j'avais pensé question pourboires et serais en mesure de m'acheter un radiateur supplémentaire pour quand l'hiver se ferait plus rude. L'air se rafraîchissait lentement cette année, mais les grands froids n'allaient pas tarder à arriver. Je voulais y être préparée.

— À plus tard, déclarai-je à la ronde en sortant.

Il était près de minuit et j'avais trois kilomètres à pied à parcourir jusqu'à la maison. Je ne perdis donc pas de temps et me mis en route à petites foulées. Hood River, dans l'Oregon, me rappelait l'habitat de ma meute. Une abondance de forêts, un temps plus frais, mais contrairement à Torma, c'était un lieu de passage très fréquenté. Et il y avait assurément beaucoup d'humains.

C'était étrange qu'aucun métamorphe n'ait encore revendiqué ce lieu pour en faire le territoire permanent d'une meute, mais étant donné l'étendue de la forêt, ce n'était qu'une question de temps. Et quand ça se produirait, je serais partie depuis longtemps.

Alors que j'étais à mi-chemin, le sentiment de tension qui faisait pression sur ma colonne vertébrale s'intensifia et, tandis que je ralentissais, ma peau fut parcourue de picotements. Je passai un bon moment à regarder autour de moi, en essayant de découvrir ce qui m'avait hérissé le poil.

Il y avait peu de lumière, si loin de la ville. Les bois autour de moi étaient denses et menaçants et c'en était inquiétant, même avec mes sens de métamorphe. Je me maudis, et pas pour la première fois, d'avoir choisi une cabane si isolée, mais sans historique de location ni revenus stables, ça avait été le seul lieu auquel j'avais pu prétendre. Je ne m'en étais pas trop inquiétée, pensant que ce serait mieux d'être à l'écart de la ville lors de ma métamorphose. Mais ça me rendait aussi vulnérable, sans personne à qui demander de l'aide.

Pour le moment, tout ce que j'avais à faire, c'était de courir et d'espérer que ce ne soit pas un autre foutu métamorphe.

Je sprintai, balançant bras et jambes dans un rythme soutenu, concentrée sur ma respiration et mes pieds pour ne pas trébucher. Les métamorphes avaient une grâce naturelle, et ma vision nocturne était fantastique ; cependant, on pouvait commettre des erreurs dans de telles situations et je n'avais pas envie d'être une héroïne qui s'emmêlait les pieds, comme dans ces classiques du cinéma d'horreur.

La forêt se fit plus sombre autour de moi, mais j'aperçus le chemin familier qui menait à ma cabane.

Merci.

J'atteignis la première marche puis sautai sur le porche tout en bataillant pour trouver ma clé et la fourrer dans la serrure. Je n'eus aucun problème pour une fois à la déverrouiller d'un seul tour de clé avant de l'ouvrir avec fracas et de la refermer tout aussi brutalement derrière moi. Ma respiration se fit saccadée, haletante, alors que je tentais de calmer mes nerfs à vif.

Je ne baissai pas ma garde pour autant, et me précipitai dans la cuisine pour y trouver une arme. Les yeux fixés sur la porte d'entrée, j'attendis que quelqu'un en jaillisse. Après cinq minutes à guetter dans l'obscurité, les mains moites cramponnées à deux gros couteaux de boucher, je rampai jusqu'aux fenêtres et jetai un coup d'œil à travers chacune d'elles à la recherche de mouvement, mais il n'y avait aucun signe d'une quelconque présence dans les environs.

Ne me serais-je pas fait avoir par mon imagination débordante ?

Je me déplaçai dans le reste de la cabane, et allumai une seule lampe dans la pièce de vie. Il n'y avait que deux pièces dans cette habitation branlante qui n'avait pas grand-chose pour elle, mis à part sa splendide cheminée en vieilles briques rouges.

Cela dit, j'étais trop fatiguée pour me donner la peine de me prendre la tête avec ça ce soir-là. Je me faufilai simplement dans la petite salle de bain et pris une douche tiède avant d'enfiler un débardeur et des sous-vêtements propres puis de me glisser au lit. Je gardai les couteaux à côté de moi, au cas où, mais je n'avais pas l'impression qu'une attaque se préparait. Pas cette nuit, en tout cas.

Après m'être pelotonnée sous les couvertures, j'attaquai la lecture d'un nouveau livre sur mon téléphone. J'avais un vieux smartphone pourri, un des premiers modèles, mais il y avait dessus une application ebook, ce qui m'avait sauvé la vie et permis d'obtenir des livres tout en étant en cavale.

J'avais fini depuis longtemps la série sur les métamorphes que m'avait offerte Dannie, mais cette autrice m'avait amenée à d'autres écrivains indépendants fabuleux, et j'étais à présent au milieu de ma nouvelle série favorite.

Des métamorphes dragons. *Vous imaginez ça ?*

Je veux dire, j'avais beau être moi-même une métamorphe, l'idée d'un gars-dragon baraqué était juste délicieuse. J'espérais qu'ils étaient là, cachés, et ce concept relevait bien moins de la fantasy que ce à quoi la plupart des humains s'attendaient. Peut-être pourrais-je manipuler le destin, d'une manière ou d'une autre, et me dégoter un compagnon qui soit un métamorphe dragon. Des choses bien plus bizarres se produisaient et, en étant honnête, je préférais n'importe quel autre type de métamorphe comme compagnon plutôt qu'un loup. Ces bâtards avaient fait de ma vie un enfer pendant dix ans, et j'étais prête à ce que ça change.

6

Je n'étais pas de service au restaurant le jour suivant, et puisque je ressentais toujours la tension due à cette impression d'avoir été surveillée la nuit précédente, je décidai de faire profil bas. Et peut-être d'essayer de m'occuper de quelques-unes des réparations dont la cabane avait besoin.

Deux heures plus tard, alors que l'angle que faisait la porte avec les charnières était encore pire, qu'il y avait encore plus de crasse et de mousse dans la salle de bain que je n'aurais cru possible et que le frigo était plus vide que jamais, je lâchai l'affaire et me dirigeai vers la ville avec l'intention de me procurer assez de nourriture pour passer le reste de la semaine.

La pleine lune d'après solstice approchait, et je n'avais toujours pas de plan. J'allais immanquablement perdre le contrôle de ma louve. Elle prendrait la tête au moment de faire ses premiers pas en liberté et, ce faisant, je n'avais aucune idée du chemin qu'elle prendrait. La cabane était enfoncée profondément dans les bois et, en toute logique, n'importe quel animal resterait dans la nature. Cependant, connaissant ma chance, elle allait se diriger tout droit vers Hood River et se faire plomber le derrière par un humain paranoïaque.

Et il me fallait d'abord survivre à cette transformation, évidemment.

En dépit de ces inquiétudes, je ne regrettais pas d'être partie précipitamment de Torma. Simone était mon seul remords. Elle me manquait tellement, et que je parte comme ça l'avait sûrement blessée. Le désir brûlant de parler à ma meilleure amie survenait en permanence, mais je savais que même un seul coup de fil pouvait mettre en danger ma vie actuelle. La meute était maintenant à la pointe de la modernité, et ses membres savaient traquer quelqu'un de la même manière que les humains. Je ne pouvais laisser aucune trace. Mon téléphone était en mode avion, ce qui m'aidait à venir à bout de la «pile à lire» que j'avais déjà téléchargée, mais ne me permettait pas d'entrer en contact avec les métamorphes.

Une fois en ville, j'allai directement à la supérette du coin. Elle était à moitié pleine, et tout le monde avait l'air un peu gelé et pitoyable en faisant ses courses. Personne ne m'adressa un seul regard, même si techniquement j'étais encore assez nouvelle pour que ça attise la curiosité. Ma réticence à répondre à leurs questions au départ avait suffi à les dissuader d'insister. J'étais maintenant en mesure de faire mes courses tranquille.

Ce jour-là, je me dirigeai tout droit vers le rayon charcuterie. Mes envies de viande s'étaient exacerbées tout au long du mois passé, et bien qu'il me soit difficile de me payer la viande fraîche dont ma louve, sur le point d'émerger, brûlait d'envie, il était impératif qu'elle ne se transforme pas le ventre vide.

— Je te prends des protéines, me grommelai-je à moi-même, alors qu'elle tourbillonnait dans ma poitrine et que mon estomac grondait à mesure que nous nous approchions. Calme-toi.

Évidemment, cela ne calma pas du tout l'âme de la louve, et je me demandai si je n'allais pas me retrouver avec une bête qui me tiendrait tête durant chaque métamorphose. J'avais entendu parler de métamorphes dont les loups avaient une telle nature sauvage, et c'étaient toujours des histoires pour mettre les jeunes en garde.

La Bête de l'Ombre m'en était témoin, je n'avais légitimement pas besoin d'un autre motif d'inquiétude. Ma louve ne serait pas sauvage.

Si l'on répète suffisamment quelque chose, alors ça devient réalité.

Une fois que j'eus fini de charger les denrées de base pour la semaine, j'attendis à la caisse en essayant de ne pas croiser le regard de qui que ce soit. Un frisson désagréable parcourut mon échine à plusieurs reprises et, l'espace d'un instant, je crus avoir aperçu un visage familier. Mais quand je regardai de nouveau, il s'agissait simplement de Tom, qui travaillait pour son père dans le magasin de matériel informatique à quelques immeubles de là.

Lorsque nos regards se croisèrent, il m'adressa un sourire gêné que je lui rendis. C'était un jeune homme attrayant, pas beaucoup plus âgé que moi. Il avait les yeux mordorés, une dentition parfaite, mais il était hors de question que je sorte avec un humain. Je mangeais plus qu'eux, je pouvais soulever trois cents kilos et je grognais de manière aléatoire quand j'étais contrariée. Et quand bien même ils ne péteraient pas un plomb en découvrant cela, j'allais aussi vivre bien plus longtemps qu'eux.

Et survivre à un être cher ressemblait pour moi à de la torture.

— Soixante-huit dollars et vingt-deux cents, gazouilla Claudia, la vieille dame qui tenait la caisse. Tu as l'air un peu patraque, ma chère. Tu devrais prendre un peu de la soupe de poulet du jour, c'est Earl qui l'a faite.

La famille de Claudia avait émigré depuis Haïti des décennies plus tôt. Elle faisait partie de la troisième génération née ici et elle savait absolument tout sur tout le monde… sauf moi, bien entendu. Elle débitait mille mots à la minute, accolant les phrases et mélangeant plusieurs pensées en une seule, tout en vous tirant les vers du nez à propos de votre vie personnelle. On ne pouvait cependant nier que la soupe de poulet de Earl, son mari, était une tuerie.

— D'accord, acquiesçai-je avec un signe de tête en attrapant l'un des derniers contenants à emporter. Ça fait combien en plus ?

Claudia sourit, dévoilant ses dents maculées comme d'habitude de rouge à lèvres rose.

— C'est gratuit aujourd'hui, trésor. Tu as besoin d'un peu de cuisine maison.

— Merci, murmurai-je, alors que je déposais l'appoint dans ses mains et attrapais les deux ou trois sacs que j'avais. Passez un bon après-midi.

Elle me fit un sourire et m'examina plus attentivement, le regard rusé.

— Toi aussi, chérie. Toi aussi.

Je ressentis le besoin de me soustraire à ses yeux inquisiteurs ainsi qu'à cette sensation permanente et désagréable d'être épiée, et me dépêchai de sortir sans un regard en arrière. Il y avait une grande chance que ma nouvelle personnalité paranoïaque ne soit qu'un simple effet secondaire de l'imminence de ma première transformation. Il était presque impossible de prédire la réaction d'un métamorphe à l'approche de ce moment crucial. Mais on retrouvait toujours pléthore de changements de personnalité durant cette période.

Si c'était à cause de la métamorphose que je me sentais comme ça, alors ça voulait dire que je n'avais pas de harceleur qui me filait le train et que je pouvais arrêter de m'attendre à une embuscade à tout bout de champ. Ce serait agréable de me détendre quelques jours.

Le vent se leva durant le long chemin du retour et j'étais à demi gelée le temps de revenir à la cabane. La seule pensée d'un feu de bois qui réchaufferait la pièce fut suffisante pour que je fasse l'effort d'en allumer un plutôt correct. Je cuisinai même mon repas au-dessus des flammes une fois que celles-ci eurent bien pris.

Ça ne prenait de toute façon pas longtemps pour cuire un steak « bleu », et ce que j'appréciais surtout, c'était le petit goût fumé que le feu apportait. Quand je me glissai enfin sous les draps après avoir réglé mon réveil, car j'allais embaucher tôt au restaurant, je me demandai si ma vie serait toujours comme ça. Solitaire. Avec pour seul réconfort des livres, un feu de bois et de la nourriture.

Bon, aussi foireuse qu'elle soit, c'était toujours mieux que d'être à Torma.

Il fallait juste que je survive à ma première métamorphose, parce que ce serait vraiment naze de mourir avant même d'avoir pu vivre.

***

Après une nuit pourrie et sans sommeil, j'arrivai tôt au travail le lendemain matin. La faute à madame la louve qui bataillait sous ma peau comme s'il s'agissait d'un véritable animal, doté d'un corps et coincé à l'intérieur de moi plutôt qu'une partie de mon âme.

— Lucy !

Tessie Johanson me prit dans ses bras alors que je passais la porte et je ne tressaillis même pas cette fois. Tessie était une autre serveuse à plein temps ; elle avait des cheveux rouge feu, mais, contrairement aux miens, ils ne le resteraient pas longtemps. Elle changeait de couleur de cheveux comme moi de vêtements et je n'avais aucune idée de ce que pouvait être sa couleur naturelle.

Elle était aussi du genre à faire des câlins, et ça m'avait pris un peu de temps pour m'y faire, mais à présent, j'appréciais plutôt ça.

— Tu m'as manqué cette semaine, déclara-t-elle, alors que ça ne faisait que deux jours que nous n'avions pas travaillé ensemble. On est censées avoir une grosse journée avec le festival en ville.

Je souris en mettant de côté mon sac et ma veste dans les petits casiers.

— C'est génial ! Ça ne me fera pas de mal d'avoir un peu d'argent supplémentaire.

Elle afficha un petit sourire narquois en me suivant alors que je prenais mon tablier.

— Bon sang, pareil pour moi ! Le violet que j'envisage pour mes cheveux, ça va prendre au moins trois sessions avec Mark. C'est le meilleur, mais ce gars me coûte cher. Tu es sûre de ne pas vouloir une coupe ? Je peux nous prendre un rendez-vous ensemble.

Ses lèvres tressautèrent. J'émis un petit ricanement tandis que nous entrions dans la salle à manger principale pour commencer le travail.

— Je te l'ai déjà dit, la nourriture avant la chevelure. Je n'ai pas d'argent à dépenser bêtement. Cela dit, j'ai hâte de voir le violet que tu as choisi.

Elle soupira en jetant un regard mélancolique à la longue tresse en pagaille qui descendait dans mon dos.

— Ta couleur naturelle est la plus fabuleuse que j'aie jamais vue. Mark tuerait assurément sa mère si ça lui permettait de passer ses doigts dedans. Il le ferait probablement gratuitement. Je vais lui demander.

Son visage s'était éclairé et, avant que je ne puisse protester, elle avait filé vers sa section et j'avais du travail dans la mienne. Comme prévu, nous ne chômâmes pas ce jour-là et je découvris qu'il y avait une fête foraine avec un festival de gastronomie qui s'installait en ville la semaine suivante, ce qui amènerait beaucoup de visiteurs.

— Tu dois absolument y faire un tour ! s'écria un garçon de dix ans, très enthousiaste. Il y a des attractions, des jouets et des barbes à papa !

Je lui fis un sourire tout en le resservant en jus de fruits.

— Ça a l'air génial. Je travaille ces prochains jours, mais peut-être aurai-je une chance d'y passer.

Greg, qui discutait non loin de moi avec un habitué, semblait m'avoir entendue.

— Une de tes amies de Californie était là hier. Elle te cherchait. Tu pourrais peut-être l'y emmener. C'est réellement l'un des temps forts des fêtes.

Le choc se répandit sur ma peau comme si l'on m'avait renversé un seau d'eau glacée sur la tête, me figeant sur place.

— Mon amie ? parvins-je à articuler avec un son étranglé.

Il hocha la tête, l'air toujours amical, comme s'il n'avait pas conscience que ses paroles m'avaient fait l'effet d'une bombe.

— Elle a dit être en ville pour te faire une surprise. J'ai pensé qu'elle irait jusque chez toi hier soir.

Je ne sais pas comment je fis pour ne pas lâcher la carafe que je tenais à la main. Je ne sais pas comment je fis pour ne pas crier et courir hors de la pièce. D'une façon ou d'une autre, je parvins à acquiescer calmement de la tête et à me retirer dans l'arrière-salle.

— Tout va bien ? s'enquit Tessie lorsqu'elle ouvrit la porte d'un coup de coude, les bras chargés de vaisselle sale qu'elle venait déposer.

Je me secouai pour chasser la panique et me forçai à sourire naturellement. Ce à quoi, d'après son expression, j'échouai lamentablement.

— J'ai simplement eu de mauvaises nouvelles. Est-ce que tu peux me remplacer le reste de mon service ? Il faut que je rentre à la maison rapidement.

Un sourire doux se dessina aux coins de ses lèvres tandis que son visage se plissait sous l'effet de l'inquiétude.

— Bien sûr. Dieu sait combien de fois tu m'as dépannée ces dernières semaines.

— T'es la meilleure, laissai-je échapper dans la précipitation en attrapant mon sac et ma veste. Je te revaudrai ça.

Un mensonge total. C'était la dernière fois que je voyais chacun d'entre eux.

Je n'avais pas été parano. J'étais grillée. Et une fois que j'aurais pris ma réserve d'argent dans la cabane, je quitterais cet endroit pour ne jamais y revenir. Je pestais déjà après moi-même d'avoir été trop stupide pour prendre l'argent avec moi. Je ne m'étais pas sentie en sécurité à me balader avec mille dollars sur moi, et j'allais peut-être payer le prix fort pour cette décision pourrie.

— Lucy ! m'interpella Tessie, alors que je filais par la porte.

Je tournai la tête vers elle en me forçant à ralentir.

— Fais attention à toi, murmura-t-elle.

Je me retrouvai le regard plongé dans ses yeux gris et tristes. C'était presque comme si elle savait que c'était la dernière fois que nous nous voyions. Je sentis les larmes me monter aux yeux et me forçai à les retenir. Je n'avais pas le temps de m'attarder sur mes pertes.

Le reste de cette journée serait consacré à la survie.

— Toi aussi, répondis-je doucement avant de me faufiler hors de la salle et de quitter le restaurant pour de bon.

Contrairement à ce matin-là quand j'étais arrivée, la fête foraine et les stands de nourriture étaient complètement montés à présent, et je passai devant des tentes aux couleurs éclatantes tandis que je fuyais. Les rues étaient bondées comme jamais je ne les avais vues auparavant, et il était clair que cet évènement ambulant était important. D'une certaine façon, c'était une bénédiction pour moi. Plus il y avait de gens, et plus ce serait facile de m'échapper discrètement de Hood River.

La foule se clairsema alors que je me rapprochais de la forêt où je résidais. Une fois à un bon kilomètre de la ville, je passai en mode furtif, quittant le sentier balisé pour les feuillages épais. À ce niveau-là, prendre un chemin direct était trop risqué.

Quand j'aperçus le cadre familier de la cabane à travers une masse de vieux séquoias, je ralentis jusqu'à m'arrêter. Je fermai les yeux en laissant mes sens vagabonder aussi loin que je le pouvais, à la recherche d'une perturbation dans ma zone.

Je me tins là, immobile, pendant au moins dix minutes, respirant à peine tout en ne baissant pas ma garde. En dépit de l'absence totale de connexion avec ma louve, le temps que j'en finisse, je pouvais entendre le bruissement des ailes des oiseaux à des kilomètres à la ronde, les criquets et autres insectes alentour, et le ruisseau qui coulait de l'autre côté de la cabane.

Mes sens étaient plus aiguisés que jamais et j'étais presque certaine que personne ne se tenait en embuscade. Tout du moins, pas dans les environs immédiats de ma cabane.

Je ne me détendis pas alors que j'avançais lentement, discrètement, en faisant attention à marcher sans faire de bruit, ce qui n'était pas franchement une tâche facile dans un bois. Mais ma métamorphose était suffisamment imminente pour que je puisse bénéficier de la grâce des loups.

Je contournai la porte de devant et me glissai le long de la façade ouest, en direction de la fenêtre de la chambre. J'avais peut-être été idiote de ne pas conserver l'argent sur moi, mais je n'étais pas complètement dénuée d'intelligence ni de logique. Si quelqu'un avait réussi à déjouer mes sens et s'en cacher et que cette personne s'apprêtait à me tendre un piège, elle s'attendrait à ce que je déboule par la porte d'entrée. C'était quelque chose que j'avais anticipé dès le début, et la fenêtre de la chambre était mon plan B. Elle était en permanence déverrouillée et bien huilée, pour pouvoir m'échapper en silence.

Cette partie de mon plan fonctionna à la perfection lorsque la vitre se releva sans un bruit et je marquai de nouveau une pause, plus prudente que je ne l'avais jamais été de ma vie. La pièce était dénuée d'odeur et de mouvement. Aucun autre battement de cœur ni sensation de percevoir une énergie nouvelle. Je passai ma jambe par-dessus le rebord de la fenêtre et entrai en ne faisant presque aucun bruit. Je devenais douée pour cette mission furtive.

Mon sac était en permanence prêt. Il contenait du liquide, quelques vêtements, mais aussi de la nourriture et de l'eau. En un claquement de doigts, je l'avais sur le dos et me faufilais à l'extérieur par la fenêtre ouverte.

Oui !

Je me félicitai moi-même silencieusement tandis que je disparaissais dans la forêt en courant à toute allure, me souciant beaucoup moins du bruit que je pouvais faire. Ils n'avaient apparemment pas encore trouvé ma cabane et il y avait peut-être toujours une chance de m'échapper.

Peut-être était-ce le moment où je commis ma première erreur : avoir de l'espoir et baisser ma garde. Penser que j'étais si intelligente, de m'enfuir avec mon argent et mon sac. De d'ores et déjà faire des plans sur ma prochaine destination, après avoir quitté Hood River pour ne plus jamais y revenir.

Mais je n'étais pas la seule à courir dans les bois ce jour-là. Quelqu'un m'attendait bel et bien, seulement pas là où je le pensais. La cabane était trop évidente, et ces bâtards m'avaient manipulée en me donnant un faux sentiment de sécurité quand j'avais découvert qu'il n'y avait personne à l'intérieur.

Pour faire court, ils m'avaient tendu un piège et j'allais à présent devoir défendre ma vie.

7

Sachant que j'aurais préféré mourir plutôt que d'être capturée à nouveau par la meute de Torma (qui d'autre pouvait bien être à mes trousses ?), je ne ralentis pas. Si ces salauds mettaient la main sur moi, alors les dix dernières années avec eux passeraient pour un séjour à Disneyland en comparaison. Je ne pouvais pas laisser ça se produire. Je me battrais jusqu'à la mort si besoin, parce que je ne retournerais pas à Torma.

Ma louve tourbillonnait à l'intérieur de moi, luttant pour se libérer, et, malgré l'impossibilité de me transformer avant la pleine lune, j'eus réellement l'impression qu'elle allait réussir à forcer la métamorphose. Mon visage me fit mal, comme si ma mâchoire changeait et que mes dents se déplaçaient pour accueillir des crocs.

— Meeerraaa, me nargua une voix moqueuse qui venait de ma droite.

Une autre s'éleva de la gauche, et toutes deux étaient à la fois familières et terrifiantes.

Torin et Jaxson. Alpha et beta en devenir.

Bien sûr que c'étaient eux que Victor avait envoyés à ma poursuite ; plus un métamorphe connaissait l'odeur d'une personne et son énergie, et plus il était facile de la pister. J'avais grandi avec ces salopards, et mon énergie était une cible sur laquelle ils s'étaient verrouillés. Mais pourquoi ? Je ne m'étais honnêtement pas attendue à ce qu'ils en aient quelque chose à faire que je sois partie, mais apparemment, Victor n'était pas prêt à faire une croix sur ses loups. Même ceux qu'il haïssait.

— Ou est-ce qu'on doit t'appeler Lucy ? ajouta Torin, son rire plus proche qu'avant.

Greg avait parlé d'une femme qui me cherchait au restaurant, mais à l'évidence, ces deux-là s'y étaient trouvés également. Il s'agissait probablement de Sisily… Cette stupide chienne n'allait nulle part sans l'alpha et le beta. Je savais par expérience que mon patron n'aurait jamais donné mes informations personnelles à des gars, mais une fille, c'était différent. Greg était comme ça, un peu vieux jeu.

Et ça allait peut-être causer ma perte.

J'accélérai, mais je ne pouvais en aucun cas distancer des métamorphes maîtrisant leur pouvoir. D'autant plus s'ils passaient sous leur forme de loup.

— Allez, Mera. Tu manques à la meute, enchaîna Torin, qui ne riait plus. Père n'apprécie pas que les membres de sa meute s'en aillent sans dire au revoir. Tu le sais.

Il était grosso modo en train de courir à mes côtés et, bien que les probabilités ne jouent pas en ma faveur, je mis la main sur la lame qui était en permanence rangée sur le côté de mon sac, me préparant au combat.

Quelqu'un me plaqua par-derrière et je m'écrasai au sol violemment, le poids d'un loup massif sur le dos.

Merde !

Je me retournai pour donner un coup de pied au plus petit des loups, réalisant alors que ce devait être la femelle.

Elle n'hésita pas à attaquer et j'eus envie de crier tandis que ses griffes et ses dents lacéraient ma peau. Je fis un mouvement de balancier avec ma lame, ce qui entailla la fourrure, et je me demandai à quelle chienne j'avais affaire. Sisily ne s'était pas encore métamorphosée pour la première fois.

Ma lame ricocha sur l'épaisse fourrure qui protégeait sa peau et elle chercha à me mordre à la gorge. Je me débrouillai cependant pour coincer mon bras dans sa gueule afin de l'en empêcher. Je perdis de la peau au passage, mais ça ne me tuerait pas, contrairement à mon cou.

Le pelage de la louve était gris foncé ; la couleur de la fourrure était souvent liée à celle des cheveux, mais je ne voyais pas qui dans la meute en avait d'une telle teinte. Elle était également de taille moyenne, avec des yeux marron profond.

— Lâche-moi, grondai-je.

Avec une force dont je ne soupçonnais pas l'existence, je réussis à la repousser afin de me remettre debout.

Le sol était aspergé de sang, et même sous le ciel qui s'assombrissait, je pouvais remarquer qu'il s'agissait de plus que de simples éraflures. Cette chienne avait touché quelque chose d'important. Je m'en inquiéterais le lendemain, si j'étais encore vivante pour m'en occuper.

Des bras musclés me ceinturèrent, s'enfonçant dans les blessures que l'on m'avait déjà infligées. Avant que Torin ne puisse m'écraser davantage, je le poignardai, en plein dans la poitrine. Ma lame n'était pas faite d'argent ou d'un autre métal qui réagissait mal au contact de la magie métamorphe. En gros, c'était un Opinel de taille moyenne, qui ne ferait pas beaucoup de dégâts. Sauf si on le plantait en plein cœur.

Oups.

Les yeux de Torin s'écarquillèrent et il les baissa vers moi comme s'il ne pouvait pas croire ce que je venais de faire.

— Tel père, telle fille, marmonna-t-il, avant que je ne me dégage de son étreinte et qu'il ne trébuche en arrière.

Jaxson fut aux côtés de son meilleur ami en un battement de cœur, son regard noir me jetant des éclairs.

— Tu paieras pour ça, Mera, gronda-t-il, alors que son visage commençait à changer et qu'il luttait contre son loup.

Je lui fis un doigt d'honneur puisque, visiblement, j'avais zéro instinct de survie ces temps-ci.

— Il ne va pas en mourir.

C'était la vérité. Il lui faudrait quelques jours pour guérir, et il serait mal en point pendant ce temps. Les muscles du cœur travaillaient énormément dans le corps, et une lame à travers l'un d'eux ne faisait jamais de bien, même à un métamorphe.

— Protège-le ! cria Jaxson à la louve inconnue.

Puis un premier craquement d'os me fit comprendre qu'il était sur le point de se métamorphoser.

Je n'avais qu'une seule chance de lui échapper, car s'il m'attrapait sous sa forme de loup, ce serait terminé pour moi. Ma lame était toujours enfoncée dans la poitrine de mon ennemi et je décidai de fuir les mains vides, décidant que je serais plus rapide sans mon sac. C'était assez ironique de me dire que j'avais pris le risque de le récupérer parce qu'il contenait tout mon argent. À présent, je savais que j'aurais mieux fait de m'enfuir directement depuis le restaurant sans me retourner.

Courant plus vite que je ne l'avais jamais fait, j'atteignis les limites de la ville, prête à me plonger dans les rues grouillant encore de monde. Les loups avaient une règle stricte qui prenait le pas sur toutes les autres :

les humains ne devaient jamais avoir vent de leur existence. Tout métamorphe aperçu en public se retrouvait dans la mouise vis-à-vis de son alpha, en particulier de nos jours, à l'ère des téléphones et autres appareils capables d'enregistrer n'importe quoi.

Être au milieu des humains me donnait une chance de m'échapper puisque Jaxson devrait faire preuve de prudence. Il lui faudrait peut-être même se transformer de nouveau, se retrouvant ainsi forcé de se pavaner nu. C'était le genre de karma qu'il méritait, même si ce salopard arrogant se ficherait de se balader dans le plus simple appareil.

Il n'avait honnêtement pas de quoi s'en faire, mais il pouvait au moins faire semblant d'être modeste.

Le bruit d'un loup en approche me propulsa en avant, et j'étais sûre d'être sur le point de m'en sortir quand Jaxson agrippa ma chemise avec ses dents en me tirant vers l'arrière.

Bordel, comment peut-il être si proche ?

Ce bâtard était exceptionnellement doué et s'était métamorphosé en quelques secondes.

Il y avait des gens à seulement quelques mètres de moi, et j'aurais pu crier. Mais si c'était le loup de Jaxson qui était aux commandes, il les tuerait tous. Je ne pouvais pas faire ça. Pas à des humains innocents.

Il fallait que j'accepte mon sort.

Luttant pour me libérer, je m'arrêtai quand il se jeta sur mon dos. Le gars était costaud, et encore plus sous sa forme de loup. J'en eus le souffle coupé et j'essayai de ramper, cherchant à reprendre mon souffle en haletant. Jaxson se dégagea et me fit rouler sur le dos en me poussant du museau. Dans une respiration saccadée, je levai les yeux vers son loup d'un noir intense.

Je vis l'éclat de ses crocs tandis qu'il grondait, et je sus qu'il s'agissait là de mes derniers instants sur Terre. Peu importe la façon dont j'essaierais de me battre, il était plus large et plus fort, et j'étais en train de succomber aux blessures qui parsemaient mon corps.

Désolée, ma louve.

J'avais brûlé d'envie de faire sa connaissance, mais ça ne serait plus possible.

Peut-être dans notre prochaine vie.

Elle hurla alors, une longue lamentation dont l'écho emplit mon corps, sauf qu'aucun son ne sortit de ma bouche. Jaxson se pencha plus près, et alors que ses mâchoires se refermaient sur ma gorge, j'entendis un cri derrière lui. On aurait dit Torin, mais je ne pouvais pas en être sûre, parce que le loup qui tenait ma vie dans sa gueule enfonça ses crocs, entamant la peau, et tout devint noir.

8

À un moment donné, j'avais accepté le fait qu'il n'y aurait pas de lendemain pour moi.

Que j'avais vu mon dernier lever de soleil.

Mangé mon dernier taco.

Chanté ma dernière chanson.

Et bien que je ne regrette ni ma fuite ni ma tentative d'avoir une vie meilleure, ça me mettait vraiment en rogne de mourir. Je ne méritais absolument pas ce sort, encore moins des mains des salopards qui avaient fait de ma vie un enfer en premier lieu.

Sauf qu'apparemment, la mort ne me voulait pas encore.

On m'aspergea brutalement le visage d'eau, puis je pris une claque en plein sur ma joue déjà douloureuse.

— Réveille-toi, espèce de chienne stupide, gronda une voix à proximité.

Tandis que je reprenais connaissance, la douleur se rappela à mon bon souvenir. Mes lèvres laissèrent échapper une plainte dans un petit son pathétique.

— On aurait dû la laisser pour morte, ronchonna la même femelle. Cette conne ne nous sert à rien, étalée là dans sa propre crasse. Une honte pour les métamorphes.

— C'est çui qui dit qui y est, murmurai-je d'une voix rauque et à peine audible.

Je n'avais toujours pas ouvert les yeux, mais je pouvais la sentir qui se rapprochait.

— Tu viens de dire quoi là ?

Je me forçai à sourire, même si j'avais l'impression que mon visage était en feu.

— Je vais parler plus lentement. C'est… Celui… Qui… Le… Dit… Qui… L'est…

À ce moment-là, j'étais à peine capable de me rappeler ce qu'elle avait dit. Elle m'avait traitée… D'inutile… ? De bonne à rien ?

— Est-ce que tu viens de me traiter de conne ? s'emporta-t-elle d'une voix grondante, tandis que la douleur dans mon flanc empirait.

Je pouvais sentir à ce stade les ongles de ses mains à demi transformées s'enfoncer dans ma peau.

— Bien, articulai-je avec difficulté. J'avais presque oublié. Mais oui, tu es une véritable salope et j'espère que tu vas choper un herpès et mourir de la syphilis une fois que tu auras perdu ta bite.

Elle rugit si fort que ça m'aurait blessé les tympans, si je ne souffrais pas déjà trop pour m'inquiéter d'un petit bobo à l'oreille. Elle resserra sa poigne sur moi, et je laissai échapper une autre plainte faible.

— Tu vas bientôt regretter de ne pas être morte quand tu t'es enfuie, murmura-t-elle d'un air réjoui. Mon job, c'est de te briser jusqu'à ce que tu implores la mort. Et là, Victor prendra la relève.

Maintenant je savais de qui il s'agissait : Glendra, la compagne de l'alpha. La mère de Torin ou, comme j'aimais l'appeler, la putain de la meute.

Elle était mauvaise, et j'avais haï durant des années cette métamorphe. Elle s'était accrochée à mon père comme une mauvaise odeur, assez souvent pour que j'en conclue qu'elle recherchait la compagnie des hommes puissants. Elle avait besoin de cette reconnaissance et, bien qu'elle ait eu un véritable compagnon, elle ne pouvait apparemment pas s'empêcher d'avoir le regard baladeur. Une part de moi se demandait toujours si mon père n'avait pas attaqué l'alpha en partie à cause d'elle. Ça ne me surprendrait pas qu'une chienne comme elle soit derrière tout ça ; une scène de ménage qui aurait tourné au meurtre.

Malgré la douleur et la fatigue, je fis appel à ma louve et elle s'éleva en moi, telle la parfaite déesse-esprit qu'elle était. La Bête de l'Ombre était notre dieu, plus démon qu'ange, et j'avais besoin de sa force et de sa résilience pour m'en sortir.

Les ténèbres seraient bientôt ma vocation, et je m'ouvris à elles afin de pouvoir vaincre cette louve.

Je projetai la tête en avant, lui donnant un violent coup de tête, me débarrassant ainsi de son cul maigrichon. J'enchaînai avec un double coup de pied qui l'envoya valser plus loin. Son cri strident fut interrompu par un bruit sourd. Elle avait sans aucun doute atterri violemment. À ce moment-là, j'avais les yeux assez ouverts pour voir qu'elle était étendue sur le dos, inerte.

Et je sus exactement où nous étions : dans la salle de torture sous la maison principale de la meute. C'était là que ma mère et moi avions été amenées quand papa avait attaqué Victor. C'était là que nous avions été soumises à un « interrogatoire » jusqu'à ce que tout le monde soit convaincu que nous ne savions pas ce que mon père avait manigancé. Non pas que ça ait fait grande différence ; on nous avait quand même traitées comme des putains de lépreuses.

Mais au moins, je gardais de cette époque un souvenir de l'agencement des lieux. Le bon côté des choses ?

Glendra avait laissé la porte de ma cellule ouverte et je saisis l'opportunité de me tirer de là. Courant le plus vite que je pouvais, j'accueillis avec gratitude le pic d'adrénaline, tout en sachant que ce serait peut-être la seule chose qui me permettrait de m'en sortir. Montant les escaliers aussi rapidement que possible, je luttai contre la nausée et les vertiges. Je n'avais pas le temps de m'appesantir sur mes blessures ; il fallait que je me mette en sécurité avant.

J'entendis les prémices d'un hurlement, venant d'en bas. Glendra appelait les autres loups. Avec un peu de chance, je serais plus rapide qu'eux…

Quand j'eus atteint le palier du rez-de-chaussée, je pris un chemin moins fréquenté menant à une sortie que j'empruntais souvent pour filer en douce. Elle se trouvait sur le côté d'une plus petite cuisine et, pour autant que je sache, peu de gens connaissaient son existence. Le meilleur atout de cette issue, c'était sa proximité avec la forêt.

D'autres hurlements se joignirent à celui de Glendra ; j'étais entourée du bruit et de l'odeur des loups, mais ma vision se fit plus précise et je ne jetai pas un seul coup d'œil en arrière. Pour une raison que j'ignorais, je n'étais pas morte des suites de l'attaque de Jaxson et je n'allais pas gâcher cette deuxième chance.

La porte arrière n'était pas verrouillée et, quand j'en surgis, je fus baignée par les derniers éclats de la lumière de la lune ; ma louve se mit à hurler dans ma poitrine. C'était le petit matin, la veille de la pleine lune, et je n'aurais pas pu avoir de meilleure nouvelle. Non seulement ma louve emmagasinait de l'énergie, mais le reste de la meute était en train de dormir, prenant du repos avant la métamorphose du solstice du lendemain.

Ça me donnait quelques minutes d'avance et, parfois, c'était tout ce dont un métamorphe avait besoin.

Je sprintai sur la pelouse gelée, ignorant la morsure tranchante de l'air sur ma peau nue. Mes vêtements étaient lacérés, en lambeaux, mais heureusement, c'étaient les mêmes que lorsque j'avais été attaquée… presque une semaine auparavant, à en juger par la lune. *Bon sang.* Avais-je mis autant de temps à me remettre ?

Des hurlements retentirent depuis la maison de la meute, suivis du son caractéristique de loups se métamorphosant dans l'air du petit matin. J'accélérai, mes pieds touchant à peine le sol, tandis que ma louve restait plus proche de la surface que je ne l'avais jamais sentie ; je puisai dans sa force, sa vitesse et ses sens surdéveloppés.

L'excitation de mon alter ego grandit quand j'atteignis la forêt. Nous aimions être ainsi entourées par la nature, et ce serait plus facile d'y dissimuler notre trace. Ils pourraient toujours percevoir mon odeur ; cependant, il y avait plein de façons de les ralentir ici.

Je me baissai, j'esquivai, perdant presque l'équilibre lorsque occasionnellement un accès de vertige me prenait, mais je gardai la tête froide assez longtemps pour atteindre la rivière. Sans hésiter, je plongeai dans l'eau.

Argh.

Elle était tellement froide. Si froide que j'eus l'impression d'avoir été électrocutée, comme si une sorte de défibrillateur me ramenait à la vie. Le genre de froid qui vous vidait de vos forces et de votre énergie vitale si vous le laissiez vous envahir.

Mais je n'étais pas prête à mourir ce jour-là.

D'un violent coup de pied, je remontai à la surface, prenant une grande inspiration paniquée quand ma tête sortit de l'eau. En règle générale, les loups n'étaient pas de bons nageurs. La masse de notre bête se transférait via la magie à notre forme humaine. Cependant, j'avais toujours adoré nager.

J'aimais aussi le fait que ça masquait mon odeur et que peu de mes poursuivants seraient en mesure de me suivre dans le courant. Faisant fi de la sensation d'engourdissement dans mes membres, je commençai à nager en restant le plus possible sous la surface. Il n'y avait pas de vrais prédateurs dans ces eaux douces ; je devais juste faire attention aux débris et à la meute.

À un moment donné, les remous me portèrent et je pris quelques instants pour me détendre et recharger mes batteries. Juste un peu plus loin, la rive faisait une courbe, et c'est là où j'avais l'intention de sortir de l'eau.

J'avais clairement sous-estimé mes blessures, cela dit, parce que lorsque je voulus m'agripper à la berge, je n'avais juste pas assez de force dans mes mains pour lutter face au courant qui m'emportait.

Je n'avais pas complètement perdu le combat, mais peu importe la vigueur avec laquelle je me débattais, je continuai de perdre en traction.

Puis mes doigts lâchèrent prise, et le courant m'arracha finalement au rivage.

9

Alors que j'étais sur le point d'être engloutie par les flots sombres, une main apparut soudainement et se referma sur la mienne, me tirant d'un seul coup sec vers la surface et hors de l'eau. Le métamorphe s'était dissimulé derrière de longs roseaux sur les bords du torrent, une position parfaite pour s'emparer de moi.

Et j'étais fichue de chez fichue.

Si je n'avais pas eu l'énergie de me hisser hors de l'eau, alors combattre serait une totale perte de temps. Mais je n'allais pas pour autant lui rendre la tâche facile.

Je me reposerais une fois morte.

— Je le savais, gronda une voix familière. T'es tellement prévisible, Sunny[1].

Le nom me fit sursauter. Un vieux surnom, que je n'avais pas entendu depuis la mort de mon père. Mon nom de naissance était Mera Callahan, et notre nom de famille signifiait *enfant à la tête étincelante*. Alors, quand j'étais venue au monde avec une chevelure rousse, qui vira lentement à un ombré couleur de soleil couchant, on m'appela Sunny.

Maudit soit Jaxson de s'en souvenir. Et pourquoi fallait-il qu'il choisisse de l'utiliser là, maintenant ?

---

1 Sunny : ensoleillée.

Je tentai de dégager ma main alors que je me tenais, tremblante, devant lui.

— Ne m'appelle pas comme ça, crachai-je. Tu n'en as pas le droit.

Dans la lumière du petit matin, je ne pouvais ni voir ni sentir d'autre loup à proximité. Jaxson s'était servi de ce qu'il savait de moi pour pister mes déplacements, mais personne d'autre n'avait cet avantage. J'avais peut-être encore une chance de m'échapper.

— Personne ne s'attend à ce qu'un loup se jette à l'eau, continua-t-il d'une voix semblable à un grondement sourd. Mais tu as toujours été différente. Tu as toujours eu besoin de ne pas faire comme tout le monde pour te faire remarquer.

Je croisai les bras, car mes tétons pointaient à cause de l'air froid à travers mes vêtements trempés et je ne voulais pas que ce connard déloyal croie que ça avait quelque chose à voir avec lui.

— Je n'ai rien fait pour me faire remarquer, rétorquai-je d'une voix aussi froide et distante que mon cœur l'était à présent. J'ai toujours fait profil bas, je me suis cachée aux yeux du monde, et j'ai fait en sorte de ne pas briller pour ne pas vous offenser. *Vous* avez choisi de me garder près de vous dans le but de me torturer. *Vous* avez choisi de me traquer, de me suivre, et d'en avoir quelque chose à faire de moi. Je ne demandais qu'à oublier votre existence.

Ou encore mieux, qu'ils disparaissent totalement de la surface de la Terre.

Jaxson me relâcha et je me frottai le poignet, même s'il n'était pas particulièrement douloureux. Il se mit à me tourner autour, comme un chasseur qui sent sa proie, mais tant pis si ça me faisait tuer, j'en avais assez de jouer les faibles.

— Pourquoi je suis encore en vie ? balançai-je de but en blanc. Tu m'as arraché la gorge.

De tous les métamorphes qui essayaient de me tuer, c'était le fait que ça ait été lui qui me faisait le plus mal.

Il marqua une pause et la lumière de la lune souligna ses traits, mettant en avant l'étrange expression sur son visage.

— Je ne pourrais jamais te tuer, Sunny, soupira-t-il, l'air subitement épuisé. Lace, une métamorphe de la ville voisine, a repéré ton odeur quand elle est passée. On avait déjà alerté sur ta disparition et elle nous a appelés. J'ai fait en sorte de te mettre K.-O. et que ça ait l'air pire que ce que c'était vraiment pour qu'elle ne remette pas en question notre force. On t'a ramenée ici aussi vite que possible pour que tu guérisses.

Lace était la chienne qui m'avait attaquée.

J'eus un reniflement de dédain.

— Si tu voulais que je guérisse, pourquoi je me suis réveillée ce soir avec Glendra dans ma cellule, ses griffes dans mon corps et un regard assassin ?

Son visage changea, ses sourcils se rapprochant sous l'effet des ténèbres tandis que ses yeux s'emplissaient de colère.

— Ça n'était pas censé arriver ! Elle est un peu contrariée à propos de Torin. Il est en plus piteux état que toi, et ne s'est pas encore réveillé. L'alpha est en train d'essayer de forcer la métamorphose pour accélérer le processus de guérison.

Mon expression ne changea pas. Est-ce qu'il s'attendait à ce que j'éprouve des remords à m'être défendue ? Il pouvait toujours courir.

— Alors quoi ? soupirai-je.

C'était un métamorphe, et nous étions la veille de la pleine lune. Sa force surpassait la mienne dans n'importe quelles circonstances. Et si je ne succombais pas à l'hypothermie prochainement, ce serait à mes blessures. J'avais très envie de tenter à nouveau de fuir, mais pour autant, à mesure que le temps passait, il devenait de plus en plus clair que je n'avais aucune chance.

Jaxson s'approcha et je serrai fortement les dents pour ne pas réagir à son odeur. Autant je le détestais (une haine du genre à vouloir le pousser dans les escaliers puis expliquer qu'il était simplement tombé), autant il avait toujours eu cette odeur de garde forestier sexy. Musc et pin, avec une note de neige. Un parfum enivrant pour une métamorphe. Et malgré le fait que j'étais probablement la seule personne de vingt-deux ans au monde à être encore vierge, je ne me faisais aucune illusion sur ma forte libido. Je ressentais par moments une très vive attirance envers certains hommes de notre meute. Mais je me refusais à coucher avec des métamorphes que je haïssais.

Ouais, j'étais difficile, voilà tout, mais le minimum requis, c'était que mon amant ne me torture pas. Surprenant, n'est-ce pas ?

— Maintenant, reprit Jaxson, tu vas revenir avec moi à la maison de la meute et voir ce foutu guérisseur afin d'être prête pour ta métamorphose, demain.

— Ouais, mais non, répliquai-je en serrant encore plus les bras autour de moi. Glendra m'a clairement fait savoir qu'elle allait me faire très mal, puis passer la main à Victor. Je pense tenter à nouveau ma chance avec la rivière.

Son bras s'enroula autour de moi si rapidement que j'eus à peine le temps de le voir bouger. J'étais piégée contre lui, et je n'avais plus la force de lutter contre son étreinte. Jaxson avait toujours été fort, mais là, c'était d'un autre niveau, même pour lui.

— L'alpha veut que tu sois là pour ta première métamorphose, grogna-t-il. Glendra ne te touchera plus.

— Excuse-moi si je ne te crois pas, ricanai-je.

On m'avait menti bien trop de fois au fil des ans. Lui particulièrement. Il semblait se moquer que je le croie ou non, me portant sans effort tandis qu'il marchait le long de la berge. Ma louve gémit ; elle n'aimait pas cette domination qu'il exerçait sur nous, et il semblait de plus en plus probable qu'une fois transformées nous soyons assez alpha pour nous en prendre à ces métamorphes.

Mon âme me paraissait sauvage et, assez étrangement, la vie de meute ne nous avait pas manqué durant notre fuite.

Peut-être allais-je me métamorphoser en dragon l'heure venue. Ils avaient l'air de tenir plus du « loup solitaire ». Ouaip, j'avais osé. Ma louve gronda, comme si elle aussi en avait marre de mes monologues internes ; je passai du coup les dix minutes suivantes à la divertir en lui racontant toutes les pensées stupides que j'avais pu avoir durant mes vingt-deux années de vie, histoire de l'embêter et de rigoler.

Si tu veux être ma colocataire, tu ferais mieux de t'y habituer, l'avertis-je.

Aucun autre grognement ne me fut adressé, mais elle semblait m'ignorer, à ce stade.

— Pourquoi tu t'es enfuie ? m'interrogea Jaxson, me tirant subitement de ma bataille mentale avec l'âme de ma louve.

— Hein ? demandai-je en plissant le front devant la stupidité de cette question.

— Pourquoi t'es-tu enfuie ? répéta-t-il.

— Euh… Glendra a essayé de me tuer, juste après que toi, tu as essayé de me tuer.

Mais qui m'a fichu un crétin pareil ?

— Pas ce soir, soupira-t-il. Pourquoi tu t'es enfuie de Torma ?

Oh.

Je secouai la tête, ma joue frôlant sa poitrine musclée qui envahissait mon espace personnel.

— Tu n'étais pas au courant ? J'ai toujours voulu me cacher à Hood River dans une vieille cabane pourrie. C'est comme le rêve américain, version métamorphe.

Il émit un grognement qui fut bien plus impressionnant que celui de la louve à l'intérieur de moi.

— Arrête de faire ta foutue maligne, au moins une fois dans ta vie. Tu t'es sauvée un mois avant ta métamorphose. Ça n'a pas de sens. Est-ce qu'il s'est passé quelque chose qui t'a fait péter un plomb à ce moment en particulier ?

Je ne répondis pas. Je ne lui devais aucune explication. La façon dont j'avais été traitée aurait dû être une raison suffisante. Et, au final, il n'y avait pas vraiment eu d'autre déclencheur que le fait de réaliser que j'avais gaspillé trop d'années à jouer les victimes.

— C'est la première fois depuis notre enfance que tu t'autorises à être seul avec moi, fis-je remarquer pour changer de sujet. Ça pourrait bien être la dernière aussi, si tu me livres à la meute.

Un léger souffle s'échappa de ma bouche quand il relâcha son étreinte, me laissant quasiment tomber sur les fesses. Nous étions à l'orée de la forêt, la seule barrière restante entre nous et la vaste étendue des terres de la meute autour de la maison.

— À cause de ton père, ma famille a failli tout perdre, lança-t-il d'une voix rageuse en me dévisageant comme si j'étais une merde dans laquelle il venait de marcher. Être associé à toi ou à n'importe quel autre Callahan, c'est comme signer son arrêt de mort.

Ma louve gronda contre la position de dominant de Jaxson et, avant que je ne puisse y réfléchir convenablement, j'étais sur mes pieds, si vite et si gracieusement que cela n'aurait pas pu arriver sans l'aide de ma louve. J'avais hâte d'enfin me métamorphoser et de peaufiner ces habiletés.

Je ne pris pas la peine de répondre à Jaxson et à son commentaire totalement injuste. Au lieu de cela, je détournai la tête pour jauger la situation et voir si des loups se rapprochaient.

— Tu m'as entendu ? aboya-t-il.

Il était absolument clair qu'il avait attendu dix ans cette dispute au long cours dans laquelle il essayait de m'attirer. Mais honnêtement, ça faisait bien longtemps que je n'attendais plus rien de lui.

Il ne céda cependant pas d'un pouce et je soupirai.

— Bien sûr, j'imagine que ta vie est devenue super difficile après que mon père a été déchiqueté en mille morceaux, Jax. Je prie pour toi, vraiment.

Je prie cette foutue Bête de l'Ombre. Dans l'espoir qu'il t'éviscère pendant ton sommeil.

Ça comptait, les menaces silencieuses. C'était prouvé.

Jaxson semblait décontenancé face à mon refus de me disputer, mais pourquoi me lancer dans un débat que je ne pouvais gagner ? Les premiers temps, je m'étais beaucoup battue. Sans relâche. Et ça n'avait fait que rendre leurs tortures encore pires. J'avais aussi supplié, pleuré et cédé. Tout ça dans l'espoir de trouver un moyen de contenter mes harceleurs pour qu'ils me laissent tranquille. Mais rien n'avait fonctionné.

Après plusieurs années de ce manège, j'avais fini par comprendre que mes réactions ne faisaient que les encourager.

J'avais alors arrêté.

J'avais arrêté de pleurer. J'avais arrêté de lutter. J'avais agi comme si je les remarquais à peine... comme si leurs railleries ne me dérangeaient en aucun cas. Et le plus drôle, c'était que ça avait fini par marcher. Parfois, ils me laissaient même tranquille pendant des mois. Des mois glorieux, parfaits, reposants.

— C'est quoi, le problème ? Pourquoi tu hésites à me conduire devant Victor ? le défiai-je. Ils me préparent une parade pour me souhaiter la bienvenue à la maison ? Il faut que je simule la surprise ?

Je fis semblant d'observer de nouveau l'alignement des arbres, comme si j'attendais ma « surprise ».

Jaxson gronda, entoura mon poignet de ses longs doigts et me tira à sa suite tandis qu'il se remettait en route. Il était clairement en train de marmonner dans sa barbe quelque chose à propos d'une *foutue madame-je-sais-tout*, mais à ce moment précis, ça me fit juste rire.

Dès l'instant où nous mîmes un pied sur les terres à découvert, un frisson de peur remonta le long de mon échine et je me concentrai sur ma respiration pour canaliser mon angoisse. J'étais peut-être revenue, mais j'étais toujours debout, et je ferais de mon mieux pour ne pas leur montrer ma peur.

— Un de ces jours, tu auras à nouveau l'air secouée, déclara Jaxson en me regardant de haut. Un de ces jours, je découvrirai ton point faible et, quand ce sera le cas, tu m'appartiendras. Comme l'a toujours voulu le destin.

Qu'est-ce qu'il vient de dire ?

Je tendis la main vers lui pour lui tapoter l'épaule.

— Excuse-moi, mais tu viens de dire quoi ? *T'appartenir ?* Ça semble drôlement possessif de la part de quelqu'un qui pense qu'être associé à un Callahan revient à une condamnation à mort. Sans parler du fait que c'est plus courtois d'inviter une personne à dîner avant d'essayer d'en faire sa possession.

D'où pouvait-il bien sortir une telle déclaration après toute la merde qu'il m'avait fait endurer ? Ma vie aurait été bien meilleure avec son soutien, et au lieu de ça, il avait choisi de m'abandonner. Pire que ça, il avait choisi d'être le meneur de la foule de villageois armés de fourches.

Il cligna des yeux, leur teinte marron devenant limpide sous la lumière du soleil levant à l'horizon.

— Pour autant que je me souvienne, la dernière fois que je t'ai emmenée dîner, tu n'as pas vraiment été une invitée polie.

La mémoire me revint brutalement, et ça me fit mal parce qu'il y avait une raison pour laquelle j'avais mis tous ces souvenirs de côté. Pour me protéger. En une seule déclaration, il les avait fait revenir sur le devant de la scène.

— J'avais mangé quelque chose d'avarié, répondis-je à contrecœur. Je n'avais pas l'intention de vomir partout. Tu n'aurais pas dû insister pour me faire tourbillonner en me tenant par les poignets.

J'avais neuf ans, il en avait dix, et c'était à peu près un an avant que ma vie ne devienne un enfer. Nous courions dans son jardin tandis que nos parents préparaient le repas de notre petite réunion hebdomadaire. Jaxson avait dressé une table spécialement pour nous dans le fond, près du vieux et grand chêne, et c'était pour…

— Mon anniversaire surprise, murmurai-je.

Il acquiesça et je laissai échapper un petit rire nerveux.

— L'un d'entre nous a tout de même été surpris, ajoutai-je.

Jaxson éclata d'un rire franc.

— Sérieux, j'étais là, en train d'essayer de faire les choses en grand comme seul un crétin préadolescent peut le faire, et tu as tout gâché. Sunny dans toute sa splendeur.

Les choses en grand.

Qu'ils aillent se faire voir, lui et ses mots doux. Il ne manquait pas d'air, à ramener ce sujet sur le tapis alors qu'il avait passé les années suivantes à me détruire petit bout par petit bout.

— Emmène-moi jusqu'à Victor.

Il cligna les yeux sous l'effet du brusque changement de sujet et de ton.

— Je ne pourrai pas garantir ta sécurité une fois que je t'aurai livrée, souligna-t-il avec sérieux.

Je lui ris au nez.

— Garantir ma sécurité ? Je saisirais ma chance avec tous les autres abrutis de cette meute si ça voulait dire que je n'aurais plus jamais à te revoir.

Et comme ça, l'air de rien, je lui rappelai que nous étions ennemis. Il était sur ma liste noire, pas sur celle des gens à qui envoyer des cartes de vœux à Noël, et ses ordres étaient de me ramener auprès de l'alpha.

Il me fit mal quand il m'agrippa cette fois et j'aurais vraisemblablement un bleu le lendemain. Peu importe. Je m'en fichais et, heureusement, notre moment à partager des souvenirs innocents était lui aussi terminé.

La dernière chose dont j'avais besoin, c'était de commencer à éprouver à nouveau une certaine tendresse envers n'importe lequel d'entre eux.

C'était la chose la plus stupide que je pouvais faire.

10

— Une fois que tu te seras transformée, déclara lentement Victor en me fixant de ses yeux gris foncé, je vais te lier à Torma, avec la plus forte connexion qui puisse exister entre un alpha et sa meute. Tu vas me servir jusqu'à la fin de tes jours.

Lorsque Jaxson m'avait ramenée au sein des terres de la meute, ils étaient tous en train de nous attendre. Une demi-douzaine de loups, en comptant Torin et le père de Jaxson, Dean Heathcliffe.

Je me raclai la gorge et dressai un doigt.

— Donc, si je résume, vous me haïssez à cause de mon père, vous avez fait semblant de ne pas voir la façon dont la meute me harcelait tout au long de ces années, et maintenant vous voulez que… Arrêtez-moi si je me trompe… *Je vous serve ?* terminai-je en riant, ce qui scella mon sort. J'espère que vous pensez à servante et non à prostituée, parce que je vous assure que vous ne voulez pas d'une louve comme moi dans votre lit.

Le visage de Victor s'assombrit, sa peau pâle prenant la teinte blond de miel de son loup tandis qu'il faisait un pas en avant.

— Tu te crois trop bien pour te faire prendre par l'alpha ?

Oui. Bien sûr que oui, mais j'avais déjà poussé sa patience à ses limites ce jour-là, donc je décidai de ne rien dire. Victor n'apprécia pas non plus mon silence. Son poing s'abattit sur ma joue, ce qui me fit tomber de l'estrade. Une douleur insoutenable me traversa de la mâchoire au bas de ma colonne ; je sentis ma tête tourner alors que de petits points blancs et noirs dansaient devant mes yeux.

Victor se mit au-dessus de moi, une jambe de chaque côté de mon torse.

— Si je décide de te monter, petite bâtarde, il n'y a pas grand-chose que tu pourras faire pour m'en empêcher, gronda-t-il.

Il s'écarta alors, me donnant un rapide coup de pied dans les côtes en guise d'au revoir.

— Ramène-la dans cette foutue cellule et assure-toi que personne ne l'approche, rugit-il à l'attention de son fils avant de sortir par la porte en fulminant, traînant Glendra à sa suite. Elle avait des ennuis, mais j'étais trop occupée à ne pas succomber à une commotion cérébrale pour m'inquiéter pour cette chienne stupide. Elle avait fait son lit, et maintenant elle devait s'y coucher avec le sac à merde qui lui tenait lieu de compagnon.

Jaxson arriva vers moi en premier, et il me releva avec plus de délicatesse que ce à quoi je m'étais attendue.

— On est à la veille de la pleine lune, murmura-t-il. La phase de guérison va bientôt s'activer.

— Ah, grognai-je.

C'était le premier son qui sortait de ma bouche depuis que j'avais été frappée. J'étais plutôt fière de moi de ne même pas avoir gémi. Je ne ferais pas ce plaisir à ce sale malade de Victor.

Et je mourrais plutôt que le laisser me toucher.

— Descendons-la, suggéra Torin en rejoignant son meilleur ami. Avant que papa ne revienne et fasse quelque chose de pire.

Peut-être était-ce dû au coup que j'avais reçu à la tête, mais on aurait dit qu'il y avait un tout petit peu de réprobation à l'encontre de son père. Je n'avais jamais entendu Torin témoigner autre chose qu'un respect à la limite de la vénération envers le résidu de capote trouée qu'il appelait papa.

Intéressant.

Ou du moins, ça l'aurait été dans des circonstances normales. À ce moment précis, j'essayais surtout de ne pas m'évanouir.

Torin tendit les mains vers Jaxson, comme s'il allait se charger de moi, mais l'aspirant beta secoua la tête.

— Je m'occupe d'elle. Je vais m'assurer qu'elle reste en sécurité dans sa cellule jusqu'à la métamorphose de ce soir.

Torin haussa les épaules ; je ne l'intéressais déjà plus beaucoup, d'autant plus que Sisily venait d'entrer dans la pièce en tortillant du derrière et avait l'air fraîche et parfaite malgré l'heure matinale.

— Garde-la en vie, murmura Torin avant de s'en aller et de me laisser avec Jaxson.

Ma démarche n'était pas très assurée et je n'eus pas d'autre choix que de le laisser me porter à moitié tandis que je faisais un gros effort pour essayer de *lui* vomir dessus. Encore.

Le temps qu'il me dépose une nouvelle fois dans mon ancienne cellule, le martèlement dans ma tête avait empiré et je m'écroulai sur le sol dur. Fermer les yeux m'aidait, car ça me permettait de me concentrer sur une respiration normale en espérant perdre connaissance pour quelques heures.

Quelque temps plus tard, un bruit sec et métallique me sortit de ma torpeur et je découvris en relevant la tête avec précaution que Jaxson m'observait, vautré contre le mur en face des barreaux.

— Espèce de tordu, lui lançai-je d'un ton rageur en grimaçant sous le coup de la douleur dans mon crâne.

Il haussa les épaules.

— Tu n'as pas été à nouveau attaquée dans ta cellule, tu devrais peut-être me dire merci.

— Même pas en rêve, rétorquai-je avec toute la gentillesse mielleuse dont j'étais capable.

Il se contenta de m'adresser un petit sourire narquois et je fermai les yeux pour ne plus voir son visage. Je finis par m'assoupir pour être encore réveillée par une voix en colère. Quand je réussis à décoller les paupières, je fus ravie de voir que Dannie était en train de passer un savon à Jaxson.

— Qu'est-ce qu'il lui est arrivé ? rugit-elle.

Je ne voyais pas son visage d'où j'étais, mais je devinais son expression. Dannie faisait peur lorsqu'elle était en colère.

— Elle a insulté l'alpha, riposta Jaxson en se redressant pour la dominer de toute sa hauteur. Elle a de la chance d'être encore en vie.

Dannie renifla dédaigneusement et le regard de Jaxson se fit plus perçant.

— Qu'est-ce que tu fais ici de toute façon ? Personne n'est censé se trouver à cet étage.

Dannie inclina la tête en arrière et planta son regard dans celui de Jaxson sans se laisser démonter.

— Je suis ici pour m'assurer que mon amie va bien. Je ne fais confiance à aucun de vous pour veiller à sa sécurité, d'autant plus depuis que l'alpha prend un malin plaisir à punir cette fille pour un incident qui n'a rien à voir avec elle.

Je m'attendais à ce que Jaxson proteste, exposant dans les moindres détails comment la trahison de mon père avait jeté l'opprobre sur le nom des Callahan et qu'il nous fallait souffrir pour ça. Sauf que… il ne le fit pas.

Il regarda par-dessus la tête de Dannie et nos yeux se croisèrent.

— Elle est réveillée, si tu veux lui parler, lâcha-t-il d'un ton maussade.

Il ne faisait aucun doute que Dannie savait déjà que j'étais éveillée. Elle prit un moment de plus pour fixer Jaxson des yeux jusqu'à ce qu'il détourne son regard, avant de se retourner, de s'avancer vers les barreaux et de s'accroupir pour se mettre à mon niveau.

— Hé, ma douce, me sourit-elle gentiment. Tu m'as manqué.

La culpabilité me percuta comme un coup physique. Je me redressai, soulagée que le martèlement dans ma tête ait diminué.

— Je suis une enflure, soufflai-je en m'étranglant.

— Ouais. Une enflure de première, confirma Dannie en rigolant. T'as vraiment de la chance de pas avoir été à côté de Simone quand tu t'es enfuie la première fois. Cette fille jure comme un charretier…

J'éclatai de rire malgré moi, ce qui fut suivi d'un grognement alors que le martèlement reprenait avec une ardeur vengeresse. Je m'assis et me massai la tête ; j'avais désespérément envie de boire pour soulager la sécheresse de ma bouche.

Une bouteille glissa vers moi sur le sol et heurta ma cuisse. En la ramassant, je découvris qu'il s'agissait d'une des décoctions spéciales de Dannie. Elle appelait ça une boisson énergisante et m'en préparait quand j'étais patraque. Bien que ça ait un goût infect, les résultats en valaient largement la peine.

— J'ai pensé que tu aurais peut-être besoin d'un petit remontant avant ce soir, expliqua-t-elle doucement en lançant un regard vers Jaxson, qui se tenait toujours debout les bras croisés et nous observait attentivement.

Comme je lui faisais confiance, je débouchai la bouteille et en avalai le contenu en une seule fois. Le goût de chicorée était plus salé que d'habitude, mais je me contentai de me boucher le nez et de boire cul sec, comme toujours. Le martèlement dans ma tête s'estompa presque immédiatement et ma vision ne fut plus dédoublée.

— Tu es une sorcière, la taquinai-je en soupirant sous l'effet du soulagement.

D'habitude, Dannie riait avec moi quand je l'appelais comme ça, mais cette fois-ci, elle se contenta de sourire. Un sourire lent, secret, et ce ne fut pas la première fois que je me posais la question : que savions-nous réellement de Dannie la vagabonde ?

— Repose-toi, ma chérie, ajouta-t-elle avant de se retourner. Je te verrai ce soir pour la métamorphose.

— Les métamorphoses de solstice ne sont que pour les alphas et les betas, fit remarquer Jaxson en se raclant la gorge.

— Est-ce que je t'ai demandé ton avis ? rétorqua Dannie en retroussant le nez. Est-ce que j'ai ne serait-ce que regardé en direction de ton visage pathétique ?

Il semblait absolument offensé que quelqu'un lui parle ainsi, mais avant qu'il ne puisse ouvrir la bouche pour répliquer, Dannie reprit la parole :

— Tu avais toutes les cartes en main, gamin, lui dit-elle avec douceur. Et tu as tout fichu par terre par fierté et par peur. Tu as perdu tout ce que tu aurais pu avoir, et quand notre amie deviendra elle-même, elle va t'arracher le visage. Pour ma part, j'ai hâte de voir ça.

Jaxson bafouilla, mais Dannie remuait déjà les fesses jusqu'à être hors de vue, insensible au fait qu'un métamorphe furieux et à moitié transformé se tenait derrière elle.

J'avais de la chance d'avoir une amie qui pensait que je valais quelque chose quand tout le monde autour de moi, excepté Simone, m'avait abandonnée.

Les yeux noirs et intenses de Jaxson étaient rivés sur moi, sa mâchoire serrée et inflexible, tandis que l'énergie et l'odeur de son loup emplissaient les cellules du sous-sol.

— Ne perds pas la tête, lui déclarai-je sans ménagement. Je me fous de savoir pourquoi tu en veux à Dan. Contrôle-toi.

Il me jeta un regard meurtrier, mais je fermai simplement les yeux et inclinai ma tête en arrière, déterminée à me reposer et à guérir autant que possible avant la métamorphose de la pleine lune. Il arrivait que des loups meurent lors de leur première transformation, leurs corps étant trop faibles pour l'âme qu'ils hébergeaient.

Il n'y avait pas moyen que je donne satisfaction à ces enfoirés, qu'ils me regardent succomber de cette façon à ma louve. Ils allaient me voir plus forte que jamais, et un jour, avec un peu de chance dans un avenir proche, ils ne représenteraient plus une menace pour moi.

11

La douleur était partie depuis longtemps quand la nuit tomba ; l'énergie faisait des étincelles, et ma peau me picotait partout comme si j'avais mis la main dans une prise électrique. J'avais toujours perçu au sein de mon âme le rythme étranger de quelqu'un d'autre, ce qui était normal pour une métamorphe. Mais ce soir-là, c'était différent. Elle s'étirait les pattes et se débattait contre les contentions invisibles qui nous avaient été imposées pendant des années.

Nous étions vingt à nous tenir debout, nus, la peau baignée de la lumière éclatante de la lune. J'étais derrière, essayant désespérément de ne pas penser à quel point j'étais vulnérable face à un paquet de loups qui me détestaient. Par bonheur, Dannie était là, habillée, puisqu'elle ne participait pas à la métamorphose. C'était bon d'avoir une amie pour assurer mes arrières.

Et heureusement, mes pires harceleurs, Jaxson et Torin, étaient avec leurs pères. Peut-être allais-je pouvoir m'en sortir sans avoir affaire avec aucun d'entre eux.

— Les nouveaux métamorphes ! cria l'alpha. C'est enfin l'heure de laisser vos bêtes courir en liberté et d'expérimenter le pouvoir propre aux sang-purs de notre meute.

Dean s'avança et, bien qu'il ne soit que le beta, sa présence était aussi imposante que celle de l'alpha. Il était grand et large d'épaules, comme son fils, les cheveux noir d'encre et les yeux d'un bleu perçant. Il avait l'air bien trop jeune pour avoir un fils dans la vingtaine, mais c'était l'avantage de la génétique des loups.

— La lune est presque à son apogée. Très prochainement, vous allez perdre toute pensée consciente et permettre à votre loup d'être enfin libre.

Sa voix avait un accent grave. Malgré le fait qu'il ait grandi ici, il roulait toujours les « r », à l'européenne.

— Vous ne devez pas avoir peur de ce changement, reprit-il, car nous serons avec vous tout le temps pour vous garder en sécurité, vous et le reste de la meute.

Voilà qui était rassurant. Pour tout le monde, sauf moi. Je ne m'étais pas attendue à me retrouver ici pour ma première métamorphose, mais il fallait maintenant que j'en tire le meilleur parti. Ma louve était prête à courir et rien de ce que je pourrais faire ne l'en empêcherait.

L'air était glacial, mais je n'avais pas froid, loin de là. Mon sang bouillonnait tandis que j'inclinais la tête en arrière, laissant mes cheveux retomber dans mon dos en vagues souples. Alors que l'énergie s'accumulait dans mon ventre en un tourbillon de puissance presque insupportable, j'eus l'impression que mes cheveux aussi tourbillonnaient autour de moi.

Quand la lune apparut, sa lumière la plus brillante de la nuit, mes yeux se fermèrent involontairement sous son éclat et l'esprit de mon loup s'éleva, réellement visible à mes yeux pour la toute première fois. Elle était entourée d'un rouge profond, ardent, comme une aura, et alors qu'elle poussait vers la surface, la barrière qui la retenait tomba.

Sois libre. Cours.

Sa chaleur m'effleura le visage comme une caresse, mais ce fut la fin des doux contacts lorsque le changement me submergea. Je tombai à quatre pattes ; la douleur éclata dans chacune de mes terminaisons nerveuses et je me cambrai sous l'effet de l'allongement de mon corps.

— Je vais t'aider à traverser ça…

J'avais manqué la majeure partie du discours de l'alpha, concentrée comme je l'étais sur ma louve, mais je ris presque tout fort quand les mots m'atteignirent. La seule chose qui m'en empêcha, c'était que j'allais probablement hurler ma souffrance si j'ouvrais la bouche. J'étais certaine que ce salaud préférerait mourir plutôt que d'alléger ma douleur de quelque façon que ce soit.

Le craquement des os résonna dans la clairière. Je n'étais pas la seule à me retrouver plongée dans une souffrance paralysante et, lorsque mes doigts se brisèrent et que je m'affalai sur mes avant-bras, je commençai à prier que personne ne m'attaque tant que je n'étais pas en mesure de me défendre.

Bête de l'Ombre. Aide-moi à survivre à ça.

Ça m'avait toujours paru amusant que nous vénérions une entité décrite comme étant une silhouette sombre et effrayante vivant dans les ombres et tenant plus de l'animal que de l'être humain. Sans parler du fait qu'il y avait littéralement le mot *bête* dans son nom.

C'était cependant juste un surnom, personne ne connaissant son titre originel. C'était soit un secret de longue date, soit une information qui s'était perdue au fil du temps, jusqu'à ce que finalement il ne soit plus connu que sous le nom de Bête de l'Ombre.

Celui qui vous traque dans la nuit.

— Relâchez vos loups ! cria Dean.

Cette fois-ci, il y eut des hurlements, car la partie la plus intense de la métamorphose nous plongeait dans un état à mi-chemin entre l'humain et l'animal. Au bout d'un moment, la part humaine de mon esprit s'estompa au profit de la louve et, quand cela se produisit, la douleur fut mise en sourdine.

Libre. Enfin libre. Courir, courir, courir, courir. Courir sous la lumière de la lune. Chasser le lapin et sentir les proies tout autour de nous. La meute. La famille. Liés. L'alpha…

Je me perdis, comme tous les loups nouvellement transformés.

Elle n'était qu'instinct, sol sous ses pattes, lumière de la lune sur son dos, liberté dans son cœur.

Et tandis qu'elle filait à travers la forêt, la confusion dans laquelle avait été plongé mon esprit humain s'estompa et je repris peu à peu connaissance. Je me retrouvai parfaitement consciente, courant dans le corps agile d'une louve, et je fus prise de panique l'espace d'un instant.

Qu'est-ce qui est en train de se passer ?

Qu'est-ce qui avait ramené si rapidement mon cerveau en mode normal ?

Courir ensemble ?

Bon sang, c'était le truc le plus hallucinant qui me soit jamais arrivé, mais aussi le plus incroyable. La louve avait toujours le contrôle, même si je reprenais de plus en plus connaissance, et quand elle baissa la tête pour renifler le sol, je vis une patte rouge et trois pattes noires. Le reste de moi semblait être composé de diverses teintes de rouge, tout comme ma chevelure, et j'aurais pu rire de cette ironie. Aucun métamorphe de Torma n'avait de cheveux de cette couleur, donc il n'y avait aucun loup roux. Maintenant, j'étais comme un phare à la lueur de la lune. Merci les Callahan et leur longue lignée de têtes étincelantes.

Courir ! me pressa de nouveau ma louve.

Et je mis de côté mes inquiétudes, cette fois-ci pour profiter de son enthousiasme.

D'accord ! Une balade rapide et ensuite on s'échappe.

Une opportunité venait de s'offrir à moi. Le fait que j'étais consciente durant cette course dans la forêt alors que personne ne s'y attendait signifiait que je pouvais essayer de m'éclipser. M'échapper à nouveau de la meute et, cette fois, je ne m'arrêterais jamais.

Nous nous mîmes toutes les deux d'accord sur le plan et nous élançâmes. Quelle que soit la gêne que j'avais ressentie du fait d'être présente, elle s'effaça sous l'effet de la joie de courir en tant que louve. Sa vision était un mélange de noir, de blanc et de gris, avec une légère touche de vert. Et malgré les ténèbres de la forêt, une fois que la lumière de la lune eut quitté notre fourrure, nous pûmes quand même voir comme en plein jour. Et les odeurs… tout était démultiplié par rapport à ce dont j'avais l'habitude. Maintenant, j'avais l'impression de pouvoir différencier les parfums de pins, celui du pin gris de Californie étant le plus fort pour ma louve. Les plus grands arbres avaient une odeur profonde, terreuse, avec une pointe d'agrume. Les séquoias sentaient un peu la poussière, teintée de…

Lapin ?

L'intérêt de ma louve pour la forêt cessa au moment où l'odeur d'un lapin nous toucha les narines. Elle se tourna rapidement, s'éloignant de la meute, à la recherche de la nourriture. Elle avait un besoin urgent de faire son premier repas et, apparemment, il y avait du lapin au menu. Je m'étais attendue à me sentir un peu dégoûtée par son désir de manger une créature vivante et bondissante, mais je ne ressentis aucune répulsion. Au lieu de ça, je perçus ses instincts de chasseresse aussi fortement que s'il s'était agi des miens.

Nos sens étaient totalement verrouillés sur la créature dont nous traquions la piste et, alors que nous allions toucher au but, je sentis l'odeur de quelqu'un qui nous avait manifestement suivies dans le sens du vent.

Instinctivement, nous nous couchâmes et roulâmes alors qu'un loup énorme nous atterrit dessus.

Nous n'avions pas encore pris le coup de notre nouveau corps et de nos nouvelles aptitudes et étions donc à la merci de ce métamorphe bien plus gros que nous. Dans un premier temps, je crus que c'était une attaque, mais lorsqu'il m'envoya bouler pour jouer, je compris ce qui était réellement en train de se passer : c'était une façon pour la meute de tisser des liens. Le seul problème était que je savais qui était ce loup et bien qu'il s'attende à ce que je n'aie aucun souvenir de ce moment qu'il était en train d'essayer d'initier, je m'en souviendrais assurément.

Jaxson n'allait pas m'avoir comme ça, mais m'enfuir risquait de trahir le fait que j'étais actuellement consciente. Je n'avais donc pas d'autre choix que de jouer le jeu. Heureusement, ma louve prit de nouveau l'ascendant sur nos pensées et j'en revins au deuil de la vie que j'aurais pu avoir si mon père n'avait pas tout fichu en l'air. Mon père, qui n'était même pas là pour assister à ma première métamorphose. Nous en avions tellement parlé. Tous ces plans et ces rêves, réduits en poussière.

Non pas qu'il soit le seul à blâmer pour ces dix dernières années. La meute aurait pu suivre une autre voie, une approche plus logique qui n'aurait pas puni des métamorphes innocents pour les actions d'un seul individu. Tout particulièrement Jaxson. Je m'étais attendue à mieux de sa part.

Ce moment était douloureux.

Et les souvenirs de cette nuit me hanteraient pendant des années, mais je ne pouvais me résoudre à partir.

Le loup de Jaxson et le mien jouèrent durant des heures, batifolant comme s'ils étaient de vieux amis. Ce qu'ils étaient, techniquement, mais ils étaient désormais ennemis, et c'est ce dont nous devions nous souvenir par-dessus tout.

Meute, gémit ma louve.

Non, lui rappelai-je. *La meute n'attaque pas la meute. Ils nous détestent.*

Elle était enfin libre de ses chaînes et avait momentanément oublié les dix dernières années, prise comme elle l'était par la sensation enivrante de courir en liberté et d'être avec sa meute. Pour elle, les loups n'avaient jamais été un problème : c'était le côté humain qui était à l'origine de tous ces drames.

Je la laissai avoir ce moment et, pour être honnête, nous en profitâmes toutes les deux.

Quand la lune perdit enfin de son éclat et que la lumière du petit jour s'avança lentement sur les terres de la meute, nous ressentîmes l'appel de l'alpha, tirant sur les liens qui nous unissaient à cette meute et à ce sociopathe.

Merde !

Nous avions oublié notre évasion et maintenant il était trop tard pour tenter le coup. Ils allaient à présent garder un œil sur moi et il me faudrait donc attendre le bon moment.

La prochaine métamorphose, à coup sûr.

Ma louve était fatiguée alors que nous trottinions avec les autres vers la maison de la meute, et c'est seulement lorsque l'alpha apparut que je me souvins d'un autre fait glaçant : il avait dit qu'il allait me lier à lui d'une façon qui lui assurerait que je ne puisse jamais m'échapper.

Et j'avais gâché ma seule chance de m'enfuir parce que j'avais couru avec un bâtard qui m'avait laissée tomber dès que les choses avaient tourné au vinaigre.

Pourquoi ai-je été aussi stupide ?

Ma louve ne comprenait pas le problème. Elle s'imaginait que nous étions assez fortes pour filer à n'importe quel moment, mais merde… Ils m'avaient déjà retrouvée une première fois, et ça avant même que les liens ne soient aussi étroits qu'ils ne l'étaient à présent. Et si l'alpha les renforçait encore…

Nous serions à jamais prisonnières.

Je tournai la tête, mais Jaxson était juste sur ma droite, collé à moi ; je n'avais aucun moyen de fuir. Mon cœur battait la chamade, la louve s'effaçant de plus en plus à mesure que nous nous approchions de l'alpha. Il était redevenu humain et nous attendait, nu. Il y avait plus de loups à présent, une bonne partie de la meute s'étant jointe à la course de cette nuit. Je ne vis pas Dannie, mais j'espérai qu'elle était là, quelque part. J'avais besoin d'une alliée.

Tandis que ma louve rejoignait les autres, un loup gris foncé fila rejoindre l'alpha et commença à se transformer. Ma louve fit un bond en avant dans sa direction alors que mes entrailles explosaient, des étincelles parcourant tous mes sens. L'intensité me jeta presque à terre.

Je n'avais aucun moyen d'arrêter ma louve alors qu'elle sprintait vers le loup gris.

Le fils de l'alpha.

Notre véritable compagnon.

12

Torin n'avait pas encore repris complètement forme humaine et avait dû nous sentir juste au moment où la magie allait se répandre sur lui. Les véritables compagnons devaient être transformés et proches l'un de l'autre pour que leurs loups reconnaissent leur connexion.

J'avais complètement perdu le contrôle de ma bête à présent que nous courions encore plus vite que le vent, nos âmes désespérément à la recherche de celui qui ferait de nous un tout. Celui qui réparerait les injustices que cette meute nous avait infligées.

Si j'avais eu toute ma tête, j'aurais été dégoûtée par ce sentiment. Je n'étais pas du genre à me tourner les pouces en attendant un foutu chevalier blanc. Pas moyen. Mais les loups ne réfléchissaient pas comme les humains et les liens entre compagnons étaient sacrés, vénérés… et précieux.

C'était le côté humain qui mettait le bazar dans la magie.

Victor sembla décontenancé de nous voir foncer sur lui, et je le vis ajuster sa posture comme s'il se préparait à être attaqué. Il pensait que nous étions bien comme notre père, mais il avait tort sur toute la ligne.

L'expression sur son visage devint presque comique lorsque je le dépassai pour me diriger vers son fils encore sous sa forme de loup. Pendant ce temps-là, Torin se hérissa, et ce fut la première chose qui m'indiqua que ça n'allait pas bien se passer.

Ce qui n'était pas une grande surprise pour moi, même si ma louve avait davantage confiance.

J'éprouvais un mélange d'émotions, qui tendait fortement vers l'incrédulité, le dégoût et l'agacement, mais il y avait aussi un tout petit peu d'espoir. L'espoir que c'était peut-être le moment où tout allait changer pour moi dans cette meute.

Torin serait le prochain alpha. Il contrôlerait tous les loups et, si j'étais sa véritable compagne, ils devraient apprendre à me tolérer. Je n'aurais peut-être plus à porter les péchés de mon père sur mes épaules.

Il se redressa à mon approche ; son loup faisait presque le double du mien et était d'un gris si foncé qu'il en était presque noir. Il y avait quelques taches de blanc sur son œil droit, et deux chaussettes blanches sur ses pattes arrière, mais en dehors de ça, c'était une bête de l'ombre. Une bête magnifique qui ne montrait aucun effet secondaire à la suite de la lame que j'avais plongée dans sa poitrine.

Torin fit un pas vers moi, mais avant que nous ne nous touchions, un autre loup sauta entre nous, grognant et grondant. Je ne le connaissais pas, mais son identité n'était pas très dure à deviner d'après son épaisse fourrure acajou. Cette couleur, associée à sa possessivité agressive, ne laissait aucun doute : c'était Sisily que j'avais en face de moi.

Et elle était furieuse.

Sa louve me rentra dedans, et contrairement à Jaxson, cela n'avait rien d'un jeu. C'était de la violence pure, ses griffes et ses crocs me déchirant avec une intensité qui n'était pas juste destinée à me remettre à ma place. Le but était de faire mal... peut-être même de tuer.

Je n'avais strictement aucune expérience de combat sous ma forme de loup, mais mes instincts prirent le dessus et nous répliquâmes. Mes mâchoires se refermèrent sur sa chair, et comme elle n'était pas aussi habituée que moi à la douleur, elle laissa échapper une série de cris perçants. Ma bouche se remplit de sang et je pouvais sentir son pouvoir tandis qu'il s'écoulait de son corps vers le mien. C'était une sensation des plus étranges, mais j'étais tellement absorbée par le combat que je n'en avais rien à faire.

— Assez !

L'ordre de l'alpha nous figea toutes les deux sur place et je fus arrachée à elle et traînée jusqu'à m'étaler devant Victor. Je me remis debout en grognant sur l'alpha avant de reporter mon attention sur l'humain à ses côtés : Torin.

— Qu'est-ce que tu veux que je fasse, fils ? demanda Victor, qui me fixait intensément jusqu'à ce que je détourne le regard, immobilisée par son pouvoir d'alpha.

Torin avait la mâchoire serrée, ses lèvres frémissaient, et je n'arrivais pas à comprendre ce qui était en train de se passer. C'était mon compagnon. Mon véritable compagnon. La deuxième moitié de mon âme.

Est-ce qu'il était réellement en train de peser le pour et le contre, là ?

— Bannis-la de la meute, déclara Torin. Je ne veux plus jamais revoir son visage.

Il semblait peu sûr de lui, mais il ne se rétracta pas.

Je fus engloutie par une douleur comme je n'en avais jamais ressenti auparavant, ce qui n'était pas peu dire. Comme si une tonne de briques venait de me tomber dessus. Sur mon cœur. D'une façon plus destructrice que les poings et les tourments ne l'avaient jamais été. Ma louve, si fraîchement libérée, rejeta la tête en arrière et se mit à hurler vers le ciel. Notre âme était en train de se briser en éclats cristallins de souffrance et le cri perdura bien au-delà de notre capacité à respirer.

— La bannir ne rompra pas le lien, le prévint Victor, qui arborait un air suffisant et satisfait à l'idée de ce qu'il allait se passer.

— Je l'expurgerai de mon âme, même si c'est la dernière chose que je ferai, cracha Torin en s'accroupissant pour être à notre niveau.

Durant un instant qui se prolongea, son regard resta plongé dans le mien. Ses yeux étaient baignés d'une émotion inconnue tandis que les miens étaient sans doute remplis de douleur. Quoique la colère ait commencé à poindre sous la souffrance, et je m'y accrochai comme si c'était une bouée de sauvetage. La colère nous permettrait de nous en sortir.

— Tu es une honte pour tous les métamorphes, énonça-t-il lentement comme si j'allais avoir des difficultés à comprendre. Tu ne t'en rappelleras probablement pas demain matin, mais tu ressentiras notre lien se rompre quand je commencerai le processus de rejet.

Il se mit debout d'un mouvement rapide pour tendre la main et attirer dans ses bras une Sisily très nue. Sa peau humaine était parsemée de coupures et d'ecchymoses, mais pas assez à mon goût.

— Sisily sera la prochaine alpha, avec moi, déclara-t-il en remuant le couteau dans la plaie. Et si tu remets à nouveau un pied sur cette terre, on se fera un grand plaisir de te tuer.

Je n'aurais pas pensé que je pouvais être encore plus blessée que lorsqu'il avait dit à son père de me bannir, mais il l'embrassa, ses mains parcourant son corps, sa langue caressant une chienne qui n'était pas sa compagne. Quand mon âme cria cette fois-ci, notre hurlement fut plus bruyant que je ne l'avais jamais entendu, et ce n'est que quand Victor essaya de me faire reculer que je remarquai que ça faisait mal aux métamorphes alentour. Des membres de la meute se jetaient au sol, se bouchant les oreilles pour ne plus entendre ma complainte solitaire.

— Tuez-la ! hurla Victor. Tuez la chienne démone !

Chienne démone ? J'allais lui montrer, moi, ce qu'était une chienne démone.

— *Non !* s'écria Torin trop tard.

Dean Heathcliffe, l'ami de la famille devenu ennemi, tenait mon cou entre ses mains et, alors qu'il le faisait vriller brusquement, je puisai profondément en moi la force de me sortir de là. Il n'y avait pas moyen qu'ils gagnent, cette fois. Plus jamais je ne me soumettrais à la volonté de la meute de Torma.

Je savais que j'avais des forces inexploitées ; il fallait juste que je les trouve.

Ma louve me montra la voie, son cri paralysant n'étant que la partie émergée de l'iceberg. Je lui laissai les rênes et sa puissance s'éleva dans l'univers comme une balle, et nous nous rappelâmes à juste titre que nous n'étions pas nées d'un esprit humain.

C'était la Bête de l'Ombre qui nous avait donné naissance, et c'était elle que ma louve appelait.

Un autre hurlement jaillit alors même que Dean tentait de nous briser le cou. Mais ses mains glissèrent.

Il essaya, encore et encore, mais il était à chaque fois contrecarré par le pouvoir de ma bête.

Le monde passa de noir, blanc, gris et vert à quelque chose dans des teintes de violet profond. Cette nouvelle vision s'étendait à travers le paysage bien éclairé et une deuxième vue s'ajouta à celle déjà existante.

Je pouvais soudainement voir des objets qui ne s'étaient pas trouvés là auparavant, comme si un voile s'était abattu sur le monde réel. Les mains de Dean glissèrent sur moi une dernière fois et il tomba au sol, incapable de me toucher un instant de plus.

Nous nous remîmes sur nos pieds en secouant notre fourrure, et alors que je me penchais en avant, mon nez effleura l'une des nouvelles silhouettes sombres de ma vision voilée. Un être dans l'ombre qui mesurait environ un mètre quatre-vingts de haut.

Il a réagi.

Cette foutue ombre avait réagi.

Elle fit volte-face avant de s'enfuir en bondissant.

Ma louve était tout aussi choquée que moi, et nous tentâmes toutes deux de comprendre ce que nous avions bien pu faire. Elle fit de nouveau un bond en avant pour tenter de toucher d'autres ombres ; cette fois-ci, ça ressemblait à un arbre qui ne faisait absolument pas partie des territoires de la meute. Les champs autour de la maison étaient habituellement dégagés, donc ça venait de cet *autre* lieu.

Lorsque je tirai avec force sur l'arbre d'ombre, une petite explosion de puissance déclencha une onde de choc et je fus violemment repoussée de la branche brumeuse. Ma louve gémit quand j'atterris sur le sol, complètement épuisée. Je me préparai au changement qui s'amorçait.

Je m'attendais à ce que ça prenne un long moment et que ça fasse un mal de chien, mais la transformation fut terminée en quelques secondes, et je me remis debout, découvrant alors que les autres membres de la meute gisaient au sol.

Complètement dans les vapes.

Merde. Par l'enfer des métamorphes, qu'est-ce que j'avais fait ?

13

J'aurais pu croire qu'ils étaient tous morts, sans mes sens fraîchement améliorés. C'était si calme et seul un silence inquiétant me tenait compagnie alors que j'avançais prudemment. Les terres de la meute étaient presque toujours le cadre de festivités, que ce soit sous nos formes humaines ou lupines, mais il n'y avait d'autre signe de vie que le lent mouvement de respiration de leurs poitrines.

Les pieds nus, j'avançai à pas feutrés dans l'herbe douce, enjambant les loups autour de moi en faisant attention à ne pas les déranger. Ma seule pensée était que l'on venait de m'offrir une deuxième opportunité, une parfaite occasion de m'échapper, et que je n'allais pas la gâcher cette fois.

Il fallait que je rompe ce lien avec la meute de Torma.

Avec Torin. Ce foutu salaud.

Maintenant que j'avais repris ma forme humaine, j'aurais aimé avoir le temps de le poignarder de nouveau puis de le décapiter prestement. Même un métamorphe ne pourrait pas s'en remettre. Mais pour le moment, il fallait que je me contente de quitter cet abruti qui me tenait lieu d'âme sœur. Et ne jamais revenir en arrière.

À ce moment-là, la lumière du petit matin s'était faite plus présente et le soleil avait un certain mordant qui laissait penser que ce jour s'annonçait comme l'une de ces « chaudes » journées d'hiver. En règle générale, elles étaient suivies d'un gel massif et nous trouvions au réveil des plaques de verglas et de neige.

Je ne serais pas là pour le voir, de toute façon. Moi et mon derrière tout nu étions sur le départ.

Ma louve gémit doucement dans ma poitrine, un son triste et mélancolique. Elle avait nourri tellement d'espoirs pour celui qui partagerait son âme ; peut-être que si ça avait été le loup de Torin aux commandes, les choses se seraient passées différemment. Les loups avaient de l'honneur, d'une façon dont les humains étaient dépourvus.

Elle se remit à gémir, mais n'essaya pas de m'imposer sa volonté. Elle acceptait notre sort. Il y avait trop de différends entre Torin et moi pour que l'on puisse envisager de faire la paix un jour, et je préférais mourir que de lui permettre de nous revendiquer.

Il ne veut pas de nous.

Je n'étais pas sûre de savoir à qui appartenait cette pensée, mais c'était la vérité vraie et il me fallut baisser les yeux pour m'assurer que je n'avais pas une lame dans la poitrine cette fois.

Cours !

La louve me sortit de ma rêverie et, bien que je me sois discrètement frayé un chemin à travers le champ, sans faire de bruit, j'avais fait abstraction d'un énorme obstacle sur ma route : Torin.

Il sortit de l'ombre… mon compagnon.

Celui qui m'avait répudiée, pour être exacte.

Torin n'avait apparemment pas été aussi touché que les autres par ce que j'avais bien pu faire, et il s'était dirigé sur moi dès l'instant où il l'avait pu. En parlant des autres, ils étaient à présent en train de remuer.

— Qu'est-ce que tu penses être en train de faire, putain ? demanda Torin avec mordant, d'une voix grave et grondante.

Un grognement s'échappa de mes lèvres, plus animal que ce que j'avais été capable de faire avant cette nuit.

— Je m'en vais, répliquai-je d'une voix rageuse. Pour ne jamais revenir. Tu devrais être content.

Ce fut au tour de Torin de gronder et, malheureusement, le son fut bien plus impressionnant. Il s'avança d'un pas raide, les muscles de ses bras et de son torse tendus. Puisqu'il était nu, il me fut facile de voir son sexe se durcir, comme si je le faisais réagir, malgré le rejet de notre connexion.

Tournant rapidement les talons, je m'enfuis dans la direction opposée et parcourus une bonne distance avant qu'il ne me tacle. Nous luttâmes, mais ce n'était pas du batifolage. Non, il s'agissait pour moi de survie et, une fois de plus, je fus vaincue par la force physique supérieure d'un métamorphe mâle.

Si je survivais à tout ça, il faudrait que je travaille mes aptitudes au combat qui permettraient d'égaliser les chances dans les bagarres.

Torin me releva sans ménagement, enserrant mes biceps de ses mains tandis qu'il me maintenait sur place.

— Tu ne fais rien sans ma permission, gronda-t-il. Tu. Es. Mienne.

Je lui donnai un coup de genou dans ses bijoux de famille, et le temps que ses testicules redescendent de sa gorge, le gonflement de son sexe aurait disparu depuis longtemps. Les métamorphes étaient coriaces, mais je n'y étais pas allée de main morte sur ce coup-là et ce fut suffisant pour qu'il tombe en arrière, les mains en coupe sur son entrejambe.

— En ce qui me concerne, tu es mort, déclarai-je d'un ton calme, ne voulant plus ressentir la moindre émotion vis-à-vis de lui. Ne te pointe plus jamais vers moi ou la prochaine fois que je t'embrocherai le cœur, ce sera avec quelque chose qui te tuera.

Il se jeta de nouveau sur moi, mais j'étais déjà en mouvement, courant à toute vitesse à travers la clairière.

— Arrêtez-la ! hurla Victor d'une voix grondante, alors qu'il se réveillait totalement.

Je ne regardai pas en arrière, allant de l'avant malgré mon épuisement. Un bruit de pas résonna derrière moi, plus proche que je ne l'aurais aimé, et j'accélérai, presque à bout de force.

— Sunny ! feula Jaxson.

Connard.

Je trouvai tant bien que mal une petite réserve d'énergie, courant encore plus vite. Jaxson laissa échapper à voix basse un juron et j'entendis un très léger son lorsqu'il plongea pour me plaquer. Je m'y étais cependant attendue, car lui et Torin avaient des approches très similaires et, en jugeant de la direction de son attaque, je me décalai sur le côté pour l'esquiver.

J'avais le pied sûr et fort malgré la fatigue et je ne fus pas ralentie par ma manœuvre d'évasion. Si le fait d'être une métamorphe ne s'accompagnait pas de toutes ces conneries de meute, j'aurais pu croire que c'était la meilleure chose qui me soit jamais arrivée.

— Mera !

C'était Torin qui mugissait ainsi et ça me fit vraiment comme un coup de fouet de sa part. Comment une personne ayant répudié sa compagne pouvait-elle être aussi inflexible ? Pourquoi ne pas me permettre d'aller ailleurs ?

Je n'eus pas le temps de réfléchir à la question parce que l'alpha avait dû décider qu'il en avait assez et, alors qu'il tirait d'un coup sec sur les liens qui m'unissaient à sa meute, je finis par trébucher et chuter en avant.

Enfoiré.

J'avais oublié cette histoire de contrôle de l'alpha, et même s'il avait peu d'effet sur moi, c'était suffisant pour me faire perdre l'équilibre.

Tandis que je prenais appui sur mes bras pour me relever, un poing dense s'abattit sur ma tempe et ma vision devint floue et grise sur les bords. Les métamorphes avaient une sacrée droite, et bien que je n'aie aucune idée de qui m'avait frappée, le coup me coupa très nettement de la réalité.

***

Il fallait au moins trente minutes pour guérir d'une blessure à la tête. Le temps que je sois de nouveau en état de me battre, j'avais été emmenée dans la maison de la meute et attachée à la colonne d'un lit. Elle était faite de métal renforcé qui semblait incassable, même pour des métamorphes. Mes menottes cliquetèrent contre elle lorsque je me réveillai en sursaut.

— Pourquoi elle est dans ta chambre, putain ? lança rageusement Sisily en enfonçant un doigt dans la poitrine de Torin. Tu l'as répudiée et je veux la voir morte. Maintenant.

Alors que je jetais des regards frénétiques autour de moi, je les vis tous deux en face de moi dans la chambre.

La chambre de Torin.

Il m'avait fait emmener dans sa chambre ?

Elle était faiblement éclairée, avec juste un petit éclat de lumière qui filtrait par le volet partiellement ouvert, mais avec ma nouvelle vision de métamorphe, je n'eus aucun mal à distinguer Torin et Sisily qui se disputaient, tous deux heureusement complètement habillés.

— C'est ma prisonnière, répondit Torin d'une voix mesurée. Mon père m'a conseillé de réfléchir à ce que je voulais faire d'elle.

— Qu'est-ce qu'il y a à réfléchir ? cria Sisily encore plus fort. Tu as dit que tu m'aimais. Que tu voulais faire de moi ta compagne. Tu n'as qu'à tuer cette mocheté et passer à autre chose.

Son attention était fixée sur Torin, mais il me regardait, détournant les yeux par-dessus son épaule pour croiser mon regard. Cette chienne égocentrique n'avait probablement même pas remarqué que son « chéri » prêtait à peine attention à ce qu'elle disait.

Les yeux plissés, j'essayai de tuer Torin juste par la pensée, et un petit sourire narquois se dessina aux coins de ses lèvres. Je fis abstraction de la façon dont son sourire me touchait encore et forçai les souvenirs de son rejet à prendre place au premier plan de mon esprit. C'était la seule chose que j'avais besoin de me rappeler.

Sisily était toujours en train de hurler des insultes, chaque phrase toujours moins cohérente et plus larmoyante que les précédentes, mais elle fut totalement interrompue par Torin quand il l'entoura de ses bras et attira violemment cette garce de métamorphe contre son corps. Il lui prit la bouche au même moment et ça ressemblait drôlement à une punition pour mon manque de réaction face à lui.

Je n'arrivais pas à détourner les yeux. J'étais avide de punition et de douleur, et une souffrance sombre m'envahit alors que je les fixais du regard.

Sisily gémit bruyamment, et comme Torin ne faisait rien d'autre que l'embrasser, je ne pouvais que me demander si ce numéro ne m'était pas uniquement destiné. Même de sa part à elle.

Les mains de Torin descendirent plus bas sur ses fesses, la soulevant tandis qu'elle enroulait ses jambes autour de lui. Ma poitrine explosa sous la douleur. Il la tenait tendrement contre lui d'une façon dont seule une vraie compagne aurait dû faire l'expérience. Petit numéro ou non, ça faisait un mal de chien.

Je ne connaissais pas toutes les étapes qui visaient à rompre convenablement le lien entre compagnons, mais je savais qu'une démonstration publique de rejet comme celle-là faisait partie des premières phases. Je refusai d'ouvrir la bouche et de laisser échapper le hurlement qui grandissait dans ma poitrine. Au lieu de ça, je me mordis très fort la langue, faisant de la douleur et du sang une distraction.

Torin essayait de me briser. De la pire des façons, avec une femme que je haïssais au plus haut point. Mais j'étais experte dans l'art de dissimuler mon chagrin, grâce à toutes les années qu'ils avaient passées à me forger dans le feu comme de l'acier trempé.

Je pouvais le faire.

À ce stade, Sisily était à demi nue, essoufflée, gémissante, et se frottait contre lui comme une chienne en chaleur. Malgré le fait que j'arrivais à peine à respirer sous l'effet de mon âme qui volait en éclats, je n'allais pas rester assise là comme une victime.

Non merci.

— Allez, Sis, dis-je avec mordant. Tu as regardé du porno qui a mal vieilli. Plus personne ne dit « allez, bébé, prends-moi, s'il te plaît ». Faut que tu travailles tes paroles cochonnes.

J'étais soulagée de constater que ma voix semblait calme avec juste une pointe d'amertume. Torin émit un grondement puissant qui résonna, alors je me tournai vers lui avec une fausse expression d'ennui.

— Je dois dire qu'après des années à entendre les rumeurs, je m'attendais à… plus.

Je baissai les yeux vers le devant de son pantalon ; en dépit du léger tissu du short de basket qu'il avait enfilé, on ne voyait pas la moindre trace d'excitation à cet endroit-là. Si je n'avais déjà vu son paquet plutôt impressionnant, j'aurais pu penser qu'il s'était comporté comme un connard toutes ces années pour compenser une petite queue. Mais non, le fait que Sisily se frotte contre lui ne l'excitait absolument pas. Pauvre chienne débile et désespérée.

— Tu devrais t'en tenir à un homme qui ne te considère pas comme sa sœur, lui suggérai-je avec obligeance.

Sisily hurla et se jeta sur moi, mais Torin l'arrêta avant qu'elle ne soit près de moi.

— Elle est jalouse, rit-il d'un air sacrément suffisant. Et maintenant, elle va pouvoir me voir pencher ton cul parfait contre mon lit et fourrer ta petite chatte bien serrée avec ma queue plus grosse que la moyenne.

Je ricanai.

— Serrée… ouais, bien sûr. Après tout, Don et Shortie l'ont prise à deux… dans le même trou, ajoutai-je avec une grimace. Mais tu sais, je suis sûre que les rumeurs qui disent qu'elle se fait un petit peu pipi dessus quand elle rigole sont grandement exagérées. Les exercices de Kegel sont le top du top. Tu devrais te renseigner.

Je lui lançai un regard plein de fausse compassion. Sisily avait les joues rouges et ses yeux lançaient des éclairs tandis qu'elle essayait de reprendre le contrôle de sa fureur avec des respirations profondes. Jouer de nouveau l'impertinente m'aidait à cloisonner la douleur ; il n'y avait plus que mon âme qui me faisait mal, mais qui avait besoin d'une âme intacte de toute façon ?

Un peu de noirceur n'avait jamais tué personne.

Torin avait reposé ses fichus yeux sur moi ; il me dévisageait et me fixait comme jamais il ne l'avait fait auparavant. Comme s'il me voyait pour la première fois. Je n'aimais pas ça. Ça donnait à ma louve l'envie de se tortiller, et une part de moi haletait comme si c'était moi la chienne en chaleur à présent. Non. Merci.

Quand il se rendit compte que j'affichais toujours une expression d'indifférence, il plissa les yeux et, sans me quitter du regard, fit pivoter Sisily et releva sa jupe d'un coup sec. Quand son sexe apparut un instant plus tard, il était enfin dur. Apparemment, il avait fini par comprendre comment le faire fonctionner de nouveau.

— Tu l'as cherché, murmura-t-il.

Je me demandai ce que penserait Sisily si elle savait qu'il était en train de la baiser en me regardant droit dans les yeux.

— Je vais te donner quelques astuces, déclarai-je en me forçant à sourire d'un air suffisant. Il semble que tu aies besoin d'aide.

Il s'enfonça brutalement en elle et elle grogna, battant des cils jusqu'à fermer les yeux.

Je brûlai d'envie de faire la même chose : fermer les yeux et me boucher les oreilles, mais je refusai de détourner le regard. Tout ce qui me restait à ce stade, c'était ma fierté, et les poules auraient des dents avant que je lui laisse la satisfaction de me voir ébranlée.

Je me forçai à me détendre en inspirant et en expirant, en faisant semblant un instant d'être tombée sur une vidéo porno particulièrement ennuyeuse. J'entre et je sors, je te pénètre et je te regarde comme si je voulais mémoriser tes traits.

Je levai deux doigts.

— Je vous donne une note de deux sur dix, annonçai-je d'un ton neutre. Et seulement à cause des gémissements de Sisily, on la croirait presque.

Torin serra les dents et la prit plus violemment. Pour la première fois depuis qu'il avait commencé, la garce ouvrit les yeux. Maintenant, ils étaient deux à fixer mon âme en lambeaux.

— C'est une bonne chose que tu te sois débarrassée de ce problème de chlamydia, ronronnai-je d'une voix mielleuse. J'ai entendu dire qu'à long terme, ça peut…

Je ne pus finir ma phrase, car Torin en avait apparemment assez ; il balança Sisily à travers la pièce si fort qu'elle atterrit presque à mes pieds.

— Hors de ma putain de vue, toutes les deux ! rugit-il.

Cependant, ce fut lui qui partit, quittant la pièce avec fracas, les bijoux de famille à l'air. Sisily se releva à quatre pattes, la respiration toujours haletante, et lorsqu'elle leva la tête vers moi pour me grogner dessus, je me rendis compte que ça allait vraiment mal finir.

Je me retrouvais seule avec une louve métamorphe insatisfaite. Qui me haïssait. Et qui était amoureuse de quelqu'un qui n'était pas son véritable compagnon.

Du bonheur.

14

Fidèle à sa nature, Sisily se jeta en avant; mais alors que mes mains étaient attachées à la colonne, mes pieds, eux, étaient libres de leurs mouvements et l'atteignirent en plein ventre. Elle avait été si fermement décidée à se venger que son attaque était au mieux bâclée et m'avait donné l'opportunité parfaite de la frapper durement.

Elle vola pour la deuxième fois à travers la chambre de Torin et, lorsqu'elle se remit debout, elle resta là, frissonnante, comme si elle avait presque perdu le contrôle de sa louve et qu'elle était sur le point de se transformer.

Les nouveaux métamorphes ne pouvaient pas encore changer à la demande; ça nécessitait de la pratique et du contrôle. Mais nous pouvions nous laisser déborder par le loup si l'on nous y poussait suffisamment.

— Je vais m'assurer qu'il te tue, menaça-t-elle en toussant.

Son sourire était fragile et cassé, tout comme ses mots. Elle dut déglutir difficilement avant de continuer.

— Tu n'es rien. Il t'a haïe autant d'années qu'il m'a aimée, moi. Fais la paix avec toi-même ce jour. C'est le dernier que tu passes ici.

Je lui offris mon plus beau faux sourire, et réussis à lever ma main suffisamment haut pour lui faire un doigt d'honneur.

— Si j'avais à choisir entre revoir ton visage et la mort, eh bien… en fait, ce n'est même pas un choix.

Je rejetai la tête en arrière et criai aussi fort que je le pouvais.

— Bête de l'Ombre, ramène tes fesses et emmène mon âme en Enfer !

Il était notre créateur et, en tant que tel, nous partions du principe qu'il vivait dans un endroit où allaient les métamorphes après la mort. Puisque Sisily était déterminée à me renvoyer à celui qui m'avait faite ce jour-là, j'allais lui donner un coup de pouce.

Pour la première fois, elle sembla effrayée.

— *Qu'est-ce que tu fous ?* Tu sais bien qu'il ne faut pas l'appeler.

Elle battit en retraite, marmonnant quelque chose à propos d'une *métamorphe complètement tarée* et sortit en trombe de la chambre.

Waouh. Si j'avais su que ça suffirait à la faire paniquer et partir, j'aurais essayé de l'invoquer il y a longtemps.

À l'instant même où cette pensée m'effleurait, un filet d'énergie glacée dégoulina le long de mon échine. Ce fut subtil au premier abord, juste assez pour hérisser les poils fins de mon corps. Ma louve s'agita ; c'était la première fois qu'elle manifestait de l'énergie depuis notre métamorphose. Nous étions toutes deux déprimées et en deuil, au moins à l'intérieur.

Qu'est-ce qu'il y a ? demandai-je mentalement, mais elle ne pouvait pas réellement me répondre. Sous cette forme, elle n'était qu'instincts ; c'était moi le cerveau. Le silence s'installa dans la pièce et avec lui me vint un sentiment de panique. Me submergeant, me pressant de m'enfuir. Ce n'était pas un instinct naturel. Il était exigé de moi, tout comme la volonté de l'alpha. Mais c'était bien plus puissant.

Tirant avec force sur mes menottes, je luttai encore plus fort que jamais pour me libérer, mais l'acier renforcé était incassable. Devant mes yeux, la lumière quitta la pièce en ondulant comme un serpent. Je ne pouvais pas décrire autrement ce phénomène, mais j'aurais pu jurer que c'était ce qu'il s'était passé.

Les rayons de lumière furent lentement remplacés par les ténèbres, comme des bougies que l'on aurait soufflées.

Qu'est-ce que… ?

On était au plus tard au milieu de la journée, bon sang. Bien trop tôt pour que la nuit tombe.

Et depuis quand le soleil disparaissait-il en quelques secondes ?

Je me tins immobile, et les bruits qui résonnaient dans la maison de la meute se turent aussi. Le seul son que j'entendais à présent était celui du robinet qui fuyait dans une salle de bain à l'étage en dessous.

Ploc, ploc, ploc.

Un bruit plat et constant, la seule chose qui me séparait du silence le plus complet. Les ténèbres étaient totales à présent, et même avec la vision des métamorphes, j'avais du mal à voir quoi que ce soit dans la chambre de Torin.

Est-ce que c'était une éclipse solaire dont je n'avais pas entendu parler ?

Un tel phénomène était en général un gros sujet de conversation dans la meute parce que cela influençait nos cycles de métamorphose. C'était un peu tiré par les cheveux de penser qu'une éclipse avait pu se produire sans qu'on le sache en amont.

Ma respiration s'essouffla alors que l'air se rafraîchissait.

Ça sent pas bon.

Mes instincts me hurlaient toujours dessus, même si cette peur irrationnelle avait heureusement diminué pour atteindre un niveau que je pouvais gérer.

Où étaient les autres, bordel ?

Je tirai sur mes poignets, encore et encore, jusqu'à ce qu'ils soient à vif et en sang. Le processus de guérison s'activa rapidement et, finalement, j'arrêtai de gaspiller mon énergie, me concentrant à la place sur ma louve. L'invoquer ne fonctionna pas ; elle était soit trop épuisée, soit il y avait quelque chose dans ces menottes qui l'affaiblissait. Ce qui nous laissait dans une merde noire. Quoi qu'il soit en train de se passer, je n'aimais pas l'idée d'affronter la situation enchaînée et vulnérable.

La porte s'ouvrit d'un coup et, lorsqu'une odeur familière de forêt m'atteignit, je fus en vérité soulagée.

— Mera, souffla-t-il.

— Qu'est-ce que tu fais ici, enfoiré ? demandai-je d'un ton sec.

J'étais trop secouée pour garder mon indifférence sarcastique habituelle.

Jaxson ne répondit pas, choisissant à la place de me peloter en cherchant mes mains. Je ne discutai pas ni ne luttai contre lui parce que je ne voulais rien de plus que filer d'ici. Une seconde plus tard, mes liens se cassèrent net et je fus libre.

Tout en me frottant les poignets, je me remis debout, le cerveau déjà en mode survie.

Un peu plus tôt, lorsqu'il y avait eu de la lumière, j'avais remarqué des vêtements de Torin sur le sol ; je tâtai donc autour de moi jusqu'à les trouver, m'habillant immédiatement. Porter des vêtements qu'il avait peut-être mis était vraiment dégoûtant, mais être nue dans ce genre de situation était bien pire. Il ne s'agissait peut-être que d'un T-shirt et d'un short de pyjama, mais au moins, j'étais couverte.

— Qu'est-ce qu'il se passe dans la maison de la meute ? chuchotai-je, une fois vêtue.

Jaxson se rapprocha ; son odeur était bien plus forte sans autres stimuli pour me distraire.

— Je ne sais pas, reconnut-il rapidement. C'est tombé quand je revenais en voiture de la ville. J'ai littéralement pu voir les lumières disparaître, pour être remplacées par des ténèbres qui ont tout englobé. Même les phares de ma voiture se sont éteints.

Dire que ça ne sentait pas bon était plus qu'un euphémisme.

— Comment tu savais où j'étais ?

Il s'immobilisa.

— Ton odeur. Je pourrais te retrouver n'importe où, Sunny.

Oh, mon Dieu. Merde.

Ces mots n'étaient pas pris à la légère par les métamorphes. L'odeur avait une signification importante à nos yeux, et enregistrer celle d'une personne allait au-delà du comportement normal de la meute. C'était le comportement de compagnons.

Le souvenir de son loup folâtrant avec le mien me revint en tête, la joie que nous avions tous deux ressentie à ce moment-là ; mais ce ne serait jamais assez fort pour effacer le reste. Jamais.

— Est-ce que ça pourrait avoir un rapport avec ce que tu as fait un peu plus tôt ? demanda-t-il avec sérieux. Quand tu as figé tout le monde avec ton hurlement ? Quand tu as découvert que Torin était ton… véritable compagnon ?

Il s'étrangla presque en disant ces mots et il était évident que ce revirement du destin ne lui plaisait pas.

À moi non plus, mec. Moi. Non. Plus.

— Qu'est-ce que tu as fait dans la clairière ? insista-t-il, à la recherche de plus d'informations.

D'accord. Ce truc. Sans parler de l'*autre truc* dont il n'avait pas connaissance, qui faisait qu'apparemment, je pouvais voir les ombres et les toucher.

— Honnêtement, je n'en ai aucune idée, finis-je par dire. J'ai été enfermée dans cette chambre depuis, donc quoi qu'il se soit passé, ça n'a probablement rien à voir avec moi.

N'est-ce pas ?

— On devrait mener l'enquête.

Il attrapa ma main et je tirai d'un coup sec pour libérer mes doigts.

Son loup gronda, un son sourd et menaçant ; il n'aimait pas ma réaction.

— Tu fous quoi, Mera ? cracha Jaxson.

Je tendis la main pour agripper fermement son T-shirt, le tirant brusquement plus près de moi.

— Je fous quoi ? Sérieusement ? Tu me demandes *ce que je fous ?* C'est quoi, ton problème, Jaxson ? Tu m'as traitée comme de la merde pendant les dix dernières années et maintenant, comme par enchantement, tu fais comme si on était amis. Traite-moi de cynique, mais il y a un truc qui pue chez les Heathcliffe. Un indice, ajoutai-je en baissant le ton de ma voix, c'est toi.

Jaxson secoua la tête. Je ne pouvais pas le voir, mais j'entendis le geste et étais assez proche de lui pour sentir le mouvement de l'air autour de nous.

— Tu es partie, lâcha-t-il d'une voix cassante. Je pensais que ça me rendrait heureux, que tu sois enfin loin de moi et hors de ma tête. J'avais espéré ça pendant des années, que les tourments prennent fin.

Aïe.

— Je suis partie…

— Tu m'as quitté, m'interrompit-il, et mon loup a perdu la tête. On s'est à peine métamorphosés depuis ta disparition, et c'est seulement lorsque tu es revenue qu'il s'est assez détendu pour me laisser faire. Apparemment, tu fais partie de la meute.

Il s'interrompit de nouveau puis ajouta :

— Pour tous les deux.

Je ravalai le commentaire rageux, furieux et ô combien blessant que j'avais sur le bout de la langue. Au lieu de ça, j'exerçai une pression là où ma main était toujours emmêlée dans son T-shirt.

— C'est trop tard, Jax, déclarai-je avec dureté. On ne peut pas aller de l'avant après ça.

Ma déclaration fut suivie d'un silence triste et je me demandai si nous pensions tous les deux à la même chose : que trop d'eau avait coulé sous les ponts et que si nous trébuchions sur les souvenirs du passé, nous risquions de nous noyer.

15

L'atmosphère entre nous était tendue alors que nous nous faufilions en dehors de la chambre de Torin, mais nous avions bien d'autres sources d'inquiétude, hormis notre relation pourrie. Les terres de la meute étaient attaquées. Nous ne savions pas par qui ni pourquoi, mais il était clair que quelque chose n'allait pas du tout.

— Où sont-ils tous passés ? marmonna Jaxson en me guidant dans le hall.

Nous ne pouvions toujours rien voir et il n'y avait aucun bruit dans le corridor.

— Pourquoi tu étais en dehors des terres de la meute de toute façon ? demandai-je en restant proche de lui.

— Je suis parti faire une course en ville, murmura-t-il. Et comme je te l'ai dit, quand j'ai fait le chemin en sens inverse, tout est devenu noir.

Super. Donc aucun de nous ne savait quoi que ce soit, sauf que le monde avait été plongé dans le noir alors que ce n'était pas censé être le cas.

— Je pense que ça peut effectivement être ma faute, admis-je.

J'avais fait de mon mieux pour ignorer cette part de moi enfouie profondément et paniquée qui savait que j'avais provoqué ça en invoquant la Bête de l'Ombre.

Est-ce que ça pouvait vraiment être une coïncidence, que les lumières se soient éteintes quelques minutes après avoir prononcé son nom ?

Mais sérieusement, c'était quoi, le problème ? J'avais entendu d'autres personnes jurer et l'invoquer. C'était comme une figure de style, non ? Pas littéralement une invitation à ramener son derrière sur la Terre et ficher un peu le boxon.

— Ce n'est pas ta faute, Meers, répliqua Jaxson en me défendant presque instinctivement.

Je ne pris pas la peine d'argumenter puisque nous étions à présent à l'extérieur ; la fraîcheur de l'air glacé nous gifla le visage et nous pûmes enfin voir un peu devant nous.

Il y avait quelque part une source de lumière que je n'arrivais pas à identifier, mais elle était suffisante pour notre vision de métamorphe.

— Ce n'est pas comme la tombée de la nuit, soufflai-je. C'est comme si une ombre avait complètement bloqué le soleil.

Une ombre.

Putain de bordel de merde.

— Je peux sentir quelqu'un de la meute par ici, déclara Jaxson.

Pour une fois, ces mots me soulagèrent. Il me fit faire le tour de la maison, en direction de l'entrée principale et de son allée circulaire. La voiture de Jaxson, un coupé sport de luxe, était maladroitement garée là, la portière côté conducteur encore ouverte comme s'il en était sorti à toute vitesse. Et juste derrière, c'était…

— Putain, marmonna Jaxson en les voyant en même temps que moi. Ils n'étaient pas là quand je suis arrivé.

Ses mains tremblaient tandis que sa voix prenait des intonations de loup.

Des centaines de membres de la meute se tenaient devant l'entrée de la maison, immobiles comme des statues, les yeux rivés vers le ciel, vers un minuscule point chatoyant bleu nuit. Un chatoiement qui était à l'origine de la lumière.

Jaxson inclina son corps devant le mien.

— C'est de la magie.

Nous étions peut-être des métamorphes, mais ce n'était pas réellement de la magie. Nous partagions nos âmes avec nos bêtes et elles nous apportaient leur énergie et leurs sens, nous donnant des aptitudes supplémentaires. La magie, comme agiter des baguettes et lancer des sorts, ça relevait de la légende.

Nous ne connaissions aucune créature surnaturelle capable de faire ça.

— Reste derrière moi, m'ordonna Jaxson en s'avançant lentement vers la meute.

Pas moyen que je le laisse me donner des ordres, alors j'avançai à mon propre rythme, à ses côtés. Quand nous atteignîmes l'avant du groupe, là où se tenaient Torin et Victor, je pus réellement voir la tache de brume chatoyante et sombre. Une brume sur laquelle le regard de chaque métamorphe était focalisé.

Elle faisait environ deux mètres quarante de haut et clignotait doucement dans l'air nocturne ; un portail de paillettes bleu nuit qui n'aurait pas dû être visible contre le ciel nocturne, mais il l'était.

— Mera, souffla Jaxson en me tirant pour m'arrêter. Ne bouge pas un muscle.

Je tirai sur mon bras pour me libérer.

— Les muscles bougent, qu'on le veuille ou non. T'aurais pas dû dormir pendant les cours de biologie.

Il me lança un regard noir.

— C'est pas le moment, Sunny. Pas. Du tout. Le moment.

Je souris d'un air innocent tout en regrettant qu'il fasse trop sombre pour qu'il voie que mes yeux lui lançaient des éclairs.

— Appelle-moi Sunny encore une seule fois et il ne restera plus qu'un membre de la meute en état de fonctionn…

Ma menace fut interrompue par une bouffée d'air glacial. Si froid que même avec le métabolisme des métamorphes, j'en eus la chair de poule et je me mis à trembler de manière incontrôlable.

— Voilà pourquoi j'ai dit de ne pas bouger, murmura Jaxson, si bas que je pouvais à peine l'entendre. Cette brume étincelante cache quelque chose.

La fraîcheur de l'air s'accrut ; peut-être était-ce parce que je fixais les ténèbres scintillantes, mais je vis le moment exact où les ombres abandonnèrent leur maître, révélant un être qui n'était pas de ce monde. C'était la seule description possible.

Ma bouche devint sèche et je me retrouvai incapable de détourner les yeux ; il n'y avait pas que les vents arctiques qui me figeaient sur place.

Il était baigné de lumière. De la seule qui existait actuellement dans le monde. Il avait des cheveux noir de jais ramassés en boucles indisciplinées sur le sommet de son crâne, une coiffure qui aurait pu lui donner un air angélique, mais rien n'était plus éloigné de la vérité.

Il était magnifiquement terrifiant et profondément mauvais.

Peut-être était-ce sa taille intimidante, trente bons centimètres de plus que moi, à moins que ce ne soient ses yeux, deux faisceaux qui oscillaient entre le rouge et l'or avec une intensité qui me donnait envie de me mettre à courir sans jamais m'arrêter.

Je restai cependant immobile, incapable de détourner mon regard de lui, absorbant chaque détail comme si c'était l'examen le plus important de ma vie. Il avait une mâchoire ciselée, des pommettes saillantes, ce qui lui conférait une origine ethnique qui resterait à jamais indéterminée puisqu'elle n'existait pas sur le plan terrestre. Ses vêtements ressemblaient à ceux auxquels je me serais attendue de la part d'un humain : un pantalon sombre, des bottes à grosses semelles et une chemise noire cintrée. Mais le corps caché dessous était impressionnant, voire inimaginable.

J'étais presque sûre que ses bras musclés étaient couverts d'encre, car on pouvait apercevoir des tatouages dépasser des bords de sa chemise. Ils auraient dû être difficiles à voir dans cette obscurité quasi totale, d'autant plus sur une peau qui avait la nuance de bronze la plus foncée qui soit. Mais ils luisaient légèrement, ce qui ajoutait encore une touche surnaturelle à cette… créature.

Il s'avança vers moi, intensément focalisé sur moi, tandis que des volutes de fumée noire tourbillonnaient amoureusement autour de sa silhouette parfaite. Je ne pouvais détourner mon regard de ce visage sculpté par les dieux et le péché, avec sa peau couleur bronze et un regard d'une profondeur sans limites.

Je contemplais un rêve éclaboussé de cauchemar. Et ça me terrifiait au plus haut point.

— Mera ! hurla Jaxson, tandis que les métamorphes autour de nous s'effondraient, comme s'ils avaient été libérés de l'étreinte magnétique de cet être.

Au même instant, les ombres se replièrent, se retirant des terres de la meute au fur et à mesure qu'elles étaient aspirées en lui, jusqu'à ce que le monde soit à nouveau baigné de la lumière de la mi-journée.

— Qu'est-ce qu'il se passe, bordel ? rugit Victor, qui était enfin revenu à lui.

Il jeta un regard alentour, essayant de comprendre comment il pouvait soudainement se trouver devant la maison de la meute. Il cligna plus d'une fois des yeux et sa colère s'évanouit lorsque son regard se posa sur le mâle enveloppé de fumée.

— Qui êtes-vous ? chuchota-t-il.

Le type des ombres ne prêta aucune attention à l'alpha ; son regard était verrouillé sur moi. Pourquoi me fixait-il comme si j'étais la dernière glace disponible un jour d'été ? Je n'en savais foutrement rien, mais c'était totalement perturbant.

— Qui es-tu, pour pénétrer illégalement sur les terres de la meute ? s'exclama Dean avec plus de bravoure (ou de stupidité) que son alpha. Parle maintenant, ou attends-toi à en subir les conséquences.

L'homme retroussa les lèvres ; des lèvres pleines, charnues, qui auraient dû conférer un air doux à ce démon au visage d'ange. Il n'en fut rien.

Son sourire était sombre et sinistre, ses yeux remplis de flammes.

Des flammes si réalistes que, l'espace d'un instant, je m'attendis presque à les voir embraser les terres de la meute. Nous ne pouvions refuser d'admettre plus longtemps l'identité de celui qui se tenait devant nous.

— La Bête de l'Ombre, chuchotai-je.

Je fus récompensée d'un sourire.

— À ton service, jeune louveteau.

J'en restai comme deux ronds de flan. Sa voix était profonde et grondante, avec juste une pointe d'accent écossais. Des exclamations de surprise résonnèrent autour de nous et de nombreux métamorphes tombèrent à genoux devant lui en s'inclinant bas.

Pas cet abruti arrogant de Victor, cela dit.

— Que voulez-vous ? exigea-t-il de savoir, l'air sûr de lui.

Mais je pouvais voir le tremblement de ses mains, ce qui n'était pas surprenant vu que se tenait devant nous une divinité. Une divinité que notre peuple vénérait.

L'être qui avait créé les métamorphes et auquel nous devions allégeance en abondance.

La Bête de l'Ombre s'approcha plus près de moi en ignorant les autres.

— Tu as fait quelque chose ce soir, petite louve. N'est-ce pas ?

Je déglutis difficilement.

— Je vous ai appelé ?

Il secoua la tête.

— J'étais déjà à ta recherche quand j'ai reçu ton appel, dit-il en rejetant la tête en arrière et en sortant la langue. Ton énergie a le goût de ceux qui ont touché le Royaume de l'Ombre auparavant.

Ma gorge était tellement sèche que, quand j'essayai de parler, il n'en sortit qu'un croassement.

— Non.

La Bête de l'Ombre plissa les yeux.

— Non ?

La chaleur qu'il répandait était plus forte à présent, et la plupart des métamorphes battaient en retraite, me laissant seule.

— Je n'ai pas touché le Royaume de l'Ombre, protestai-je d'un air plus confiant cette fois-ci. Vous ne vous adressez pas au bon loup.

Qu'est-ce que j'avais à perdre en mentant ? Il allait probablement me tuer de toute façon.

Il s'avança encore un peu plus près et je tentai de fuir, mais mes pieds étaient solidement ancrés au sol comme des troncs d'arbres inutiles. Plus il approchait et plus je réévaluais sa taille. Bon sang, il faisait plus de deux mètres quarante !

Sauf que… tandis qu'il se penchait, sa taille se réduisit jusqu'à ce qu'il ne fasse encore une fois plus qu'une tête de plus que moi. De deux mètres cinquante à deux mètres, en un instant.

Est-ce qu'il vient de changer de taille selon sa volonté ?

Je me tins immobile alors qu'il s'inclinait vers moi, faisant courir son nez le long de ma joue. Il ne me touchait pas, mais je pouvais sentir son énergie, comme s'il avait caressé la totalité de mon corps en un seul geste.

— Ça sent le mensonge à plein nez, me murmura-t-il à l'oreille.

Et avant que je ne puisse réagir, il m'entoura de ses mains incroyablement larges et me chargea sur son épaule.

Ça me fit l'effet d'un électrochoc qui me tira de ma sidération et je me mis à crier et à lutter contre son étreinte. Cet enfoiré émit un grognement avant qu'une décharge de douleur ne fuse sur ma peau, une décharge électrique proche de celle d'un pistolet paralysant.

— Ne bouge pas et ça ne te fera pas mal, m'avertit-il. Débats-toi, et je te ferai regretter de ne pas être morte durant ta première métamorphose.

Toute trace de l'humour noir dont il avait fait preuve était en train de disparaître.

— Vous parlez d’un choix, répliquai-je en retrouvant mes vieux réflexes face à de grandes brutes. Comment puis-je décider ?

Il s’immobilisa, me soulevant comme si je ne pesais que cinq kilos et me tenant de manière à pouvoir voir distinctement mon visage.

— Une métamorphe avec des pulsions suicidaires ? Je pensais ne jamais en voir une.

Je souris. J’étais très douée pour relever le coin des lèvres tout en envoyant les gens se faire voir du regard.

— Vous semblez un peu long à la détente, et je suis sûre que ça fait un moment que vous n’avez vu personne à part votre main et vos larbins démoniaques, mais ce n’est pas bien vu d’enlever des gens.

Tandis que les flammes dans ses yeux se mettaient à flamboyer, je reçus de nouveau une décharge, qui fut multipliée par dix à mesure que je criais.

— Arrêtez ! beugla Victor. Vous ne pouvez pas toucher à mes métamorphes comme ça. Nous avons des lois et vous êtes en train de les violer.

La douleur de l’électricité s’estompa alors que je haletais en essayant de reprendre mon souffle. Allais-je survivre s’il recommençait ?

— Tu penses pouvoir me défier ? gronda la Bête de l’Ombre en posant enfin les yeux sur l’alpha. Vous, les mortels, vous me vénérez, vous m’avez offert tous les hommages possibles, et pourtant vous me refusez une unique métamorphe ?

J’inclinai la tête pour apercevoir Victor.

— Sérieusement ? soufflai-je. Tu penses que la meute de Torma devrait être la seule à pouvoir me torturer ?

La Bête de l’Ombre et moi regardions à présent tous deux de haut cet enfoiré d’alpha.

Victor se racla la gorge.

— Il y a des règles, répéta-t-il. Et si cette métamorphe a de la valeur, je m'attends à recevoir une compensation.

Ah, voilà. Je comprenais mieux maintenant. Il ne se préoccupait pas de ma santé ou de ma sécurité. Il avait juste vu l'opportunité de faire affaire avec une divinité puissante.

— Papa ! aboya Torin, qui prenait la parole pour la première fois. C'est ma véritable compagne et c'est à moi de décider de son sort. À personne d'autre.

Victor acquiesça avec une expression de jubilation.

— Oui, bien sûr. Le lien entre véritables compagnons surpasse toute autre règle… Même votre revendication de cette bâtarde. Vous ne pouvez la prendre sans la permission de son âme sœur.

Un grondement s'éleva de la poitrine de la Bête de l'Ombre. Les autres ne l'avaient peut-être pas remarqué parce que c'était subtil, mais je percevais la profonde fureur qui le consumait.

Victor allait littéralement rencontrer son créateur et je ne ressentais rien d'autre qu'un sentiment de satisfaction intense, après toutes ces années sous son règne épouvantable.

Ma poitrine se mit à gronder elle aussi rien que d'y penser et, quand mon regard croisa celui de la Bête de l'Ombre, j'eus un haussement d'épaules.

— Vous êtes peut-être un salaud terrifiant, mais je déteste cette fichue meute.

La douleur qu'il m'avait infligée n'avait duré que quelques secondes, alors que la meute me torturait depuis des années.

— Il m'a répudiée, ajoutai-je. Vous n'avez donc pas à vous inquiéter d'un éventuel lien. Mon compagnon ne l'a pas accepté.

Ce qui invalidait sa requête.

— Mera ! cria Jaxson, l'air paniqué et furieux.

Crier mon nom était un avertissement pour que je me taise, mais je n'avais jamais été douée pour tenir compte de ces choses-là. Je lui fis réellement un doigt d'honneur, cela dit.

Torin laissa échapper un hurlement grondant et ses traits se transformèrent tandis qu'il devenait en partie loup.

— Je n'ai même pas eu le temps de réfléchir à cette connexion, argumenta-t-il. Peut-être que j'aurais changé d'avis avant de la rompre totalement.

J'émis un reniflement de dédain et tournai mon visage vers l'enfoiré le plus terrifiant de la terre.

— Je suis prête à aller avec vous maintenant, déclarai-je. Je suis prête à tout pour ne pas rester avec cette meute de clébards pathétiques.

D'autres hurlements emplirent l'air à cette insulte. Torma avait tellement l'habitude d'être la meute «la plus forte» que le fait que quelqu'un pense qu'ils étaient faibles était le pire affront possible.

La Bête de l'Ombre inclina la tête et me fixa à nouveau, comme si je l'avais surpris de plus d'une façon. Personnellement, j'aimais surprendre les créatures démoniaques ; c'était l'une de mes meilleures compétences.

Opinant du chef, il me balança derechef sur son épaule en s'éloignant à grandes enjambées de la meute. Je ne pouvais voir dans quelle direction nous nous dirigions, mais j'avais une vue très nette de la fumée noire qui tourbillonnait autour de nous, recouvrant presque entièrement la moitié basse de son corps. Alors qu'elle atteignait ses épaules particulièrement musclées, mon corps commença lui aussi à disparaître dans les ténèbres.

Les ombres étaient sur le point de m'engloutir et j'étais trop paniquée pour en être chamboulée.

— Sunny, appela Jaxson. Défends-toi.

J'eus un petit rire tandis que la fumée m'effleurait en caresses fraîches.

— Je ne pouvais même pas me défendre contre toi et ta bande de bâtards quand on était gamins. Tu crois que je peux battre la créature des ténèbres ?

— Les ténèbres ne sont pas ma marque de fabrique, clébarde, tonna la Bête de l'Ombre. Tu ferais mieux de t'en souvenir.

Clébarde. Charmant.

Pour de vrai, c'était un peu charmant, avec son accent quasi écossais.

— Arrêtez-les ! hurla Victor en lâchant ses loups sur la Bête de l'Ombre, alors qu'il restait en arrière, relativement en sécurité.

Ou tout du moins, c'était ce qu'il pensait.

Nous nous immobilisâmes et la Bête se retourna tandis que des flammes s'élevaient de son corps et de ses bras ; la chaleur était si intense que je craignis de brûler vive. Ces flammes obéirent à la volonté de leur créateur, s'élançant depuis le bout de ses doigts et submergeant totalement Victor.

— Seul un alpha minable envoie sa meute faire le travail qui est le sien, murmura la Bête de l'Ombre. Torma est trop puissante pour que quelqu'un comme toi la commande plus longtemps.

Les cris de Victor résonnèrent dans tout Torma tandis qu'il brûlait vif. Ils furent suivis des hurlements de Torin, qui perdit le contrôle et se métamorphosa en loup en essayant d'aller au secours de son père. Jaxson retint le sien, luttant contre son meilleur ami, et ils furent tous les deux la dernière chose que je vis tandis que la Bête de l'Ombre s'avançait dans les ténèbres (ou étaient-ce des ombres ?), nous faisant disparaître tous les deux.

16

Je n'avais pas bien réfléchi à mon excès de fanfaronnade. À ce stade, j'avais décidé qu'entre la meute et la Bête de l'Ombre, c'était cette dernière la moins mauvaise des deux.

Cette. Putain. De. Bête. De. L'Ombre !

Mais qu'est-ce qui ne tourne pas rond chez moi ?

— Je peux marcher, vous savez, lui fis-je remarquer.

J'en avais marre d'être suspendue sur son épaule comme un sac de patates. Je ne reçus aucune réponse tandis qu'il continuait à se mouvoir à travers les ténèbres… qui s'estompèrent, nous laissant dans un couloir blanc. Genre, une seconde il faisait noir, et la suivante, pleine lumière.

Je clignai plusieurs fois des yeux pour ajuster ma vision, pour finalement découvrir que ce hall était en gros dépourvu de quoi que ce soit d'intéressant.

— Qu'attendez-vous de moi ? le pressai-je.

— Contente-toi de la fermer, grogna-t-il. Tu représentes déjà un problème dont je n'ai pas envie de m'occuper, mais on ne peut pas laisser une créature telle que toi livrée à elle-même.

Quelle impolitesse.

— La plupart des femmes n'aiment pas qu'on les appelle des *créatures,* lui expliquai-je avec mauvaise humeur.

Un grondement monta de sa poitrine, mais il ne répondit pas, et j'eus la sensation que toute cette rumination silencieuse allait continuer un moment. Mais le côté positif des choses, c'était qu'il n'était pas en train de me tuer ou de me torturer.

Pas encore.

— Est-ce que je peux vous appeler « l'Ombre » ? demandai-je quelques minutes plus tard.

Le silence me pesait et, apparemment, j'étais une folle avec des penchants suicidaires.

— « Bête de l'Ombre », c'est un nom à coucher dehors, ajoutai-je avant une courte pause pendant laquelle il ne répondit pas. Vous avez un autre nom ? Ou est-ce que votre maman était vraiment à fond… euh… dans les ténèbres ?

Toujours aucune réponse.

— OK, super, dis-je gaiement, puisque j'étais allée trop loin pour m'arrêter à présent. Va pour « l'Ombre ».

Grondement de poitrine. Pas de réponse.

Super. On progressait vraiment.

Après un temps, je commençai à remarquer que ce hall n'était pas aussi vide que ce que j'avais cru. Bon, ce n'étaient que des portes. Elles étaient plutôt bien dissimulées, chacune d'entre elles se fondant dans le mur sans que l'on distingue leurs encadrements. Elles étaient aussi blanches que ce qui les entourait, plusieurs douzaines de chaque côté.

Étrangement, plus je leur prêtais attention et plus elles me paraissaient solides, jusqu'à ce que je sois totalement fascinée par la sensation enivrante qui suintaient d'elles.

— Qu'est-ce que c'est que cet endroit ? chuchotai-je.

Il répondit cette fois-ci.

— C'est un passage entre la Terre et les autres mondes.

Je clignai des yeux.

— Littéralement ?

Grondement de poitrine. OK super. Je l'agaçais à nouveau.

— Vous savez, vous n'avez pas besoin de me frapper et de faire votre numéro de bête ronchon. C'est une question tout à fait normale à poser.

— La ferme, louveteau, m'ordonna-t-il d'un ton sec.

Je décidai cette fois de lui obéir, tout en espérant vivre assez longtemps pour en apprendre plus à propos de ce nouveau monde secret dans lequel je me retrouvais. Il était de nouveau revenu à sa grande taille, nous faisant défiler dans le couloir blanc et sans fin ; l'éclairage venait de sous nos pieds et d'au-dessus de nos têtes, mais, pendant tout ce temps, les ombres brumeuses continuaient d'entourer leur maître.

— Chacune de ces portes mène à un lieu de pouvoir et de valeur, expliqua-t-il, ce qui me surprit. Certains sont sur le même plan que la Terre ; d'autres se situent dans des royaumes connectés à elle. Les divinités peuvent arpenter ces salles et beaucoup de leurs repaires se trouvent derrière ces portes.

Eh bien, regardez qui jouait les pipelettes à présent. Peut-être pouvais-je lui poser une autre question et avoir une réponse, pour une fois.

— Donc…

— La ferme.

D'accooooord. On passe à autre chose alors.

Je réussis à ne pas ouvrir la bouche tandis que nous poursuivions notre progression dans le couloir, me contentant de cligner des yeux lorsqu'un voile chatoyant apparut au bout du chemin. L'Ombre n'hésita pas et le traversa pour arriver dans ce qui semblait être une sorte… d'église.

— Comme c'est ironique, grommelai-je.

Nous nous arrêtâmes brusquement et, une fois déposée sans grand ménagement sur mes pieds, je fixai son corps massif qui s'éloignait de moi. Bon sang, c'était un sacré morceau. Des épaules incroyablement larges, des boucles sombres coupées court, et une fichue démarche arrogante qui disait clairement qu'il ne valait mieux pas le chercher sous peine d'être détruit.

J'étais dans la mouise. Cet *être* était incontestablement l'enfoiré le plus terrifiant que j'avais jamais vu de ma vie, et j'étais coincée avec lui sur une sorte de chemin magique entre les mondes.

Tandis qu'il continuait à s'éloigner, je pris une minute pour explorer la pièce. Il n'y avait pas autant de lumière que dans le hall qui était éclairé de façon peu naturelle. Au contraire, l'ambiance était dégagée et propre et le décor composé d'un mélange de tons pastel et de bois.

Il y avait très loin au-dessus de nous des plafonds voûtés couleur ivoire, et d'où je me tenais, on aurait dit que des scènes de bataille étaient sculptées dans de l'os. Des piques qui semblaient létales étaient éparpillées entre les sculptures, telles des sentinelles attendant le bon moment pour tomber du ciel et empaler leur proie.

Alors que j'avançais un peu plus loin dans la pièce, je tombai amoureuse des grandes fenêtres étroites qui parcouraient les côtés droit et gauche de ce grand espace. Elles atteignaient presque le plafond et étaient absolument spectaculaires avec leur sommet en voûte gothique et leur base faite de courbes plus naturelles.

Elles se tenaient les unes à côté des autres, ce qui créait l'illusion que le mur tout entier n'était qu'une seule grande fenêtre.

C'était de là que venait la lueur qui inondait la cathédrale ; je m'approchai pour voir ce qu'il y avait à l'extérieur et découvris qu'il n'y avait rien de plus qu'un tourbillon de nuages rempli de lumières clignotantes.

Avant que je ne puisse mener une exploration plus approfondie, la fumée noir d'encre surgit de nulle part, s'enroulant autour de mes jambes, et je glapis tandis que l'Ombre lui-même suivait.

— N'as-tu pas dit que tu pouvais marcher ? s'agaça-t-il, comme à son habitude. Ne m'oblige pas à te porter de nouveau.

Je le saluai.

— Oui, monsieur. Je n'avais pas réalisé que j'étais censée vous suivre. Désolée.

La façon soudaine dont il me regarda de haut me rendit très nerveuse.

— Tu n'as pas peur de moi ? m'interrogea-t-il d'une voix douce.

Normalement, ce serait un bon signe, mais c'était le genre de douceur dont aurait fait preuve un tueur en série juste avant de vous couper les orteils pour les garder en souvenir. Ma gorge se serra.

— Au contraire, je suis à deux doigts de me faire pipi dessus.

Ses yeux se baissèrent l'espace d'un instant, comme s'il prenait conscience des étranges vêtements que j'avais récupérés sur le sol de la chambre de Torin. J'étais à peu près sûre que c'était la première fois qu'il jetait un regard autre que sommaire à mon apparence, et il ne semblait vraiment pas impressionné.

Il sortait probablement avec des déesses ou je ne savais quel autre être mystique que l'on trouvait dans le coin, donc j'essayai de ne pas me vexer.

— Suis-moi, commanda-t-il d'un ton sec en s'éloignant d'un pas rapide.

Je ne tentai pas le sort cette fois et restai bien derrière lui tout en essayant de relever chaque détail de la pièce. Au cours de notre progression, je remarquai pour la première fois que quelques-unes des fenêtres s'arrêtaient pour faire de la place pour une porte nichée en dessous. Comme c'était le cas dans le couloir blanc, elles étaient conçues de façon à se fondre dans le mur. Maintenant que j'en étais plus proche, il était facile d'apprécier le savoir-faire mis en œuvre dans cette pièce.

— Est-ce que c'est toujours une partie du chemin entre les mondes ? m'enquis-je.

Il ne prit pas la peine de me regarder.

— D'une certaine manière.

D'accord. Énigmatique en plus d'être un trou du cul. Je commençais à comprendre de qui les alphas tenaient leur arrogance… Ils l'avaient héritée de leur créateur.

Nous déambulâmes un long moment dans la cathédrale, dont je n'avais pas remarqué la taille jusqu'à ce que je réalise que nous marchions depuis dix minutes et n'en étions qu'au tiers. Au-dessus de nous, le plafond sculpté à la main devint de plus en plus élaboré et, le temps d'atteindre un autre grand portail, j'avais eu un coup de foudre monstre pour ce bâtiment.

L'Ombre et son compagnon vaporeux firent un pas à travers le portail et disparurent dans ce qu'il y avait derrière, quoi que ce soit. Il fut alors coupé de moi, son énergie volatilisée comme si elle n'avait jamais existé. Je n'avais aucun moyen de ne serait-ce que dire ce qui se trouvait derrière ce voile, avec ses vortex bleu marine tourbillonnants et parfaitement opaques.

J'hésitai à le suivre, me demandant si je devais saisir maintenant la chance de m'échapper. Même si je finissais dans un autre monde, au moins j'aurais tenté. Un essai, c'était parfois tout ce qu'il fallait.

J'invoquai ma louve afin de m'aider à prendre cette décision, et alors qu'elle tournoyait à la surface, je me sentis soulagée de sentir son énergie à nouveau puissante.

On s'enfuit ? lui demandai-je.

Elle scintilla à l'intérieur, son âme en ébullition, incertaine quant au choix de partir ou non. La Bête de l'Ombre était notre dieu et ma louve n'était pas d'accord à l'idée de la contrarier.

Il a tué quelqu'un d'aussi puissant que l'Alpha Victor et nous a kidnappées, lui rappelai-je. *Il est plus que dangereux.*

Je sentis qu'elle avait confiance en ma décision et je sus qu'elle me soutiendrait, quoi qu'il arrive. Ça me donna le courage nécessaire pour me mettre en route. Je sprintai en direction de la porte la plus proche ; j'avais déjà perdu trop de secondes à me demander si je devais le faire ou non. Quand ma paume se posa sur la poignée en laiton de la porte blanche ornée de reliefs de fleurs et d'épines, je sentis un bourdonnement d'électricité et faillis retirer brusquement ma main.

Si je n'avais pas été si désespérée, je n'aurais pas tenté ma chance avec ce qui pouvait bien se trouver derrière, mais je ne pouvais pas continuer à vivre comme une prisonnière et une victime. Tandis que je tournais la poignée, j'entendis un *clic* et une mélodie céleste se glissa par le léger entrebâillement. Je laissai échapper un soupir, le plus petit des souffles, et toute peur s'évanouit.

Oui. C'était le bon choix.

J'avais besoin de me retrouver dans ce pays de beauté, de lumière, d'amour et de chaleur. Mes yeux clignotèrent jusqu'à se fermer alors que je tirais sur la porte, prête à embrasser ma destinée.

Avant que je ne puisse faire le dernier pas, quelque chose de dur se jeta contre moi, m'envoyant valser sur le côté. La musique s'interrompit un instant plus tard, et pendant que mon vertige s'estompait, la douleur revint, ainsi que ma raison.

La Bête de l'Ombre se dressait au-dessus de moi et me toisait, les yeux plissés.

— Tu es vraiment la plus stupide des foutues métamorphes que j'aie jamais rencontrées. T'as failli te retrouver piégée dans le royaume fae, expliqua-t-il. Je passe pour un foutu saint à côté d'eux et de ce qu'ils font aux humains qui tombent par hasard sur leur monde.

Ses lèvres frémissaient sous l'effet d'un amusement malsain. Avec un dernier regard railleur pour ma pathétique personne, il tourna les talons et s'en alla ; je pris une grande inspiration pour tenter de me calmer. Je n'avais aucune idée de ce que « fae » signifiait, mais si c'était une abréviation de Faerie, comme dans les livres de fantasy, alors…

C'EST QUOI, CE BORDEL ?

Cette musique n'avait pas été de ce monde, donc je pouvais seulement partir du principe que l'Ombre disait la vérité à propos du royaume fae. *Et*, apparemment, il avait déjà franchi de nouveau le voile, confiant cette fois dans le fait que je n'allais pas tenter ma chance dans un autre monde que je ne connaissais pas.

Le gars surestimait *grandement* mon intelligence et mon instinct de survie.

Ou du moins, c'était ce que je pensais jusqu'à ce que les tourbillons vaporeux de son petit ami s'enroulent autour de moi, me soulevant dans les airs tandis que je poussais un cri perçant. OK, soit. Il avait envoyé des renforts et avait zéro confiance en moi.

Réalisant qu'à ce stade il était inutile de me battre, je me laissai aller à la sensation bizarre d'être portée dans les airs et fermai brièvement les yeux alors que nous dérivions à travers le voile sombre. Quand la salle suivante apparut, j'eus le souffle coupé et me jetai presque hors de la fumée en essayant de mieux voir.

— C'est quoi, ce délire ? m'exclamai-je sous la surprise. Vous vivez ici ?

Je voulais faire une référence à une autre bête avec une tendance à grogner, parce que juste comme le prince du dessin animé, la véritable Bête de l'Ombre vivait dans la fichue bibliothèque de mes rêves.

Littéralement. Mes vrais. Rêves. Mais, contrairement au film, j'aurais collé la bestiole dehors dans le froid et gardé sa bibliothèque.

Tout en progressant dans la pièce, je bavais presque devant les bibliothèques de bois sombre alignées contre les murs à perte de vue. Chaque étagère était remplie de livres, des milliers et des milliers de nouvelles aventures incroyables à découvrir.

Essayant de paraître cool, je m'avançai d'un pas nonchalant vers la première bibliothèque en laissant courir mes doigts sur les ouvrages. La plupart des couvertures dans cette section présentaient des teintes de rouge et de gris pâles avec des écritures dorées sur le dos. Je ne reconnus pas la langue, ce qui me donna juste encore plus envie de les lire.

Je fermai les yeux et pris un instant pour respirer profondément, inhalant les différents parfums dans mes poumons. Par les dieux, c'était parfait. Si je survivais à la Bête de l'Ombre, avoir une bibliothèque telle que celle-là serait l'œuvre de ma vie. Quel qu'en soit le prix.

Un grondement retentit à travers la pièce sublime et attira mon attention ; je me détournai à contrecœur du doux parfum de l'aventure et suivis l'énergie de l'Ombre plus loin dans la bibliothèque.

Par les dieux, elle était immense. Plus grande que le plus grand centre commercial que j'avais jamais vu, elle me rappelait une ancienne abbaye gothique du début du xxe siècle. Et bien que la pièce blanche précédente ait été lumineuse et ouverte, celle-ci était plus confortable et plus accueillante, avec le genre de détails ornementaux reflétant énormément la personnalité. J'aimais tout particulièrement les gigantesques chandeliers en cristal, au nombre de cinq, qui étaient uniformément espacés jusqu'au centre et suspendus depuis les plafonds de six mètres de haut.

Je n'eus cependant pas le temps de m'imprégner de tout ça, car j'étais clairement arrivée au bout de la patience limitée de l'Ombre. On aurait pu croire, d'après la façon qu'il avait de grogner après moi, que c'était lui qui avait été arraché à sa vie et que l'on forçait à se coltiner un enfoiré.

Il m'attendait dans le petit salon de mes rêves assorti à la bibliothèque de mes rêves, entouré d'une vingtaine de canapés énormément rembourrés. Derrière lui, il y avait une cheminée dont le manteau était fait de pierres sombres. Un feu y crépitait.

Tandis que je me frayais un chemin entre plusieurs canapés, je remarquai qu'il y avait deux ou trois livres ouverts posés sur une petite table. Est-ce que l'Ombre avait été plongé dans un livre lorsque mes actions l'avaient attiré sur Terre ? Je fus submergée par le désir d'essayer de jeter un coup d'œil à ce qu'il aimait lire, mais je réussis à me retenir, me concentrant à la place sur la bête elle-même.

— C'est là que vous vivez ? m'enquis-je d'une voix légèrement haletante, le souffle coupé par la pure perfection de sa maison.

— Oui.

Je secouai la tête.

— Il n'y a pas de mots pour autant de beauté et de savoir à portée de main.

Il me fixa à nouveau comme si j'avais dit quelque chose d'inattendu et je décidai de me taire et de lui laisser la parole. Même si j'étais toujours en train de jeter de petits coups d'œil à la bibliothèque. Sans ouvrir un seul livre, je savais que les humains et les métamorphes tueraient pour posséder les informations qui se trouvaient là. Des histoires perdues. Des secrets. Des sorts. La magie et la vie. Et il avait tout ça pour lui tout seul.

J'avais un nouveau but : trouver comment le jeter dehors dans la neige et prendre le contrôle de la bibliothèque.

17

Il était assis dans l'un des fauteuils. Un siège énorme, mais j'imaginais qu'il fallait bien ça pour contenir son corps. Encore une fois, il me dévisageait de ses yeux de feu qui ne cessaient jamais de *voir* quelque chose. Me mettaient à nu jusqu'à pouvoir discerner les éléments de base qui composaient mon âme.

Ma louve s'agita dans ma poitrine et son énergie alla à la rencontre de la bête elle-même pour la toucher. L'Ombre ne tressaillit pas, se contentant d'accepter son contact, et je n'avais aucune idée de ce qui se passait entre eux parce qu'elle ne me le relaya pas. Mais je sentis sa satisfaction une fois leur échange terminé.

— Assieds-toi, m'ordonna-t-il.

Décidant de choisir judicieusement mes batailles, je ne luttai pas et m'installai dans le fauteuil en face du sien.

Il y en avait des douzaines d'autres autour de nous et je ne pus m'empêcher de demander :

— Vous avez beaucoup de visiteurs ?

Ses yeux rougeoyèrent et j'aurais pu jurer que des tourbillons de fumée noir d'encre s'élevaient de lui en ondulant à mesure que ses traits se durcissaient.

— C'est *moi* qui parle, louveteau.

Je lui lançai un regard noir. Les meutes utilisaient le mot *louveteau* si le métamorphe était encore un enfant. Traiter un adulte de la sorte signifiait généralement que l'on prenait la personne pour quelqu'un de petit, de pathétique, d'inférieur… c'était une insulte. Exactement comme cet enfoiré en avait eu l'intention.

Je me mordis la lèvre pour ne pas dire à voix haute ce qui me passait par la tête et m'évadai dans mon coin de paradis, imaginant que tous les livres de cette pièce m'appartenaient et que je serais à jamais entourée de leur beauté et de leur savoir…

— Est-ce que tu m'écoutes au moins ? s'emporta-t-il.

Je le regardai en clignant des yeux.

— Désolée. Je me suis dit que si vous vouliez que j'écoute, vous me l'auriez ordonné. Comme tout le reste.

Il se mit debout, une bête géante et terrifiante, et je perdis la capacité de parler, de bouger ou de respirer. Tout à l'intérieur de moi s'arrêta et, bien que mon esprit hurle, aucun son ne put franchir mes lèvres.

— Je pourrais te tuer sans même poser un doigt sur toi.

Il dit ça sur un ton semblable à celui d'une conversation normale et j'étais assurément à l'écoute cette fois.

— Encore mieux, poursuivit-il. Avant de te tuer, je pourrais te faire souffrir, par des moyens que tu n'as pu imaginer que dans tes pires cauchemars.

J'aurais paniqué, si j'en avais eu la capacité. Le fait de ne pas respirer était nettement en train de m'affecter. S'il ne relâchait pas son emprise rapidement, j'allais perdre connaissance, ce qui me laisserait dans une position très vulnérable face à ce monstre. Heureusement, il me libéra au moment où des points noirs dansaient devant mes yeux. Je m'écroulai vers l'avant en toussant et en m'étouffant, mes poumons privés d'air essayant désespérément d'aspirer de l'oxygène.

Il reprit sa place, détendu, les jambes écartées dans une position typiquement masculine qui avait eu ma préférence jusqu'à ce que je rencontre ce mégalomane.

— Comme je le disais, gronda-t-il, j'ai besoin que tu me racontes ce qu'il s'est exactement passé sur les terres de ta meute tout à l'heure. J'ai senti ton énergie entrer en contact avec le Royaume de l'Ombre.

Sa voix se fit plus basse en prononçant les trois derniers mots, elle devint plus froide, et je n'avais aucune idée de ce que cela voulait dire. La Bête de l'Ombre étant un mystère, je n'avais pas de référentiel concernant ses changements de ton. Il n'était ni métamorphe ni humain, et je n'étais pas dans mon putain d'élément.

Un grondement monta de sa poitrine en réaction à mon silence et je me donnai trois secondes pour me décider sur la conduite à tenir.

Mentir ou dire la vérité ?

Quel choix me donnait les meilleures chances de survie ? Je ne savais pas si c'était interdit ou non d'entrer en contact avec le Royaume de l'Ombre.

— Je ne sais vraiment pas ce qu'il s'est passé, expliquai-je.

La vérité partielle me semblait un bon choix de départ. Il afficha un air renfrogné, familier, et je m'habituais d'ores et déjà à le voir. Le regard typique de l'Ombre.

— Je n'essaie pas de vous rendre la tâche difficile, enchaînai-je. Je n'en ai vraiment aucune idée. C'était la nuit de ma première métamorphose, avec la pleine lune du solstice et tout.

Je me retins de donner mon opinion à propos de la stupidité de ses règles, au cas où il se vexerait facilement. Autant j'avais très envie de lui demander pourquoi il fallait avoir vingt-deux ans, autant je sentais que ce n'était pas le bon moment.

— Ta première métamorphose ?

Il s'avança sur son fauteuil et je fus presque certaine de n'avoir jamais été à ce point le centre de l'attention. L'Ombre savait assurément comment faire rougir une fille.

Et… faire en sorte qu'elle se fasse pipi dessus de peur.

— Oui, ma première métamorphose. Et quand le soleil a commencé à se lever, j'ai trouvé mon véritable compagnon.

Je marquai une pause tandis que le souvenir de la douleur me fendait de nouveau. Le lien inassouvi était comme un lambeau d'âme que l'on traînerait sur un sol inégal.

— Ton esprit a du mal à rester en place, à ce que je vois.

Je lui décochai ma propre version d'un regard noir et me dépêchai de finir mon histoire.

— Bref, comme je disais, première métamorphose, répudiée par mon enfoiré de compagnon, attaquée, et à cause de la peine que nous a causée ce rejet, qui nous est allée droit au cœur, ma louve est devenue dingue. C'est là que ma vision s'est dédoublée et que j'ai pu voir des silhouettes vaporeuses qui n'existaient absolument pas sur le plan terrestre habituel.

Je déglutis difficilement à l'évocation de ce souvenir, puis ajoutai :

— Je suis quasi sûre que personne d'autre ne pouvait les voir.

— Tu en as touché une.

C'était une affirmation.

— Oui, je pense.

— Est-ce que tu peux le refaire ?

Je blêmis.

— Pourquoi je le referais, bon sang ? C'était flippant et ça semblait… pas naturel. Nan, je suis pas fan.

Ses mains se joignirent par le bout des doigts, exprimant sa concentration.

— Laisse-moi reformuler. Tu *vas* le refaire, ou je te tue, toi et tous ceux qui comptent pour toi.

Merde.

— Eh bien, dit comme ça… commentai-je en laissant la fin de la phrase en suspens tout en espérant que le sol se dérobe et m'engloutisse. Le seul problème, c'est que je n'ai aucune idée de ce que j'ai fait et le reproduire ne va pas se faire en un claquement de doigts.

Ça allait probablement être le moment où il allait exploser et me déchirer en un million de morceaux. J'espérais juste que ce serait vraiment rapide.

— Transforme-toi.

— Quoi… ?

— Tu es une métamorphe. Transforme-toi.

Qu'il aille se faire voir. Qu'il aille se faire voir jusqu'en enfer. Un où il n'y a pas de bibliothèque.

Je crachai des mots à travers mes dents serrées.

— Vous vous souvenez quand je vous ai dit que c'était ma première métamorphose ? Je ne peux pas encore me transformer à la demande. Ce sont les règles de la Bête de l'Ombre.

Est-ce que je devrais vraiment te le rappeler, enfoiré ?

L'énergie me percuta, coinçant mon corps dans un étau. Alors que mon échine se voûtait, ma louve hurla et se fraya un chemin hors de mon corps. En l'espace de quelques secondes, je n'étais plus sur mes deux jambes, mais de nouveau sous ma forme à quatre pattes, rouge et blanc, mes membres tremblant sous l'effet du changement trop rapide.

Mon cerveau se fondit rapidement dans celui de la louve, des grondements montant de nos poitrines tandis que nous avancions d'un pas raide vers lui.

L'Ombre semblait imperturbable.

— As-tu la double vision ?

Nos grognements se firent plus intenses. Le poil dressé. Les crocs apparents.

La fumée sombre s'enroula autour de l'Ombre, qui, encore une fois, me regardait comme si j'étais le seul être qui existait.

— Tu ne le vois pas pour l'instant.

Ce n'était pas une question.

D'un geste de la main, il força de nouveau ma métamorphose et le hurlement de ma louve se transforma en un cri tandis que je reprenais ma forme humaine. Pour nos corps, le prix à payer de ce changement si rapide était terrible, et cela ne me surprit pas de me retrouver nue, essoufflée et au bord des larmes sur le sol.

L'Ombre ne m'accorda pas d'autre regard, s'éloignant d'un pas raide pour disparaître derrière le voile.

Je fus secouée de sanglots silencieux alors que je luttais contre la fatigue et la douleur… et contre la solitude d'affronter seule ces épreuves. Est-ce que l'on ne me ficherait jamais la paix ? Était-ce trop demander que chaque foutue journée ne soit pas une expérience immensément douloureuse ?

D'abord, lorsque mon père était mort (enfin, avait été assassiné, pas la peine d'édulcorer), j'avais énormément pleuré. Sur sa perte, la perte de mes amis, et tout particulièrement la place que nous avions dans la meute. Ma mère avait toujours été un parent un peu distant, donc je ne lui avais pas trop accordé d'importance, même si ça m'avait fait mal qu'elle se coupe totalement de la réalité. Tout avait simplement fait mal.

Au final, j'avais arrêté de pleurer et appris à dissimuler ma peine à l'intérieur. Mais, à présent, je n'arrivais pas à trouver ma force d'âme.

Cinq minutes.

Je me donnais cinq minutes pour m'effondrer puis je me ressaisirais.

L'Ombre ne revint pas avant que je ne me remette debout. J'époussetai mon derrière tout nu, puis récupérai la chemise en partie déchirée et l'enfilai en me tortillant. Je n'étais cependant pas aussi seule que je l'avais pensé ; la fumée sombre s'était manifestée. Je l'ignorai dans un premier temps pour commencer à explorer la bibliothèque qui faisait également office de tanière de la bête. L'ombre de l'Ombre était apparemment chargée de me surveiller en l'absence de son maître.

— Est-ce un endroit magique ? finis-je par demander à la brume vaporeuse qui me suivait. Les bibliothèques s'alignent sans fin.

Quand il apparut clairement que je n'en verrais pas la fin, je renonçai et me dirigeai à la place vers une étagère. Je fus déboussolée en voyant alignés *Le Trône de fer* de George R.R. Martin, *Le Seigneur des anneaux* de J.R.R. Tolkien et une multitude d'histoires de Terry Pratchett. Il y avait d'autres grands classiques de la fantasy dans cette section, et même si j'étais à fond pour les trésors cachés que l'on trouvait de nos jours dans le monde des auteurs indépendants, mon cœur palpitait toujours devant un incroyable classique du genre.

Seulement pour la fantasy, cela dit.

Il suffisait de faire mention d'Emily Brontë, juste une fois, pour que je parte en quatrième vitesse en hurlant.

À contrecœur, je quittai ces étagères et fis le très long voyage de retour jusqu'à la cheminée et les canapés douillets. Je n'avais aucun doute sur le fait que l'Ombre allait tôt ou tard revenir pour me tuer, donc il était peut-être mieux de prendre un peu de repos avant d'être assassinée.

Choisissant le plus grand canapé près de la cheminée, je fermai les yeux et forçai mon esprit à se calmer. Je savais que ma réaction face à ce bazar était étrange. La plupart des gens seraient en train de crier, de se bercer dans un coin en position fœtale ou de pleurer toutes les larmes de leur corps. Mais pour être parfaitement honnête, après des années sur le qui-vive, à attendre le moment où quelqu'un pousserait la torture trop loin et me tuerait, j'étais devenue insensible à la panique et à la peur.

Je fus submergée par l'épuisement lié aux évènements de la journée et m'enfonçai plus profondément dans le velours luxueux du sofa. Le Bâtard de l'Ombre était peut-être un vieil enfoiré, mais il avait un sacré goût en matière d'ameublement.

Tandis que mon esprit succombait aux ténèbres du sommeil et de l'épuisement, ma dernière pensée fut de me demander si j'allais me réveiller de nouveau.

18

Je n'avais pas fait de rêves. J'en étais presque sûre parce que la moitié de mon corps était engourdie lorsque je me réveillai en sursaut, sacrément désorientée. Je ressentis des picotements dès l'instant où le sang revint dans mes extrémités, le processus de guérison des métamorphes réparant ce que j'avais bien pu casser pendant mon épisode de sommeil de mort.

Regardant autour de moi, je ne fus pas surprise de me retrouver dans la même position qu'avant. Sur le canapé. Un feu brûlant… avec des flammes de la même taille. Combien de temps avais-je donc dormi ? Cinq secondes…

Cet endroit était dingue.

— L'Ombre ! criai-je.

Ma voix était enrouée. Je me raclai la gorge et recommençai :

— Les métamorphes, ça meurt, sans eau ni nourriture.

Je me mis debout en me secouant pour me défaire des dernières traces de somnolence et m'étirai tellement que mon sexe dépassa de dessous la chemise déchirée. Je zieutai l'ombre vaporeuse qui s'était éveillée en même temps que moi et qui dérivait un peu trop près à mon goût.

— Approche-toi de moi et de mon corps nu et je trouverai comment faire pour t'aspirer dans le monde d'après.

J'avais vu *Ghostbusters*. Je pouvais faire face à ces trucs de démon.

Peut-être m'avait-elle comprise, ou peut-être était-ce une coïncidence, mais la fumée battit en retraite à une distance convenable. Je jetai un œil alentour en me demandant si j'avais tellement énervé l'Ombre qu'il était parti en me laissant vivre le reste de ma vie ici à Fantasyland, avec un agréable feu magique et des bibliothèques sans fin. Il ne manquait qu'un kiosque à chocolat chaud et jus de fruits, un coin burger et un bar.

Pour le vin.

Et la tequila.

Je décidai que j'en avais assez d'attendre que le Bâtard de l'Ombre revienne et me frayai un chemin vers le voile scintillant en me demandant si j'allais le trouver dans la salle de la cathédrale. J'avançai avec détermination, sans penser un seul instant que j'aurais le droit de mettre un pied hors de la bibliothèque. Mais quand je passai d'abord mon bras à travers pour voir si ça déclenchait des alarmes ou des pièges, il n'y eut aucune résistance.

Tout semblait OK.

— Allez, Noir d'Encre, dis-je avec excitation.

Il me fallait un nom pour l'obscurité vaporeuse, afin que je puisse facilement la différencier de l'Ombre.

— Il semblerait qu'on parte à l'aventure, ajoutai-je.

Tout en mettant un pied de l'autre côté, je me demandai quel était l'intérêt de séparer les deux pièces par un tourbillon de ténèbres. Est-ce que l'Ombre pouvait empêcher un être d'entrer s'il en avait envie…

Mes pensées s'arrêtèrent net au moment où je rejoignis l'autre côté.

— Qu'est-ce que… m'exclamai-je, le souffle coupé, tandis que des douzaines d'yeux se tournaient vers moi.

Cette pièce faite de portes et de fenêtres, l'espace vide rempli de lumière, était devenue une ruche bourdonnante d'activité. Et tout comme dans l'antre de l'Ombre, il y avait des centaines d'étagères remplies de livres qui occupaient tout l'espace entre les fenêtres, les piliers et les portes.

Je ne pouvais m'arrêter de cligner des yeux, comme si cela pouvait restaurer ma vue et me permettre de voir à nouveau l'espace vide.

Un petit *être* à la peau brune et au visage ridé se dépêcha de venir vers moi et j'en étais encore à cligner des yeux sans savoir comment faire face à ce nouveau monde.

— Bienvenue dans la Bibliothèque de la Connaissance, Mera, annonça-t-il gaiement. Mon nom est Gaster, du clan des gobelins souterrains de Faerie.

Est-ce qu'il venait de dire *gobelins ?*

Je fixai encore plus son crâne chauve, son visage rond et ses oreilles légèrement pointues. D'accord, je pouvais le voir à présent.

— Vous parlez ma langue ? m'étonnai-je d'une voix un peu étranglée.

Il secoua la tête.

— Non. Je parle le fae inférieur.

— Qu'est-ce…

— Vous serez capable de parler tous les dialectes, poursuivit-il en m'interrompant. De comprendre tous les mots écrits et de parler avec toutes sortes de races à l'intérieur de ces murs. Vous rencontrerez beaucoup de gens qui ont bâti leur foyer dans les dimensions connectées à cette bibliothèque. Comme je l'ai dit, je suis de la Faerie.

Il tendit la main et je la regardai fixement avant de tendre la mienne à mon tour pour la serrer.

— C'est un geste très humain, remarquai-je.

Il sourit, ce qui attira mon regard sur la structure inhabituelle de son visage. Il avait des yeux immenses qui occupaient la moitié de son visage et dont les iris ainsi que les pupilles étaient totalement noirs sans une once de blanc. Il mesurait environ quatre-vingt-dix centimètres, sa peau était noueuse comme une vieille racine d'arbre et, de ce que je pouvais voir, il n'avait pas un cheveu sur la tête. J'aurais voulu l'étudier de plus près, mais ça me parut grossier ; je continuai donc à me concentrer sur son visage.

— J'ai étudié toutes les cultures. En tant que concierge ici, c'est mon travail de guider tous ceux qui mettent un pied dans ces couloirs.

Il fit une révérence et, alors qu'il se relevait, je finis par remarquer qu'il avait la taille parfaite pour pouvoir voir sous ma chemise. Il n'avait pas fait mine de regarder, mais tout de même…

— Est-ce que par hasard vous savez s'il y a un endroit où je pourrais me procurer des vêtements de rechange ? demandai-je en désignant mes jambes nues sous la chemise déchirée. Il semblerait que je sois à court de coton.

Le petit visage de Gaster s'illumina ; il paraissait véritablement excité à l'idée d'avoir une tâche à accomplir.

— Oui ! Nous avons une pièce où vous pouvez échanger des biens contre des *daems*.

Je le regardai en clignant des yeux.

— Des *daems* ?

Ça sonnait comme *day-em* et je n'avais jamais entendu parler de ce type de devise auparavant.

— C'est la monnaie de la Bête de l'Ombre, expliqua-t-il d'un ton enjoué. Mais il m'a donné la permission de vous laisser entrer une première fois sans payer. Il a dit que vous alliez au final compenser en travaillant dans la bibliothèque.

Alors là, ça m'en bouchait un coin. Il n'avait donc pas encore planifié ma mort. Peut-être qu'il était toujours indécis. Quoi qu'il en soit, j'avais l'occasion de vivre un jour de plus et c'était la seule chose que je pouvais attendre de cette chienne de vie qui était la mienne.

J'observai les alentours et dévisageai les nombreuses créatures qui peuplaient la Bibliothèque de la Connaissance. Il y en avait tellement dont l'apparence m'était étrangère. Elles étaient clairement toutes là pour une raison, cela dit : lire, lire, lire. Dévorer le savoir contenu sur ces étagères.

— Est-ce que tout le monde travaille ici ? m'enquis-je.

Gaster suivit mon regard.

— Oh non. Seulement les gobelins. Mes frères travaillent dans la bibliothèque. Les autres ont été choisis par leurs mondes et ils ont l'autorisation d'accéder aux informations contenues ici.

Avant que je ne puisse donner voix aux millions d'autres questions que j'avais, il tendit la main et attrapa la mienne, m'entraînant loin du voile de la tanière de l'Ombre et à travers le long couloir au milieu de la bibliothèque.

— Combien y a-t-il de mondes ? murmurai-je, me parlant à moi-même, tandis que nous passions à côté de douzaines d'êtres si différents les uns des autres que je ne pouvais m'imprégner de chaque détail.

Le gobelin gloussa ; un son grinçant, presque désagréable.

— Cela faisait longtemps que je n'avais pas rencontré quelqu'un ignorant tout du monde surnaturel. Ignorant le Système Solaris qui connecte et crée des ramifications entre chacune des contrées.

Je haussai les épaules.

— Je suis une métamorphe, donc je savais qu'il existait autre chose que des humains, mais en dehors de l'Ombre, de Noir d'Encre, et maintenant de vous, je n'en avais en fait jamais rencontré d'autres.

Il cligna des yeux ; des orbes noirs si réfléchissants que l'on pouvait y voir toutes les lumières environnantes.

— L'Ombre et Noir d'Encre ?

Je fis un brusque signe de tête en direction de l'obscurité qui me suivait.

— Ce truc et son maître.

Gaster hocha la tête, comme s'il comprenait.

— Ah, oui. La Bête de l'Ombre est l'être suprême ici. Nous n'interférons pas avec sa section de la bibliothèque et, en échange, il ne nous détruit pas jusqu'au dernier. Nous cataloguons également ses livres. C'est une symbiose qui fonctionne.

Il jeta un coup d'œil vers Noir d'Encre, comme s'il relayait directement cette information à la brume.

Je me penchai pour être à son niveau.

— Qu'est-ce que le Système Solaris ? chuchotai-je.

Le gobelin me décocha un sourire de conspirateur et je tombai à moitié amoureuse de ce gars minuscule et de sa serviabilité. J'étais quasi sûre qu'à part Simone et Dannie, personne n'avait jamais été aussi gentil avec moi.

— C'est un système de transport alimenté par la bibliothèque. Des portails d'énergie connectés qui nous permettent de voyager entre une multitude de mondes. Chacune des portes ici est connectée à l'une des contrées.

Il pointait du doigt les portes tout en parlant, y compris celle à la musique attirante que j'avais presque franchie.

— Donc, je suis de la Faerie. Et Chester que vous voyez là est un farfadet aquatique de la contrée de Karn, qui est composée en majorité d'eau.

Cette fois, il désigna une porte qui se trouvait à environ trois mètres de nous. De légers tourbillons bleus étaient visibles contre le bois blanc.

Et Chester… L'habitant de Karn était squelettique, la peau bleue de glace et le corps tellement androgyne que je n'aurais jamais été capable de deviner son genre. Peut-être qu'à Karn, ils n'avaient même pas le type de genre que j'étais en mesure de comprendre. Il avait quatre bras, la deuxième paire étant plus courte, et je partais du principe qu'elle était utile dans l'eau. Ne voulant pas le dévisager ouvertement plus longtemps, je détournai le regard en attendant que Gaster continue.

— Marin est un transcendantal, reprit-il, comprenant mon intention. Ils représentent de près les anges des traditions terriennes et résident aux Champs d'Honneur.

C'était une grande créature sculpturale, d'apparence féminine. Elle était habillée de ce qui ressemblait à une armure noir et or, sa peau était sombre et brillante et des ailes teintées de gris émergeaient de son dos. Des ailes qui paraissaient assurément appartenir à un ange.

— Waouh ! m'exclamai-je, alors que je m'imprégnais de cette image.

Elle était la beauté personnifiée, comme si chaque trait de son visage avait été sculpté avec amour jusqu'à atteindre la perfection. Sa longue chevelure épaisse, bleu nuit, me rappelait celle de Simone. Mais contrairement à cette dernière, Marin arborait une tresse parfaite qui lui arrivait aux mollets.

Quoi que soient les Champs d'Honneur, je ne pouvais que partir du principe qu'ils étaient peuplés d'autres créatures à l'air angélique telles que Marin.

— Vous atteignez leur contrée en passant par ici, poursuivit Gaster en montrant une porte plus loin dans la bibliothèque.

C'était incroyablement difficile à comprendre et à appréhender, mais je ne me sentais pas submergée par tout ça. Peut-être était-ce dû au fait que je me tenais à l'intérieur de ces murs remplis de tant de savoir.

Le gobelin continua sur sa lancée, attirant mon attention sur des créatures bestiales, comparables aux centaures, qui étaient un mélange d'humain et d'animal. Il y avait dans la bibliothèque des hybrides de chevaux, de chèvres, de panthères et d'oiseaux, mais il m'assura que dans leur contrée de Brolder il y en avait beaucoup, beaucoup d'autres.

— Est-ce qu'il y a des créatures dragons ? demandai-je avec sérieux, toujours un peu sous le coup d'une gueule de bois livresque liée à ma dernière lecture qui parlait de métamorphes.

Gaster ne manifesta aucune surprise face à cette question venue de nulle part.

— Pas des dragons comme ceux décrits sur Terre, mais nous avons de grandes bêtes qui vagabondent dans les mondes.

De grandes bêtes ? Franchement, s'il y avait quelque chose de plus grand que la Bête de l'Ombre par ici, ce devait être un spectacle terrifiant à ne pas manquer. Mais j'étais totalement partante.

Gaster continua son voyage à travers la bibliothèque en me présentant de nombreux peuples de faes, parmi lesquels des lutins, des banshees, des *sidhes*, des trolls et des goules.

— En Faerie, il y en a des centaines d'autres, expliqua-t-il. Cela me prendrait des semaines pour les lister tous.

— L'univers est bien plus grand que ce à quoi je m'attendais, soufflai-je.

J'avais l'impression que mes découvertes du jour m'avaient rendue à la fois insignifiante et émotive.

— Ce n'est qu'une petite tranche d'un tout bien plus grand, révéla le gobelin, qui souriait toujours. Mais aujourd'hui, inutile de s'inquiéter de cette nouvelle vie que vous avez découverte. Il faut qu'on vous trouve d'abord des choses confortables pour les humains.

J'acquiesçai d'un signe de tête et le suivis alors qu'il accélérait le mouvement. Ses jambes faisaient peut-être la moitié de la taille des miennes, mais le gars se mouvait comme un sprinter olympique. Je fis un commentaire là-dessus, faisant semblant de haleter comme si j'étais essoufflée.

— Nous sommes forts et rapides, commenta-t-il en m'observant avec soin comme s'il craignait sérieusement pour ma santé. N'essayez pas de me suivre. Les gobelins sont capables de se déplacer à grande vitesse sur de longues distances, et il vaut mieux se rappeler que vous pouvez faire appel à mes atouts quand vous avez besoin de soutien dans tout ce que vous pourriez entreprendre.

Je penchai la tête, encore une fois confuse de la façon dont on me faisait me sentir « chez moi » ici.

— Est-ce que l'Ombre sait que vous… euh… vous occupez de moi comme ça ? l'interrogeai-je.

Gaster hocha la tête.

— Oh, oui. Il sait tout. Ne vous inquiétez pas. Tout a été planifié.

Merveilleux. Ça me tranquillisait de savoir que je faisais partie du plan de l'Ombre…

Ou pas.

Gaster poursuivit sa mission et je restai à proximité en essayant d'ignorer les nombreux badauds curieux dans la pièce. J'avais peut-être regardé en coin dans la bibliothèque toutes ces nouvelles contrées et leurs habitants, mais beaucoup paraissaient tout autant intéressés par moi que je l'étais par eux. Je me demandai si c'était à cause de Noir d'Encre qui me suivait ou si c'était parce que « métamorphe » était une nouvelle race qui croisait leur chemin.

Tandis que nous nous rapprochions de l'entrée de la bibliothèque, avec son propre portail miroitant connecté au long couloir blanc, le gobelin fit une halte.

— C'est la Salle des Requêtes, expliqua-t-il en faisant un geste de la main en direction d'une simple porte blanche.

Il s'avança et toqua deux fois avant qu'elle ne s'ouvre.

— Six *daems*, sonna une voix désincarnée, presque comme celle d'un robot.

Le gobelin sortit quelques pépites étincelantes de sa minuscule poche.

— N'hésitez pas à prendre tout ce dont vous avez besoin à l'intérieur, me fit-il savoir.

Puis le gobelin, qui était étonnamment fort, me poussa à l'intérieur d'une pièce blanche complètement vide ; les pièces de monnaie tintèrent à ma suite et se fondirent dans le sol brillant.

— Attendez ! criai-je, alors que la porte se refermait brutalement devant mon nez.

— Merci de vous tenir immobile, annonça la voix, captant mon attention.

Je me figeai tandis qu'un souffle d'air glacial m'entourait, descendant lentement le long de mon corps avant de disparaître aussi vite qu'il était apparu.

— Vous avez besoin d'une garde-robe complète, de produits de toilette et d'autres essentiels.

Je n'aurais su dire s'il s'agissait ou non d'une question.

— Oui. Je n'ai rien d'autre que cette chemise, confirmai-je tout de même en montrant du doigt les haillons que je portais.

Il y eut une pause.

— Vos affaires sont en route pour les appartements du maître. Veuillez procéder à votre toilette et à votre habillage là-bas. Bonne journée.

Sur ce, la porte s'ouvrit et le même vent glacé me chassa de la pièce.

19

Gaster n'avait apparemment pas bougé d'un centimètre et se tenait exactement là où je l'avais laissé, un grand sourire aux lèvres.

— Eh bien, cette heure est passée en un éclair.

Ce fut mon tour de cligner des yeux comme une idiote.

— Ça n'a pas pu prendre plus d'une minute !

Gaster se mit à rire comme si je lui avais raconté la blague la plus drôle qui soit, mais ne fit aucun autre commentaire. Il se contenta de m'ouvrir la voie à travers la librairie, ne s'arrêtant qu'après avoir atteint le voile maculé de ténèbres de l'Ombre.

— Je ne suis pas autorisé à m'aventurer au-delà, expliqua-t-il. Mais vos vêtements et autres objets seront dans votre chambre.

Il cligna des yeux vers le nuage de fumée avant d'ajouter :

— Contentez-vous de suivre Noir d'Encre.

À ce stade, j'avais déjà compris que « Noir d'Encre » était plus qu'une étrange et simple masse de ténèbres qui suintaient de l'Ombre. Gaster lui témoignait trop de respect, allant jusqu'à s'adresser directement à lui.

Peut-être qu'être l'un des sbires de l'Ombre enjoignait au respect ? Ou peut-être avais-je sous-estimé son intelligence, en la prenant pour quelque chose sans substance. Il allait falloir que j'arrête de supposer n'importe quoi dans ce monde où toutes les règles étaient différentes.

Alors que je franchissais de nouveau le voile (qui pouvait apparemment empêcher certaines personnes de passer, à en croire la déclaration de Gaster), je faillis entrer en collision avec une bête de la taille d'une montagne. L'Ombre se tenait immobile et silencieux dans l'obscurité, la tête penchée sur le côté tandis qu'il m'observait attentivement. Qu'ils aillent se faire voir, lui et son regard intense. S'il continuait ainsi, j'allais soit me mettre à rougir, soit me consumer spontanément, une autre façon de dire « orgasme instantané ».

Enfin, si je ne mourais pas d'effroi avant.

— Tu as deux choix.

Et on était repartis avec sa personnalité si enjouée.

— Allez-y, continuez, répondis-je avec le sourire le plus faux dont j'étais capable.

— Je te tue maintenant et je contrôle la menace. C'est l'option que je préfère, personnellement.

Ce fut à son tour de sourire et, comme d'habitude, la courbe sombre de ses lèvres était terrifiante. Évidemment que c'était sa solution préférée.

— Pour être honnête, j'ai hâte d'entendre le choix numéro deux, déclarai-je gaiement. Croisons les doigts pour qu'il implique ma mort, lui aussi.

À en juger par l'expression de son visage, mon vœu était sur le point d'être exaucé.

— L'option deux, reprit-il d'un ton sec, c'est que tu restes ici, sous ma supervision, pendant que tu cherches à comprendre comment tu es entrée en contact avec le Royaume de l'Ombre. Il va aussi falloir que nous rassemblions les créatures que tu as libérées sous l'effet de ton imprudence.

Je levai une main.

— OK… j'ai vraiment beaucoup de questions à propos de ce que vous venez de dire.

L'Ombre souffla une onde de pouvoir, et des effluves de fumée noire tourbillonnèrent littéralement autour de son visage.

— Plus. De. Foutues. Questions.

— Très bien, pas de problème, approuvai-je. Mais vous êtes en train de dire que quand j'ai eu ce truc de double vision et que j'ai tendu la main vers ces créatures, j'ai permis à certaines de s'échapper vers notre monde ?

Un simple hochement de tête.

— Et vous pensez que je peux vous aider à les rassembler et… Qu'est-ce qu'on fera d'elles si on ne peut pas accéder de nouveau au Royaume de l'Ombre ?

Il pinça les lèvres. C'était un signe d'avertissement, et je décidai d'en tenir compte en me taisant. Vous voyez, j'étais capable d'apprendre de nouvelles choses. L'Ombre croisa les bras, ce qui attira mon attention sur ses larges épaules, et je fus encore une fois distraite. Pfff. Personne ne devrait admirer le dieu-démon qui avait envie de vous assassiner.

C'était juste du bon sens.

— Nous allons les soumettre jusqu'à ce que tu trouves comment refaire ce que tu as fait. Je suis sûr que tu vas y consacrer beaucoup de temps et d'énergie, vu que ton alternative, c'est la mort.

Y consacrer de l'énergie ? À ses épaules larges ? Non, attendez, les créatures de l'ombre. *Capiche.*

— D'accord, acceptai-je en acquiesçant d'un signe de tête. Je veux dire, c'est un plan qui tient la route, Indiana Jones. Il semblerait qu'on parte à l'aventure.

Il me décocha un regard impassible et je ne sus s'il avait compris la référence ou non. Il valait probablement mieux changer de sujet avant qu'il ne choisisse l'option un et ne me tue afin de me faire taire.

— Donc, Gaster, le concierge de la bibliothèque, m'a apparemment dégoté de nouveaux vêtements. Il a dit qu'ils étaient quelque part ici.

Je fis un geste vers la seule chose présente dans cette pièce qui puisse m'amener à une combustion spontanée : la bibliothèque. J'avais toujours espoir que la Bête de l'Ombre me la léguerait après sa mort, bien que son statut d'immortel mette un léger frein à ce plan.

— Suis-moi.

Mon Dieu, qu'est-ce que j'aimais nos conversations ! Tellement pleines d'énergie et de tournures de phrases intelligentes. C'était comme vivre dans une pièce de Shakespeare.

Alors que je riais mentalement de mes bêtises, l'Ombre fit volte-face et je remarquai que sa taille augmentait tandis qu'il s'en allait. Il avait mesuré deux mètres le temps de me parler, mais j'avais le sentiment étrange qu'il était naturellement plus proche des deux mètres cinquante, vu qu'il revenait la plupart du temps à cette taille.

La façon dont il le faisait était absolument fascinante, et la seule chose à laquelle je pensais était… Est-ce que tout change de taille ? Eh ouais, cette pauvre louve métamorphe, techniquement toujours pucelle, avait une vie sexuelle très active. Dans sa tête. Je rêvais de sexe, j'avais un vibromasseur et je participais activement à ma propre sexualité. Seule la plupart du temps, tout simplement.

Attends une petite minute !

J'avais besoin de mon vibromasseur. Est-ce que cette Salle des Requêtes l'avait compris quand elle m'avait fourni des vêtements ? Autrement, il allait falloir que je me fasse une pote ici, pour tout savoir sur cet endroit et ce dont il était capable. Gaster semblait cool, mais il était trop à cheval sur les règles pour moi.

J'aimais vivre dans la zone grise de la vie.

L'Ombre était arrivé à la moitié de la librairie sans fin ; je forçai l'allure, courant après lui. La dernière chose que j'avais envie de faire, c'était bien de le gonfler. Pas quand l'option un, « être assassinée », était toujours d'actualité.

Je baissai la tête et courus, remarquant seulement au dernier moment qu'il s'était arrêté. Je fis un dérapage contrôlé et réussis à l'éviter, même si ma hanche percuta une des tables, me faisant grimacer. Ce n'était pas comme si la douleur allait durer longtemps, maintenant que j'étais métamorphe à part entière.

L'Ombre se pressa contre moi et je ne m'en fis soudainement plus pour ma hanche blessée.

— Tu n'as pas une seule fois supplié ou crié, fit-il remarquer d'une voix plus douce que d'ordinaire. Les rares métamorphes qui atterrissent dans mon monde ne sont jamais aussi calmes.

C'était la deuxième fois que mon manque de peur respectueuse à son encontre le troublait.

Ma bonne humeur s'effaça.

— J'ai supplié et pleuré dans ma meute pendant des années, répliquai-je. Ça n'a jamais fait de différence. J'ai fini par réaliser que quand quelqu'un est plus fort et plus puissant que vous, et que vous êtes à sa merci, supplier et pleurer ne servent à rien, sauf à lui donner un sentiment malsain de satisfaction. Je ne vais plus faire plaisir aux brutes. Ils n'auront rien de moi.

Il y eut un éclair dans ses yeux, comme des flammes, et, d'une manière presque apaisante, Noir d'Encre s'avança sinueusement pour s'enrouler autour de son maître.

— Tu apprendras à me craindre, murmura-t-il.

Je n'avais aucun doute là-dessus.

Il s'éloigna de nouveau et cette fois, je le suivis sans attendre. Il décrivit un brusque virage à droite vers une large porte en bois rouge cerise, sculptée à la main.

— C'est là que tu vas dormir, m'informa-t-il. Ne pars pas à la recherche de mes appartements. Je te tuer…

— Tuerai, ouais, j'ai compris.

Une vague de chaleur me heurta, me brûlant la peau, et ce ne fut pas la première fois que je souhaitais ne pas être née avec une telle grande gueule.

— Je me soumettrai ! m'exclamai-je en levant les bras pour couvrir et protéger ma figure de la brûlure du feu.

— Soumets-toi tout de suite, gronda-t-il.

Quel enfoiré.

Son pouvoir me força à me mettre à genoux et je sentis sa foutue satisfaction. Il n'aurait cependant rien de moi. J'avais été façonnée par des années à subir un feu aussi brûlant que celui qu'il m'envoyait et, quel que soit le jeu auquel il jouait, je m'y plierais. Mais seulement à un niveau des plus superficiels. Il finirait par baisser sa garde. Cette mascarade, quelle qu'elle soit, finirait bien par s'arrêter.

Et quand cela arriverait, ce serait à mon tour de briller.

— Qui est ton maître ? exigea de savoir la Bête de l'Ombre en se rapprochant de moi.

Tout à l'intérieur de moi réagissait à sa présence, une brûlure mordante qui montait de mon corps tandis que son énergie fusionnait avec la mienne. Je lâchai un : « C'est vous. »

— Tu ne me trahiras pas.

— Je ne vous trahirai pas.

Il était tellement proche à présent que je ne pouvais détacher mes yeux de ses iris flamboyants qui m'hypnotisaient sur place.

— Tu m'appartiens désormais, Rayon de Soleil, et je punirai toute insubordination.

Sur ce, un hurlement surnaturel résonna dans sa bibliothèque, suivi d'un puissant souffle de vent qui me projeta contre la porte. C'était douloureux, mais pas autant que pour ma hanche, et ce n'était rien pour un métamorphe. C'était un avertissement de la part de l'Ombre et je savais qu'il pouvait réellement me détruire s'il le voulait.

Et ne venait-il pas de m'appeler « Rayon de Soleil » ? Avait-il entendu Jaxson m'appeler « Sunny » quand nous étions à Torma ? Ou était-ce juste une coïncidence ?

Quoi qu'il en soit, je me sentais décidément perturbée par ce qui venait de se passer.

Il avait exercé sa volonté sur moi et j'avais été à sa merci.

20

La Bête de l'Ombre s'en alla aussi vite qu'il était arrivé et je fus conduite dans ma chambre par Noir d'Encre, le tout en essayant de comprendre *ce qui était en train de se passer, bordel.*

Dire que j'étais en proie à la confusion était un sacré euphémisme.

La *confusion,* ça avait été à Torma, à essayer de comprendre comment la Bête de l'Ombre lui-même avait pu bénir une union entre moi et cet enfoiré égocentrique de futur alpha. Enfin, quoi, qu'avais-je bien pu faire de mal dans ma vie d'avant pour finir en couple avec Torin ?

En vérité, après avoir rencontré la Bête lui-même, j'avais la sensation étrange que les liens entre compagnons n'étaient pas de son ressort. Assurément pas du genre Cupidon celui-là… vraiment pas.

Mais oui, c'était mon niveau habituel de confusion, le truc de *compagnon-alpha* faisait partie des emmerdes de ma vie quotidienne et ça m'allait. Mais ça… *ça !* C'était presque au-delà de toute croyance ; mon cerveau était incapable d'appréhender ce qui était en train de m'arriver. Il m'avait donné deux options, mais il semblait avoir choisi de toute façon. Choix numéro deux : prisonnière de la Bête de l'Ombre.

Cet *enfoiré* de Bête de l'Ombre.

Non seulement ça, mais je vivais également sur une sorte de plan magique (un certain Système Solaris ?) dont les pièces menaient à d'autres mondes. Et les bibliothèques. Deux époustouflantes bibliothèques, inestimables, remplies de tout le savoir de l'univers.

C'est trop. C'est beaucoup trop.

C'était peut-être une sorte de réaction à retardement, mais qui pouvait m'en blâmer ? N'importe qui dans cette situation aurait besoin d'un peu de temps pour vraiment tout appréhender.

Sans parler de la Bête de l'Ombre et de son nouveau plan brillant.

Si j'avais eu à imaginer comment ce serait d'être enlevée par lui, ça aurait impliqué de la torture et de la douleur. Pourquoi pas manger mon cœur de façon rituelle ou un autre truc tout aussi barré ?

Avec la chance que j'avais, les dieux psychopathes aimaient collectionner les ongles ou les globes oculaires.

Quels bâtards étranges.

Mais non, au lieu de ça, il me gardait pour que l'on puisse partir ensemble à la chasse aux créatures de l'ombre.

Ça n'avait pas de sens. Il se passait autre chose ici dont je n'avais pas conscience, et il n'y avait pas moyen que je baisse ma garde à proximité de ce psychopathe à la gueule d'ange déchu.

J'allais plutôt redoubler d'efforts pour trouver son point faible. Tout le monde en avait un, et quand j'aurais trouvé celui de l'Ombre, je l'utiliserais pour réduire en miettes son monde, jusqu'à ses fondations. En poussière. En atomes. En micro-organismes.

Je serais la messagère de la mort pour ces yeux de feu, cette mâchoire carrée et cette tignasse bouclée.

Puis je rirais tout au long du chemin me menant à la liberté.

Sautant sur mes pieds, me sentant un peu mieux grâce à mon nouveau plan, je jetai un œil à ma prison. À dire vrai, le mot *prison* était un peu fort : c'était une large pièce avec un lit d'apparence à peu près correct tout au bout. Dix fois mieux que la chambre merdique que j'avais eue à la maison.

J'ouvris l'armoire antique dont le haut incurvé était parcouru de détails incrustés d'or et d'argent et clignai des yeux à la vue de la collection convenable de vêtements à l'intérieur. En fouillant dedans, il m'apparut clair que tout était à ma taille et à mon goût. Des jeans, des shorts, des débardeurs et quelques pulls confortables. La Salle des Requêtes faisait plus que simplement fournir : il semblerait qu'elle lise dans les pensées et les souvenirs pour s'assurer que tout était comme si vous l'aviez choisi vous-même.

Ça filait carrément la chair de poule. Mais c'était utile.

Et à cet instant, c'était tout ce que je demandais. Que ce soit utile.

Il y avait une petite salle de bain attenante à la chambre, et je trouvai un nécessaire de toilette et du maquillage dans les tiroirs. Des marques haut de gamme de la Terre, du genre de celles sur lesquelles je bavais dans les magazines, mais que je n'aurais jamais pu m'offrir.

Tous ces avantages auraient été épatants si leur prix à payer n'avait pas été un geôlier mégalomaniaque.

Puisque l'Ombre avait fait sa sortie théâtrale habituelle, je décidai de prendre une douche rapide et de faire ma toilette. Me débarrassant du T-shirt en lambeaux, je soupirai sous l'effet de l'eau chaude sur mes muscles contractés et m'accordai le droit de craquer.

Juste un instant.

Mon épaule heurta le carrelage tandis que je penchais la tête en avant et serrais très fort les poings.

Je peux le faire. Je peux survivre à ça. Après Torma, je peux survivre à tout.

Des cendres, le phénix renaîtra.

Un mantra. Voilà tout ce dont une nana avait besoin pour s'en sortir dans la vie, pas vrai ?

Une fois propre, vêtue de sous-vêtements, d'un jean sans aucun trou (*quoiiii ???*) et d'un T-shirt blanc tout simple, je me sentis prête à trouver ma place dans ce monde étrange. Mes nouvelles tennis ne firent aucun bruit lorsque je m'avançai vers la porte, posant ma main sur la poignée noire et ancienne. Je m'attendais à la trouver verrouillée lorsque j'essayai de l'abaisser. Mais elle tourna avec un *clic* et je fis un pas hors de la pièce pour trouver Noir d'Encre qui traînait là, comme une sorte de version effrayante de Casper le petit fantôme.

— Waouh, ça alors, toi ici ! m'exclamai-je avec un enthousiasme feint. Tu m'as manqué depuis une heure qu'on s'est pas vus, Noir d'Encre. Ne me quitte plus jamais.

La brume tourbillonna plus haut, glissant autour de mes nouveaux vêtements, comme si elle essayait de comprendre ce que je portais.

— C'est à ça que je ressemble d'ordinaire, quand je ne suis pas à moitié nue, expliquai-je avec un sourire en coin.

L'ombre noire enfla jusqu'à faire deux fois sa taille et sembla presque… trembloter ? J'allais prendre ça comme étant sa façon de rire, parce que toute autre alternative était trop terrifiante.

Plus elle grossissait, et mieux je pouvais voir à l'intérieur de ce que j'avais auparavant pris pour de simples tourbillons de fumée vaporeuse. Ça ressemblait à un énorme cerveau, avec des pulsations électriques qui fusaient entre les synapses. Le cerveau humain n'était pas franchement ma spécialité, mais je me demandai si Noir d'Encre n'était pas plus doué de conscience que je ne l'avais pensé de prime abord.

Impossible que ce soit juste un rejeton de la Bête de l'Ombre… Noir d'Encre était assurément un type de créatures surnaturelles à lui tout seul.

Les mots jaillirent de ma bouche sous l'effet de la curiosité.

— Qu'est-ce que tu es ? Tu ne ressembles à rien de ce que j'ai pu voir auparavant.

Je ne savais pas ce qui m'était passé par la tête pour faire ce que je fis, mais parfois mon cerveau était lent. Je n'avais pas d'autres explications pour le fait d'avoir volontairement touché la fumée noire. Alors que je glissais le bout de mes doigts à travers l'obscurité, un frisson glacé fusa le long de mon bras et je me retrouvai projetée sur les fesses comme si quelqu'un m'avait poussée jusqu'au milieu de la pièce.

— Merde ! m'écriai-je sous le coup de la surprise.

J'essayai de chasser un frisson tout en me relevant maladroitement.

— Je ne m'étais honnêtement pas attendue à ça, ajoutai-je.

Noir d'Encre m'avait déjà touchée avant, mais apparemment, ça ne marchait pas dans les deux sens. Ou alors était-ce peut-être la seule et unique fois qu'il m'avertissait de ne pas m'aventurer là où je n'avais pas été invitée.

Noir d'Encre rapetissa mais était toujours clairement en train de trembloter.

Espèce de salopard imbu de lui-même. Tout comme l'Ombre.

Je décrétai avoir perdu assez de temps à procrastiner et me frayai un chemin par-delà l'entité vaporeuse jusque dans la Bibliothèque de la Connaissance. Je traversai le voile ; un gobelin m'attendait juste de l'autre côté.

— Aaah ! sursautai-je en tombant encore une fois presque à la renverse dans l'antre de l'Ombre. Ne reste pas si près, Gaster.

Il s'inclina profondément.

— Mes excuses, mademoiselle Mera. J'attendais votre retour afin de continuer la visite et de vous exposer les grandes lignes de vos fonctions.

J'avais fortement l'impression d'être sur le point de commencer mon premier jour de travail, mais si ça me menait à plus de connaissances et à la chance de trouver une façon de me dissocier de la plus conne des divinités, alors je ferais face à tout ce qu'il avait en réserve pour moi. Si cette bibliothèque contenait tout le savoir du monde… il devait y avoir quelque chose là-dedans exposant les points faibles de la Bête de l'Ombre.

— Après vous ! m'exclamai-je avec enthousiasme.

Gaster m'observa en clignant de ses yeux noirs étranges qui attirèrent mon attention tandis qu'un éclat vert les recouvrit avant de disparaître.

— Enfin quelqu'un d'aussi impatient que moi à l'idée d'apprendre ! s'enthousiasma-t-il.

Je me demandai si ce n'était pas ça, l'éclair vert : une manifestation brillante de sa joie.

— Carrément, confirmai-je.

J'étais prête à passer de la pommade à ce gobelin si ça me permettait d'avoir un allié puissant dans le futur. Bon, il n'était peut-être pas puissant d'un point de vue physique, mais quelqu'un dont le rôle était « concierge de la Bibliothèque de la Connaissance » devait être un ami qu'il faisait bon avoir.

À dire vrai, je l'appréciais assez. Les gens avec ce niveau d'enthousiasme et un émerveillement enfantin devant la vie n'étaient pas légion dans mon monde. Les métamorphes se préoccupaient plus de leur attitude *badass* et narquoise. Même nos louveteaux étaient d'impertinents petits merdeux.

Tandis que nous progressions une nouvelle fois à travers les nombreuses bibliothèques, je remarquai que la multitude d'êtres que j'avais vus auparavant avaient disparu et qu'à leur place, d'autres examinaient attentivement les étagères, empilant dans leurs bras des livres avant de franchir la porte de leur monde.

— Donc aucun de ces êtres issus des autres mondes ne travaille ici ? demandai-je.

Gaster se retourna pour me regarder, avec toujours ce fichu sourire.

— Personne ne travaille réellement ici, mais nous sommes une petite douzaine de demi-faes qui tiennent la boutique. La Bibliothèque de la Connaissance est une entité puissante, et si elle tombait entre de mauvaises mains…

Pour une fois, cette pensée ne le fit pas sourire.

— Où vont toutes les bibliothèques quand elle remballe pour la nuit ? l'interrogeai-je en pensant à mon premier voyage à travers ces couloirs.

Il me contempla d'un air vide.

— Elles ne vont nulle part. Les étagères restent là où elles sont actuellement. Rien n'a changé dans le Système Solaris et la Bibliothèque de la Connaissance depuis que j'ai commencé à travailler ici il y a mille ans.

OK, ignorant le fait qu'il était âgé d'au moins mille ans, je me concentrai sur le reste de ce qu'il avait dit.

— Ça ne peut pas être vrai, murmurai-je. Quand j'ai parcouru ce bâtiment avec l'Ombre, hier ou je ne sais pas quand, ce hall était vide. La seule chose que je pouvais voir c'étaient des fenêtres et la porte, mais pas d'étagères ni de livres du tout.

Gaster mit une seconde à répondre, comme s'il pesait ses mots.

— Le maître devait être en train de décider de votre sort, finit-il par déclarer d'une voix plus basse et moins enjouée que d'ordinaire. Vous ne pouviez avoir connaissance du don de savoir de cet endroit avant qu'il ne le décide.

OK. D'accord.

— L'Ombre avait probablement l'intention de me tuer à ce moment-là, répondis-je. C'est logique du coup.

Gaster leva prestement les mains, l'air paniqué.

— Oh non, je suis sûr que ce n'était pas le cas. Il prend juste des précautions avec les étrangers.

Ouais, ça devait être ça.

Nous étions à présent au centre de la bibliothèque, entourés d'un tas de tables, de chaises et de poufs rembourrés qui avaient l'air très tentants. Malheureusement, je n'avais pas le temps de m'y enfoncer avec un super bouquin puisque j'étais «au travail».

— Ça fait bizarre d'être la seule à travailler ici qui ne soit pas à moitié fae, déclarai-je.

— Je sais, répondit Gaster avec un hochement de tête, mais vous ne vous sentirez pas seule. Comme je vous l'ai dit, il y a toujours plein d'autres personnes ici qui collectent le savoir. C'est le plus grand honneur que d'être choisi pour parcourir avec soin la bibliothèque.

— Il y a combien de mondes au juste dans ce Système Solaris ?

Il en avait mentionné certains, bien sûr, mais ma soif de connaissance augmentait à chaque heure que je passais ici. Les portes sans nom m'appelaient, exigeant que j'en apprenne plus sur elles.

Il écarquilla les yeux, les orbes noirs scintillant sous l'effet des lumières brillantes au-dessus de nous.

— Ah, vous allez avoir une sacrée surprise ! Suivez-moi.

C'est ce que je fis.

21

Il marchait tellement vite que j'avais de la chance d'être une métamorphe et de pouvoir suivre le rythme de ses petites jambes puissantes. Il me conduisit droit à l'endroit le plus éloigné de la pièce, jusqu'au voile qui cachait la vue du couloir blanc.

— C'est l'annuaire ! annonça gaiement Gaster.

Le regard vide, j'observai les alentours en essayant de comprendre de quoi il parlait.

— L'annuaire ?

Il fit un geste vers le voile scintillant.

— Quand il ne sert pas de système précoce d'alarme afin de protéger la bibliothèque, on peut l'utiliser pour naviguer dans le Système Solaris.

Super. En voilà de bonnes nouvelles.

Gaster plaça sa main sur un petit panneau à l'écart du voile ; ce dernier était aussi blanc que les murs et je ne l'avais absolument pas remarqué jusqu'à ce qu'il le touche.

— Mettez vos mains ici, expliqua-t-il, et dites *divulge*.

À l'instant même où le mot franchit ses lèvres, le voile scintillant se solidifia, se transformant en une carte de deux mètres cinquante de haut. Une carte très détaillée…

Gaster fit glisser un écran au-dessus d'elle et zooma sur une section.

Une carte très détaillée et interactive.

Jackpot !

— Nous nous trouvons à cet endroit et, d'ici, vous pouvez tout trouv…

Il fut interrompu par quelqu'un criant son nom tandis qu'une petite silhouette se dirigeait vers nous en toute hâte.

— Il manque un livre, annonça-t-elle.

Il s'agissait clairement d'un autre gobelin, qui avait l'air bien plus féminin que Gaster, avec ses cheveux dorés lui arrivant aux épaules et ses cils noirs et épais.

— Voici Dame Hel, déclara-t-il à mon attention. Elle fait partie de la royauté des demi-faes et m'apporte son aide ici. Ça fait partie du rite de passage pour sa fonction finale.

J'acquiesçai d'un signe de tête comme si je savais de quoi il pouvait bien parler. Dame Hel ne me jeta même pas un regard, retournant avec empressement à la tragédie du livre manquant.

— Si vous voulez bien m'excuser le temps que je m'occupe de ce désastre, déclara Gaster en opinant du chef. N'hésitez pas à parcourir l'annuaire. Je reviens très vite.

Je lui décochai un énorme sourire. Il allait s'attirer des ennuis à faire confiance aveuglément, mais je n'allais rien faire de trop dingue pour l'instant. Surtout pas avec Noir d'Encre qui rôdait dans les parages et qui avait constamment un « œil » sur moi.

— Je reste ici, promis-je.

Il disparut à sa façon, comme une balle. Je tournai les talons en direction de l'annuaire, prête à en apprendre autant que possible pendant le temps dont je disposai. Je me concentrai d'abord sur la carte en elle-même, réduisant sa taille afin de voir la pièce dans sa globalité. L'image faisait environ dix fois ma taille et je dus reculer de quelques pas.

C'était une vue du dessus de la Bibliothèque de la Connaissance, ce qui m'en donnait un plan parfait. Je comptai les portes qui couraient sur les murs : cinq pour chacun. Elles étaient à l'écart et séparées par de longues rangées d'étagères. En zoomant sur chacune, je vis que nombre d'entre elles contenaient des livres correspondant aux contrées ayant des portes aux alentours. L'un de ceux près de Faerie arborait un petit point brillant sur lequel j'appuyai mon doigt.

Avec un son de clochette, un message apparut.

Histoire de la Faerie : de la dynastie de la Grande Bête au peuple de l'air.

Bordel de merde ! J'allais pouvoir tellement bien voyager à travers cette saloperie grâce à cet annuaire ! J'aurais aimé pouvoir télécharger la carte dans un téléphone et l'emporter partout.

Ma priorité, c'étaient les dix passerelles. J'appuyai donc sur le point brillant de celle qui était la plus proche de moi. La vraie porte se trouvait au-dessus de mon épaule. De là, je pouvais voir un petit tourbillon de ténèbres au centre.

— Un de tes cousins ? demandai-je à Noir d'Encre tout en gloussant à ma propre blague stupide.

Sur l'annuaire, un carré informatif apparut.

Tundera. La Contrée des Égarés. De sombres âmes résident à l'intérieur de ce monde sans lumière. De là, elles trouveront soit leur rédemption, soit leur ultime anéantissement.

OK. Énigmatique et effrayant. Sacrément cool.

La porte suivante, que je pouvais également voir en vrai, était normale, d'un blanc quelconque. Des informations apparurent :

Valdor, lieu de naissance des vampires. Des créatures de luxure et de ténèbres. Buveurs de force de vie.

OK. Vampire-ville.

Attendez une petite seconde… des vampires ? Il y avait vraiment des vampires ? Est-ce qu'ils peuplaient aussi le monde des humains ?

J'avais désespérément envie de connaître cette galaxie surnaturelle tout entière, si bien que je me jetai presque sur le bouton d'informations de la porte suivante. Elle était située beaucoup trop loin dans la bibliothèque pour que je puisse la voir et j'attendis donc que les données s'affichent.

Karn : monde composé principalement d'eau. Ses habitants sont pour la plupart capables d'évoluer sur et sous la surface.

Je connaissais déjà celui-là et les informations étaient bien trop succinctes à mon goût. Mais, heureusement, les étagères autour en contenaient bien d'autres. Il me fallait juste commencer à lire. J'appuyai sur un point de l'étagère la plus proche de la porte de Karn. Il tinta immédiatement.

Karn : histoire, lois, réglementations, ressources en eau.

Je passai à autre chose à la seconde où je finis de lire.

L'avant-dernière passerelle de ce côté de la pièce était *La Faerie : contrée remplie de magie originelle. Ses habitants sont issus d'un large panel de castes, comprenant faes seelies et unseelies, demi-faes et rôdeurs.* La dernière porte affichait *Toundra gelée : aucun habitant connu. Trop extrême pour être explorée.*

Eh bien, voilà qui était intéressant. Je me dépêchai de passer à l'autre côté, dans l'ordre :

Brolder : lieu de naissance des métamorphes. Des hybrides. Et des Bêtes des profondeurs.

Les Champs d'Honneur : la source originelle de lumière. Puissants au-delà de toute connaissance.

Royaume de l'Ombre : aucune information connue. Erreur critique.

Les Observateurs : détenteurs du pouvoir omniscient. Ils contrôlent beaucoup. N'obéissent qu'à peu.

Les Contrées désertes : nées de la chaleur et du feu, de la magie et des vœux.

Je clignai des yeux.

— C'est quoi, ce délire ? marmonnai-je à voix haute.

J'avais tellement de questions. Vraiment, vraiment beaucoup.

— Toutes mes excuses ! s'exclama Gaster, tandis que ses mots résonnaient dans mon cerveau désorienté. Apparemment, un livre a été mal rangé sur une étagère. D'habitude, la bibliothèque gère elle-même ce genre de situation, mais, dans le cas présent, il pouvait être casé dans deux catégories, d'où la confusion…

Il continua à divaguer et je le fixai sans le voir, mon esprit réfléchissant toujours à ces mondes vastes et variés, connectés au Système Solaris. Les données les concernant avaient peut-être été succinctes, mais c'était suffisant pour piquer ma curiosité. Tout particulièrement Brolder, qui semblait être le lieu de naissance des métamorphes. Est-ce que l'Ombre se trouvait là-bas quand il nous avait créés, fabriquant sa propre version d'hybrides humains ? Où y avait-il une autre explication ?

En parlant d'absence d'explication… C'était quoi ce bordel avec le Royaume de l'Ombre ? *Erreur critique ?*

— Mademoiselle Mera ?

Gaster leva les yeux vers moi, les traits de son visage noueux plus creusés encore par ce qui ressemblait à de l'inquiétude.

— Il y a dix mondes connectés à cette bibliothèque, murmurai-je d'une voix étranglée.

Il pencha légèrement la tête, ses yeux se fondant presque dans sa peau brune tandis qu'ils s'éclairaient quelque peu.

— Onze, en réalité, me confia-t-il en faisant un signe de tête vers l'annuaire. Au-delà de celui-ci, il y a une voie qui mène aux humains.

D'accord. Exact. Je le savais. J'avais parcouru ce long couloir… ou disons que j'avais été portée sur la plus grande partie du chemin.

Mon regard se porta sur Noir d'Encre qui se rapprochait discrètement pour la première fois depuis que je l'avais touché. Comme s'il savait que je pensais à la Bête de l'Ombre.

Barre-toi, saloperie, l'avertis-je mentalement. Je ne sais pas si c'était dû à mon expression ou quoi, mais il ne s'approcha pas plus. Brave petit Noir d'Encre.

— C'est quoi, l'histoire avec le Royaume de l'Ombre ? demandai-je en me retournant vers Gaster.

Il fit la moue avant de secouer la tête.

— Ce n'est pas à moi de la raconter. Maintenant, si vous voulez bien me suivre…

Il tourna les talons et se dépêcha de retourner dans la bibliothèque. Je le regardai fixement s'en aller. Il devait s'agir de sa limite, celle qu'il n'allait pas franchir. Je lui emboîtai le pas, et le silence embarrassant régna durant environ quinze secondes avant qu'il ne reprenne son attitude joviale.

— Le maître veut que je vous fasse commencer à l'entretien et, de là, vous pourrez monter les échelons.

Je serrai les dents sans discuter. Il ne faisait aucun doute que ça avait toujours été le plan de l'Ombre et j'étais déterminée à ne pas lui montrer qu'il avait marqué des points contre moi. Bien sûr, je détestais faire le ménage plus que presque n'importe quoi au monde, mais j'allais me rendre là-bas et faire un travail de nettoyage superficiel parfaitement convenable. Rien de tel qu'un effort modéré pour prouver un point de vue.

Gaster me conduisit jusqu'aux fournitures de ménage, qui étaient toutes flambant neuves étant donné que «la librairie s'autonettoyait habituellement». Je passai néanmoins un nombre d'heures interminables par la suite appuyée sur un balai et à dépoussiérer des étagères *qui n'avaient pas un grain de poussière.*

Tout ça en affichant continuellement un sourire sur mon visage parce que *tu peux aller te faire voir, l'Ombre.* Il voulait que je le craigne, et il ne savait pas à quel point il était proche de réussir; mais il avait sans doute voulu également que je le haïsse. Il avait du succès de ce côté-là.

Il était impossible de dire l'heure qu'il était dans cette bibliothèque, vu les allées et venues constantes des visiteurs des différents mondes. Pour que le temps passe plus vite, j'essayais de deviner de quel monde venait chacun des habitants. Pour certains, c'était sacrément évident, comme ceux qui venaient de Karn, alors que pour d'autres, je n'en avais aucune idée.

La seule chose constante en ce lieu, c'était la bonne douzaine de gobelins qui semblaient tous suivre Gaster. Ça m'amusait de les observer eux aussi; les gobelins avaient une hiérarchie assez nette qui n'avait, semble-t-il, pas grand-chose à voir avec le genre ou le poste, mais tout avec l'intelligence et le respect.

Ils étaient peut-être l'espèce la plus avancée de toutes.

Tandis que je contemplais les gens en en apprenant autant que possible et en stockant ces informations pour une utilisation future, mon estomac se mit à gargouiller. Bruyamment. Me retournant vers Noir d'Encre, mon harceleur, je me mis à gronder :

— J'ai besoin de manger et de dormir. Fais ce qu'il faut.

Sa taille enfla et je pus de nouveau voir toutes les lumières scintillantes qui tourbillonnaient à l'intérieur du vortex de ténèbres. J'étais trop fatiguée et affamée pour en avoir quelque chose à faire qu'il soit à présent presque de la même taille que moi et puisse me propulser à travers la pièce si je l'agaçais. Heureusement, avant que je n'aie à me battre avec un nuage de fumée, Gaster apparut, un grand sourire aux lèvres.

— Waouh, vous avez assurément ravivé cet endroit avec votre dur labeur du jour.

Je dus vraiment prendre sur moi pour ne pas enfoncer mon poing dans sa bouche hilare. N'avais-je pas dit plus tôt que je l'aimais bien ? Je pensais à quoi, bon sang ?

— Je vais vous montrer le réfectoire, annonça-t-il gaiement. Vous pourrez vous y procurer toute la nourriture dont vous avez besoin.

Je retrouvai ma bonne humeur, et en un claquement de doigts, il n'était de nouveau plus sur ma liste noire.

— Louée soit la bête, répondis-je d'une voix haletante en laissant tomber avec fracas le balai au sol.

Il disparut en un éclair ; la magie de cette pièce prouvant irréfutablement à quel point mes efforts avaient été inutiles.

— J'étais à deux doigts de mourir de faim, ajoutai-je.

Ma louve leva la tête, des grognements firent vibrer ma poitrine, et je notai que c'était la première fois depuis des heures que je la sentais. Ici, elle était silencieuse, calme en moi, et parfois je me demandais pourquoi elle se comportait comme si nous nous étions métamorphosées ensemble depuis des années au lieu d'une ou deux fois. C'était étrange, mais si bas sur mon échelle des trucs à propos desquels je devais me faire du souci que je m'y attardai à peine.

Non. Ma louve et moi, et notre relation dysfonctionnelle, représentions la normalité dans ma situation actuelle.

C'était triste à dire.

22

De la nourriture. De la nourriture délicieuse. C'était probablement la deuxième meilleure chose de ce monde-bibliothèque magique dans lequel je me retrouvais coincée. De la nourriture et des livres, que demandait le peuple ?

— Est-ce que vous mangez comme ça tous les jours ? m'enquis-je avec enthousiasme auprès de la femme assise à quelques places de moi, tandis que je fourrais dans ma bouche une large tranche de rosbif saignant.

Ou tout du moins j'espérais que c'était du bœuf, mais tant pis, ça avait bon goût.

Elle se tourna pour la première fois vers moi et fronça le nez en me toisant. Je clignai des yeux en retour.

— Pas très bavarde, hein ? continuai-je tout en essuyant ma bouche avec une serviette. Pas de panique. Je peux faire la conversation pour deux, et avant que vous ne vous en rendiez compte, on sera les meilleures amies du monde.

Ses yeux d'un magenta surprenant s'écarquillèrent tandis que son visage parfait se renfrognait sous l'effet du choc. Je dus la fixer de manière gênante encore quelques instants avant de fermement l'étiqueter comme venant des Champs d'Honneur. Elle arborait cette lueur éthérée propre aux êtres de cette contrée et un visage assurément sculpté par un ange.

Elle se leva en s'éclaircissant la voix, déployant des ailes couleur d'ambre sombre que je n'avais pas remarquées à première vue. Avec sa peau d'albâtre et ses longs cheveux acajou, elle était presque l'opposé parfait de la première femme des Champs d'Honneur que j'avais croisée, mais à en juger par ces deux-là, tous les habitants de ce monde étaient grands, sveltes et parfaits.

— Est-ce qu'il y a des mâles chez vous ? Ou d'autres sexes ? l'interrogeai-je.

Elle me fixa de nouveau, n'ayant clairement aucune idée de ce qu'elle devait faire de moi. Elle et l'Ombre devraient probablement créer un groupe de soutien.

— Je suis juste curieuse, ajoutai-je. Je pense que c'est génial de n'avoir qu'un seul genre ou aucun de défini. C'est casse-pied d'avoir des étiquettes, pas vrai ? Et sérieusement, quoi que vous fassiez, ne vous arrêtez pas, parce que vous êtes sacrément sexy.

Il ne faisait aucun doute à présent qu'à ses yeux la métamorphe à moitié affamée était non seulement folle, mais en plus la draguait. Si seulement. C'était l'un de mes plus grands regrets : les hommes étaient des enfoirés, mais je n'arrivais pas pour autant à ressentir une vraie attirance sexuelle envers les femmes.

Elle cligna de nouveau des yeux et tourna les talons en filant hors de la pièce.

Je haussai les épaules et me remis à manger.

Gaster m'avait laissée au réfectoire vingt minutes auparavant (à vue de nez, étant donné que je ne pouvais que deviner l'heure à ce stade) et, quand je m'étais assise, de petites créatures robotiques avaient bourdonné autour de moi en me demandant ce que je voulais commander. Elles faisaient à peu près la même taille que Gaster, mais n'avaient pas de visage et tenaient plus de la mini cabine téléphonique sur roues. Je les ajoutai à ma liste, sans fin, de créatures à découvrir.

À présent que la sublime femme des Champs d'Honneur était partie, il n'y avait plus que quelques autres êtres dans la pièce, en plus des serveurs robots. Le réfectoire en lui-même n'avait rien de très remarquable ; il contenait principalement des rangées de longues tables de bois avec un espace d'environ trois mètres entre les bancs. Ces derniers pouvaient accueillir au moins plusieurs centaines de personnes à sa capacité maximale, mais à part ça, ils n'avaient rien de spécial.

Personne ne s'approcha de moi durant le temps où je restai là. Je me demandai si *Gueule d'Ange* avait déjà fait passer le mot à propos de mon bavardage incessant. *Peu importe.* Comme si j'avais besoin de plus d'amis surnaturels qui me poignarderaient certainement dans le dos. Simone et Dannie avaient toujours été suffisantes pour moi, et j'aurais aimé qu'elles soient là à explorer ce monde et partir à l'aventure avec moi.

Mais bon, j'avais toutes les chances d'y rester, dans cette aventure, donc il était peut-être mieux que je me la coltine toute seule. Le monde avait besoin de plus de métamorphes comme mes deux meilleures amies, et si jamais quelque chose leur arrivait, il allait falloir me sédater à vie.

Juste au moment où je tendais la main vers une part de gâteau (au caramel, avec un glaçage qui ressemblait à de la crème de banane), le silence se fit dans la salle. Enfin, nous n'étions que huit, donc ce n'était pas *si* évident, mais si l'on ajoutait à ça les poils qui s'étaient dressés sur mes bras et la sensation de picotement le long de mon échine, je savais qu'il n'y avait qu'une seule explication possible.

L'Ombre. Et il se tenait juste derrière moi.

Une partie de moi voulut se recroqueviller et puisque ça me gonflait, je me forçai à prendre une bouchée du gâteau, laissant les riches saveurs (certainement pas de la banane) danser sur ma langue.

C'était délicieux, avec des notes de caramel et de… rose ? Plus important encore, la dose de sucre s'avéra utile pour calmer mes nerfs à vif.

De la chaleur se répandit en brûlant dans tout mon corps, chaque parcelle de peau nue fourmillant comme si j'avais dansé trop près d'un feu.

Je ne me retournai pas pour autant.

Pourtant, sérieusement, quel était l'intérêt de jouer à qui domine l'autre avec un dieu ? Il n'y avait littéralement aucune bonne raison, mais je ne pouvais m'en empêcher.

La seconde bouchée fut encore meilleure que la première, et un gémissement s'échappa involontairement de mes lèvres.

Jésus, Marie, Joseph, soyez loués pour les desserts.

Honnêtement, je n'avais pas réalisé avant ce moment que j'étais une gourmande, parce que je n'avais jamais eu l'occasion de me faire plaisir.

— Tu as fini ?

Je me figeai en entendant ces mots prononcés avec un profond grognement, son énergie me rendant impuissante, incapable de bouger ou de continuer à manger.

— Pas. Tout à fait, réussis-je à dire d'une voix étranglée.

Un autre grognement émergea des profondeurs de sa poitrine, des flammes surgirent dans l'air autour de nous, et en un claquement de doigts, la salle fut vide. Aucun doute là-dessus : l'Ombre était à la fois craint et respecté à un niveau qui frisait le ridicule. À juste titre.

Il relâcha en partie sa prise sur moi et je décidai d'arrêter de faire l'imbécile tandis que je me retournais vers lui.

— Oh, salut, lui dis-je nonchalamment. Je ne vous avais pas vu.

De la vraie fumée s'échappa de ses narines. Vraiment… de la putain de fumée. Allez, mec, on ne pouvait pas faire pire dans le genre cliché pour un démon. Des flammes jaillirent dans ses yeux éblouissants, complétant le cliché.

— Ça va, ça va, j'ai compris. Vous êtes énervé en permanence. Vous aviez besoin de moi pour quelque chose ? Ou alors je suis simplement en retard pour ma prochaine session inutile de ménage ?

Pour être honnête, si je n'allais pas bientôt me coucher, j'allais probablement me liquéfier et il ne resterait qu'une flaque de louve.

— J'ai localisé une créature de l'ombre, déclara-t-il.

Alors qu'il parlait, ses lèvres charnues et ses parfaites dents blanches attirèrent mon attention. J'étais distraite par lui, de la pire façon qui soit, et j'avais envie de me haïr moi-même pour cette faiblesse, mais… il était si délicieusement ténébreux, et j'étais simplement humaine… à peu près.

Il me fixait du regard, attendant sans doute ma réponse, et j'avais oublié ce qu'il avait dit.

— Euh… vous…

La créature, c'est ça ?

— Une créature de l'ombre ! Super ! Vous en avez localisé une. Allez, on va la chercher ! m'exclamai-je en bondissant élégamment sur mes pieds grâce à ma louve. Est-ce que c'est sur Terre ? Est-ce que je devrais prendre une veste ?

Il pencha la tête sur le côté comme s'il essayait de me comprendre, mais le secret de ma réussite était de faire en sorte que personne ne le puisse.

— Oui, c'est sur Terre, au fin fond du Canada. Tu auras besoin de vêtements plus chauds pour pallier tes faibles fragilités.

Je souris.

— Vous avez tellement raison, l'Ombre. Merci de toujours penser à mon bien-être.

Pour une raison inconnue, ne me demandez pas pourquoi, j'allai lui tapoter l'épaule en m'éloignant de lui. De la même façon que je l'aurais fait quand je plaisantais avec Simone. Mais ce n'était pas Simone. C'était un dieu, une Bête de l'Ombre, un démon venu des mondes les plus sombres.

Tout comme avec Noir d'Encre, le toucher sans permission était une terrible idée, mais il était trop tard pour m'arrêter. À l'instant où ma paume atterrit sur son épaule, le feu fusa à travers et mes cris résonnèrent dans le réfectoire. Je n'avais jamais ressenti une douleur aussi intense et, lorsque je retirai ma main d'un coup sec, je m'attendis à ne trouver rien d'autre au bout de mon bras qu'un moignon carbonisé.

Je n'avais cependant aucune marque.

— Qu'est-ce… bafouillai-je. Qu'est-ce que c'était, bon sang ?

Il m'avait touchée lorsqu'il m'avait portée jusque dans le trou du cul du monde et je n'avais ressenti aucune douleur.

De vraiment géante, la taille de l'Ombre revint à simplement géante tandis qu'il se rapprochait, et il ne semblait pas aussi en rogne que ce à quoi je m'étais attendue.

— Personne ne me touche.

Je n'eus pas droit à plus d'explication.

— Donc vous avez essayé de me brûler de l'intérieur ?

Il secoua la tête et ses boucles suivirent doucement le mouvement. J'eus la plus folle des envies irrépressibles de tendre les mains pour les y glisser. Sérieusement, cet enfoiré m'avait presque brisée une seconde auparavant quand je l'avais touché, mais apparemment j'aimais avoir mal.

— C'est mon pouvoir, lança-t-il de façon tout aussi succincte. Si tu ne peux pas le supporter, ne marche pas dans le feu.

J'eus un petit ricanement.

— D'accord. Reçu cinq sur cinq.

Connard.

23

Une fois vêtue d'un jean, d'une veste épaisse, de gants et d'un bonnet de laine (dont j'étais sûre à quatre-vingt-dix pour cent qu'ils ne s'étaient pas trouvés pas dans mon placard auparavant), je m'avançai dans la bibliothèque aux côtés de l'Ombre. Noir d'Encre se trouvait une nouvelle fois près de nous, se coulant furtivement autour de son maître, mais quelque part ça me fit du bien qu'il soit là. Comme une sorte de renfort supplémentaire face à ces créatures de l'ombre. Le seul nom inspirait la peur et je n'étais pas sûre d'être capable de les voir sans paniquer.

— Comment ça fonctionne, tout ça ? demandai-je pour me distraire, alors que nous approchions du couloir menant à la Terre.

— C'est consternant, la façon que tu as de balancer des mots au hasard en pensant que ça formera des phrases, fit remarquer l'Ombre avec un accent plus marqué que d'ordinaire.

J'eus un haussement d'épaules.

— Peut-être que vous n'êtes juste pas assez malin pour rester à mon niveau.

Il secoua la tête, mais un individu de Karn s'approcha de lui (sans le toucher, ce qui semblait être sa préférence) et lui chuchota quelque chose, l'empêchant de me répondre.

Les êtres d'eau restaient parmi les plus inhabituels que j'aie vus, et ce n'était pas peu dire si l'on prenait en compte le demi-fae et les habitants de Brolder. Mais quand bien même, la nature presque translucide de leur corps, et le fait qu'ils semblaient dépourvus d'os quand ils se faufilaient dans les espaces les plus étroits étaient absolument fascinants.

— Qu'est-ce qu'iel a dit ? m'enquis-je.

L'Ombre pencha la tête dans ma direction et, puisqu'il faisait de nouveau deux mètres cinquante de haut, je dus tendre le cou pour le garder dans mon champ de vision.

— Qu'est-ce qui te fait croire que ça te regarde ? répliqua-t-il.

Ni grondement ni grognement, cela dit. Je pris ça pour une victoire.

Je haussai les épaules.

— Ça ne l'est pas, j'en suis sûre. Mais vous me gardez prisonnière, et je suis curieuse à propos de cet endroit, donc je vais poser des questions.

Ses lèvres tressaillir vraiment de manière imperceptible et, le temps d'un battement de cœur, je parus l'amuser.

— Apprends à poser les bonnes questions, louveteau, et tu pourras peut-être survivre.

Super. Très rassurant.

Puis il s'en alla, ses longues jambes le propulsant à travers le voile chatoyant de l'annuaire jusque dans le couloir de la Terre. Ce dernier n'avait pas changé, une étendue blanche parsemée de multiples portes.

— Est-ce que celles-ci mènent aussi à d'autres mondes ?

Il m'avait raconté des choses à leur sujet la première fois, mais je n'aurais pas pu m'en souvenir, même si ma vie en dépendait. La peur m'avait fait refouler ces quelques heures.

— Non. Les vrais mondes sont tous accessibles par la bibliothèque, expliqua-t-il.

Je fus surprise qu'il me communique des informations.

— Ces portes mènent à *d'autres* zones, poursuivit-il.

Et la source d'information se tarit.

Ce n'était plus le moment de poser des questions ; il se déplaçait si rapidement qu'il me fallait quasiment courir à toute vitesse pour le suivre. Je n'avais pas saisi la façon dont il était entré dans le couloir la première fois, quand nous avions quitté la Terre pour venir ici, et la raison devint évidente lorsque les murs blancs s'effacèrent progressivement jusqu'à ce que nous nous tenions dans une forêt. Une forêt très dense, recouverte de neige. La température de l'air de la fin du jour chuta de façon radicale en une fraction de seconde.

Je frissonnai tandis qu'une brise glacée me traversait, soulagée de porter autant de vêtements que j'en avais actuellement. Les loups métamorphes ne ressentaient pas le froid comme les humains, mais avec de si basses températures et sans protection, nous souffrions tout de même.

L'Ombre calma son allure infernale, leva la tête et ferma les yeux tout en respirant profondément.

— V-vous l'avez d-déjà perd-due ? demandai-je en claquant des dents, alors que mon corps prenait plus de temps que prévu pour s'adapter au brusque changement de température.

Il me décocha un regard noir et, dans la luminosité exceptionnellement faible, le feu de ses yeux brilla comme un million de lucioles.

— Les créatures du Royaume de l'Ombre ne sont pas faciles à traquer ou à contrôler, mais si on les laisse errer librement, elles réduiront la Terre et ses nombreuses ressources à néant en l'espace de quelques mois.

Je tressaillis intérieurement.

Merde.

C'est moi qui avais fait ça… libéré ces créatures qui pouvaient détruire le monde.

Je m'approchai de lui en maintenant cependant assez de distance pour ne pas être à nouveau brûlée (même si, à ce stade, un petit feu aurait été plutôt sympa) et jetai un coup d'œil alentour.

— Alors, est-ce que vous êtes capable de les pister et de les contrôler ?

Il soupira de façon moqueuse, comme si c'était dans le top dix de mes questions les plus stupides. Si l'on prenait en compte la façon dont il avait réagi à la plupart d'entre elles, la compétition était sévère.

— Tu apprendras à me craindre, petite louve.

Je me moquai à mon tour, sauf que ça tint plus du grognement.

— OK, d'accord. C'est ce que vous n'arrêtez pas de me dire. Mais quel est l'intérêt de vouloir que tout le monde vous craigne ? Ça ne semble pas une super façon de se faire des amis.

Il interrompit ce qu'il était en train de faire et même Noir d'Encre cessa de tournoyer autour de ses bras, s'installant sur sa poitrine à la place.

— Tu veux qu'on soit amis ?

Je haussai les épaules.

— Eh bien, est-ce que ce serait si mal que ça, vu qu'on est coincés ensemble pour un moment, à essayer de localiser ces créatures des ténèbres ?

Il se rapprocha alors ; son énergie me caressa, la chaleur qu'elle diffusait et qui parcourait mon corps était presque aussi bonne qu'un orgasme.

— Il y a cinq êtres dans ce monde que je considère comme des amis, murmura-t-il avec un accent plus prononcé que je n'avais jamais entendu. Cinq à qui je confierais ma vie, et pour qui je combattrais jusqu'à la mort.

À ce stade, je ne pensais plus à rien, je m'étais perdue, captivée par sa voix et sa puissance, mais il n'en profita pas. Pas du tout. Il se recula, m'arrachant sa chaleur exquise et son énergie fourmillante.

— Tu ne fais pas partie des cinq, la louve.

Il commença à marcher et je clignai des yeux pour tenter de reprendre contact avec la réalité.

Le fait de ne pas être un des cinq êtres auxquels il confierait sa vie n'aurait pas dû être une surprise pour moi. Je ne connaissais ce gars que depuis une demi-seconde, et durant ce temps, il avait surtout été question de torture, de remarques désobligeantes et de peur. Néanmoins, pour quelque raison stupide, je me sentis déçue de l'entendre dire ça.

Peut-être que d'ici à la fin de mon séjour avec lui, ce chiffre passerait à six. Ou peut-être allait-il me massacrer et qu'il ne resterait de moi qu'une boule de fourrure ardente.

Ne pas savoir de quel côté allait pencher la balance n'était pas aussi horrible que ce à quoi je m'étais attendue. J'avais peut-être perdu l'esprit, ou peut-être… peut-être que, simplement, c'était là que ma vie commençait réellement.

Tout ce que j'avais à faire, c'est m'assurer de rester en vie, ce qui voulait dire ne pas mettre en rogne cette bête. Et rester dans le coin pour découvrir ce que le destin avait en réserve pour moi.

En parlant de ça, il s'était de nouveau fait la malle pour localiser la créature de l'ombre. Ce n'était pas ce que l'on pouvait appeler un processus rapide. Nous marchâmes des kilomètres tandis que la neige devenait plus épaisse sous nos pieds et que l'air se faisait plus froid sur chaque partie de mon corps exposée aux éléments. Peu importe à quel point j'essayais de me pelotonner dans ma veste, je me sentais en majeure partie gelée et, lorsque mes cils ne furent plus que des bâtonnets de glace blancs, je finis par m'arrêter en me laissant tomber au sol.

— Est-ce que vous êtes vraiment en train de vous ficher de moi là ? grondai-je, alors que ma louve hurlait dans ma poitrine. Pourquoi vous êtes aussi nul comme pisteur ?

Oui, j'étais fatiguée. Épuisée, même. Et j'en avais sacrément marre d'être traînée dans la moitié du Canada sauvage, tout ça pour une chance infime de tomber sur une créature de l'ombre.

— Qu'as-tu dit ?

Il semblait sincèrement surpris. Oubliant mon plan pour rester en vie sous l'effet combiné de l'épuisement et de l'agacement, je poursuivis avec imprudence :

— Je m'attendais à ce que vous soyez meilleur que ça pour la traque. Vous nous faites juste tourner en rond ! m'exclamai-je en levant les bras en l'air. Et pourquoi je suis là, bordel ? Pourquoi vous avez besoin de moi ? Est-ce que c'est la personne qui a libéré les ombres qui doit les ramener ou un truc du genre ?

— Oui ! rugit-il. L'humaine imprudente et pathétique qui a libéré des créatures de l'ombre capables de détruire la Terre est la seule qui puisse les commander de nouveau.

Et merde.

— On dirait que vous ne pouvez pas vraiment me tuer, du coup, fis-je remarquer.

Il fallait bien voir le bon côté des choses.

Des mains énormes, puissantes et griffues, s'enroulèrent autour de mes biceps et m'attirèrent en l'air, jusqu'à ce que mon visage soit à la même hauteur que le sien, à deux mètres cinquante de haut. Je déglutis à la vue de son expression rageuse, parfaitement terrifiante et à couper le souffle.

— Tu surestimes à la fois ton importance et celle de la Terre. Je n'ai pas besoin de ce monde. Mais toi… toi, tu as des amis ici. De la famille, même. Tu ferais bien de t'en souvenir.

C'était un conseil en béton armé, mais j'étais plus intéressée par le fait qu'il était une nouvelle fois en train de me toucher et que ça ne me faisait pas mal. C'était extrêmement injuste, qu'il puisse initier une relation de contact entre nous, mais pas l'inverse. Ça me donna encore plus envie de le toucher, simplement parce que ce n'était pas permis.

— J'ai retrouvé la trace de son pouvoir. Suis-moi.

Son annonce abrupte mit fin à la tension à couper au couteau entre nous et il me laissa retomber sur mes pieds. Je voulais claquer des talons et le saluer, mais il était déjà parti et mon action impertinente ne servirait à rien. Très bien. Il y aurait assurément une autre occasion.

L'Ombre se déplaçait avec détermination à présent, de toute évidence concentré sur sa cible : cette piste de puissance. Ma capacité à suivre son rythme était en train de décliner et, alors que ma louve gémissait doucement dans ma poitrine afin que je la libère, je me demandai s'il ne serait pas plus judicieux de me transformer. J'étais sur le point de lui poser la question quand nous contournâmes un groupe d'arbres particulièrement dense et fîmes quelques pas pour nous tenir au bord d'un lac gelé.

Quand l'Ombre m'avait enlevée à Torma, l'hiver n'avait commencé que depuis quelques semaines. Cependant, là où nous étions, nous avions une météo digne *du beau milieu de l'hiver* et je me demandais si le temps passait plus vite sur Terre que dans la Bibliothèque de la Connaissance. Ou étions-nous réellement dans le Grand Nord canadien ?

Non pas que le temps ait de l'importance quand au milieu du lac gelé se trouvait une… *créature* qui était tellement au-delà de tout ce que je n'avais jamais vu que j'en eus presque le souffle coupé.

— C'est elle ? murmurai-je en me rapprochant instinctivement de l'Ombre.

— Oui. C'est un abervoq.

Il avait dit ça tellement rapidement que je compris à peine le nom à la consonance étrangère, mais je ne pouvais assurément pas manquer la créature en elle-même. Presque aussi haute que l'Ombre, c'était une bête difforme. Elle ressemblait à un taureau dans sa partie supérieure, avec d'énormes cornes, un museau et de larges yeux. La partie inférieure tenait de l'ours hirsute dont la fourrure noire se fondait parfaitement dans l'obscurité qui l'enveloppait.

Mais elle n'avait pas que ça autour d'elle. Du tout. Il y avait des piles de carcasses, *des centaines de carcasses*, qui remplissaient le lac de mort.

— Tous ces animaux… constatai-je en m'étranglant. Elle les a tous tués.

Les orignaux, les ours, les gros chats, les petits lapins. Aucun n'avait été épargné par sa fureur.

— Les abervoqs sont des voleurs de sang, murmura l'Ombre. Proches des vampires, mais c'est plus que de la survie pour eux. C'est un sport. Ils tentent de se dépasser les uns les autres, d'être le meilleur chasseur. Ce sont les créatures parmi les plus dangereuses qui existent dans le Royaume de l'Ombre.

Je fus incapable de détourner mon regard de la créature de la nuit qui braillait sous la lune.

— Génial, lançai-je tout aussi doucement. Comment on l'arrête ?

Je pouvais sentir son regard sur moi, insistant et examinateur, et je dus décider quelle créature inquiétante regarder. La Bête de l'Ombre remporta la partie.

— As-tu trouvé le moyen d'entrer en contact de nouveau avec le Royaume de l'Ombre ? s'enquit-il.

Muette, je secouai la tête. Mon cerveau était rempli de mots, mais je n'arrivais pas à les faire sortir de ma bouche.

— Alors il va falloir le soumettre et le garder dans une des cellules de la bibliothèque jusqu'à ce que tu apprennes à contrôler tes capacités, déclara-t-il.

J'acquiesçai tout en m'interrogeant sur ces *capacités*. Quel genre de pouvoirs pouvais-je bien avoir ? Les loups métamorphes ne devraient pas être en mesure de *toucher le Royaume de l'Ombre*, alors pourquoi moi, si ? Et est-ce que j'apprendrais à le faire assez vite pour éviter que la Terre ne soit consumée ?

L'Ombre fit un pas sur la glace, changeant de taille jusqu'à être bien plus grand que je ne l'avais jamais vu. Je me demandai encore une fois s'il existait une limite maximale à ses changements de taille. La verrai-je jamais ?

Noir d'Encre grandit en même temps que lui, la masse de tourbillons vaporeux enflant jusqu'à devenir un nuage orageux derrière le seigneur des ténèbres lui-même. De mon point de vue, les deux ensemble étaient réellement terrifiants. De manière assez étrange, je n'avais pas peur de l'Ombre à ce moment-là. Nous nous battions du même côté, et c'était plutôt sympa de l'avoir comme allié. Pour changer.

Je glissai sur la glace à sa suite. Heureusement, l'Ombre, qui était à une certaine distance devant moi, me dégageait un chemin à travers les animaux morts dispersés par la créature. Il restait le sang, cela dit, comme peint sur la glace en une œuvre grotesque de balafres rouges et noires. Il était clair qu'une partie de ce sang était vieux de plusieurs jours quand d'autres proies n'étaient que des éclaboussures de sang frais.

Mes bottes pataugeaient dedans et je savais que je devais accélérer si je voulais rejoindre l'Ombre à ses côtés. C'était de plus en plus dur de garder l'équilibre alors que le sang s'épaississait et gelait par endroits pour former une sorte de verglas.

— Ralentissez ! l'appelai-je en manquant tomber sur la carcasse d'un ours noir. Si vous avez besoin de mon aide, vous allez devoir m'attendre.

L'Ombre ne se retourna pas, mais l'abervoq si, s'arrêtant net pour regarder tout droit au fond de mon âme.

Le charme fut rompu lorsqu'il se mit à rugir, bondissant en l'air par-dessus l'Ombre pour atterrir juste devant moi. La glace craqua sous son poids colossal et je tentai de reculer, me retrouvant sur les fesses sur l'eau gelée recouverte de sang.

— C'est quoi, ce bordel ? m'écriai-je avec un hurlement strident. Tu fous vraiment la trouille, l'abervoq !

Il se remit à rugir, n'appréciant pas mon jugement expéditif de son niveau d'épouvante.

— Sans vouloir te vexer, ajoutai-je, prise de panique.

Il marqua une pause, la tête penchée sur le côté, comme s'il tentait de comprendre ce que j'étais et quel goût je pouvais avoir. Je n'attendis pas qu'il arrive à une conclusion et lui décochai un coup de pied pour entrer en contact avec son corps poilu. Je n'avais aucune idée de ce à quoi je pouvais m'attendre une fois que ma botte l'aurait percuté. Cette chose avait-elle de la substance ou serait-elle comme ces ombres que j'avais touchées pour la première fois quand j'étais à Torma ?

Le coup fit mouche et l'abervoq glissa en arrière.

En me remettant debout d'un bond, je fis la pire chose possible en glissant sur du sang frais, dérapant sur la glace et percutant de manière *involontaire* la créature de l'ombre. Agissant instinctivement, je tendis les bras et les enroulai autour d'elle.

Est-ce que j'étais réellement en train de lui faire un gros câlin, là ?

— Maintiens-le un instant, m'ordonna l'Ombre d'un ton sec en s'approchant rapidement de nous.

L'abervoq rejeta la tête en arrière et poussa un rugissement avant de se secouer pour tenter de se débarrasser de moi comme s'il s'ébrouait.

— Ouais, bien sûr, aucun problème, haletai-je en me cramponnant comme si ma vie en dépendait. Pas de précipitation.

En attendant, je le maudissais en silence. Comment m'étais-je retrouvée dans cette situation ? Et vivrais-je assez longtemps pour sauver la Terre ce jour-là ?

24

L'abervoq dut réaliser à un moment donné que je n'étais pas sa proie habituelle et, qu'au lieu de m'enfuir sous l'effet de la peur, j'étais littéralement en train de m'accrocher à lui comme un bébé koala. Je sentis une odeur étrange quand j'enfouis ma tête dans sa fourrure rêche, comme de la fumée, de la poussière et une senteur terreuse que je ne reconnus pas.

En dépit de ma terreur, je ne lâchai pas prise et me retrouvai même par chance à l'abri de ses coups de pattes griffues. Il semblait inquiet à l'idée de s'entailler la poitrine, car ses coups s'adoucirent et nous nous retrouvâmes dans une drôle de danse de mort.

Un seul de nous sortirait vainqueur, et j'étais déterminée à ce que ce soit moi. Pas moyen que j'aie survécu à tout ce que j'avais enduré dans ma vie pour me faire dézinguer par une créature qui n'aurait même pas dû exister sur Terre.

Alors qu'il rugissait pour la quinzième fois en autant de secondes, ma louve elle aussi se mit à hurler, et moi avec ; l'appel de mon peuple, résonnant sous le ciel noir.

L'abervoq s'arrêta, anormalement immobile, et alors que j'essayais d'anticiper quelle chose horrible il avait imaginée pour moi ensuite, il leva une main griffue pour caresser l'arrière de ma tête. C'était une étreinte douce, presque affectueuse, et je me crispai dans l'attente du coup de poignard.

Comme ça avait été le cas pour les centaines d'animaux morts qui nous entouraient actuellement. Cette créature n'avait assurément rien d'un ours en peluche, et pourtant, à cet instant, elle était en train… de me serrer dans ses bras.

Je levai la tête, une fois que j'eus rassemblé assez de courage pour regarder son visage, mais je n'eus qu'une seconde pour plonger mes yeux dans les siens avant que l'Ombre n'arrive et n'arrache l'abervoq de moi. Je fus moi aussi projetée en arrière et atterris dans un tas de cadavres puants. Le gel avait quelque peu atténué l'odeur de la mort, mais, à baigner ainsi dans les corps, j'avais les narines pleines d'effluves putrides de décomposition et d'excréments. J'étais sur le point de vomir mon dîner et essayai de retenir ma respiration en me dépêchant de me sortir de là.

Voyons le bon côté des choses : j'étais couverte de glace et de sang, mais au moins, j'étais vivante.

En reportant mon attention sur le combat, je fus étonnée de voir à quel point il était inégal. On aurait même pu dire que l'abervoq était en train de se prendre une sacrée raclée. Il s'effondra aux pieds de l'Ombre en une masse informe et je me rapprochai à ce moment-là.

Des yeux sombres et brillants me fixèrent, et *bon sang, mais pourquoi ce regard me rend triste ?*

— Mets ta main sur lui, m'ordonna l'Ombre.

— Pourquoi ? lui demandai-je en me tournant vers lui.

Il montra ses dents et eut l'air un tout petit peu plus mordant *et* plus létal que d'ordinaire.

— Fais simplement ce qu'on te dit.

Va te faire voir.

— Bien sûr, pas de problème. Vous auriez dû dire ça dès le départ.

Sa mâchoire tressaillit. Son œil aussi, j'en étais sûre. On aurait dit que j'avais bien bossé.

En me penchant vers l'abervoq, je posai ma main sur son épaule recouverte de fourrure. L'Ombre nous toucha, la créature et moi, et je sentis le bourdonnement de son énergie nous parcourir, plus puissante que d'habitude.

L'abervoq laissa échapper un dernier mugissement lugubre puis se tut. Noir d'Encre s'enroula autour de la bête, la soulevant dans les airs, et l'Ombre se remit en marche de son allure super pressée. Quant à moi, j'étais encore légèrement sous le choc et tentais de comprendre ce qui venait de se passer.

Comment m'avait-il utilisée pour soumettre la créature ? Il me semblait qu'il aurait pu le faire seul. Il me cachait quelque chose et j'avais l'impression que, bien que ça ait un rapport avec ces créatures de l'ombre, il ne s'agissait pas de les maîtriser. C'était autre chose.

J'avais besoin de la bibliothèque. J'y trouverais des réponses.

— Bouge tes fesses, Rayon de Soleil ! cria l'Ombre sans se retourner.

— Ne m'appelez pas comme ça ! hurlai-je à mon tour sans bouger d'un pouce, même si j'avais l'impression que j'allais mourir gelée à me tenir ainsi.

L'Ombre apparut devant moi et…

Comment il a pu bouger aussi vite, bon sang ?

— Tu n'aimes pas « Rayon de Soleil » ? s'enquit-il avec une curiosité qui semblait sincère.

Je me frottai la nuque en me demandant si ses changements d'humeur allaient me valoir un retour de bâton.

— Mon père m'appelait « Sunny » à cause de notre nom de famille et de mes cheveux. C'était un surnom affectueux, et j'adorais qu'il l'utilise. Mais vous… vous êtes l'enfoiré qui m'avez kidnappée, traitée comme votre esclave et avez menacé de me tuer. Vous voulez que je m'incline devant vous, bordel. Vous n'avez pas le droit de m'appeler par un petit nom.

Il eut un petit sourire narquois. La courbure de ses lèvres était diablement sexy, et comme je ne le voyais que rarement arborer un semblant de vrai sourire, ça me fit chavirer. En fréquentant l'Ombre, il était impossible d'oublier que c'était un dieu : tout en lui avait un petit plus.

Je retins ma respiration tandis qu'il se penchait vers moi.

— Tu es cette créature lumineuse, pétillante et agaçante, énonça-t-il d'une voix traînante, que je n'arrive pas à tuer, même quand j'en ai envie. Donc je garde « Rayon de Soleil » et si ça te pose un putain de problème, c'est bien dommage.

Je lui jetai un regard noir.

— Pourquoi vous parlez comme les humains, à jurer et ce genre de conneries ?

Son sourire s'évanouit, mais il y avait toujours de l'amusement dans ses yeux, animés de rouge et d'or.

— J'ai vécu de nombreuses fois au milieu des humains au cours des âges afin de garder un œil sur mes loups. Je me suis adapté à chaque langue et à chaque époque. Tu découvriras que c'est un art dans lequel j'excelle.

J'avais une remarque impertinente sur le bout de la langue, mais avant qu'elle ne puisse sortir, il tendit le bras vers moi et me chargea sur son épaule, exactement de la même façon que quand il m'avait capturée. Cette fois-ci, je ne ressentis ni douleur ni inquiétude tandis que la chaleur m'enveloppait et chassait les frissons. Je détestais être tenue de cette façon, mais avant de pouvoir m'insurger contre le fait d'être portée, nous étions de retour dans le long couloir entre les mondes, hors du froid.

— Je ne peux pas pénétrer dans ce royaume sans votre aide, c'est ça ? devinai-je, la lumière se faisant dans ma tête alors qu'il me laissait retomber sur mes pieds.

Ses traits étaient de nouveau fermés et le peu de bonne humeur qu'il y avait eu dans son regard s'était estompé depuis longtemps.

— Continue de poser les bonnes questions…

Il fit demi-tour et s'en alla de nouveau en se dirigeant vers Noir d'Encre et la créature de l'ombre qui l'attendaient.

— « Rayon de Soleil et l'Ombre », ça sonne bien comme surnom de couple ! lui criai-je. Est-ce qu'on devrait faire plus court, « Rayon de l'Ombre » ou « Rayombre » ?

J'entraperçus des yeux flamboyants avant qu'il ne disparaisse de ma vue en emportant la créature.

25

Après notre aventure glaciale, l'Ombre disparut et je passai les jours suivants à parcourir la bibliothèque, étudiant l'annuaire et balayant ces *foutus* sols. Gaster représentait toujours un visage familier et serviable, et j'avais presque l'impression que nous allions devenir de vrais amis. Il avait même pris l'habitude de déjeuner avec moi de temps en temps.

Ce jour-là, il était occupé par la gestion d'un nouveau désastre. Un habitant de Brolder s'était laissé aller à ses instincts primaires et, puisque la femelle n'avait pas partagé le même sentiment, il y avait eu un peu de remue-ménage. Apparemment, à Brolder, la règle était de toucher d'abord et de demander la permission ensuite, mais ils étaient encouragés à se battre s'ils n'étaient pas intéressés. J'apprenais petit à petit les règles, et j'avais pu expérimenter celle-là de très près, pour le coup.

Le mâle à moitié cheval et la femelle à moitié ours avaient fini par détruire environ trois rangées de livres, et à présent, les gobelins étaient frénétiquement en train de remettre en état leur lieu sacré, sous la supervision de Gaster.

Raison pour laquelle je déjeunais seule.

— Pourquoi balayez-vous ?

Je levai subitement la tête et clignai des yeux face à la nana au visage d'ange qui continuait à toujours s'asseoir à quelques places de moi. Après avoir jeté un bref regard aux alentours pour m'assurer que c'était bien à moi qu'elle s'adressait (même si j'étais la seule idiote à balayer une bibliothèque autonettoyante), je finis par lui répondre.

— Ce sont les ordres du Bâta… je veux dire, Bête. De la Bête de l'Ombre.

Ses lèvres tressaillirent tandis qu'elle jouait avec sa nourriture. Je ne l'avais jamais vue prendre une vraie bouchée bien que nous soyons assises l'une à côté de l'autre presque tous les jours. Je ne l'avais jamais vue non plus dans la bibliothèque en elle-même. Elle semblait ne venir que dans ce réfectoire et ne mangeait même pas.

— Il essaie de vous briser.

Je ricanai avant de me remettre à manger le délicieux gâteau au chocolat que j'avais devant moi.

— Il ne sait pas tout ce qu'il faudrait pour me briser.

Son regard restait posé sur moi ; le poids de son pouvoir était palpable et presque familier à présent. J'eus l'impression qu'il s'agissait d'un énorme pas en avant, le fait qu'elle prenne le temps de me parler. Même si ça n'avait été que deux phrases.

Les jours suivants, elle ne se trouvait pas au déjeuner, mais elle était dans ma tête. Gueule d'Ange était une énigme. Peut-être que la prochaine fois qu'elle m'adresserait la parole, je lui poserais moi aussi quelques questions.

***

— Le maître requiert votre présence au dîner ce soir, m'annonça Gaster avec un sourire, tandis que je balayais entre des rangées de livres. Ou tout du moins, c'était ce que j'avais été en train de faire avant que le balai ne m'échappe des mains.

Noir d'Encre, mon perpétuel compagnon, l'attrapa juste avant qu'il ne touche le sol.

— Merci, mon pote, lâchai-je avec un sourire.

Noir d'Encre enfla jusqu'à atteindre sa plus grande taille en se trémoussant.

J'avais passé pas mal de temps de qualité avec la brume vaporeuse dernièrement et je commençais à le considérer comme un ami. Une denrée rare par ici.

Je détournai le regard et me forçai à sourire.

— Pourquoi veut-il que je vienne au dîner ? demandai-je à Gaster.

Il parut déconcerté.

— Mera, c'est un grand honneur de partager un repas avec le maître. Vous devriez être enthousiaste.

— Et pourtant, je ne le suis pas, répliquai-je en secouant la tête. Est-ce que je peux me faire porter pâle ? C'est la période du mois, vous savez.

Pour les métamorphes, la *période du mois* pouvait signifier une transformation liée à la pleine lune ou que j'allais me débarrasser de la muqueuse de mon utérus. Les deux me convenaient du moment que ça me permettait d'échapper à un dîner avec l'Ombre.

Noir d'Encre tremblota, secoué de rires, et je fronçai les sourcils.

— Tu ne m'aides pas, mon pote. Tu aimes cette boule de feu surdimensionnée. Pour une fois, j'aimerais bien avoir un allié de mon côté.

Gaster et Noir d'Encre continuèrent à me fixer du regard comme s'il leur était impossible d'imaginer que je ne sois pas dans le camp de l'Ombre. Résistant à l'envie de me frapper le front du plat de la main, je tournai les talons et partis en trombe en direction de ma chambre. Pénétrer dans l'antre de la Bête m'apporta un sentiment de calme. La bibliothèque de bois sombre avait quelque chose d'intrinsèquement réconfortant, avec son feu qui brûlait perpétuellement, sa multitude de livres et son décor masculin sans être étouffant. Puisque la présence de l'Ombre s'était faite rare, j'avais commencé à la considérer comme mienne, allant même jusqu'à faire des recherches sur les manières de tuer une Bête de l'Ombre afin que je puisse conserver sa tanière.

Qu'est-ce que je pouvais dire ? Les métamorphes se montraient très possessifs avec tout ce qu'ils considéraient comme étant à eux, et cette bibliothèque avait facilement été étiquetée comme telle.

Pour la première fois depuis des jours, je vis dans mon esprit le visage de Torin, et ma louve laissa échapper un cri de détresse qui me mit les larmes aux yeux. Là où les loups étaient généralement les plus possessifs, c'était quand il s'agissait de leur véritable compagnon, mais Torin et moi, c'était voué à l'échec dès le départ.

Me tenir occupée avait au moins aidé à chasser cet enfoiré de mon esprit et à réduire les fêlures que son rejet avait causées à mon âme. Une part de moi brûlait d'envie de le revoir une dernière fois, pour tourner la page ou peut-être juste par curiosité. Torin était gravé dans mon énergie, dans mon âme, et l'en purger allait prendre un putain de temps. En attendant, l'Ombre et ses manigances représentaient une bonne distraction.

De retour dans ma chambre, je fixai du regard l'intérieur de l'armoire qui ne cessait de changer. Ce soir-là, elle était remplie de robes du soir, ayant de toute évidence anticipé la requête de l'Ombre quant au dîner. Je tendis le bras et laissai ma main jouer sur le tissu soyeux. Il y avait un camaïeu de couleurs sublimes, et si l'on m'avait laissée livrée à moi-même, j'aurais choisi beaucoup de ces tenues. Même si ce n'était pas demain la veille que j'aurais besoin d'une robe aussi chic.

Dans un premier temps, mon choix se porta sur une robe noire toute simple, avec un décolleté en cœur et qui m'arrivait à la cheville. Lui jetant un bref un regard, j'étais sur le point de l'enlever du cintre quand je ressentis brusquement une pointe d'agacement. Encore une fois, l'Ombre exerçait sa volonté sur moi. Il n'avait pas demandé si je voulais dîner avec lui ; il l'avait exigé.

Je n'allais pas me faire toute petite comme une souris timide sous le joug de son ravisseur. Pas du tout. Même pas en rêve. Je remis la robe noire en place et en choisis une autre, d'un rouge intense qui aurait en temps normal juré avec ma chevelure. Mais, dans le cas présent, c'était en fait un dégradé qui s'accordait parfaitement : de sombre au niveau du décolleté plongeant, elle s'éclaircissait, jusqu'à un léger rouge fraise au niveau de l'ourlet.

Impeccable. Je n'attendais rien de moins de cet endroit magique.

Après la robe, j'allais également mettre le paquet sur le reste. Pour la première fois depuis des jours, mes cheveux allaient être coiffés autrement qu'en un chignon lâche, et j'allais enfin étrenner le maquillage luxueux qu'il y avait dans mes tiroirs. L'Ombre voulait que je sois à ce dîner, et il allait m'avoir. Chaque foutu centimètre de moi, pomponné et parfait.

Il était temps de lui rappeler que je n'étais l'animal de compagnie de personne.

26

— C'est quoi, ce bordel ? grognai-je en faisant bruyamment tomber le pinceau de maquillage sur le banc.

Comment les autres femmes faisaient-elles pour que ça ait l'air si facile ? Je commençais à compatir avec Simone à propos de ses tresses. C'était difficile de se maquiller et de se coiffer, et à moins de vouloir me présenter avec l'air d'un clown, il valait simplement mieux tout essuyer et recommencer.

Lorsque j'eus fini, le maquillage de mon visage était très simple : juste une légère ombre au niveau des yeux, un peu de mascara, une touche de blush sur les joues et un rouge à lèvres rouge profond. Ça ferait l'affaire.

Et pour une fois, mes cheveux allaient dans mon sens… Merci, la Bê…

En fait, non. Je n'allais remercier personne.

Des boucles parfaites tombaient en cascade dans mon dos tandis que j'enfilais la robe rouge et, lorsque je ne pus remonter la fermeture Éclair, j'appelai Noir d'Encre qui patientait dans ma chambre.

— Noir d'Encre, mon pote, tu peux venir et me donner un coup de main ?

Les volutes de fumée noire se glissèrent sous la porte et je fis de mon mieux pour ne pas paniquer tellement c'était flippant.

Noir d'Encre est notre ami. Ou tout du moins pas tout à fait notre ennemi.

— Je n'arrive pas à fermer le zip, me plaignis-je en m'adressant à la fumée comme s'il s'agissait d'une entité vivante qui respirait. Est-ce que tu peux m'aider ?

Comme je ne pouvais porter de soutien-gorge avec cette tenue, des frissons glacés parcoururent la peau nue de mon dos tandis que Noir d'Encre s'approchait en flottant. Je ne ressentis aucune douleur lorsqu'il me toucha, juste un courant électrique glacé sur ma peau. Il n'eut aucun problème à remonter la fermeture et, comme tous les autres vêtements que l'on m'avait fournis jusqu'ici, la robe m'allait comme si elle avait été faite sur mesure.

Voilà l'une des vérités absolues de mon séjour ici : je ne pourrai plus jamais m'acheter de vêtements dans une boutique lambda après ça.

Avec un dernier regard dans le miroir, je souris à mon reflet. Il fallait sérieusement que je me mette sur mon trente-et-un plus d'une fois toutes les vingt et quelques années. Ne vous méprenez pas. Les jeans, les T-shirts, les chignons faits à la va-vite, c'était mon truc. Mais c'était quelque chose que d'enfiler une tenue glamour de temps à autre.

Cette soirée était la mienne.

J'enfilai les talons assortis qui m'avaient été fournis et chancelai une minute avant de trouver mon équilibre. Une fois prête, je quittai ma chambre et pénétrai dans l'antre. C'était vraiment approprié, le fait qu'une bête ait une tanière, et je me demandai si je verrai sa *vraie* bête à un moment donné. Est-ce que l'Ombre avait réellement un côté plus poilu ?

En marchant en direction du voile, je me rendis compte que je ne savais pas où se tenait ce dîner. Le seul endroit pour manger, à ma connaissance, c'était le réfectoire, et je me doutais que ce n'était pas ce qu'il avait voulu dire lorsqu'il avait requis ma présence au dîner auprès de Gaster. D'autant plus au vu du style de vêtements qui m'avaient été fournis.

Alors que j'approchais de la cheminée, j'entendis un éclat de rire grave et eus envie de mourir. Ma main se posa sur mon ventre pour tenter de calmer ce qui semblait être un millier de papillons dans une rave-party.

Des rires ?

Je n'avais jamais entendu l'Ombre réellement rire, pas d'une façon aussi ouverte et détendue que celle-là. C'était désarmant, et séduisant, et totalement troublant. Qui était avec lui pour le rendre aussi joyeux ?

Je fus incapable de me retenir ; la curiosité me martelait la poitrine, mon estomac était encore en vrac. Je m'avançai, mes talons cliquetant sur le parquet à mesure que je marchais. La chaleur du feu m'atteignit en premier tandis que chacun de mes sens s'étirait pour essayer de localiser une nouvelle odeur ou de l'énergie anormale.

Mais il n'y avait rien.

La personne qui se trouvait avec l'Ombre était aussi puissante que la Bête lui-même et capable de dissimuler aisément son pouvoir. Noir d'Encre s'enroula subitement autour de moi et je fis une halte.

— Quoi ? lui chuchotai-je. C'est dangereux ?

Je fus immédiatement relâchée et avant que je ne puisse l'interroger de nouveau, l'Ombre se dressait au-dessus de moi. Ce que j'avais pris pour la chaleur du feu venait en fait de lui. Sa présence à elle seule me donnait l'impression qu'une chaleur liquide me coulait le long de la colonne jusqu'à mes pieds chaussés de talons de quinze centimètres.

Le regard de la Bête était insistant, l'or dans ses yeux semblable à des éclats de lumière du soleil, s'accordant parfaitement avec les flammes brûlantes de son pouvoir.

— Tu es en retard, fit-il savoir.

Comment ces quatre mots pouvaient-ils avoir l'air si menaçants ? Ça me dépassait.

— Nous n'apprécions pas qu'on nous fasse attendre, poursuivit-il.

Je lui décochai mon plus beau sourire en priant pour qu'il n'y ait pas de rouge à lèvres étalé sur mes dents.

— Une femme n'est jamais en retard, l'Ombre. Elle arrive précisément à l'heure prévue.

Merci encore à toi, Gandalf le Gris, pour cette parfaite citation. Ça faisait des années que j'attendais de l'utiliser. L'Ombre secoua la tête comme s'il ne comprenait pas de quoi je pouvais bien parler.

Comme d'habitude entre nous.

— Attendez, *nous* ? m'exclamai-je. Qui ça, *nous* ?

Son sourire découvrit l'éclat de ses dents dans la faible luminosité du feu à proximité, et j'eus la sensation distincte que j'étais sur le point d'être mangée par le grand méchant loup.

— Il est temps de comprendre ce que tu es, Rayon de Soleil. En dehors du fait d'être une casse-pied, bien entendu.

Je croisai les bras.

— Écoutez, être une casse-pied, c'est ma vocation dans la vie. Je ne m'arrêterai jamais, pas même pour vous.

Ses yeux dérivèrent vers le bas, là où mes bras se tenaient fermement sous mes seins, libres de tout carcan. Dans cette position, ils étaient poussés vers de nouveaux horizons, et avec un décolleté aussi plongeant que celui de cette robe, mes tétons étaient sur le point de se montrer au grand jour.

Nous fixâmes tous deux cet impressionnant étalage et, pour être honnête, je ne ressentis pas le besoin de faire ma timide et de me couvrir. Mon corps était le seul que j'avais et j'en étais fière. Il faisait de moi quelqu'un de fort, me permettait de bouger, et j'en étais reconnaissante chaque jour que je passais encore en vie.

— Alors, vous allez m'emmener dîner ? finis-je par lui demander afin de couper court à la tension pesante.

L'Ombre reporta son attention sur mon visage, la mâchoire un peu plus rigide, les yeux ardents. Les deux n'avaient probablement rien à voir avec mes nichons, mais plutôt avec le fait que mon existence seule l'agaçait. Ce n'était pas comme s'il avait déjà fait attention à moi d'un point de vue sexuel avant aujourd'hui, me traitant plus comme un animal qu'il devait garder en vie temporairement.

Tout cela devint encore plus évident lorsqu'il claqua des doigts pour m'indiquer de le suivre tandis qu'il s'avançait vers les canapés avec Noir d'Encre. Des canapés qui n'étaient pas vides.

Ravalant ma surprise, je m'arrêtai à la lisière de l'éclat du feu en essayant de tous les assimiler. Je m'étais attendue à ce qu'il y ait un invité, vu qu'il avait parlé d'un *nous*, mais cinq mâles étaient assis devant le feu, discutant avec désinvolture, tenant dans leurs mains des verres en cristal remplis d'un liquide rouge foncé.

Tandis qu'ils parlaient, l'air se remplit d'un grondement sourd, hypnotique, et je n'en compris pas un mot. Leur langue lyrique tourbillonnait et faisait des pointes avec le rythme le plus étrange qui soit, et je voulus à tout prix en connaître le sens. Cependant, contrairement à la Bibliothèque de la Connaissance, il n'y avait pas ici, dans l'antre, de système magique de traduction. C'était vraiment dommage, car leur discussion avait l'air très animée.

Quand bien même, le seul fait de pouvoir contempler chacun de ces spécimens vraiment spectaculaires du genre masculin représentait probablement assez de divertissement pour la soirée.

— Elle est arrivée, déclara l'Ombre, et les autres se turent presque immédiatement pour se tourner vers nous. Voici Mera, la métamorphe dont je vous parlais.

Cinq paires d'yeux se posèrent sur moi et, si j'avais moins eu confiance dans mon corps, j'aurais fondu au sol sous l'effet du niveau intense de puissance et de sex-appeal dans une si petite zone. Je n'étais pas du genre réservée, je décidai donc de procéder comme d'habitude.

— Où l'Ombre vous avait cachés, tous les cinq ? m'exclamai-je en admirant chacun d'entre eux de façon éhontée.

Attendez un peu… cinq ? L'Ombre m'avait dit qu'il faisait confiance à *cinq* êtres. Il semblait que j'étais sur le point de rencontre ses amis. J'en avais de la chance !

Ils se mirent tous debout, et tandis qu'ils se rapprochaient, l'Ombre se pressa contre mon dos. Je n'avais aucune idée de pourquoi il se tenait si près de moi, mais j'étais trop distraite pour m'inquiéter de son attitude étrange.

Le premier de la file faisait pas loin de deux mètres et était vêtu d'une longue tenue argentée ornée de ce qui semblait être de vrais bijoux de tailles et de couleurs différentes. Ses cheveux lui arrivaient aux épaules et étaient tellement blancs que si de la neige s'était déposée sur ses mèches, elle n'aurait pas été visible.

En réalité, il était composé en intégralité de nuances d'argent et de lumière. Ses yeux argentés plus allongés que ceux des humains, tels ceux d'un chat, étincelaient de façon peu naturelle tandis qu'il me fixait sans ciller. Il avait également des oreilles légèrement pointues et effilées qui dépassaient de sa chevelure en partie tressée.

— Je suis Len des Contrées d'Argent, se présenta-t-il sans aucun accent.

Il me tendit la main pour la serrer à la façon des humains. Dès l'instant où elles entrèrent en contact, un fourmillement glacé me parcourut la peau, son pouvoir déferlant en moi. Ce n'était pas douloureux et pas suffisamment invasif pour que je retire ma main d'un coup sec, mais j'eus l'impression que c'était plus qu'un simple échange d'énergie.

— Les Contrées d'Argent, répétai-je, sa main tenant toujours fermement la mienne.

Il sourit et je me dis que c'était le même sourire qu'un archange en quête de vengeance aurait arboré juste avant de décapiter quelqu'un.

— Oui, je suis un prince de l'Ascendance argentée en Faerie.

Ah, d'accord.

Je décidai de tenir un registre dans ma tête

Ami numéro un : Len, le prince d'argent fae.

Les yeux de ce dernier étaient emplis de malice et d'amusement quand il me relâcha, et la façon dont son regard se tourna de suite vers l'Ombre ne m'échappa pas. Len secoua imperceptiblement la tête et j'imaginai que c'était sa façon de dire à la Bête que lui non plus n'arrivait pas à lire dans mes pensées.

Parfait.

Le suivant était tout le contraire de Len. Plus grand encore, il était large et puissant dans tous les sens du terme. Il était vêtu d'un pantalon de cuir noir et d'une chemise à manches longues couleur d'os. Ses cheveux noirs étaient rasés très court, faciles d'entretien.

Alors qu'il s'approchait de moi, ses yeux d'un bleu foncé très profond restèrent fixés sur mon visage, comme s'il essayait de me lire de loin, et je passai tout autant de temps à le dévisager *puisqu'il était juste si beau à regarder.*

Sérieusement, ce type avait des cils visibles depuis l'espace.

— Je suis Reece, des Contrées du Désert.

Il ne me toucha pas comme l'avait fait Len, mais il se tenait si près que c'était tout comme. Bien trop près pour des étrangers, mais pour une raison quelconque, ça ne me dérangea pas. Je penchai la tête en arrière et tentai de ne pas paraître à bout de souffle.

— Les Contrées du Désert, alors ? Laissez-moi deviner… vous êtes aussi un prince ?

Reece ne sourit pas. Quelque chose me disait que ce type souriait même moins que l'Ombre, et *pourquoi j'avais un faible pour les enfoirés ténébreux et abîmés par la vie ?*

— C'est une divinité, intervint Len depuis là où il s'était de nouveau assis. Il est en compétition avec notre Ombre pour ce qui est de la puissance. Et de prendre un air renfrogné.

Mes lèvres tressaillirent en entendant cela, et je rangeai déjà Len dans la catégorie des amis impertinents. Il y en avait un dans tous les groupes. Le clown. Et bien que ça ne colle pas du tout avec son aspect régalien, ça allait parfaitement avec sa personnalité.

Ami numéro deux : Reece, le dieu du désert. Il était plus difficile de lui coller une étiquette, mais j'avais la sensation étrange que c'était lui, les muscles.

Celui d'après mesurait environ un mètre quatre-vingts et avait le physique le plus défini que j'avais jamais vu chez un homme. Ce qui était facile à dire étant donné qu'il portait l'équivalent d'un boxer d'homme… et rien d'autre.

— Je suis Alstair.

Sa voix était comme un murmure parcourant mes sens, telle une petite brise un jour d'été.

Je mis ma main dans la sienne et j'eus une impression de frais, mais différente de Len. Apaisant, me faisant tourner la tête pendant que ça me rappelait les jours passés au ruisseau.

— Vous venez de Karn, devinai-je dans un souffle.

— Oui, acquiesça Alstair.

Je secouai la tête.

— Vous ne ressemblez en rien aux habitants de votre monde que j'ai pu rencontrer.

Il était très éloigné des silhouettes androgynes que j'avais observées en provenance de ce monde aquatique. Et bien que sa peau ait une teinte légèrement bleue, elle n'était pas translucide comme celle de ses frères. Ce que je préférais, cela dit, c'étaient ses cheveux : un enchevêtrement de boucles vert et bleu qui rebondissaient sur son crâne. Elles s'accordaient avec ses yeux, qui étaient presque turquoise, avec une toute petite pupille au centre.

— Je suis un guerrier de mon peuple, expliqua doucement Alstair, et là encore, le simple fait qu'il parle était relaxant. Une espèce rare, née pour cette fonction, et chargée de garder les nôtres en sécurité.

Ami numéro trois : Alstair, le guerrier aquatique.

Le gars cool et calme de ce groupe de têtes brûlées.

— Ravie de vous rencontrer, murmurai-je en adoptant inconsciemment sa façon de parler.

— Pareillement, répondit-il avant de retourner s'asseoir à côté de Len.

Reece n'avait pas encore regagné sa place et restait aux côtés de l'Ombre. Les deux géants de la pièce se tenaient dans mon dos, s'assurant qu'à aucun moment je ne serais totalement détendue.

Je pouvais sentir le regard de l'Ombre peser sur moi, qui observait et jaugeait tandis que chacun de ses puissants amis m'approchait. Cela avait du sens que ceux-là soient ses amis fidèles, chacun d'entre eux forts et puissants. Ses égaux… ou presque.

L'avant-dernier venait assurément des Champs d'Honneur, et son apparition répondait à la question que je me posais, à savoir s'il y avait des figures masculines là-bas. Et tout comme les femelles de son monde, ce mâle était à couper le souffle.

Il avait dans le dos des ailes d'or pur, et portait un simple pantalon noir, laissant à nu le reste de sa peau dorée. Ses longs cheveux châtain clair étaient tressés dans un entrelacs épais si complexe qu'aucun humain n'aurait pu le reproduire. Et ses yeux étaient si sombres que ses iris et ses pupilles semblaient ne faire qu'un.

— *Je suis Galleli.*

Ces mots firent irruption dans ma tête et je jetai frénétiquement des coups d'œil à la ronde en tentant de comprendre ce qui pouvait bien se passer.

— Galli ne parle jamais à voix haute, déclara Len en tant que maître de cérémonie officieux de cette petite réunion. Tu t'habitueras à l'entendre dans ta tête.

— Vous pouvez lire dans mes pensées ? déglutis-je.

Il secoua la tête.

— Uniquement si vous me donnez la permission d'accéder à votre esprit. Il s'agit simplement de moi émettant mes mots de la façon qui m'est la plus confortable.

Pas sûre que ce soit la plus confortable pour *moi*, mais ça, je n'allais pas le lui dire.

Il semblait que les amis de l'Ombre occupent des fonctions de pouvoir et d'adoration dans leurs mondes, et j'étais sûre que ce gars était pareil.

— Je suis l'un des Élus. Nous avons reçu un don de pouvoir et de capacités extraordinaires et sommes considérés comme des sortes d'oracles. Nous recevons des images du futur et du passé, de manière aléatoire.

— Comme des voyants ?

Il me transperça de son regard sombre.

— Absolument rien à voir avec des voyants.

OK, d'accord.

Ami numéro quatre : Galleli. Pas un voyant.

Il se retourna brusquement et s'éloigna, et je le rangeai avec fermeté dans la catégorie des gens peu disposés à parler. De plus d'une façon.

Et aussi spectaculaire qu'il soit à regarder, il me mettait mal à l'aise d'une manière différente des autres. Il y avait une fureur réprimée mijotant sous la surface qui pouvait entrer en éruption à tout moment ; je décidai sur-le-champ de garder mes distances avec celui-là en particulier.

Le dernier membre du groupe s'avança et, tandis qu'il s'approchait, je fus surprise de voir que sa beauté était plutôt classiquement humaine. La peau couleur bronze, de saisissants yeux verts, des cheveux blonds ébouriffés plus courts sur le côté avec un peu plus de longueur au sommet. Mais alors qu'il ressemblait à un humain à la génétique généreuse, son énergie était loin d'être normale.

— Je suis Lucien.

À l'instant où sa main toucha la mienne, je me pris une décharge d'électricité glacée et j'en eus le souffle coupé. Cela le fit sourire et j'entrevis des incisives aiguisées avant qu'elles ne se soustraient de nouveau à ma vue.

— Valdor, supposai-je.

Il acquiesça d'un signe de tête.

— Ma foi, oui. C'est agréable de constater que vous êtes à la fois intelligente et d'une beauté à couper le souffle, commenta-t-il en se penchant plus près. Je suis un maître vampire de Valdor et je pense que vous devriez larguer la bête mal lunée et vous enfuir avec moi. Je vous couvrirai de bijoux et de plus de trésors que vous n'en aurez jamais besoin.

Ami numéro cinq : Lucien, maître vampire.

Le beau parleur. Il s'était fait attendre.

— Viens par là, minauda-t-il en amenant son visage près du mien, penchant la tête en avant pour déposer un baiser sur ma main.

— Assez, ordonna l'Ombre, nous interrompant pour la première fois. Tu es ici pour m'aider à découvrir ce qu'elle peut bien être, bordel, pas la séduire.

J'émis un petit rire.

— Et moi qui pensais que c'était dur de perdre ma virginité à Torma. Apparemment, ça va être encore plus dur ici…

Je laissai ma phrase en suspens ; elle fut suivie d'un silence de mort alors que six paires d'yeux me dévisageaient, certaines écarquillées sous l'effet de la surprise, d'autres par intérêt.

— Es-tu en train d'essayer de me dire… commença l'Ombre. Que tu n'as jamais été touchée ?

J'éclatai de rire avant même de pouvoir m'en empêcher.

— Absolument pas. Je me suis touchée plus de fois que je ne peux les compter.

Le silence se fit encore plus lourd, même si je discernai quelques sourires dans la pièce à présent ; ceux de Len et Lucien en particulier.

L'Ombre se pencha plus près.

— Ne fais pas exprès de mal me comprendre. Tu sais ce que je te demande… tu n'as jamais été touchée par quelqu'un d'autre ?

Waouh, ce n'était pas le genre de conversation que je me serais attendue à avoir dans une pièce remplie d'hommes puissants. Vu que ça ne les regardait pas, je me contentai de passer devant l'Ombre en faisant attention à ne pas le toucher avant de me laisser tomber sur un sofa moelleux.

— Il vaudrait mieux que l'un de vous m'apporte de quoi manger, bougonnai-je. Vu que c'est censé être un dîner, bande d'enfoirés.

Il y eut des rires, même si Reece et l'Ombre, qui maintenaient toujours leur pose d'hommes de main stoïques, restèrent silencieux.

— Elle n'a absolument pas peur de nous, constata Len en secouant la tête et en se penchant en avant sur son fauteuil. Pourquoi n'as-tu pas peur de nous, petit agneau ?

J'imitai sa gestuelle, croisant les jambes tandis que je me penchais en avant, dévoilant sans aucun doute plus de décolleté que ce qu'ils s'étaient attendus à voir ce soir-là.

— J'ai été torturée par des hommes puissants durant ma vie entière. Grandir en étant considérée comme une paria dans ma propre meute, ça veut dire qu'il y a peu de choses qui ne m'ont pas été infligées, mis à part le viol. Arrivée à un certain stade, j'ai dû arrêter d'avoir peur de mourir et commencer à vivre pour chaque nouveau jour qu'il m'était donné de passer sur Terre. J'ai choisi d'embrasser mon pouvoir et ma force et de ne jamais montrer ma peur. Voilà qui je suis à présent, et je ne changerai pour personne. Même pas pour les six trous de balle effrayants que vous êtes.

Len ne souriait plus. Au lieu de ça, il me dévisageait comme si je venais de me mettre cul nu pour agiter des bâtons et faire un numéro de pom-pom girl.

Pour la première fois, Reece fit un pas pour s'écarter de l'Ombre, m'observant attentivement comme il ne l'avait pas encore fait jusque-là. Il ne dit rien et, bien qu'il continue à avoir l'air agacé, sa mâchoire n'était presque plus tendue par la colère. Mes mots avaient fait fondre un peu de sa froideur. Très peu.

— Vous n'avez pas besoin de nous craindre, me dit doucement Alstair en détournant mon attention de Reece.

L'Ombre se mit à grommeler.

— Parle pour toi. Je suis toujours en train de me demander si je ne ferais pas mieux de la tuer et d'oublier la Terre. Ça m'économiserait un tas de problèmes.

Je lui fis un doigt d'honneur parce que, pourquoi pas après tout ?

Ses yeux s'assombrirent et, tandis qu'il s'avançait vers moi, sa taille augmenta. Lucien gémit.

— Eh merde, elle vient de signer son arrêt de mort. L'Ombre va faire sa bête et il va falloir qu'on ramasse les morceaux. Lâche-lui simplement la grappe, mec, l'interpella-t-il. Elle est trop belle pour être mise en pièces.

— Tais-toi, ordonna Reece. Elle est la propriété de l'Ombre et il choisira quoi faire avec elle.

Du coup, je lui fis à lui aussi un doigt parce que *va te faire foutre, mec.*

Len était en plein fou rire à ce stade, affalé dans son fauteuil, à se tenir le ventre.

— Putain, ricana-t-il. J'espère que l'Ombre va nous ramener plus d'humains égarés pour jouer avec. C'est la soirée la plus intéressante que j'aie passée depuis un moment.

L'Ombre se mit à gronder et il était presque impossible de le comprendre tant ses mots avaient une tonalité bestiale.

— Assez ! Dégagez de là. Maintenant !

Ses amis ne semblèrent pas s'inquiéter de ses changements d'humeur et prirent leur temps pour se relever et finir leurs verres. La moitié d'entre eux firent un signe de main ou dirent au revoir et quittèrent l'antre. Les autres pensaient probablement que l'Ombre allait m'assassiner ce soir-là et qu'ils ne me reverraient plus jamais.

Ils avaient peut-être raison.

27

Une fois la pièce vide, je remarquai que Reece était encore là, avec une attitude en tout point semblable à la *sienne*. Bras croisés, visage inexpressif, regard me transperçant jusqu'à l'âme.

Il était sans aucun doute possible *l'Ombre II*.

— Ça va, Reece, grommela l'Ombre Ier. Je dois juste remettre une louve métamorphe à sa place.

Les deux Ombres échangèrent brièvement un regard et il apparut clair qu'ils étaient amis depuis assez longtemps pour avoir une communication non verbale.

Reece me lança une œillade compatissante, mais quitta la pièce sans un mot.

Seule avec l'Ombre, tout me paraissait un peu plus effrayant ; la bête semblait en proie à un conflit interne.

— Pourquoi cette robe ? finit-il par s'emporter. Le rouge est une provocation pour moi. De bien des façons.

Super.

Je jetai un œil aux longues boucles rousses qui descendaient en cascade sur mes épaules.

— Ce n'était pas dans le règlement, rétorquai-je. Vous devriez en imprimer un exemplaire pour la prochaine personne que vous enlèverez.

— Tu obéis aux règles ? se moqua-t-il.

La fureur et la rage dans sa voix s'estompaient quelque peu. J'eus un haussement d'épaules.

— Seulement si je suis d'accord avec. Ce n'est pas comme si j'essayais d'être totalement obtuse sans raison. J'ai mon propre cerveau et je choisis de m'en servir.

Il fut devant moi en un battement de cœur, trop rapide pour que je puisse même anticiper la mort qui allait s'abattre sur moi. En dépit de mon côté bravache, je tremblai quand il se pencha pour dessiner de ses mains le contour de mon corps sans réellement le toucher. Je ne pouvais plus respirer, ni penser, ni même parler alors que sa chaleur me caressait, glissant sur ma peau nue, sous ma robe. Mes tétons étaient à présent si durs que le simple contact de la soie m'obligea à réprimer un gémissement.

Je devais fondamentalement avoir un problème pour que, même tremblante de peur à l'idée que ce soit mon dernier souffle, une part de moi soit excitée par cette brute, cette bête. Le goût de son pouvoir sur ma langue était enivrant, mes jambes se serrèrent tandis que l'envie m'envahissait.

Ma louve gémit dans ma poitrine et c'était un pâle écho de la façon dont Torin l'avait fait réagir. L'Ombre nous attirait toutes les deux.

— Tu as quelque chose en tête, Rayon de Soleil ? demanda-t-il, alors qu'une autre vague de chaleur déferlait sur moi.

— Allez. Vous faire. Foutre, réussis-je à dire d'une voix étranglée.

Heureusement, je n'avais pas l'air aussi émoustillée que je l'étais. Il eut un petit rire, sombre et dépourvu d'humour.

— Ce n'est pas ton truc, apparemment. Et peut-être, je dis bien peut-être, ai-je trouvé exactement ce qu'il faut pour que tu te tiennes à carreau.

Oui, mais non. Pas moyen. Je veux dire, j'aimais le sexe (en théorie) autant que n'importe quelle femme, mais je ne serai pas ce genre de nana. Pas dans ces circonstances.

Je dus mobiliser toute ma volonté pour m'écarter.

— Vous ne me dompterez jamais de cette façon, proclamai-je, fière de ne pas trembler. Jamais vous ne me briserez.

M'obliger à me courber, oui. Mais me briser, c'était une tout autre histoire.

Sur ce, je décampai, courant aussi vite que je le pouvais avec une robe et des talons hauts. Pour une fois, Noir d'Encre ne me suivit pas à la trace et j'étais reconnaissante de pouvoir peut-être avoir une nuit seule. J'avais besoin d'un moment loin d'eux. Loin de l'intensité.

Une fois dans ma chambre, je claquai la porte derrière moi, m'appuyai contre, et respirai profondément. Quelques minutes plus tard, je sus que l'Ombre n'allait pas venir me chercher et ça devait vouloir dire une chose : que ce qu'il avait suggéré était un test. Un autre.

Je ne pouvais dire si je l'avais réussi ou non, et même si son pouvoir ruisselant sur ma peau nue m'avait donné envie de chevaucher cette bête et de la baiser jusqu'à ce que j'en crie, j'étais fière d'avoir dit *non*.

L'équilibre du pouvoir était déjà trop instable entre nous, et si jamais il me prenait complètement, il me posséderait d'une façon que je ne pouvais permettre.

Au lieu de ça, j'allais faire comme n'importe quelle femme forte, dynamique et terriblement en manque : me faire plaisir ce soir-là et me mettre le lendemain en quête de quelqu'un avec qui perdre ma virginité. Prendre complètement le pouvoir des mains de l'Ombre.

Il avait commis une grave erreur en utilisant ainsi ses pouvoirs sur moi. Ça avait réveillé un désir, sombre et dangereux, que j'avais trop longtemps réprimé.

J'entrai dans la douche en chancelant et déchirai la robe pour l'enlever, utilisant ma force de métamorphe à défaut d'atteindre la fermeture Éclair. C'était dommage de détruire quelque chose d'aussi beau, mais elle avait de toute façon été gâchée par les évènements de la soirée et il fallait que je l'enlève.

Une fois sous la douche, je réglai l'eau sur une température très froide et laissai ma tête cogner contre le mur. Le tremblement de mes membres ne s'était pas atténué ; le feu dans mon ventre brûlait plus fort que jamais et je me demandai si c'était bientôt la pleine lune sur Terre. Mon sang n'avait jamais été en ébullition comme ça avant.

Me retournant pour plaquer mon dos contre le mur, je glissai lentement vers le sol de la petite cabine de douche pour m'y asseoir. L'eau glacée ébouillantait ma peau hypersensible et mon corps se languissait, une vibration insistante qui n'avait de cesse de tambouriner entre mes cuisses. Fermant les yeux, je serrai les dents.

Ma main droite caressa mes seins, jouant avec mes tétons, doucement d'abord, puis un peu plus brutalement. J'accueillis la douleur avec soulagement tandis que je laissais échapper un gémissement. Dans le même temps, mon autre main fila entre mes cuisses, se glissant là où je me liquéfiai.

À la première caresse de mes doigts sur mon clitoris, je gémis de nouveau, la tête en arrière contre le mur alors que je m'occupais de la petite boule de nerfs de mon intimité. Que ce soit à cause de la pleine lune ou de la Bête de l'Ombre, je me perdis complètement dans le plaisir et, si ça avait été lui qui m'avait touchée, je lui aurais probablement promis monts et merveilles.

— Putain de merde, sanglotai-je.

Mes doigts s'agitèrent plus rapidement tandis que je les enfonçais entre mes jambes. Je vis dans mon esprit le visage de l'Ombre ; la façon dont il m'avait fixée toute la soirée de son regard dominateur, pendant que chacun de ses amis se présentait. Si ténébreux, si séduisant, et dans le même temps me déshabillant entièrement dans cette robe…

Je poussai un cri quand mon orgasme me submergea, avec tellement de force que lorsque je tentai de respirer assez pour ne pas mourir, je m'étouffai presque à cause de l'eau ruisselant sur mon visage.

Le plaisir dura bien plus longtemps que d'habitude, et une fois fini, je me sentis baisée de plus d'une façon. C'était principalement le fait de savoir que je ne pouvais pas laisser ça se reproduire.

Mes orgasmes n'auraient plus jamais rien à voir avec l'Ombre.

28

— Toujours en train de balayer, à ce que je vois.

C'était la troisième fois que Gueule d'Ange m'adressait directement la parole. Pour une fois, c'était moi qui étais grognon ; ma louve me griffait la poitrine tandis que le besoin de me transformer se faisait plus pressant.

— Toujours en train de promener la nourriture dans votre assiette sans jamais rien manger, à ce que je vois, rétorquai-je de façon narquoise.

Elle sourit et reposa le pain qu'elle tapotait contre son assiette.

— Dans mon monde, nous n'avons pas besoin de consommer de la nourriture. Mais j'en aime l'odeur, donc je m'assieds ici pour en profiter le plus que je peux.

Je la dévisageai.

— Vous ne mangez pas ?

Elle s'amusa de l'incrédulité évidente dans ma voix.

— Nous ne consommons pas de nourriture, non. Ce n'est pas ce qui sustente mon espèce, mais le parfum est tellement attirant.

Je frappai la table de mes mains.

— Vous vous foutez de ma gueule ?

Je vis de l'amusement danser dans ses yeux.

— J'ai toujours eu une préférence pour les humains et leurs tournures de phrases délicieuses, plaisanta-t-elle en m'observant attentivement. Et vous… vous êtes spéciale.

— Croyez-moi, je ne suis pas spéciale, répliquai-je en reniflant. Je suis juste pétillante. Vous autres, les créatures surnaturelles, vous faites tellement la tête que lorsque vous rencontrez quelqu'un qui profite sincèrement de la vie, vous pensez que c'est une sorte de créature inhabituelle à étudier.

L'Ange secoua la tête.

— Non, il y a quelque chose de plus. Depuis la première fois où vous vous êtes assise, sans même réaliser que personne ne s'asseyait jamais à ma table, j'ai ressenti une vibration d'énergie émanant de vous. La curiosité que je vous porte a grandi à chaque repas que nous avons partagé…

Ma louve choisit cet instant pour brusquement bondir et je me retrouvai à moitié transformée avant de pouvoir reprendre le contrôle sur elle. En me dressant sur mes pieds, j'agrippai le bord de la table.

— Ce n'est pas que je veuille paraître grossière, parce que j'apprécie ce moment et ce lien que nous sommes en train de tisser ensemble, mais est-ce que vous connaissez un endroit où je pourrais me transformer et courir ?

Elle n'eut aucune hésitation.

— À dire vrai, j'en connais un. Est-ce que vous aimeriez visiter mon monde ?

Je blêmis.

— Est-ce que ça ne posera pas de problèmes ? Je veux dire… on m'a mise en garde, je ne dois pas quitter cet endroit.

Elle se leva elle aussi, me dépassant d'une tête. Elle avait l'air d'être la déesse de toutes les déesses. J'en aurais manqué de confiance en moi, si je n'avais pas été en train de lutter contre ma louve.

— Avez-vous peur, petite louve ?

Un autre frisson et une vague d'énergie me parcoururent.

— Non. Emmenez-moi… simplement… à…

Je n'eus pas besoin de finir ma phrase. L'Ange prit ma main dans la sienne et, l'instant d'après, nous fûmes dans la bibliothèque, devant la magnifique porte des Champs d'Honneur. Noir d'Encre, qui devait avoir été dans les parages bien que je ne l'aie pas vu dans le réfectoire, gonfla en un énorme brouillard pour essayer de nous empêcher de passer.

L'Ange lui fit signe de s'écarter.

— Je vais la surveiller. Tu sais que tu n'es pas le bienvenu aux Champs d'Honneur, et je n'ai pas besoin de te rappeler que ce n'est pas dans ton intérêt de te mettre en travers de mon chemin.

Noir d'Encre commença à lancer des étincelles, ses synapses visibles à travers la fumée, mais l'Ange ne montrait aucune inquiétude. Elle se contenta d'agiter la main pour le faire partir.

— Nous allons revenir vite, ajouta-t-elle en ouvrant la porte.

Je dus brièvement fermer les yeux à cause de la lumière la plus vive que j'aie jamais vue, et je me demandai comment j'en étais arrivée là. Sur le point de franchir une porte quelconque donnant sur un nouveau monde, accompagnée d'un être qui n'avait pas fait grand-chose de plus que de grogner et de me lancer des regards noirs pendant des semaines.

Mais rien de tout ça n'avait d'importance. C'était la première fois depuis longtemps que je goûtais à la liberté, et ma louve et moi étions plus que prêtes.

Il y avait dans l'atmosphère des Champs d'Honneur quelque chose de relaxant ; la lumière et la chaleur me rappelant les fins d'été à Torma. Ça sentait également bon, ce qui m'évoquait les cookies de ma grand-mère, l'herbe fraîchement coupée et la pluie qui s'attardait à l'horizon. Peut-être que le but de cette contrée était de créer l'ambiance parfaite pour se sentir en paix. Parce que c'était exactement ce qui était en train de se produire.

— Voici mon foyer, déclara l'Ange, englobant d'un geste de la main les alentours immaculés, dont un long champ parsemé de fleurs dans des tons d'or pâle.

— Vous pouvez vous ébattre ici en tant que louve, ajouta-t-elle, les traits plus détendus que je ne les avais jamais vus. Je suis la dernière de ma lignée, et je vais voler au-dessus de vous pour vous protéger.

Je la pris instinctivement dans mes bras. Encore une fois, il devait y avoir quelque chose qui clochait chez moi pour que je m'évertue à faire ça, mais, heureusement, le pouvoir de l'Ange ne me propulsa pas dans une autre réalité. Nos énergies se rencontrèrent et se mélangèrent, et je ressentis un bourdonnement parcourir ma peau. C'était à la fois stimulant et apaisant.

Lorsque je relâchai mon étreinte, je m'attendis à ce qu'elle retrouve son air renfrogné, mais au lieu de ça, elle me dévisagea avec étonnement.

— Inhabituel, murmura-t-elle.

Il était cependant trop tard pour l'interroger plus, car je perdis la bataille contre ma louve.

Un cri monta dans ma gorge jusqu'à ce que je rejette la tête en arrière et le relâche dans l'air. J'eus à peine le temps de me dévêtir avant que la métamorphose ne brise mes os et ne me reconstruise en tant que louve.

Une louve très excitée qui se sentit immédiatement chez elle dans cette contrée, sautillant et jappant tandis qu'elle se frottait la tête contre les jambes de l'Ange d'une façon typiquement canine.

Nous filâmes, courant à travers la lumière, l'air frais. C'était à l'évidence différent de la Terre ; nous pouvions même nous déplacer plus rapidement, avec moins de fatigue. L'Ange se mit à rire lorsque je bondis haut au-dessus du sol pour la seconde fois. Elle avait complètement déployé ses ailes afin de rester avec moi.

— Nous avons moins de gravité ! me cria-t-elle de là-haut. Cours comme le vent, porteuse de louve.

C'est ce que je fis et je m'amusai comme… comme jamais je ne m'étais amusée, pour autant que je m'en souvienne. Juste moi, ma louve et un ange gardien au-dessus de nos têtes. Je n'atteignis jamais les limites de son champ d'herbes dorées, et je ne vis jamais rien d'autre dans cette contrée, pas même une tache dans le ciel jaune-safran.

Une fois que nous fûmes épuisées et que le besoin viscéral de courir se fut estompé, nous nous affalâmes sur le sol, la tête reposant sur nos pattes, laissant dériver notre esprit à la nature double tout en profitant du temps parfait. Après un bref somme, nous nous réveillâmes et trouvâmes l'Ange assise près de nous, le regard fixé sur le lointain. Comme toujours, elle était magnifique, hors du monde et… un peu triste.

— Prête à rentrer à la maison, petite louve ? demanda-t-elle lorsque je relevai la tête. La bête sera furieuse, il vaut probablement mieux ne pas l'énerver davantage.

J'acquiesçai d'un signe de tête, me relevai et la suivis tandis qu'elle ouvrait un passage vers la bibliothèque. Comme l'Ombre, ceux qui avaient des accès semblaient pouvoir ouvrir une passerelle partout où ils le désiraient.

Elle ne me suivit pas à travers, et en jetant un regard en arrière, je la vis dans l'encadrement de la porte avec derrière elle la lueur des Champs d'Honneur.

— Nous nous verrons au déjeuner, m'informa-t-elle.

Puis la porte fut fermée pour de bon.

Je n'avais pas très envie de reprendre forme humaine et nous avions de toute façon oublié mes vêtements ; je décidai de laisser à ma louve plus de temps pour se dégourdir les pattes. Nous avançâmes à pas feutrés le long des étagères, allant là où l'instinct nous menait, et ce fut très agréable jusqu'à ce que j'aperçoive Noir d'Encre devant nous, qui avait enflé jusqu'à atteindre la taille d'un des murs. Il était toujours en mode « agacé » et j'eus l'étrange sensation que j'allais devoir faire profil bas un moment. Leur donner, à lui et à l'Ombre, le temps de se calmer.

Je baissai la tête et fonçai à travers la première rangée d'étagères en longeant le mur jusqu'à revenir au voile de devant, pour sortir dans le couloir blanc. Ma louve était plus ou moins aux commandes à cet instant et elle ressentit le besoin de revenir vers Torin… vers celui à qui nous étions liées par le destin.

À l'inverse, moi, je n'éprouvais pas du tout ce foutu besoin, mais la louve me guidait.

Avant que nous ne rejoignions l'endroit à partir duquel rentrer sur Terre, une porte blanche attira notre attention. Ou plus exactement, celle de ma louve, car pour ma part, je ne comprenais rien de ce que nous faisions.

Elle appuya son museau contre le battant, qui s'ouvrit sans aucun effort. Quand nous entrâmes, il faisait sombre ; il n'y avait que la lumière venant de la porte qui passait à travers, mais pas assez pour que je puisse voir plus loin qu'un petit mètre devant nous.

Nous devrions partir.

J'exhortai mentalement la chienne obtuse qui me servait de louve, mais elle m'ignora et s'aventura plus loin à l'intérieur. Je laissai ma curiosité prendre le dessus ; je n'avais pas vraiment envie de l'en empêcher de toute façon.

Tandis que nous avancions à pas feutrés dans la pièce, les ténèbres nous enveloppèrent complètement et je sus que nous n'étions pas seules. Je sentis quelque chose planer juste à la lisière de mon champ de vision et ce ne fut que lorsqu'un vagissement familier brisa le silence que tout devint incroyablement clair.

L'abervoq. La créature de l'ombre. Ma louve nous avait emmenées droit dans sa prison et elle était à présent en train de foncer sur elle, la tête rejetée en arrière tandis qu'elle hurlait à son tour.

C'est quoi, ce délire, putain ?

Nos yeux s'ajustèrent assez pour pouvoir distinguer sa silhouette, les membres maintenus par d'épaisses chaînes. Et pourtant, ma louve n'hésita pas à s'approcher plus près en trottinant puis, à ma grande surprise, se coucha contre la fourrure de la créature. L'abervoq laissa échapper un dernier mugissement, mais il ne nous réduisit pas en pièces. Au lieu de ça, il enroula une patte autour de nous, de manière presque protectrice et, une fois encore, nous nous endormîmes, protégées de la fureur de la Bête de l'Ombre.

29

Je fus réveillée par des rugissements.

Je n'étais plus sous ma forme de louve et restai désorientée quelques secondes le temps que la mémoire me revienne : courir dans les Champs d'Honneur avec l'Ange, échapper à Noir d'Encre, puis me cacher…

Je me relevai d'un bond, ou du moins j'essayai, mais j'étais maintenue en place par un bras lourd et poilu posé sur moi.

L'abervoq. Merde. Putain. De. Merde !

Qu'est-ce qui avait bien pu passer par la tête de ma louve quand elle était venue se réfugier dans cette cellule et… pourquoi n'étais-je pas morte ?

Le bras remua et se souleva assez pour que je puisse m'extirper d'en dessous. Chancelant vers la porte, je finis par trouver le mur et tâtonnai pour trouver la sortie. Lorsque je tirai dessus pour l'ouvrir, la lumière emplit de nouveau le petit espace et je poussai un cri perçant tandis que l'Ombre s'avançait hors de… eh bien, des *ombres*, et me fit savoir qu'il était là.

— Oh, salut, balançai-je pour faire la conversation, les nerfs à vif. Que faites-vous ici ?

Son corps vibrait, il n'y avait pas d'autre description possible, et quelque chose de nouveau illumina la pièce alors que des flammes prenant la forme d'un loup remontaient le long de sa peau.

Oh, nom d'un métamorphe.

Je clignai des yeux, incapable de me détourner du loup en feu que l'Ombre arborait presque comme une façade pour cacher sa vraie identité.

— Un loup démon de feu ! m'exclamai-je dans un souffle.

J'avais entendu des rumeurs selon lesquelles la Bête de l'Ombre pouvait se changer en démon de feu, mais je les avais prises pour des histoires exagérées. Il y avait tellement de contes circulant à propos de la Bête : qu'il faisait plus de trois mètres de haut, qu'il mangeait l'âme des morts… Ils parlaient de ses yeux de feu et de ses griffes acérées. Chaque histoire se mélangeait à une autre de sorte qu'il était difficile d'y voir clair.

Étant donné que certains de ces mythes étaient assez proches de la vérité, je ne pouvais que m'interroger également à propos des âmes mangées.

— Vous semblez contrarié, constatai-je avec stupidité.

C'était l'euphémisme de l'année, mais je ne savais pas quoi dire pour apaiser la situation.

Silence.

Pas un mot.

À en juger par la courbure de sa mâchoire, et par la bête-démon ardente, il était trop furieux pour parler.

— Ma louve a comme qui dirait eu le dessus sur moi, poursuivis-je à voix basse, alors même que mon propre agacement croissait.

Je n'avais pas besoin qu'une foutue bête psychotique pète un câble parce que je n'avais pas fait exactement ce qu'elle attendait de moi. Alors que les mots ne sortaient toujours pas, je tentai de le contourner, fatiguée et impatiente de me laver des vingt-quatre dernières heures.

L'Ombre eut recours à son mouvement instantané et apparut devant moi, la lueur de son loup enflammé encore plus forte dans l'obscurité presque totale.

— C'est quoi, votre putain de problème ? craquai-je. On est allées courir en tant que louve, elle a décidé de jouer avec la créature de l'ombre, et on a fait une sieste. Point barre.

Il passa ses bras autour de moi et ses paumes étaient tellement énormes qu'elles recouvraient la moitié du haut de mon corps. Alors qu'il me tirait d'un coup sec contre lui, je tressaillis sous l'effet de la vague de chaleur qui s'abattit sur moi. Je ne ressentis aucune douleur et, au lieu de le repousser comme n'importe quelle personne normalement constituée, je réagis de la façon dont l'aurait fait une louve récemment métamorphosée, nue et en chaleur.

J'enroulai mes jambes autour de lui et l'attirai plus près encore.

Le visage de l'Ombre se pencha vers le mien, et son loup démon de feu disparut.

— Tu m'appartiens, souffla-t-il d'une voix qui n'était rien de plus qu'un grondement furieux et démoniaque. Pas aux Champs d'Honneur. Pas aux créatures de l'ombre. Ni à la meute de loups. À aucun d'eux.

Sa voix se fit plus sonore que je ne l'avais jamais entendue.

— Personne ne peut venir te revendiquer tant que tu m'appartiens, poursuivit-il. Tu ferais bien de t'en souvenir, la louve.

Ses lèvres étaient toutes proches, et se rapprochaient encore plus à chacun de ses mots percutants. Mon corps se languissait tandis que je me serrais plus fort contre lui. Ce n'était pas comme si je n'avais pas écouté ce qu'il avait dit, sa tirade possessive et dominatrice, mais en cet instant, je n'en avais rien à faire.

— Qu'attendez-vous de moi ? haletai-je. Si vous pensez pouvoir me revendiquer, qu'est-ce que vous allez faire de moi ?

Étais-je dingue de le défier ? Ouais. Est-ce que j'allais quand même le faire ?

Évidemment.

— Je vais découvrir ce que tu es, gronda-t-il. Et une fois que ce sera fait… disons simplement que ton utilité touchera à sa fin.

Aïe. Très bien, puisque c'est comme ça.

L'abervoq rugit derrière nous, un mugissement différent par rapport à d'habitude, plus mélancolique. J'avais le sentiment qu'il était triste que je parte et, toujours enchaîné au mur, il ne pouvait m'atteindre.

Le regard de l'Ombre fila au-dessus de ma tête en direction de la créature vagissante.

— Je découvrirai qui tu es, m'avertit-il. Et quand ce sera le cas, peu importe la menace que tu représentes pour moi ou le Royaume de l'Ombre. Tu seras éliminée.

Bla-bla-bla.

— Ouais, j'ai saisi. Vous voulez me tuer. Vous êtes triste de ne pas pouvoir me tuer. Tout ce dont vous rêvez, c'est de me tuer. C'est sympa comme refrain.

Il me relâcha, mais j'avais déjà anticipé son geste et atterris aisément sur mes pieds. Cette fois, quand je me dépêchai de le contourner, il me laissa passer.

Lorsque j'atteignis la porte, je me retournai un instant.

— Ne faites pas de mal à l'abervoq. Je suis sûre qu'il n'a aucune idée de ce que je suis.

— Va-t'en.

D'accord.

Heureusement, il ne me semblait pas que l'Ombre ait un moyen de tuer ces créatures ou il l'aurait fait dès le départ. En jetant un dernier regard inquiet derrière moi, je fis un autre pas vers la porte ; cependant, pour une raison quelconque, je ne pus me résoudre à partir.

L'Ombre ne se retourna pas vers moi, mais semblait être conscient que j'étais toujours là.

— Je ne ferai pas de mal à la créature, déclara-t-il d'un ton sec. Je ne peux pas te promettre la même chose après ton insubordination.

Profitant de ce qu'il avait le dos tourné pour lui tirer la langue, je compris que je n'obtiendrais rien de mieux. Je devais juste espérer qu'il avait plus d'honneur que ce que les histoires racontaient. À dire vrai, il avait un caractère absolument épouvantable, et il y avait eu le meurtre de sang-froid de Victor, qui l'avait bien cherché. Mais la plupart du temps, il n'était pas instable. Chacune de ses actions était plutôt contrôlée et planifiée avec stratégie.

C'était la première fois que je le voyais perdre le contrôle. Je l'avais poussé à bout, mon vrai talent.

— Je viendrai m'assurer que l'abervoq va bien ! lui criai-je.

Je sortis en courant et claquai la porte derrière moi. Après l'obscurité de la pièce, le couloir était assez lumineux pour me faire tourner la tête et des points dansèrent devant mes yeux.

Puis une vague de panique me submergea. Toute la foutue panique. Avoir affaire à l'Ombre avait brièvement détourné mon attention, mais à présent, je ne pouvais m'empêcher de me souvenir que j'avais fait une sieste avec un abervoq. Une des créatures les plus craintes dans le Royaume de l'Ombre.

Pourquoi me lier d'amitié avec un tel être ?

Mon esprit fut parcouru d'explications possibles, toutes plus tirées par les cheveux les unes que les autres. Mais à vrai dire, est-ce qu'en réalité tout n'était pas tiré par les cheveux à ce stade ?

30

L'Ombre m'évita pendant des jours et ce fut la première fois que ça me contraria. Je me retrouvais avec une tonne de questions et aucune réponse ; après de nombreuses nuits sans sommeil, je voulais à tout prix voir son visage grincheux. Je veux dire, *c'était* un dieu, qui avait des siècles de vie et de savoir à son actif. Il devait connaître quelque chose d'utile et j'avais désespérément besoin de réponses.

— Toujours à balayer, à ce que je vois, constata l'Ange en faisant irruption dans mes pensées.

À un moment donné, le surnom « Gueule d'Ange » s'était transformé en « l'Ange » et je ne pouvais à présent pas penser autrement à elle.

Je lui décochai un sourire, me sentant un peu ragaillardie de la voir assise à sa place habituelle pour déjeuner.

— Est-ce que vous êtes vraiment en train de plaisanter avec moi, là ? Est-ce que l'Enfer a gelé ?

Elle pencha la tête sur le côté.

— Est-ce à ça que les humains pensent que l'Enfer ressemble ? À un monde de feu et de torture ?

Je hochai la tête.

— Ouais, en majeure partie, ce n'est que soufre et feu. La damnation éternelle. Bla-bla-bla.

Elle sembla y réfléchir et fronça les sourcils.

— Est-ce que c'est le pire des mondes de l'au-delà que leurs esprits puissent imaginer ? Parce que, pour ma part, je préférerais être brûlée jour après jour par rapport à d'autres évènements. Il s'agit juste de douleur physique…

Le magenta de ses yeux s'assombrit, tourbillonnant en une spirale de magma ; pour une raison quelconque, je m'attendais à ce que la couleur déborde de ses iris et coule le long de ses joues.

— Vous avez traversé bien pire que des brûlures, n'est-ce pas ? devinai-je.

Elle ne répondit pas, tenant comme à son habitude dans sa main un morceau de pain dont elle se servait pour saucer une soupe qu'elle ne goûterait jamais. L'espace d'un instant, je fus prise de panique à l'idée d'avoir dépassé les bornes et que les bases de notre amitié ne soient détruites.

— C'est exact, confirma-t-elle. Et je choisirai toujours le feu plutôt qu'une éternité passée à fermer les yeux et voir leurs morts.

Je ressentis un pincement à la pensée de sa souffrance. Sa voix vibrait du genre de tristesse venant du plus profond de l'âme, enfouie dans ce qui faisait son essence même. Cette femme ne serait plus jamais un tout. Ça me faisait de la peine et je voulais lui offrir tout le réconfort dont j'étais capable.

— Si je pouvais apaiser vos démons, je le ferais, lui assurai-je en tendant le bras vers elle et en plaçant ma main sur la sienne. Même si je devais en payer le prix. Et j'espère qu'un jour vos tourments s'arrangeront et que vous pourrez trouver un semblant de paix.

J'avais mes propres démons, et peut-être était-ce la raison pour laquelle nous étions devenues amies. Les démons de l'Ange s'entendaient bien avec les miens, et bien que je sache déjà que je n'avais pas enduré de pertes comme elle, je comprenais. Et je la soutiendrais comme je pourrais.

Après tout, une femme avec une amie fidèle à ses côtés pouvait littéralement détruire ou sauver des mondes.

L'Ange me serra la main avant de la lâcher et son énergie me sembla plus légère tandis qu'elle se remettait à jouer avec sa nourriture. En gloussant, je reportai mon attention sur la mienne et nous restâmes assises en silence, en bonne compagnie.

Je m'éclaircis la voix quand elle finit par se lever pour partir.

— Qu'est-ce qu'une fille doit faire pour connaître votre nom ? Je veux dire, je vous appelle « l'Ange » maintenant, mais j'aimerais quand même savoir qui vous êtes réellement.

Alors qu'elle tournait la tête vers moi, une lueur espiègle dansa dans ses yeux, d'une couleur bien plus claire qu'auparavant.

— Je n'utilise plus mon nom. En ce qui me concerne, il est mort et enterré, tout comme mon cœur.

Bordel de merde. Elle était incroyablement tragique, et je haïssais déjà le fait que mon amie ait traversé ce genre de tourment.

— Ce sera donc « l'Ange », soufflai-je, la gorge serrée.

Elle hocha la tête.

— J'aime bien. À demain, Mera.

Elle s'en alla dans une bourrasque de cheveux acajou et d'ailes couleur ambre. Mon appétit disparut quand je posai les yeux sur ma nourriture à moitié mangée, me demandant comment j'avais pu aussi mal la juger dès le départ. Dans un premier temps, j'avais imaginé que son attitude envers moi était due à la grande différence entre nos rôles dans la vie. J'étais une métamorphe de bas étage et cette femme était une déesse. Mais ensuite, elle m'avait confié que personne ne s'asseyait jamais dans sa section…

À l'exception d'une idiote de métamorphe. Qui avait eu la chance d'éveiller son intérêt.

Je sursautai alors qu'une main se posait sur mon épaule. En penchant la tête en arrière, je découvris l'Ange qui se tenait au-dessus de moi.

— Merci, chuchota-t-elle. Vous êtes le premier être à me parler depuis cinq cents ans. Je viens ici pour sentir la nourriture et ressentir l'énergie, mais, en dehors de ça, je suis toujours seule.

Je m'étais tellement trompée.

Me relevant d'un coup, je fis volte-face et enroulai mes bras autour d'elle, la serrant aussi fort que je pus.

— Vous n'aurez jamais plus à être seule. Si vous avez besoin d'aide, ou de quelqu'un à qui parler… ou n'importe quoi d'autre… venez me voir. Je suis votre amie à présent. Votre famille, si c'est ce dont vous avez besoin. Nous pouvons nous protéger l'une l'autre dans ce monde pourri.

Elle s'accrocha à moi comme si sa vie en dépendait, et malgré le fait qu'elle m'écrasait légèrement les côtes, je n'essayai même pas de reculer. Quand nous finîmes par nous séparer, elle arborait un sourire éclatant et je fus saisie de voir à quel point le nom que je lui avais choisi lui allait.

Elle plaça sa main sur ma poitrine, juste au-dessus de mes seins.

— Nous appelons notre famille *treasora.* Notre trésor. Je suis honorée de vous compter parmi les miens.

Elle toucha sa poitrine de sa main libre, appuyant sur l'armure qu'elle portait, et de la lumière en jaillit puis atterrit contre sa paume sur mon torse. Le filet de lumière étincelante serpenta jusque dans ma poitrine, suivi d'une sensation de fourmillements.

— Nous sommes liées à présent, murmura-t-elle. Un lien qui va s'accroître avec le temps. Dans quelques années, vous serez capable de vous ouvrir à moi par la pensée. Et je ferai de même.

J'en eus le souffle coupé et restai confuse tandis qu'elle s'éloignait, m'adressant un dernier signe de tête avant de partir, pour de bon cette fois.

Waouh.

Je restai plantée là sous l'effet de la surprise, à la fois satisfaite et désorientée par ce qu'elle venait de faire. J'aimais ça, cela dit.

— C'est un grand honneur, dit une voix grave dans mon dos.

Je me retournai pour découvrir l'Ombre appuyé nonchalamment contre un mur, son épaule positionnée de telle manière que son biceps, déjà impressionnant, semblait encore plus gros. Ce jour-là, il était négligemment vêtu d'un jean déchiré, d'un T-shirt à manches longues au col tunisien et de bottes vertes comme celles de l'armée qui remontaient le long de ses mollets. Il aurait eu l'air humain, si l'on mettait de côté la taille impossible et le visage béni des dieux. Plus je le fréquentais, et plus sa beauté me captivait. De la pointe de ses boucles ébouriffées au bout de ses pieds chaussés de bottes, il n'y avait aucune imperfection chez lui.

Tout du moins, pas physiquement.

— Un honneur ? répétai-je, toujours un peu désorientée par les actions de l'Ange.

— Qu'elle veuille se lier à toi d'une telle façon.

Il se redressa, faisant quelques pas vers moi.

— Et, encore une fois, te voilà, rassemblant à tes côtés de puissants alliés. Des alliés que personne d'autre ne peut dompter, peu importe leurs efforts.

— L'Ange est une alliée puissante ?

Il sourit brièvement.

— *L'Ange*, c'est ça ? Oui, ça lui va bien. Disons qu'elle fait partie de ces quelques êtres qui pourraient en réalité se défendre face à moi.

Il semblait amusé par ça, et pas du tout menacé, si l'on exceptait la petite flamme brûlant dans ses iris. Pressentant qu'il valait mieux détourner son attention de l'Ange, qui, à ce que j'avais fini par comprendre, avait été autorisée à vivre ici parce qu'elle restait principalement dans son coin, je me raclai la gorge.

— Aviez-vous besoin de moi pour quelque chose ?

Il acquiesça.

— Nous avons localisé une autre créature du Royaume de l'Ombre. Il est temps d'aller faire un tour.

Je souris.

— Mon pote, tout est mieux que de balayer. Même chasser du démon est loin devant ça.

Ses yeux s'écarquillèrent légèrement.

— Tu balayes toujours ?

Je hochai la tête.

— Ouaip. Ça m'a donné d'authentiques muscles dans les bras, mais votre bibliothèque qui est déjà impeccable n'en sera pas plus propre pour autant.

Un léger tressaillement des lèvres.

— Je trouverai quelque chose pour te tenir occupée.

J'eus cette pensée terrifiante que peut-être ce «quelque chose» allait être bien pire que ce que j'avais fait jusque-là.

— Vous savez, balayer c'est bien, ajoutai-je en panique. J'en mets assurément un coup à la… euh… poussière.

Il secoua la tête.

— Allez, viens, Rayon de Soleil. Allons attraper la créature suivante avant qu'elle ne tue plus de tes précieux humains.

Entendre ce surnom redouté ne m'affecta pas, pour une fois. Me dépêchant de le suivre, je le rattrapai en quelques secondes, trébuchant presque sur une entité vaporeuse.

— Noir d'Encre ! m'exclamai-je. Je ne t'ai pas vu depuis des jours. Comment tu vas, mon gars ?

Noir d'Encre gonfla et des étincelles volèrent tandis qu'il s'enroulait autour de moi.

— Si bien que ça, hein ? constatai-je en riant. Ouais, tu m'as manqué aussi.

L'Ombre me jeta un regard étrange, calculateur, mais dépourvu de la malice dont il faisait généralement preuve en ma présence.

— Vous n'êtes toujours pas près de découvrir ce que je suis, pas vrai ? lui demandai-je avec un sourire narquois.

Ça ne me surprenait pas, vu que je ne l'avais pas encore découvert moi-même, mais c'était quand même marrant de me moquer de lui.

— Je commence à avoir une meilleure vue d'ensemble, répliqua-t-il en hochant la tête comme si les pièces du puzzle se mettaient en place. Bien meilleure.

Quelque chose me disait qu'à l'instant où il découvrirait mes secrets, ce qui avait bien pu le motiver à me garder dans les parages disparaîtrait très vite. Il était temps de redevenir la femme mystérieuse qui valait bien plus vivante que morte. Pour le bien de ma planète entière.

31

Revenir sur Terre aurait dû me donner l'impression de rentrer à la maison, mais je me rendis compte que plus je m'en absentais et plus j'avais du mal à me réacclimater. Je n'étais plus une métamorphe normale qui ne connaissait rien du Système Solaris, et il me semblait impossible de redevenir cette fille naïve.

— Suis-moi, me dit l'Ombre en s'avançant sur un grand terrain herbeux.

Où que nous nous trouvions cette fois-ci, il faisait chaud et la forte luminosité me fit plisser les yeux.

— Est-ce que c'est l'été ? demandai-je.

J'essayai de me repérer tandis que j'observais le ciel bleu marine complètement dégagé, mis à part quelques nuages sombres d'une tempête couvant à l'horizon.

Si je devais deviner, je dirais que nous étions quelque part dans le sud, ou tout du moins aux États-Unis.

— La saison froide est effectivement terminée, confirma l'Ombre en attirant l'obscurité autour de lui comme si le soleil l'offensait.

C'était vraiment étrange de voir des ombres littéralement planer au-dessus de sa peau et repousser la lumière.

Noir d'Encre également s'approcha en voletant ; la luminosité de cette journée d'été me permit de distinguer plus de pigments et de couleurs dans la fumée que je n'en avais jamais vus.

— L'été, répondis-je d'un air songeur. Donc ça fait des mois que je suis dans votre tanière ?

Je n'arrivais pas à assembler les pièces du puzzle. J'avais l'impression que ça faisait tout au plus quelques semaines, mais à en juger par la chaleur, il devait s'être écoulé six mois depuis que j'avais été enlevée sur les terres de la meute.

L'Ombre haussa les épaules.

— Le temps est une contrainte humaine. Je n'en tiens pas compte de façon aussi obsessionnelle que ce que vous semblez tous faire. Mais…

Il s'interrompit et releva la tête comme s'il reniflait l'air.

— On est en juillet.

Il avait juste… humé l'air pour dire quel mois on était ? D'accord, génial. Qu'est-ce qu'il pouvait faire d'autre avec ses sens ?

Attendez un peu ! Juillet ?

— Comment est-ce possible ? soufflai-je.

Ça faisait sept mois qu'il m'avait kidnappée sur Terre. Il était certain qu'à ce stade Simone et Dannie me croyaient morte (ma mère n'avait probablement pas remarqué que j'avais disparu) et je me sentis mal à l'idée que sept mois de ma vie s'étaient juste évaporés.

— Il faut que j'aille voir ma meute ! m'écriai-je.

L'Ombre s'arrêta net. Il se retourna et diminua suffisamment de taille pour que je n'aie à pencher ma tête en arrière que de quatre-vingts degrés pour voir son visage.

— Tu veux retourner dans ta meute ? Ne t'ai-je pas traitée avec respect tout ce temps où tu as été en ma présence ?

Ses paroles me mettaient en garde, comme s'il voulait que je choisisse mes mots avec la plus grande précaution.

Et, comme d'habitude, je passai outre.

— Je n'irais pas jusqu'à parler de respect, mais vous vous êtes… moins comporté comme un enfoiré que ce à quoi je m'étais attendue, répondis-je en me forçant à sourire, car j'avais besoin qu'il aille dans mon sens. Je voudrais simplement avertir les deux seules métamorphes au monde auxquelles je tiens que je ne suis pas morte. Ça fait sept putains de mois et pendant tout ce temps elles n'ont pas su ce qui m'était arrivé. C'est la raison pour laquelle je voudrais retourner dans ma meute.

Il me fixa intensément du regard, les pupilles dilatées, observant mon visage à la recherche d'une signification plus profonde.

— Je pourrais envoyer Noir d'Encre ?

C'était vraiment amusant de constater qu'il avait adopté le surnom que j'avais donné à son ami vaporeux, mais j'en rirais une autre fois. Là, je n'étais concentrée que sur une seule chose : j'avais passé sept mois loin des terres de la meute.

— Je pense que ça risque de les faire paniquer, vu que Noir d'Encre ne peut pas parler. Et même s'il le pouvait, il est certain qu'elles s'enfuiraient d'abord et poseraient des questions ensuite.

Ombre eut un haussement d'épaules et il était hors de question qu'elles détournent mon attention.

— Je prends note de ta demande.

Il me tourna le dos, mettant fin à la conversation, et curieusement, je sus que je n'obtiendrais rien d'autre de lui. Je réessaierais le lendemain. C'était trop important pour que je laisse tomber.

Je me dépêchai de le rattraper, essuyant de mon front la sueur qui s'accumulait déjà sous l'effet de la chaleur intense.

— Où est-ce qu'on est ? l'interrogeai-je. Certainement quelque part dans le sud.

Il ne s'arrêta pas cette fois-ci, et j'eus l'étrange sensation qu'il ne voulait pas me le dire au cas où j'essaierais de m'échapper. Mais pourquoi le voudrais-je ? L'Ombre me retrouverait, peu importe la vitesse à laquelle je courrais ou la distance parcourue. Et je perdrais probablement la vie lorsqu'il me rattraperait.

Je n'allais pas surestimer l'importance de la Terre à ses yeux. Ce gars n'en avait rien à faire de quoi que ce soit, ou presque, et encore moins de nous.

— Je pense que nous sommes en Colombie, me fit-il sèchement savoir. Si les humains n'ont pas décidé de modifier les noms des pays à cause des changements dans la masse terrestre depuis la dernière fois que je suis venu.

Pardon ? C'était quand, la dernière fois que la masse terrestre avait changé ? Il était aussi vieux que les dinosaures ou quoi ? Est-ce que je tenais vraiment à le savoir ? J'étais plus à l'aise avec le fait de le voir comme un jeune blanc-bec âgé de quelques milliers d'années.

Il était temps de changer de sujet.

— Pourquoi est-ce si difficile de percevoir les créatures de l'ombre ? Vous en avez détecté… genre, deux depuis tout ce temps.

Un mois s'était écoulé dans la bibliothèque, apparemment sept sur Terre, et ce n'était que la deuxième fois qu'il en repérait une. Pour une fois, il ne m'ignora pas ni ne me grogna dessus.

— Je ne peux les sentir que lorsqu'elles utilisent leurs différentes capacités. Autrement, elles sont virtuellement indétectables. Chacun de nous sait comment dissimuler son énergie au repos.

Pas seulement au repos, si je me fiais à ce que je savais de lui. Je ne pouvais presque jamais le sentir tant qu'il n'était pas très proche, et même à ce moment-là, quelque chose me disait qu'il contrôlait le flux de puissance autour de nous.

Je n'eus plus le temps d'y penser, car nous arrivions apparemment à notre destination : un terrain vert et brun irrégulier, parsemé de buissons épineux et de carrés d'herbe complètement sèche, comme si une meute de chiens sauvages avait traîné dans les parages en laissant de parfaits cercles de mort. Nous nous tînmes sous l'un des seuls arbres, noueux et anciens, que l'on aurait pu croire à moitié mort si ce n'était qu'il portait quelques bourgeons en hauteur.

L'Ombre restait immobile, parcourant le terrain des yeux, et je compris qu'il était à la recherche de quelque chose grâce à la façon qu'il avait de pencher la tête. La créature n'était pas directement visible et au moment où je commençai à chercher avec la bête, quelque chose m'éclaboussa la peau. Je baissai la tête et vis une substance poisseuse dégoulinant sur mon bras droit.

Qu'est-ce que… ?

Je clignai des yeux tandis que j'en recevais plus sur le visage; bien que j'aie très envie de faire une blague salace, ce n'était pas le moment.

Parce que c'est quoi, ce truc dégueu qui vient de me tomber dessus ?

L'Ombre plongea sur moi à l'instant où ces brins collants sur mon corps se resserrèrent et me tirèrent d'un coup sec vers le ciel. Il m'attrapa à temps et fut heureusement assez fort pour m'arracher à ce qui avait bien pu me prendre dans ses filets.

— Ah ! s'exclama-t-il, alors que nous atterrissions sains et saufs sur le sol et qu'il me tenait fermement par les biceps.

— Ah ? répétai-je avec un cri strident. Ah ?! C'est quoi, ce foutu *ah* ?!

— C'est un sprecker, un démon-araignée.

Un quoi ? Qu'est-ce qu'il se passe encore ?

L'Ombre était assez près pour cacher le ciel au-dessus de moi ; je me penchai donc pour essayer de voir derrière lui. Les branches se déployaient au-dessus de nous et j'eus l'impression de voir du mouvement, mais ça s'arrêta avant que je ne puisse en avoir le cœur net.

— Il a failli m'avoir ! m'écriai-je en essayant de reprendre le contrôle de mon rythme cardiaque. Est-ce que ma louve aurait pu lutter contre ?

L'Ombre m'observait attentivement, ses mains toujours posées sur moi, la chaleur me marquant la peau au fer rouge.

— Tu aurais pu essayer de te battre, déclara-t-il. Mais les gouttes sur ta peau contiennent un poison qui aurait fini par s'infiltrer dans ton sang et t'affaiblir. Le sprecker n'aurait eu qu'à attendre, et ils se déplacent extrêmement rapidement, grimpant et esquivant d'une façon que peu peuvent reproduire.

Son expression était dépourvue d'inquiétude quant au fait *que ma peau était actuellement en train d'absorber du poison* tandis qu'il tenait mon visage en coupe entre ses paumes. De la chaleur me submergea, le feu dans ses yeux brûlant plus intensément alors qu'il faisait courir ses mains sur mes joues. Ce n'était pas un contact doux ; la peau de ses mains était rugueuse par endroits. Je n'étais pas sûre de savoir comment c'était possible pour un dieu dont la peau se régénérait automatiquement, mais c'était un fait. Le pire était qu'à chaque fois qu'il m'effleurait, mon estomac faisait de foutues cabrioles et je sentais la chaleur s'accumuler dans mon bas-ventre.

Voire vraiment plus bas.

Quand le feu de son pouvoir eut fini de purifier ma peau et mon sang des résidus du sprecker, ma respiration se fit plus difficile et inconfortable. Il enleva ses mains et je fus capable de pensées bien plus cohérentes.

— Comment allons-nous l'arrêter ? m'enquis-je.

J'essayai de me reculer parce qu'il était encore trop proche pour ma santé mentale… Du genre… ce n'était pas le moment de péter un plomb et de lécher un dieu de l'ombre, si ? Ce serait une mauvaise idée, peu importe à quel point j'étais curieuse de savoir comment il réagirait.

L'arbre dans mon dos m'empêcha d'aller loin et je perdis presque la tête lorsque l'Ombre se pencha plus près de moi.

— Tu peux me lâcher maintenant, Rayon de Soleil, murmura-t-il.

C'est à cet instant que je remarquai que mes mains étaient entortillées dans sa chemise comme si c'était moi qui l'avais attiré.

Eh merde.

Plissant le nez, je grognai et le repoussai.

— On peut débattre de qui tient qui.

En cas de doute, dévie le truc et accuse tout le monde sauf toi.

— Le voilà qui arrive, annonça l'Ombre en reportant son attention vers le ciel.

Je m'étranglai de surprise tandis qu'une monstruosité grise apparaissait. Elle ne possédait pas huit pattes comme une araignée, mais une multitude de membres. Bien plus que huit, même si certains étaient très petits et paraissaient inutiles ; cependant, il y en avait au moins six proches de sa tête poilue qui semblaient forts et puissants. Elle se déplaçait rapidement et je me demandai de combien d'yeux une créature avait réellement besoin.

— Il te veut, déclara l'Ombre, tandis que son regard plongeait dans le mien. Je suis sacrément surpris, pas toi ?

Je le regardai, bouche bée.

— Est-ce que… est-ce que vous ne venez pas d'être sarcastique ?

Il haussa légèrement les épaules, mais nous savions tous deux la vérité. La Bête de l'Ombre venait juste de… plaisanter avec moi, en quelque sorte, et j'avais eu le privilège d'en être témoin. Peut-être raconterais-je ces histoires si jamais je revenais vivre dans la meute. Ou peut-être en inventerais-je de plus terrifiantes encore, car, blague à part, il en imposait à un niveau qui n'avait pas été sous-estimé. Il allait d'ailleurs le prouver.

Pliant ses jambes puissantes, il se lança dans l'arbre et grimpa de branche en branche comme s'il se prenait pour Tarzan.

— Vous ne pouvez pas voler ? lui criai-je.

Il s'interrompit.

— Ça gâche tout le plaisir de les chasser ainsi. Nan, je préfère de loin les affronter sur un pied d'égalité.

Taré. Ce type était vraiment taré.

— Reste ici. Je reviens vers toi pour que tu le neutralises.

Je levai les yeux au ciel à l'adresse de Noir d'Encre en croisant les bras et secouai la tête.

— Ton maître est une foutue bête cinglée, tu en as conscience ? Tu es ami avec un gars qui aime traquer les démons… pour le plaisir ! Il nous faut de nouveaux amis.

L'Ombre atterrit violemment devant nous, faisant trembler le sol avec un bruit sourd. Tandis qu'il se redressait jusqu'à atteindre sa taille de deux mètres cinquante, un véritable sourire se dessina sur son visage.

— Je n'avais pas grimpé aux arbres depuis au moins cinq cents ans. J'avais oublié à quel point c'était marrant.

Je me contentai de cligner des yeux, encore et encore, en me demandant si je ne m'étais pas cogné la tête. Ou peut-être que le poison avait réussi à s'infiltrer dans mon sang et me faisait halluciner. L'Ombre semblait presque… *heureux*. Je ne savais pas ce que je devais en penser.

Je me tâtai la figure à plusieurs reprises et me donnai une solide claque pour essayer de me sortir de ce drôle de rêve. Il posa ses mains sur les miennes avant que je ne puisse le refaire.

— Non, ordonna-t-il, de nouveau sérieux. Ne fais pas ça.

J'inclinai la tête pour tenter de voir son expression, mais il s'était déjà détourné et tendait le bras pour attraper la créature sur le point de nous attaquer. Le sprecker recouvrit presque entièrement l'Ombre de sa substance gluante et empoisonnée, mais ça ne suffit pas à empêcher la bête d'utiliser sa magie de l'ombre pour le ficeler en un petit paquet pratique.

— À toi de jouer, Rayon de Soleil, m'indiqua-t-il sans regarder vers moi.

L'expression qu'il avait auparavant arborée avait disparu, remplacée par un néant absolu, dissimulant ses émotions les plus profondes dans les nombreuses couches dont était faite la Bête de l'Ombre.

L'espace d'un instant, il m'avait donné quelque chose de plus auquel me raccrocher, mais comme d'habitude, j'avais à peine pu y goûter avant que ça ne disparaisse.

Ce qu'il y avait de plus effrayant cette fois, c'est qu'un simple aperçu ne suffisait absolument pas.

32

Une fois que l'Ombre eut mis le sprecker en sécurité dans l'une des prisons aux portes blanches, je l'obligeai à me montrer l'abervoq qui, heureusement, semblait en parfaite santé. Excédé d'être enfermé, il beugla lorsqu'il me vit, mais était indemne, pour autant que je puisse en juger.

L'Ombre partit ensuite, me laissant livrée à moi-même. Je commençai à me demander où il pouvait bien aller chaque fois qu'il s'éclipsait ainsi. Avait-il une amante quelque part ? Ou visitait-il ses amis chez eux ?

Je voulais le suivre, mais il était toujours si rapide, présent puis volatilisé l'instant d'après, disparaissant dans les ombres vaporeuses comme s'il pouvait s'en servir pour se déplacer. Ce qui faisait que je n'avais vraiment aucune idée de comment le pister. Je me concentrai à la place sur mon deuxième passe-temps favori : écumer la bibliothèque afin d'en apprendre plus sur les différents mondes.

Les informations générales sur les diverses contrées et leurs habitants constituaient la majeure partie de ce que j'avais retenu entre deux coups de balai. J'aimais combiner le tout avec les véritables observations que j'avais faites des êtres qui fréquentaient la bibliothèque et, à travers les deux, j'avais le sentiment de détenir une bonne vue d'ensemble des dix mondes.

Enfin, des neuf. Personne ne savait quoi que ce soit à propos du Royaume de l'Ombre. À l'exception de l'Ombre lui-même, et il n'était pas du genre à partager avec la classe.

— J'ai vraiment envie de visiter les mondes, déclarai-je à Gaster en le suivant pour l'aider à ranger les livres sur les étagères. Je veux dire, au moins une fois chacun, pour en connaître les différences.

Il inclina la tête en arrière et ses mains continuèrent à bouger pendant qu'il rangeait les livres sans regarder. D'une manière ou d'une autre, il savait simplement où les mettre.

— La plupart d'entre eux accueilleraient avec plaisir vos envies d'exploration. Quelques-uns ne sont pas aussi hospitaliers, mais si vous souhaitez que je vous rédige un guide de voyage, je serais ravi de le faire pendant mon temps libre.

Je l'attirai dans mes bras, ce qui prit ce pauvre gars par surprise. Ici, personne ne serrait les autres dans ses bras sans crier gare, ce qui était apparemment une tradition terrienne, et je continuais à surprendre ces pauvres gens.

— Merci, Gaster ! Et même si je sais que vous n'avez pas de temps libre, j'adorerais avoir un guide de voyage si vous pouviez trouver le temps.

Je ne voyais pas comment me faufiler dans ces mondes sans aide. Je ne pouvais pas parler leurs langues, je ne pouvais pas me fondre dans la masse, et j'étais sûre qu'il existait des dangers nombreux et variés dont je n'avais pas connaissance. Mais si Gaster faisait ce guide pour moi… ce serait d'une grande aide.

— Je sais que les Champs d'Honneur ressemblent fortement à la Terre, poursuivis-je. Et j'ai adoré les visiter avec l'Ange, mais j'espère vraiment me rendre au moins dans quelques-uns des autres mondes.

Gaster hocha la tête, son attention de nouveau reportée sur les livres.

— Les Champs d'Honneur vous sembleront familiers, si ce n'est pour la manière dont ils utilisent la magie en lieu et place de la technologie et de la science. Ils se fondent sur la nature de bien des façons.

Je savais tout ça d'après mes recherches, mais j'appréciais toujours entendre parler des mondes.

— Ils se transmettent leur magie à travers les lignées familiales ? lui demandai-je, cherchant confirmation.

— Oh oui, pépia Gaster. Plus votre lignée est ou était grande et puissante, et plus vous contrôlez de magie et de territoires.

Ça me fit penser à l'Ange qui, j'en étais presque sûre, n'avait plus personne dans sa famille. Était-ce pour ça qu'elle était si puissante ? Ou est-ce que ces morts l'avaient en réalité affaiblie côté pouvoir ?

— Mademoiselle Mera !

Je me retournai tandis que Dame Hel se précipitait vers moi. Habituellement, la demi-fae royale ne m'adressait pas directement la parole, mais il semblait qu'elle avait un message.

— Bonjour, ma Dame ! m'exclamai-je avec un sourire. Qu'est-ce qu'il y a ?

Elle fut brièvement décontenancée par ma tournure de phrase avant d'afficher de nouveau un sourire.

— Le maître veut que nous vous libérions de vos obligations de balayage. Vous avez payé votre dette de daems initiale et pouvez maintenant vaquer à d'autres tâches. Il n'était pas certain de ce que vous aimeriez faire, cela dit. Avez-vous une idée ?

Gaster avait l'air fou de joie d'entendre cette nouvelle.

— Maintenant vous pouvez vagabonder où vous le souhaitez et emprunter plus de livres.

J'avais réussi à lire pas mal pendant que je « balayais » et, clairement, ça ne lui avait pas échappé.

— Ça semble génial…

Je laissai ma phrase en suspens alors qu'un visage familier m'apparaissait entre les étagères. Quelqu'un à qui j'avais terriblement besoin de parler.

— Laissez-moi juste flâner un peu, finis-je par ajouter, distraite. Peut-être qu'une nouvelle tâche me viendra à l'esprit.

Gaster et Dame Hel ne semblèrent rien remarquer.

— Oh oui, quelle idée fantastique ! s'exclama-t-il. Explorez les nombreuses étagères, lisez les livres qui vous attirent l'œil, mais n'essayez pas de déverrouiller ceux qui ont une serrure.

Voilà qui attira mon attention.

— Une serrure ?

Il se retourna et examina minutieusement les étagères avant de trouver apparemment un de ces tomes « intouchables ». Il l'agita devant mon visage et je remarquai immédiatement le petit insert en métal avec son trou parfaitement rond.

— Vous voyez ceci ? demanda-t-il. Ils sont verrouillés, par sécurité pour le lecteur ou pour protéger des informations classées secrètes. Il vous électrocutera violemment si vous tentez de contourner le verrou, et je ne suis pas sûr que vous soyez assez forte…

Il ne termina pas sa phrase, mais nous en comprîmes le sens général.

— Ne vous inquiétez pas, Gaster, le rassurai-je. Il y a plein de choses à lire ici sans me préoccuper des livres qui pourraient me brûler les yeux.

Il redevint tout sourire, satisfait que son message d'avertissement soit passé tandis qu'il remettait en place sur l'étagère le livre à l'aspect quelconque.

— Appelez-moi si vous avez besoin de moi ! cria-t-il avant de s'éloigner rapidement de nouveau.

Si j'avais eu un dixième de son énergie, je serais probablement une femme sacrément plus accomplie que je ne le suis.

Mais je n'avais plus le temps de m'inquiéter de ma flemmardise, alors que je passais en mode furtif en suivant le mâle que j'avais aperçu précédemment : Len des Contrées d'Argent. C'était la première fois que je voyais l'un des amis de l'Ombre ici, et je n'allais pas gâcher cette opportunité.

Le fae était de nouveau vêtu de robes argentées, et celles-ci étaient encore plus élaborées et raffinées que les précédentes. Comment pouvait-il marcher avec tant de gemmes et tout ce métal ornant ses bras, ça me dépassait, mais ça ne semblait pas le gêner tandis qu'il se saisissait de livres. Il était à la recherche de quelque chose de précis et affichait un air déçu à la vue de presque tout ce qu'il trouvait.

— Tu pourrais m'aider au lieu de rôder dans l'ombre, déclara-t-il sans se retourner. Le jeu de mots est volontaire.

Jeu de mots ? Il s'agissait de quelque chose à propos de l'Ombre que je n'étais pas sûre de comprendre.

Je sortis de derrière les étagères.

— Depuis quand saviez-vous que j'étais là ?

Il gloussa, un son riche et profond qui, j'en étais sûre, contenait toute la foutue magie du monde, à en juger par la sensation qui me parcourut la peau.

— Je t'ai vue avant même que tu ne sois née, douce louve. Il n'y a aucun endroit où tu puisses te cacher.

Quoi ?

— OK, d'accord, c'est logique.

Pas le moins du monde.

— Mais, pour de vrai, avez-vous besoin d'aide dans votre recherche ? ajoutai-je.

Il secoua la tête.

— Non. Cela fait longtemps que je cherche à reprendre possession d'une gemme spéciale qui aurait dû passer dans ma famille de génération en génération. Elle a été dérobée par quelqu'un à qui nous faisions confiance. Il y a peu de chances qu'on la retrouve un jour, et pourtant, quand j'ai du temps libre, je parcours toujours les livres à la recherche d'indices.

Il fit un brusque signe de tête en direction des étagères, bien qu'aucun mouvement aussi fluide ne puisse être décrit comme brusque.

— Les tomes concernant la Faerie se mettent à jour seuls grâce à la magie. Seulement, il n'y a jamais rien de nouveau à propos de notre pierre et, sans elle, nous sommes affaiblis de manière significative.

J'avais lu plus d'un livre sur la Faerie et j'avais une idée assez précise de ce dont il était en train de parler.

— Vous pouvez stocker de la magie dans vos gemmes pour augmenter votre propre pouvoir, n'est-ce pas ?

Voilà pourquoi il en portait tellement sur lui, et pourquoi sa famille était particulièrement puissante en dépit de la gemme manquante. Dans sa culture, les nobles ne naissaient pas à cette position ; ils la prenaient de force. Je savais également que les pierres permettant de stocker la magie étaient rares en Faerie, chacune d'entre elles jalousement gardée par ceux qui la possédaient.

Len eut l'air quelque peu impressionné par mes connaissances et ses yeux argentés étincelèrent.

— Correct, petite louve. Les différentes pierres ont diverses capacités. Celle qui a été volée est une pierre précieuse extrêmement rare, un « rayon de soleil » jaune, avec une capacité de stockage presque illimitée. La légende dit qu'elle vient d'une goutte de lumière pure, seule et unique en son genre. Il n'est pas logique que celui qui l'a prise ne l'utilise pas, ajouta-t-il en secouant la tête. Et pourtant… s'il le faisait, il y aurait une trace écrite. Or la dernière fois que la gemme a été mentionnée, c'était le jour où elle a été volée dans ma famille.

Cela me fit réfléchir.

— Comme si elle avait été volée dans un but spécifique et que cet objectif n'avait pas encore été atteint ?

Il laissa échapper un souffle irrégulier.

— C'est ce qui m'inquiète. Techniquement, il ou elle pourrait stocker chaque jour des éclats d'énergie dans la pierre, sans que cela l'active. Au fil des ans, il ou elle aura tout de même amassé assez de puissance pour dévaster la Faerie… ou le Système Solaris. Il faut que nous découvrions qui l'a volée et l'arrêter avant qu'il ou elle ne l'utilise contre nous. C'est mon travail de protéger ma famille et mon royaume. Je ne peux pas échouer dans cette tâche.

Sa frustration était évidente.

— Avez-vous demandé à l'Ombre ?

Je regrettai mes paroles à l'instant même où je les prononçai, d'autant plus que le sourire de Len se fit plus grand et que ses traits affichèrent un amusement sincère. Maintenant, j'avais l'air de quelqu'un qui pensait que l'Ombre était notre seul et unique sauveur, et je ne ferais que m'enfoncer si j'en débattais.

— En dépit des rumeurs, dit-il d'un air moqueur, l'Ombre n'est pas omniscient. Et aussi utile que puisse l'être mon ami parfois, il ne peut pas m'aider en ce qui concerne la Faerie.

Un petit rire narquois m'échappa.

— Des rumeurs ? Je suis sûre que c'est lui qui les a lancées.

Len semblait réellement essayer de ne pas rire.

— Un véritable ami ne dévoile pas ce genre de choses.

C'était un véritable ami ; ils l'étaient tous. Je n'avais aucun doute sur le fait que si n'importe qui essayait de faire du mal à l'un des six, les autres se vengeraient sans aucune pitié.

— Vous avez de la chance de vous avoir les uns les autres, fis-je remarquer. Je suis sûre qu'en étant aussi puissants que vous l'êtes, il est difficile de se faire des amis à qui on peut faire confiance. Je suis contente que vous ayez réussi l'impossible.

Le regard de Len était en train de me disséquer, lisant entre les lignes.

— Nous avons une amitié qui s'est forgée dans le sang, née sur le champ de bataille, là où nombre d'entre nous se sont battus contre les autres. Le destin a fait en sorte que nous soyons plus forts quand nous sommes dans le même camp, surtout après que l'Ombre a sauvé la vie de la moitié d'entre nous… le reste fait partie de la légende.

— L'Ombre vous a sauvés ?

Il acquiesça d'un signe de tête.

— Oh, oui. Il a toujours été un loup solitaire, sans aucun camp pour lequel se battre, venant d'un monde hors d'atteinte.

Enfin, nous arrivions au sujet de conversation qui m'intéressait le plus. L'Ombre et ce qui avait bien pu arriver au Royaume de l'Ombre. Je veux dire, pourquoi ne trouvait-on pas d'informations à ce sujet ? Pourquoi sa porte avait-elle été scellée, ce qui faisait de l'Ombre le seul de son monde ici ?

En dehors de mes créatures, bien entendu.

Je brûlai désespérément d'envie de savoir pourquoi, avec qui et comment ça s'était produit, raison pour laquelle j'avais suivi le fae. Il ne s'éloigna pas quand je me rapprochai.

— Pourquoi est-ce que l'Ombre est ici et pas dans son monde ?

Len secoua la tête.

— Il va falloir plus qu'un beau visage pour que je déballe les secrets de ce gars-là. Il me botterait les fesses et, crois-moi, ça fait mal.

— Donc il faut que je le lui demande, soupirai-je.

Le sourire de Len s'évanouit.

— Tu es plus brave que bien des mortels face à lui. Que des immortels aussi, d'ailleurs, en dehors de nous cinq. Ne lui donne rien, il ne t'en respectera que plus.

Je haussai les épaules.

— Ce n'est pas dans ma nature de battre en retraite. Soit il va me tuer, soit il ne le fera pas et, en attendant, j'ai une vie à vivre et une personnalité à peaufiner en m'exerçant à être confiante.

Len effleura ma joue de son pouce et le geste se termina en un clin d'œil. La rapidité avec laquelle ces gars se déplaçaient était déconcertante ; si jamais ils m'attaquaient un jour, je serais morte avant de les voir venir.

— Nous nous retrouvons de nouveau pour dîner ce soir, murmura-t-il. Tu devrais venir.

Avant que je ne puisse répondre, il se volatilisa en me laissant là à regarder autour de moi pour comprendre comment il avait bien pu faire.

— Est-ce qu'il y aura réellement de la nourriture cette fois ? criai-je à l'attention du vide.

Je n'obtins pour toute réponse qu'un grand rire, puis son énergie disparut de la bibliothèque.

33

Une fois mon exploration de la bibliothèque terminée, je passai la tête par la porte du réfectoire, mais il n'y avait aucun signe de l'Ange. Je me contentai donc de me diriger vers la tanière afin de prendre une douche et de me changer. Len avait mentionné leur dîner de ce soir ; ça avait éveillé ma curiosité et j'avais envie de vérifier. Principalement pour que je puisse apprendre en observant ces êtres puissants. L'Ombre en savait bien trop à mon sujet, et j'en savais bien trop peu sur lui. La balance du pouvoir était déséquilibrée et je détestais ça plus que tout au monde.

Je n'étais pas naïve au point de ne pas avoir conscience de l'Ombre et du *grand projet qu'il mettait en œuvre* ici. Il ne m'avait presque rien dit de ses actions en coulisse et, quoi qu'il ait eu en tête, ça me concernait. D'une façon que je n'allais probablement pas aimer.

Il avait dit avoir besoin de moi pour soumettre les créatures de l'ombre, et que c'était la raison pour laquelle j'étais toujours ici et que j'allais avec lui, mais j'étais certaine que c'étaient des conneries. Il n'avait pas besoin de moi. Il les avait soumises et mises en cage grosso modo tout seul les deux fois.

Il me gardait pour une autre raison, et si j'avais le moindre espoir de survivre, il me fallait plus d'informations pour découvrir pourquoi.

Pour ce dîner, je ne pris pas la peine de me vêtir d'une petite robe de cocktail sexy, enfilant à la place un pantalon de cuir, des bottes noires m'arrivant aux genoux avec un talon convenable afin de me grandir parmi ces géants, et un débardeur blanc moulant sur lequel je passai une veste de cuir noir. Bon sang, cette armoire allait me manquer plus que tout quand je quitterais cet endroit. Peut-être pourrais-je l'embarquer avec moi, ainsi que la tanière, parce que ces deux choses relevaient du rêve.

J'étais seule quand je fis un pas hors de ma chambre ; même Noir d'Encre se faisait rare ces jours-ci. L'Ombre me faisait beaucoup plus « confiance », et j'avais l'impression qu'il s'agissait d'un piège dans lequel j'allais bientôt tomber. L'entité vaporeuse me manquait également, en quelque sorte. D'autant plus que je ne savais pas où se tenait le dîner.

— Qu'est-ce que tu fais, Rayon de Soleil ?

Je ne sursautai pas car j'étais trop cool pour ça. Particulièrement devant l'Ombre.

Avec un peu de chance, il ne pouvait pas entendre mon cœur battre la chamade dans ma poitrine comme un foutu tambour.

— Len m'a invitée à votre dîner, répondis-je sèchement.

Il remit les livres dans ses bibliothèques privées, se retournant tandis qu'il caressait lentement de son regard chaque centimètre de mon corps paré de cuir.

— Et tu es habillée comme *ça ?*

Il était impossible de dire ce qu'il avait voulu formuler par là, puisque rien dans son ton ou son expression ne me donnait de contexte par rapport à ces paroles. Si je devais deviner, j'aurais dit qu'il ne paraissait pas impressionné, mais *vous savez quoi*…

— Allez-vous faire voir, mon pote. Personne ne me dicte ce que je porte, et je suis plus couverte que la dernière fois que vous m'avez invitée à dîner.

Sa mâchoire tressaillit, ses yeux flamboyèrent, mais il ne s'attarda pas sur le sujet.

— As-tu découvert comment atteindre le Royaume de l'Ombre ?

Je déglutis difficilement.

— Euh… vous voulez toujours que je fasse ça ?

Des flammes léchèrent ses bras et je fus surprise de constater que ça faisait un moment que je ne l'avais pas vu exprimer ce genre d'agacement.

— Oui, je veux que tu le découvres. C'est réellement ta seule tâche pour les jours à venir pendant que je piste une nouvelle créature de l'ombre.

Je croisai les bras.

— Je n'ai aucune idée de comment j'ai fait ! Vraiment, aucun foutu indice. Mon âme était brisée, mon cœur se languissait, et j'étais attaquée. À moins qu'on ne puisse reproduire ces conditions…

Il agrippa les bords de ma veste et se servit uniquement de ça pour me hisser dans les airs jusqu'à ce que nos visages ne soient distants que de quelques centimètres. Le sien était à deux foutus mètres cinquante du sol.

— Rayon de Soleil, s'il me faut reproduire le pire moment de ta vie, je le ferai. Toute la journée, chaque jour. Il n'y a rien de plus important que de découvrir comment… faire revenir les créatures dans le royaume.

Il avait changé sa phrase au dernier moment. Nous en étions revenus à son histoire de couverture, dans laquelle il avait « besoin de faire rentrer les créatures de l'ombre ». Non pas qu'elles ne soient pas importantes, je n'en doutais pas, mais il y avait quelque chose de plus. Quelque chose qui avait un rapport avec la raison pour laquelle l'accès à son royaume était bloqué.

— Tu as eu assez de temps pour t'installer ici, reprit-il sévèrement. Je t'ai donné plus de marge de manœuvre qu'à aucun de ceux qui sont sous ma garde. Ne me pousse pas à bout et n'oublie pas que tu m'appartiens, la louve. Si je le voulais, je te détruirais en un battement de cœur.

Ce n'était pas le même Ombre que celui qui m'avait emmenée à la recherche du sprecker. Celui-là m'avait semblé plus léger, ouvert… comme s'il s'épanouissait en ma présence. Celui que j'avais en face de moi, c'était le connard qui m'avait enlevée à la meute de Torma.

— Je vais l'ajouter à ma liste de trucs à faire, dis-je d'une voix étranglée en lançant des coups de pied dans l'espoir qu'il me relâche.

Seulement, il ne le fit pas.

— Répète-moi ce qu'il y a sur la liste.

— Lâchez-moi, enfoiré, répliquai-je.

Il me secoua et la force que ce gars avait était terrifiante, mais, heureusement, pour l'instant il ne l'utilisait pas ouvertement contre moi. Pour l'instant.

— La liste !

Je lui lançai un regard aussi noir que ce dont j'étais capable.

— Découvrir. Comment. Atteindre. Le Royaume de l'Ombre, répétai-je en crachant chaque mot.

Il m'attira sèchement plus près de lui et je pus sentir toutes les lignes dures de son corps. Non pas qu'il semblait se rendre compte à quel point nous étions proches ; il était trop occupé à faire la démonstration de son pouvoir sur moi.

— Qu'est-ce qu'il y a d'autre sur ta liste ?

Je clignai rapidement des yeux.

— Pourquoi, ça a de l'importance ? Tant que ce que vous voulez est en tête, vous n'en avez certainement rien à faire de mes autres objectifs.

Il eut un rire sombre et grave.

— C'est exact, mais j'ai également besoin de savoir ce qui te distrait.

La patience de l'Ombre était arrivée à bout et il apparaissait de plus en plus clair que j'aurais probablement dû passer plus de cinq secondes à essayer de comprendre comment j'avais atteint le Royaume de l'Ombre.

Il n'y avait absolument aucune souplesse sur ses traits durs ; je n'allais pas m'en sortir sans me soumettre à sa volonté. Avec un soupir, je lui révélai la vérité.

— Tout apprendre sur les dix mondes, lire tous les livres de la bibliothèque, découvrir vos secrets et perdre ma virginité pour ne pas être la seule métamorphe vierge de vingt-deux ans au monde.

Il y eut une pause prolongée.

— Ton but est de baiser quelqu'un dans la bibliothèque ?

C'était *ça* qui avait retenu son attention ? Pas le fait que j'étais prête à dénicher tous ses secrets ?

Je haussai les épaules.

— Je n'ai pas encore décidé exactement qui, mais j'examine attentivement la sélection, à l'évidence. Je veux dire, les filles ont des besoins.

Il baissa les yeux vers mes seins, à peine maintenus par le léger haut blanc, et la façon dont ils étaient pressés contre son torse.

Eh merde.

Il faisait chaud ici, non ? S'était-il enflammé de nouveau ?

— Je l'interdis, finit-il par dire.

Hé ho, attendez une petite seconde…

— Même pas en rêve. Vous n'avez pas à vous mêler de ma vie personnelle.

Ses lèvres étaient si proches des miennes que je pouvais presque en sentir le goût. Si je faisais sortir ma langue…

— Et si ta virginité était la raison pour laquelle tu as la pureté et l'innocence de passer outre les obstacles du Royaume de l'Ombre ?

J'eus un reniflement moqueur.

— Premièrement, être vierge ne définit pas l'innocence de quelqu'un, et croyez-moi, l'Ombre, je suis loin d'être pure. Deuxièmement, il n'y a aucune chance que vous pensiez que mon statut de vierge est un facteur dans cette histoire ; vous essayez juste de me rendre la vie plus difficile.

Je lui donnai un coup dans la poitrine, ce qui ne lui fit pas grand-chose vu comme nous étions près l'un de l'autre.

— Ça n'arrivera pas, poursuivis-je. J'ai attendu assez longtemps.

Une expression contemplative passa sur son visage et je me demandai à quelle connerie il était en train de penser à présent.

— Personne ne te jettera un deuxième coup d'œil si j'en donne l'ordre, tu en es consciente, n'est-ce pas ? Tu auras alors plus de chances de perdre ta virginité sur une île déserte uniquement peuplée d'oiseaux.

Je n'avais même pas envie d'*effleurer* cette image mentale.

— Vous me mettez au défi ? explosai-je, tout en me disant à moi-même de la fermer.

J'étais en train de lui donner toutes les munitions nécessaires pour qu'il se mette en travers de mon chemin. Si j'avais gardé ça pour moi, il n'en aurait rien su.

— Tu ne représentes pas un défi, rétorqua-t-il. Tu es vivante uniquement par ma putain de volonté. Qu'est-ce qui te fait penser qu'il y a un domaine dans lequel tu peux me battre ?

On y était.

— Je vous parie que je peux perdre ma virginité d'ici les deux prochaines semaines.

T'es vraiment la plus débile, Mera.

Je vis de l'amusement cruel danser dans ses yeux, et je me retins de les lui arracher.

— Tu paries ? Quels sont les enjeux ?

Annule tout, fais marche arrière.

— Si je gagne, vous me laissez retourner dans ma meute et voir mes amis.

— Et *quand* j'aurai gagné ?

Quel Bâtard de l'Ombre arrogant.

— Si jamais vous gagnez, et vous avez peu de chances, que voulez-vous ?

Son sourire n'était rien de moins qu'absolument terrifiant.

— Tu te soumettras à moi d'une manière dont tu ne l'as pas encore fait. Plus de lutte. Plus de recherches. Tu rendras les livres que tu penses avoir cachés sous ton lit et tu accepteras ta place ici. En bas de l'échelle.

Mince. L'idée même me donna des frissons qui me traversèrent le corps jusqu'aux os. J'en avais mal à l'âme de penser que je pouvais perdre la volonté de me battre. Il me prendrait ça, je l'avais lu dans ses yeux, mais j'avais proposé ce pari et maintenant je ne pouvais plus reculer.

— Vous en demandez trop, lui fis-je savoir d'une voix étranglée. Les enjeux sont inégaux. Ce n'est pas juste.

Il inclina la tête vers la droite tandis qu'il réfléchissait à ce que je venais de dire.

— Qui t'a dit que la vie était juste ?

— Je sais mieux que beaucoup que ce n'est pas le cas, raillai-je, mais là, je ne vais pas accepter un pari si biaisé en votre faveur.

Je secouai la tête.

— Pas question, ajoutai-je. Si vous gagnez, j'arrêterai de me débattre autant, mais je ne me soumettrai pas complètement à vous. Pas de la façon dont vous le voulez. Il va juste vous falloir accepter ce que je peux donner et rien de plus.

Il pinça les lèvres, ce qui leur fit perdre de leur côté charnu, ses yeux me jaugeant toujours.

— Très bien. Tu ne gagneras jamais de toute façon, mais je suis curieux de te voir en mode combat. Que les jeux commencent.

Il me relâcha, mais je ne le laissai pas l'emporter sur moi cette fois-ci ; je passai mes bras autour de son cou et attirai brusquement son visage plus près du mien.

— Vous allez tomber, espèce d'enfoiré, proférai-je.

Mes jambes étaient aussi fermement enroulées autour de sa taille que mes bras autour de sa nuque. Je me frottai contre lui, sentant la pulsation chaude du plaisir à l'intérieur de moi.

— Je suis prête à baiser pour me sortir de cette situation, et je ne laisserai personne m'en empêcher.

Il émit un grognement, sourd et furieux, et avant que je ne puisse réfléchir sérieusement à des actions combatives, il se retourna et nous fit percuter les étagères derrière moi pour que son grand corps engloutisse complètement le mien. J'avais mal dans le dos, mais pas assez pour stopper le gémissement qui faisait suite à la vibration dans mon sexe. Sa puissance était comme un vibromasseur haut de gamme, d'autant plus que je la ressentais à travers chaque fibre de mon corps.

— Tu m'appartiens, gronda-t-il. Chaque partie de toi. Jusqu'à ce que je décide que ce n'est plus le cas.

Ses mains se glissèrent sous mes fesses pour m'attirer plus fort contre lui, frottant mon clito d'une manière qui, je le savais, était délibérée. Je laissai échapper un autre gémissement alors même que j'avais envie de lui arracher le visage.

— Allez-vous être celui qui va me permettre de gagner le pari ? haletai-je, sur le point de jouir.

Il se mit à rire. À rire pour de vrai, et s'il n'y avait pas eu son sexe dur pressé contre le mien, j'aurais pu croire que ça ne l'affectait absolument pas. Il n'était pas aussi blasé qu'il le semblait souvent, du moins physiquement.

Non pas que ça ait de l'importance. Il ferait tout ce qui était en son pouvoir pour m'empêcher de gagner le pari, et je ferais tout ce que je pourrais pour le remporter. Comme il venait de le dire : que les jeux commencent.

34

Plus tard cette nuit-là, alors que j'étais étendue dans mon lit, ma respiration toujours difficile et irrégulière après m'être fait jouir si fort que ma peau était recouverte de sueur, j'essayai de comprendre ce qu'il s'était passé dans l'antre. Nous battant un instant, nous frottant lascivement l'un contre l'autre la minute d'après, et le pari…

Qu'est-ce qui avait bien pu me passer par la tête pour que je le mette au défi ? Tout le monde ici craignait cet enfoiré… tout le monde ! Je n'avais aucune chance. Mais il fallait que j'essaie. Ce n'était pas moi, de se contenter de rouler sur le dos et d'accepter la défaite, même si je le méritais à cause de ma stupidité.

Le reste de la nuit ne fut que sommeil agité et je finis par mettre de la lumière pour récupérer les livres que j'avais entreposés sous mon lit. Des livres que je n'avais vraiment pas besoin de cacher étant donné que l'Ombre semblait être au courant de tout ce que j'avais pu faire depuis que j'avais mis un pied chez lui. Probablement à cause de ce petit rapporteur de Noir d'Encre.

Je jetai un regard noir à la bouffée de fumée qui s'était matérialisée quelques heures plus tôt, après mon orgasme heureusement, et s'était mise à me coller comme une mauvaise odeur.

— Tu m'as trahie, l'accusai-je avec un regard furieux, en balançant tout à l'Ombre à propos de moi.

Il gonfla, devenant une grosse bouffée de nuage noir et, alors que les synapses me lançaient des étincelles, j'eus la plus étrange des pensées : il essayait de communiquer.

— Peu importe la taille que tu prends, je ne peux pas te comprendre, lâchai-je avec rage. Pourquoi tu ne te contentes pas de te tirer et de dire à ton maître que je me suis remise à lire ?

À dire vrai, ces livres venaient de la bibliothèque de l'Ombre et ce connard manipulateur savait sans doute quand on touchait à quelque chose là-bas. Mais j'étais grincheuse, privée de sexe et affamée-parce-qu'il-n'y-avait-pas-eu-de-dîner et, dans cet état, je cherchais la bagarre. Noir d'Encre était le seul dans le coin à qui je pouvais me plaindre, alors il pouvait bien faire avec.

Il enfla encore plus, du coup je lui tournai le dos et prétendis qu'il n'était pas là, tout en parcourant le tome volé à propos du Royaume de l'Ombre. D'après ce que l'annuaire m'avait dit, il y avait exactement zéro livre concernant le Royaume de l'Ombre dans la Bibliothèque de la Connaissance. Tout du moins, aucun sans verrou. Dans la bibliothèque de l'Ombre, au contraire, j'avais découvert cinq livres complets à ce sujet, et il y en avait certainement davantage cachés ailleurs ; il était plus difficile de les trouver sans annuaire.

Dans ceux que j'avais dénichés, les détails étaient plutôt rares, cela dit.

J'avais appris quelques faits : le Royaume de l'Ombre était en réalité le plus similaire à la Terre, en termes de structure. Il y avait des continents, de l'eau et beaucoup d'habitants qui appréciaient le soleil, le surf et la neige. En fonction de là où ils vivaient. Mais il y avait une obscurité dans cette contrée qui n'existait pas dans la nôtre. Une véritable face cachée, composée de créatures de l'ombre qui étaient considérées comme le bas de l'échelle, contrôlée par les nobles. Ceux qui possédaient la magie et le pouvoir, comme l'Ombre lui-même, s'en servaient comme gardes, animaux de compagnie et pour leur divertissement. Ce qui rendait bien plus plausible ma théorie comme quoi il ne faisait que prétendre avoir besoin de mon aide.

Ne connaissant pas le vrai nom de l'Ombre, je ne pouvais dire si ces livres le mentionnaient, mais il y avait plein de références aux membres de la famille royale, à leurs mariages arrangés et aux fonctions qu'ils s'engageaient à avoir dans chacun de leur pays. Ce devait être un noble ; il n'y avait pas moyen qu'il détienne le pouvoir qu'il avait autrement, à moins que Noir d'Encre ne l'alimente en puissance d'une manière ou d'une autre.

Le pire était qu'aucun des livres ne détaillait le sortilège sur la porte ou pourquoi le Royaume de l'Ombre avait été coupé du reste du Système Solaris.

Quelqu'un savait, cela dit… je ne posais pas les bonnes questions.

Comment ai-je pu l'atteindre ?

En soi, c'était peut-être le plus grand mystère de tous, vu qu'il était plutôt clair que seuls ceux nés dans le Royaume de l'Ombre pouvaient normalement avoir accès à sa puissante face cachée d'énergie. Mais j'avais une théorie de base, selon laquelle c'était grâce à mon lien avec la Bête de l'Ombre. Il avait créé les métamorphes et peut-être que sous l'effet de ma douleur, mon âme s'était projetée dans une antique connexion entre métamorphe et bête. Puis entre la bête et le monde dont il venait.

Laissant tomber le livre, je fermai les yeux, à la recherche d'un moyen d'entrer à nouveau en contact avec le royaume. Je fis remonter le souvenir de la peine que j'avais éprouvée quand Torin m'avait répudiée, mais elle était moins intense ; je m'étais habituée à vivre avec un sentiment de perte, alors comment pourrais-je reproduire ces émotions ainsi que la façon dont ma vision s'était dédoublée, comme elle l'avait fait par le passé…

Je me redressai d'un coup dans le lit, envoyant valser les livres un peu partout.

Toute ma vie, j'avais eu ce léger dédoublement de ma vision lors du pire du harcèlement et des attaques. Quelque chose que j'avais dissimulé au monde, en prétendant ne pas être en train de perdre la tête quand, en réalité, je savais que ce n'était pas normal. Est-ce que j'avais puisé dans l'énergie de l'Ombre et, à travers lui, dans le Royaume de l'Ombre pendant tout ce temps ?

Cependant, pour reproduire ces conditions, il allait falloir que je me mette dans une situation où j'allais réellement avoir peur de mourir ou endurer d'intenses mauvais traitements. Assez étonnamment, en dépit de ses tendances à se comporter en connard, ça n'était pas encore arrivé en présence de l'Ombre ; cela voulait dire qu'il me fallait quelqu'un d'autre.

L'un des mondes pouvait sans aucun doute générer des instants de terreur. Qu'est-ce que l'Ombre avait dit à propos de la Faerie… ? *Je passe pour un foutu saint à côté d'eux et de ce qu'ils font aux humains qui tombent par hasard sur leur monde.*

La Faerie était peut-être le monde que je devais essayer et, connaissant Len, il pourrait m'aider à m'y frayer un chemin sans que je finisse par réellement y laisser la vie. C'était l'ami de l'Ombre, donc, si je lui expliquais ce dont j'avais besoin, il m'aiderait certainement dans ma mission. Mais si j'étais avec quelqu'un qui pourrait me protéger, cela suffirait-il vraiment à provoquer ma double vision ? Il était tellement difficile de prédire ce qui la déclencherait, et la forcer me semblait une invitation au désastre.

Au matin, je n'étais pas plus avancée au sujet de ce qui pourrait provoquer la double vision, mais j'avais engrangé de nouvelles théories à ressasser de manière obsessive pour les prochains jours. Une nuit bien remplie. Mais, ce jour-là, j'avais un pari à gagner.

Gardant ça en tête, je me tirai du lit et enfilai mes vêtements ordinaires. Je n'allais pas me balader nue pour gagner un pari, pas pour l'instant en tout cas. À dire vrai, j'espérais pouvoir tisser des liens avant de coucher. Ce serait sympa si je pouvais perdre ma virginité avec quelqu'un pour qui j'éprouvais sincèrement de l'attirance, avec une personnalité qui ne me donnait pas envie de lui donner des coups de couteau.

Ma mission était donc de parler à un maximum de visiteurs et de voir avec qui je sentais un lien. Puis, même si l'Ombre m'observait, il verrait que je ne faisais rien de différent par rapport à avant et, au bout d'une semaine, il finirait par s'en ficher. C'était comme ça que j'allais la jouer ce jour-là : le cool, le calme, la détente. Le super combo.

Auquel, avec un peu de chance, on ajouterait le *sexe.*

35

La bibliothèque était silencieuse lorsque j'y entrai. Ce qui n'était pas si étrange, en fait. Il y avait souvent des moments où les gobelins qui tenaient cet endroit étaient les seuls dans les parages. Mais ce jour-là, ajouté au fait que j'essayais de gagner ce pari et que l'Ombre m'avait avertie qu'il allait me rendre la tâche difficile, je sentais sa puanteur dans l'air.

Gaster apparut quelques minutes plus tard, filant rapidement, les bras chargés de livres.

— Hé, Gaster ! l'appelai-je en lui faisant signe de s'approcher.

Il jeta un regard frénétique dans ma direction, mais n'établit même pas un contact visuel, mis à part pour marmonner un « Désolé, trop occupé ». Ça se produisit encore et encore ; personne ne s'approchait de moi, ne m'adressait la parole ou ne regardait dans ma direction à moins d'y être contraint. Les quelques fois où je croisai accidentellement le regard de quelqu'un, la panique sur leur visage était à mourir de rire. Ou tout du moins, ça aurait été le cas si ces conneries ne m'avaient pas mise complètement en rogne.

Quand ce fut l'heure du déjeuner, je m'installai brusquement à table et énonçai ma commande d'un ton sec aux serveurs robots. Apparemment, ils ne m'étaient pas interdits, puisque je ne pouvais pas coucher avec eux.

En attendant, j'essayai de contrôler ma respiration et de me calmer.

— L'Ombre a mis tout le monde en garde, expliqua l'Ange. Ce connard est imbattable quand on le défie.

Sous l'effet de ma rage, je n'avais vraiment pas remarqué sa présence.

— Vous avez le droit de me parler ? demandai-je d'un ton exaspéré.

Elle haussa les épaules ; elle tenait une pomme, dont la peau avait une petite entaille. Peut-être que l'odeur en était exacerbée.

— L'Ombre ne peut pas me contrôler. Je ne le crains pas, ni lui ni son style particulier de persuasion. Il en a conscience et nous avons conclu une sorte de trêve.

Je soufflai.

— Eh bien, on dirait que c'est avec vous que je vais devoir perdre ma virginité.

Elle se tourna complètement vers moi, abandonnant le fruit.

— Qu'est-ce qu'une virginité ?

Oh. Bon, ça allait être une conversation intéressante.

— Alors, euh… les humains, quand ils n'ont pas couché…

Je laissai la phrase en suspens en la voyant sourire de toutes ses dents.

— Vous savez très bien ce que ça veut dire, n'est-ce pas ?

Son rire était l'un des sons les plus beaux que j'aie jamais entendus.

— Oui. En réalité, j'ai passé pas mal de temps à surveiller le monde des humains. J'ai une certaine aisance avec vos langages et expressions.

— Pourquoi surveilliez-vous la Terre ?

Elle eut un haussement d'épaules.

— Affaires familiales, en quelque sorte. Garder un œil sur certaines familles humaines, pour s'assurer de leur longévité et de leur sécurité.

Je déglutis difficilement.

— Un peu comme un ange gardien ?

Ses yeux si anciens se posèrent sur moi et on y voyait les ravages de la douleur et des souvenirs.

— Oui, quelque chose comme ça.

Pour une raison inconnue, ça me toucha plus que presque tout ce que j'avais appris dans cette bibliothèque fantastique. Les anges gardiens avaient quelque chose de divin, et peut-être était-ce de là que venaient les Saintes Écritures : des êtres mythiques venus des Champs d'Honneur, vus sur la Terre…

Elle gloussa de nouveau.

— Je suis toujours la même connasse réticente que vous avez rencontrée ici le premier jour. Ne me mettez pas tout de suite sur un piédestal.

Mes lèvres tressaillirent et je ne pus m'empêcher d'éclater de rire.

— D'accord, très bien.

Elle se décala vers moi, me heurtant de ses ailes tandis qu'elle s'installait.

— À présent, si on s'occupait de votre problème d'Ombre ?

J'adorais le fait d'avoir une amie avec qui me creuser les méninges parce que j'allais avoir besoin de toute l'aide possible.

— Quel est votre plan actuel ? lança-t-elle.

Je pris une bouchée de mon sandwich et la mâchai en réfléchissant.

— Au départ, j'ai pensé me servir de la bibliothèque comme d'un terrain de chasse. Parler avec tous ceux qui passent par ici et voir si j'accroche naturellement avec certains. Mais puisque l'Ombre a décidé de jouer les durs, j'ai besoin d'être un peu plus agressive dans mon approche.

En prenant une autre bouchée, je soupirai sous l'effet des saveurs délicieuses dansant sur ma langue. Il y avait au moins un aspect de la journée qui était toujours agréable.

— Ça ne marchera pas, la bibliothèque, déclara l'Ange. Il va falloir que vous choisissiez une contrée et trouver quelqu'un qui vous corresponde sexuellement.

Je hochai la tête et déglutis avant de parler.

— Ouais, c'était mon plan B. J'ai juste peur de me retrouver dans un monde inconnu et de me faire tuer d'une façon ou d'une autre.

Les lèvres de l'Ange frémirent.

— Et la Terre ?

Je m'immobilisai.

— Je n'avais même pas pensé à la Terre.

Ce qui prouvait encore une fois que plus je passais de temps hors de mon monde natal et moins je m'y sentais attachée.

— Mais ça paraît logique, ajoutai-je. Le monde où il sera le plus facile pour moi de me repérer, c'est celui d'où je viens.

Sans parler du fait que les mâles humains étaient essentiellement des pénis sur pattes. Leur cerveau du bas était puissant et ils n'avaient aucun scrupule à ramener quelqu'un à la maison pour une nuit.

L'Ange rit de nouveau à gorge déployée et je ne l'avais littéralement jamais vue si vivante et détendue.

— Parfois, la solution la plus simple est la meilleure.

— Comment vais-je aller sur Terre sans que l'Ombre m'en empêche ? m'interrogeai-je en sachant qu'il avait probablement déjà anticipé le fait que je me serve d'une porte pour m'échapper et gagner le pari.

— J'ai peut-être une idée, déclara l'Ange en baissant tellement la voix que je dus me pencher pour l'entendre. Mais vous devrez faire profil bas jusqu'à ce que les amis de l'Ombre viennent chez lui pour leur soirée jeux hebdomadaire.

Je savais que ces bâtards ne se faisaient pas de dîners chics. On parlait probablement de bières et de poker ou peu importe le nom que portait la version « dieu surnaturel ».

— Je peux le faire, acquiesçai-je avec un signe de tête. Ça pourrait lui donner un faux sentiment de réussite si je ne réagis pas au niveau des restrictions qu'il a instaurées ici.

L'Ange eut un grand sourire.

— Oh oui, et même mieux. Je voudrais que vous passiez ces journées à essayer de séduire l'Ombre lui-même. De cette façon, il pensera que vous avez reporté votre attention sur lui plutôt que sur la bibliothèque. Ce petit jeu lui fera plaisir et il ne verra pas mes manigances.

Il y avait quelque chose dans le fait de comploter qui m'excitait et c'est tout juste si je ne me frottai pas les mains en signe de délectation.

— Oui. Je marche à cent pour cent, lui répondis-je. Dites-moi simplement ce dont vous avez besoin et je m'en charge.

L'Ange me tapota l'épaule, déployant ses ailes derrière elle tandis qu'elle se mettait debout.

— Mon amie, nous allons faire en sorte que vous vous envoyiez en l'air. Ne vous inquiétez pas pour ça.

Elle tourna les talons pour partir et son regard se posa sur l'Ombre qui venait apparemment d'entrer dans la pièce. Puis, avec un dernier sourire à mon attention, elle s'en alla.

L'Ombre s'avança droit sur moi d'un air foutrement satisfait. Sans compter qu'il était encore plus sexy que d'habitude avec ses cheveux ébouriffés et humides ainsi que la sueur qui lui perlait sur les sourcils. Il avait l'air de quelqu'un qui venait de finir sa séance d'entraînement, encore en survêtement, mais je n'avais pas l'impression qu'il soulevait de la fonte dans un club de gym. Les dieux n'avaient pas besoin de ça pour être aussi baraqués, donc il venait probablement de se battre.

Qui que ce soit, j'eus pitié de son adversaire.

— Comment ça va aujourd'hui pour toi ? demanda l'Ombre en se laissant tomber sur la chaise que l'Ange venait de libérer.

Une boisson apparut dans sa main, une mixture argentée, et ça me fit de nouveau penser à ses talents et son pouvoir.

Un pouvoir qu'il utilisait contre moi, mais je me sentais un peu plus confiante avec l'Ange de mon côté.

Elle avait un plan et, en parlant de ça…

Je lui fis un grand sourire.

— Ça se passe très bien ! J'ai accompli une tonne de tâches, la nourriture est tellement bonne qu'elle est hors compétition, et je viens d'avoir une conversation avec mon amie. C'est vraiment agréable d'avoir une copine de ce côté… mes amies Simone et Dannie me manquent un peu moins.

Ce qui n'était qu'en partie un mensonge ; mes autres amies me manquaient affreusement.

Il m'observait attentivement, les yeux mi-clos.

— Pas d'autres problèmes ?

Je secouai la tête en gardant la même expression détendue.

— Pas que je sache.

Mon regard était plus concentré quand mes yeux rencontrèrent les siens.

— Et vous ? Pas de problèmes dans votre monde ? Est-ce que vous avez trouvé une autre créature de l'ombre qu'on doit traquer ?

Il se renversa sur sa chaise, les bras croisés, me heurtant de ses larges épaules comme l'avait fait l'Ange avec ses ailes. Je ne ressentis aucune douleur, comme d'habitude quand il me touchait.

— Tu veux connaître mes problèmes ? demanda-t-il d'une voix traînante comme s'il ne me croyait pas vraiment.

Me penchant plus en avant, je ne fus pas surprise de la suspicion dans ses yeux qu'il gardait braqués sur moi comme des lasers.

— Oui, vraiment. Vous êtes un des seuls à ne pas être trop occupé pour me parler aujourd'hui et votre vie m'intéresse sincèrement. Particulièrement la façon dont vous gérez la bibliothèque et votre antre au quotidien.

Ça m'agaçait de jouer les idiotes, mais la fin justifiait les moyens.

Son expression était l'incarnation même de la suspicion, mais il répondit à mon intérêt feint.

— Très bien, puisque tu poses la question, j'ai passé la matinée avec les représentants de la Faerie. Les membres du clan d'argent et ceux du royaume des émeraudes sont en train de se quereller à propos d'un bout de terrain qui est supposé être rempli de pierres précieuses. Compulser les textes anciens pour trouver qui détient le droit de propriété prend beaucoup plus de temps qu'on ne l'imagine et comme je joue les intermédiaires, je suis presque prêt à me rendre moi-même en Faerie et à creuser ce foutu carré de terrain pour voir si ces gemmes existent bel et bien.

Je m'intéressais bien plus à la vie de l'Ombre que je ne voulais l'admettre, me penchant plus en avant sans m'en rendre compte.

— Donc, c'est ça votre rôle, dans la bibliothèque ? Être celui qui chapeaute tout et empêche les visiteurs venus d'autres mondes de sombrer dans le chaos ?

L'Ombre hocha la tête tandis que Noir d'Encre s'élevait pour tourbillonner autour de lui.

— D'une certaine façon. J'étais là au tout début de la création de la bibliothèque et, de là, je suis devenu le gardien de la vaste collection de savoirs qu'elle contient. J'ai fait de mon mieux pour m'assurer qu'elle ne tombe pas entre de mauvaises mains. Ma protection s'étend également à tous ceux qui résident à l'intérieur de ces murs, sauf s'ils enfreignent l'une des règles. On m'appelle pour jouer les médiateurs plus que je ne l'apprécie, mais pour rien au monde je ne renoncerais à mon pouvoir ou à mon contrôle.

— Et pourtant vous êtes prêt à laisser tomber la Terre aux mains des créatures de l'ombre ?

Il haussa les épaules.

— Techniquement, la Terre ne fait pas partie du Système Solaris. Elle est seulement connectée parce que j'avais décidé de participer avec Reece à une dégustation de quelques-unes des meilleures boissons des Contrées du Désert, et puis quand il m'a mis au défi d'utiliser mon pouvoir afin de laisser derrière moi une contribution durable… les métamorphes sont nés.

Je ricanai.

— Vous étiez à Brolder à ce moment-là ?

Il acquiesça d'un signe de tête et tout s'éclaira.

— Nous sommes le résultat d'un pari d'ivrognes, déclarai-je. Sympa.

L'Ombre posa bruyamment sa bouteille toujours pleine sur la table. L'impact détourna mon attention, et le temps que je relève la tête, il avait déjà tourné son fauteuil vers moi et tendait les bras pour attraper les accoudoirs du mien afin de me faire pivoter d'un coup sec vers lui. Nous étions à présent face à face, mes jambes coincées entre les siennes.

— À quel jeu tu joues, Sunny ?

J'en eus le souffle coupé.

— Non, vous ne pouvez pas m'appeler comme ça. « Rayon de Soleil », c'est une chose, mais « Sunny »…

Je finis ma phrase d'une voix étranglée et, bien que je me refuse à pleurer devant lui, entendre mon ravisseur prononcer le surnom que m'avait donné mon père me fit très mal dans la poitrine. Comme une petite coupure qui s'ouvrirait plus profondément à chaque respiration, répandant toujours plus de sang jusqu'à ce que j'en meure.

— Il t'appelle toujours comme ça, tu sais, murmura-t-il sans s'éloigner de moi.

Au contraire, il rapprochait ma chaise à chacun de ses mots de sorte que j'étais presque sur ses genoux.

— Q-qui ?

Mon père était mort, alors de qui pouvait-il bien parler ? *Jaxson ?*

— Ne t'ai-je pas dit où menaient les portes le long du couloir vers la Terre ? me demanda-t-il en sachant parfaitement qu'il n'en était rien.

— Non.

— Certaines sont des prisons, comme tu sais, expliqua-t-il lentement en poursuivant ces conneries. D'autres sont des espaces de stockage pour des objets magiques trop dangereux pour être laissés en circulation.

D'accord, d'accord, vas-y, accouche.

— Il y a aussi quelques passerelles incroyablement spéciales qui mènent à différentes versions d'un au-delà, enchaîna-t-il. J'offre un choix aux métamorphes défunts, en fonction de mon estime pour ce à quoi ils ont contribué sur Terre.

Mon cœur s'arrêta et mes yeux me piquèrent tandis que les larmes montaient. Mettant ma fierté de côté, je ne pus m'empêcher de réagir à ce qu'il était en train de dire.

— Vous avez vu mon père ? demandai-je dans un chuchotement.

Une petite phrase, simple, qui me brûla comme si on la marquait au fer rouge sur ma peau.

— Je l'ai escorté dans sa vie après la mort.

Mes mains bougèrent, serrant ses biceps alors que je m'accrochais à lui de toutes mes forces.

— Est-ce que je peux le voir ? S'il vous plaît ?

Je pris conscience de la douleur un instant plus tard ; j'avais tellement été absorbée par la possibilité de partager un autre moment avec mon père que j'en avais oublié ce qu'il se passait quand c'était moi qui initiais un contact avec l'Ombre.

— Aaah, merde ! hurlai-je en retirant vivement mes mains et en essayant de respirer profondément pour gérer la souffrance.

Aïe, aïe, aïïïïe.

Pourquoi est-ce que ça faisait aussi mal ?

Et pourtant, d'une certaine façon, ça me faisait moins souffrir que le fait de savoir que mon père était derrière une de ces portes et, que je le revoie ou non, c'était l'Ombre qui avait le contrôle.

36

— Tu ne peux pas le voir.

Je savais qu'il allait prononcer ces mots, je le voyais sur son visage, mais quand même… Est-ce que j'étais en train de me vider de mon sang, là, maintenant ? Il avait agité devant moi tous les espoirs du monde puis me les avait arrachés.

— Pourquoi ? S'il vous plaît. Oubliez le pari. Je me soumettrai à vous si vous me permettez de voir mon père.

Oui, j'étais en train de supplier et je n'avais absolument aucun regret.

Toute ma vie avait basculé le jour où mon père avait choisi de s'en prendre à l'alpha, et j'avais besoin de savoir pourquoi. J'avais besoin de tourner la page. Et j'avais avant tout besoin de savoir si je pourrais à nouveau un jour aimer librement l'homme qui m'avait élevée, mais qui avait également gâché ma vie.

J'avais tellement de besoins. C'était un feu qui alimentait chacune de mes pensées et de mes actions.

— S'il vous plaît, l'Ombre.

L'espace de la plus brève, la plus infime des secondes, il eut presque l'air de regretter ce qu'il allait dire.

— Il n'y a aucun moyen pour les vivants de parler avec les morts. Ça ne marche pas comme ça.

Ma louve se mit à hurler et mes lèvres laissèrent échapper un sanglot étouffé.

— Je vous hais ! m'écriai-je d'une voix étranglée par la colère. Je sais qu'il y a un moyen. Vous ne voulez simplement pas m'aider.

— Je pourrais te tuer, et ensuite tu pourrais avoir toutes les conversations que tu veux ? aboya-t-il. Les vivants ne peuvent pas parler avec les morts.

— Et pourtant, d'une manière ou d'une autre, vous l'avez fait, m'emportai-je en essayant de me dégager. Vous l'avez entendu utiliser mon surnom, donc, à moins que vous ne soyez mort, c'est possible !

Son visage n'était qu'à quelques centimètres du mien. Je sentis sur mes lèvres un souffle âpre et inhalai son parfum enivrant.

— Écoute attentivement, gamine, grogna-t-il avec agacement. Je chevauche la ligne entre la vie et la mort. Toutes les Ombres le font. Si tu apprends comment atteindre à nouveau le monde des Ombres, peut-être, je dis bien peut-être, que tu auras les mêmes capacités que moi à t'avancer dans l'au-delà. Mais en attendant… en attendant, arrête de me poser toutes ces putains de questions.

Il me repoussa si violemment que ma chaise racla le sol et que je me retrouvai à plus d'un mètre de lui.

Qu'il aille se faire voir. Pourquoi était-il toujours ainsi ? À attirer puis repousser, à souffler le chaud et le froid, la vie puis la mort. Nous ne trouvions jamais notre équilibre, et peut-être n'y en avait-il pas entre nous… Peut-être que nous incarnions tous deux le yin, qu'il y avait trop de ténèbres dans nos âmes.

L'Ombre se mit debout, ses traits de nouveau impassibles tandis qu'il baissait les yeux sur moi. En général, dans cette situation, je me serais dépêchée de me lever pour au moins essayer de ne pas paraître soumise, mais je ne pouvais pas bouger. J'avais été mise à terre, le souffle coupé.

— Tu as encore treize jours, déclara-t-il en tournant les talons et en sortant de la pièce, emportant avec lui son énergie et sa puissance.

Je m'enfonçai plus profondément dans mon fauteuil, serrant les bords de la table jusqu'à m'en blanchir les jointures. Mon père était là. Juste un peu plus loin dans le couloir. Mais de quelle porte s'agissait-il ? Est-ce que je devrais simplement ouvrir chacune d'entre elles jusqu'à trouver le royaume de la mort ?

Je me remis subitement debout et fonçai vers la bibliothèque, tout ça pour percuter de plein fouet l'Ombre qui m'avait visiblement attendue. Il m'entoura de ses bras et me souleva sans aucun effort de telle manière que j'étais complètement à sa merci.

— Tu es si prévisible, petite louve, susurra-t-il. Tu ne m'as même pas laissé le temps de sortir de la bibliothèque.

Je lui grognai dessus en luttant… en luttant avec plus de force que je ne l'avais jamais fait.

— Pourquoi est-ce que vous m'attendiez ?

Il me fit un grand sourire ; je rejetai la tête en arrière et hurlai à pleins poumons. Un hurlement familier, que j'avais émis lorsque mon compagnon m'avait répudiée. Le hurlement qui avait fauché les métamorphes et m'avait permis de toucher le Royaume de l'Ombre.

Ma vision se dédoubla tandis que la nausée montait, prête à entrer en éruption comme un volcan.

— C'est ça, m'encouragea l'Ombre qui semblait bien trop content. Appuie-toi là-dessus, Mera. Créé-toi un chemin que tu peux suivre.

Je l'ignorai et laissai ma louve sortir, l'attaquant dès l'instant où je me métamorphosai partiellement. Quand nous lui mordîmes le cou, nous sentîmes une brusque résistance et nos crocs ne trouvèrent aucune prise. Nous ne pûmes transpercer sa peau ; sa bête était trop forte pour moi.

— Tu perds du temps, me dit-il sèchement, indifférent face à ma tentative de le tuer. Tu dois ouvrir la porte qui mène au Royaume de l'Ombre.

Porte.

Il me déposa à terre lorsque ma louve se mit à se tortiller pour descendre, et nous filâmes aussi vite que possible en direction de la porte. Ma vision de loup s'était également dédoublée, ce qui faisait que tout était plus sombre que la normale.

Heureusement, il n'y avait aucun des visiteurs réguliers dans la bibliothèque. Le chemin était donc dégagé et seule la Bête de l'Ombre nous filait le train. Ou plutôt l'arrière-train, vu que nous étions sous notre forme de loup. Cette fois-ci, dans notre double vision, il ne sembla pas y avoir d'habitant du Royaume de l'Ombre assez près pour que nous le touchions ; ou peut-être était-ce plus dur de l'atteindre depuis la bibliothèque ? Ce qui était étrange, étant donné que la passerelle était réellement ici et que nous pouvions même la voir à présent.

Contrairement à la dernière fois où j'avais posé les yeux dessus, une pellicule de fumée recouvrait la porte tout entière, ressemblant à s'y méprendre à Noir d'Encre. Ce n'était cependant pas la même chose ; nous pouvions ressentir la différence. Il émanait de Noir d'Encre une énergie relativement positive, alors que ce qui tapissait la porte avait été tiré des profondeurs de l'Enfer.

Une énergie infernale que ma louve ne voulut pas toucher. Nous reculâmes devant elle, mais l'Ombre n'en avait rien à faire, se pressant derrière nous, utilisant sa volonté pour nous propulser en avant.

Nous laissâmes échapper un gémissement lorsque notre museau entra en contact avec un filament bouffi d'obscurité qui s'était glissé hors de la masse. Il fit un bond en arrière, tout comme nous, mais, encore une fois, notre retraite fut coupée par un enfoiré géant.

L'Ombre n'allait pas nous laisser abandonner la chance de briser le sceau de sa contrée. Tandis que mon corps de louve était poussé sans ménagement vers l'avant, la fumée s'enroula autour de nous, froide et insidieuse, et je pensai brièvement que j'aurais vraiment dû insister plus pour avoir des réponses à propos de ce monde.

En particulier la raison pour laquelle il avait été bloqué en premier lieu.

Il n'y avait jamais de fumée sans feu, et nous aurions dû en tenir compte. Parce que j'avais la sensation étrange qu'ouvrir le Royaume de l'Ombre pourrait bien être ce qui nous détruirait tous.

37

Notre vision n'était en plus en noir et blanc avec des nuances de gris. Et nous n'avions plus vu cette vue dédoublée sur le paysage que nous ne pouvions pas vraiment toucher.

À présent, nous restions suspendues dans une éternelle obscurité.

C'était une entité vivante, qui respirait, une qui avait été là au commencement et serait là bien après notre départ à tous. Le premier contact sur ma fourrure fut glacé et invasif, et ma louve voulut simultanément se cacher et s'enfuir. Mais il y avait aussi cette part de nous… cette minuscule et étrange part… qui ne se rebella pas contre cette sensation. Elle acceptait les ténèbres, lui ouvrant notre âme pour en laisser des éclats s'y glisser. C'était tellement lent que, dans un premier temps, nous ne réalisâmes même pas ce qu'il se passait et, une fois que ce fut le cas, disons seulement qu'aucune de nous n'en avait rien à faire.

— Mera ! Tu ne dois pas t'ouvrir aux ténèbres.

Il avait prononcé mon nom avec le ton de celui qui commande. Je comprenais les mots individuellement, mais leur signification me passait au-dessus de la tête. Tout ce que je connaissais, c'était cette nouvelle réalité sombre… et j'en brûlais d'envie.

— Mais, putain, marmonna une voix grondante à proximité. Ouvre au moins cette foutue porte avant de les laisser consumer ton âme.

Peut-être était-ce sa déclaration pourrie, ou un moment de clarté, mais le grognement de l'Ombre nous sortit toutes deux assez longtemps de notre état de confusion pour que je me raccroche à ce qu'il restait de moi et de ma louve, roulant sur le côté et appelant à une métamorphose pour redevenir humaine.

Pour la première fois de notre expérience très limitée de transformation ensemble, ma louve lutta réellement contre moi. Elle ne voulait pas renoncer au contrôle et notre bataille silencieuse dura bien plus longtemps que ce à quoi je m'étais attendue.

— Transforme-toi !

Et voilà qu'il remettait ça, me donnant de nouveau des ordres, mais j'appréciai son aide, cette fois. Ma louve enfonça cependant ses griffes tandis que l'Ombre posait ses mains sur moi.

— Elle m'appartient ! Relâche-la.

J'émis un cri sourd et guttural alors que la métamorphose me déchirait, me déchiquetait, me calcinait, me brûlait vive. La douleur que j'avais ressentie en touchant l'Ombre sans permission n'avait rien à voir avec cette nouvelle forme de torture. Mais une fois que ce fut terminé, je revins à moi, haletant et sanglotant sur le sol immaculé, nue et épuisée.

L'Ombre avait toujours ses mains sur moi, son pouvoir déferlant sur ma peau.

— Tu me dois des explications, Rayon de Soleil. Si tu ne meurs pas avant que je ne te réchauffe.

Des frissons s'emparèrent de mon corps, si fort que l'on aurait dit des convulsions. L'Ombre avait dû me soulever parce que tout ce dont je me souvins par la suite, c'était le ruissellement de l'eau chaude sur ma peau gelée.

— Arrêtez ! criai-je. Ça fait mal !

Je me débattis, mais il ne desserra pas son étreinte de fer.

— Laissez-moi partir, sanglotai-je contre sa poitrine. Renvoyez-moi aux ténèbres.

— Je combattrai les ténèbres pour te garder, murmura-t-il contre ma peau.

Peut-être était-ce dû à mon délire, mais pour une fois, il semblait possessif comme le serait un homme envers une femme.

Et non comme un dieu avec son animal de compagnie.

Ou peut-être étais-je un animal de compagnie réellement important.

— L'Ombre, gémis-je.

Mon esprit devenait de plus en plus clair à mesure que le froid qui s'était emparé de mes os s'estompait.

— Il faut juste que tu te réchauffes, dit-il doucement.

Ma tête douloureuse appréciait le grondement sourd de sa voix. Je m'attendis à tomber au sol lorsqu'il me relâcha, mais au lieu de ça, il passa un bras autour de ma taille pour m'aider à garder l'équilibre tout en me frottant le dos de l'autre, afin de faire circuler plus de chaleur à travers moi grâce à son type particulier de pouvoir flamboyant.

Ce fut à cet instant que je réalisai que j'étais absolument nue et qu'il était dans la douche avec moi, complètement trempé.

— Vos vêtements, murmurai-je bêtement.

— Aucune importance, répondit-il. Tu as failli mourir; tu ferais peut-être mieux de te concentrer là-dessus.

— Enfoiré, marmonnai-je en retour.

Je fermai les yeux sous l'effet de l'épuisement, pur et dévorant, qui m'envoya au pays des rêves.

— Tu le sais bien, Rayon de Soleil.

Ce fut la dernière chose que j'entendis avant que les ténèbres ne m'engloutissent.

***

Je m'étais déjà réveillée avec une gueule de bois à quelques reprises dans ma vie. Pas souvent, parce qu'avoir une mère alcoolique m'avait un peu dissuadée de faire des excès, mais Simone avait réussi à faucher discrètement une bouteille ou deux dans la cave de ses parents. Nous les avions vidées en entier les deux fois et, comme ça s'était produit avant notre première transformation, nous en avions nettement subi les effets secondaires.

Me réveiller après que la porte du Royaume de l'Ombre avait essayé de s'emparer de moi n'avait absolument rien à voir. C'était plus comme si la mort me tirait de plus en plus près de l'au-delà, pas à pas, au rythme du douloureux roulement de tambour dans ma tête.

Lorsque j'ouvris les yeux, la lumière me fendit le crâne en deux et je roulai sur le côté pour vomir en dehors du lit. Et comme vomir avec un mal de tête intense ne faisait qu'amplifier la douleur, je dégobillai de nouveau. Évidemment. Un cercle vicieux.

— Tu nettoieras ça.

Ça ne semblait pas l'amuser et je ressentis la même chose tandis que je me forçais à garder un œil ouvert pour lui lancer un regard assassin.

— Qu'est-ce que vous m'avez fait ? demandai-je d'une voix rauque en m'essuyant la bouche, alors que je pendais mollement du rebord du lit.

Un lit qui n'était assurément pas le mien.

J'aurais dû m'en rendre compte tout de suite, car, bien que je n'aie rien à reprocher à mon matelas incroyablement confortable, celui-ci était un nuage de luxe. Les draps étaient faits d'un matériau trop doux pour venir de la Terre et ils sentaient bon, comme…

Je me redressai d'un bond, ce qui m'arracha un grognement.

— Je suis dans votre lit.

Jetant un coup d'œil autour de moi aussi rapidement que me le permettait ma tête brisée, j'essayai de voir tout ce que contenait la « chambre interdite ». Je l'avais cherchée de nombreuses fois, mais il n'y avait eu aucun signe d'une autre chambre à coucher dans toute la tanière.

— C'était la chambre la plus proche, expliqua l'Ombre. Quelques secondes de plus et le maléfice sur la porte du Royaume de l'Ombre t'aurait consumée.

Il était installé dans un large fauteuil de cuir couleur olive avec un dossier si haut qu'il était même plus grand que lui et ses deux mètres cinquante. Ses bras reposaient sur les accoudoirs ; une chemise blanche à manches longues laissait apparaître ses muscles impressionnants. Il portait également un jean délavé et se tenait les jambes écartées dans une posture typiquement masculine. Et pendant tout ce temps, ses yeux or et rouge observaient mon visage.

Il avait l'air d'un homme qui était resté assis durant des heures, attendant patiemment.

— Qu'est-ce qu'il s'est réellement passé ? l'interrogeai-je, soulagée de constater que la pulsation dans ma tête s'estompait légèrement.

— Ce qu'il s'est passé, c'est que tu es plus faible que ce que je pensais, et quand la chance s'est présentée à toi de passer au travers du sortilège très puissant lancé sur la porte du Royaume de l'Ombre, tout ce que tu as réussi à faire, c'est de quasiment mourir.

D'accord.

— Je suis douée pour ça, répliquai-je sur le ton de la conversation en choisissant de ne pas prendre la peine de me mettre en colère face à son comportement de merde.

Mais peut-être que si vous aviez été plus ouvert à propos du Royaume de l'Ombre et du type de sort lancé sur la porte, nous ne serions pas dans cette situation.

L'Ombre secoua la tête, se penchant en avant pour m'attirer grâce à son regard intense.

— Vois-tu, tu n'avais pas besoin de connaître cette information pour faire ce qu'il fallait. Tu devais te contenter d'être assez forte pour briser le sortilège sans qu'il consume ton âme.

Qu'il consume mon âme.

Eh bien, ça ne semblait pas terrible. Je parcourus mon corps de mes mains comme pour vérifier que tout était intact et ne sentis que de la peau nue. Je baissai la tête en clignant des yeux vers les draps de soie étalés autour de ma taille ; mes seins étaient à la vue de tous et je secouai la tête.

— Mince. Pourquoi ne m'avez-vous pas dit que j'étais à poil ?

L'Ombre émit un grondement de rire.

— Tu ne te conduis vraiment pas comme les autres vierges que j'ai pu rencontrer.

Je reniflai de dédain, n'essayant toujours pas de me couvrir. De toute façon, ça faisait un moment que je devais être comme ça, alors ça n'aurait rimé à rien de me cacher.

— On a dû vous en sacrifier quelques-unes au fil des ans, j'imagine.

Il secoua la tête et se leva de son fauteuil, dépliant ses longues jambes et s'approchant de moi d'un pas raide. Ma gorge était sèche et je déglutis. Comment quelqu'un pouvait passer de presque mort à sacrément excité en l'espace de quelques minutes, ça me dépassait. Mais au moins, je n'étais pas ennuyeuse.

Je penchai la tête en arrière tandis qu'il se tenait au-dessus de moi.

— Mera, lâcha-t-il d'une voix qui n'indiquait absolument rien.

— L'Ombre.

— Il faut que tu te casses de mon lit, que tu t'habilles, te brosses les dents et trouves ce foutu chemin qui mène au Royaume de l'Ombre. Avant qu'il ne soit trop tard.

Aïe. Bon, très bien.

En évitant le vomi, je laissai pendre mes jambes sur le côté de son lit massif et pris un moment pour observer mon environnement, vu que c'était probablement la seule fois que je serais invitée dans ses appartements secrets.

La pièce avait un côté sombre et masculin (pour le roi des ténèbres, plutôt mourir que d'être surpris avec une autre décoration) et semblait en majeure partie dominée par l'énorme lit. En dehors de ça, il y avait un écran de télévision que je fixai avec envie. Ça faisait des mois que je ne m'étais pas adonnée à mon amour pour les vieux films et les sitcoms ringardes, et savoir que l'Ombre en avait une qui traînait là me ramena brutalement à la réalité.

J'eus le mal du pays.

— Vous captez combien de chaînes ici ? demandai-je en plaisantant à moitié avec un signe de tête en direction de l'énorme écran plat.

Son visage resta impassible.

— Toutes.

Toutes ?

— Je suis tellement jalouse ! m'écriai-je d'un faux air boudeur.

Et vous savez quoi ? Il esquissa un vrai sourire.

— Peut-être que si tu trouves le moyen d'accomplir la seule tâche que je t'ai confiée je te permettrai un certain temps d'écran.

— Comme un gosse ? dis-je d'une voix traînante. Est-ce que vous allez me prendre sur vous en me demandant de vous appeler « papa » ?

Ses yeux or et rouge miroitèrent jusqu'à devenir noirs et je ne tentai même pas de prétendre que j'avais mal compris le double sens de ce que je venais de dire. Je n'avais pas oublié le plan de l'Ange et le fait d'avoir *failli* mourir n'allait pas m'empêcher de remplir ma part du contrat.

— Dégage avant que je t'allonge sur mes genoux, gronda l'Ombre d'une voix plus grave que jamais. M'appeler « papa » sera alors le cadet de tes soucis.

Évidemment, cela me transperça le cœur comme une flèche qui aurait été tirée d'un arc magique, un qui ne manque jamais sa cible.

Mon père.

Il était à l'origine de tout ça et j'avais même failli être tuée par un sombre royaume. Était-ce la dernière fois que je me retrouvais proche de rendre mon dernier souffle à cause de cet homme ? Ne devrais-je pas à présent lâcher l'affaire et le laisser partir ? J'avais un peu l'impression de m'être battue pour lui autant que possible, et pourtant je ne pouvais pas vraiment renoncer à ce faible espoir d'obtenir des réponses. Mon dernier espoir de le revoir une dernière fois.

Mon esprit était préoccupé par tout ce bazar paternel tandis que je chancelais hors de la pièce, pour m'apercevoir que je n'avais pas prêté attention à l'endroit d'où j'étais sortie. Je me retournai pour voir la porte de la chambre de l'Ombre et me retrouvai nez à nez avec des étagères qui me semblaient familières, près du feu. Donc, apparemment, sa chambre était comme le couloir menant à la Terre : lui seul pouvait le trouver.

Heureusement, la mienne ne jouait pas aux piaules musicales et, en entrant, je me laissai aller contre la porte. J'espérais que la faiblesse dans mon corps finirait par s'estomper. Ma louve n'était que le fantôme d'elle-même ce jour-là, et si éloignée de son état normal que ça m'inquiétait vraiment.

Rassemblant autant de forces que je le pouvais, je m'écartai de la porte et me dirigeai vers la salle de bain, où je manquai me noyer en essayant de faire ma toilette et de faire le vide dans ma tête. Je pris mon temps (eh oui, réserve d'eau chaude inépuisable, bouseux !) et quand j'eus fini, j'avais l'impression d'être redevenue moi-même, ou presque. Le moi habituel avec pas mal de questions et un nouveau désir brûlant de découvrir ce qui avait poussé la porte du Royaume de l'Ombre à réagir de cette façon.

Était-elle inaccessible pour tout le monde ?

J'enfilai une tenue qui pour moi incarnait l'esprit « fous-moi la paix ou je te botte le cul », comprenant un pantalon de cuir noir, des cuissardes de cuir avec un talon acceptable et un débardeur blanc que je coinçai dans mon pantalon. Je tressai mes cheveux (une tentative désastreuse, mais toujours mieux que celle de Simone) et sortis à la recherche de réponses.

38

Avançant à pas lourds dans la bibliothèque, j'étais prête à arborer mon air le plus revêche à l'attention de quiconque jetterait un coup d'œil dans ma direction. Heureusement, l'Ombre les avait préparés à ça et tous les êtres présents s'éparpillèrent à l'instant où j'apparus. J'avais temporairement oublié qu'ils n'avaient pas le droit de m'approcher de toute manière, mais ça n'avait même pas d'importance.

Ce qui comptait, c'était la porte.

Le Royaume de l'Ombre.

Il m'appelait et j'allais découvrir ce qu'était ce truc.

Je me dirigeai vers lui, mes talons claquant sur le parquet ; je ne laissai pas ma concentration faiblir. En passant le coin, je m'arrêtai net à la vue de la porte en elle-même. Elle n'était plus quelconque. Au lieu de ça, la noirceur que j'avais vue avec ma vision dédoublée était désormais visible par tous. Comme un portail de fumée tourbillonnant, glissant de haut en bas et barrant l'accès à la vraie porte.

Je tendis le bras et me retins de la toucher ; je laissai plutôt ma main au-dessus du haut de la porte pour me faire une idée de l'énergie. Je pouvais presque sentir le sortilège sur ma langue, froid et métallique, et avec ça me revint un souvenir, comme un déclic, d'avoir été enfermée au fin fond des ténèbres, incapable de me libérer.

— J'ai entendu dire qu'il t'était arrivé une aventure.

Je reconnus la voix grondante de Reece et son accent râpeux.

— Si vous n'êtes pas ici pour coucher avec moi pour que je puisse gagner mon pari contre l'Ombre, grognai-je sans prendre la peine de me retourner, alors dégagez.

Non pas que j'étais particulièrement attirée par Reece, en dehors de ses jolis cils, mais à ce stade, j'aurais pris presque n'importe qui pour battre mon adversaire.

J'entendis un gloussement grave dans mon dos.

— Je comprends mieux maintenant, fit-il remarquer. Tellement mieux.

Je retirai ma main de l'obscurité et lui fis signe de partir.

— Je ne comprends rien de ce que vous dites. S'il vous plaît, allez-vous-en. Je n'ai pas besoin de distraction.

Il ne bougea pas. Je pouvais sentir sa présence puissante de la même façon que je sentais celle de l'Ombre, comme si je me tenais trop près d'une centrale électrique et que des pics de surtension se baladaient sur ma peau.

— Et si je te parlais du sortilège qui nous empêche d'accéder à ce monde ? demanda-t-il nonchalamment.

Ma curiosité était trop grande pour passer à côté de potentielles informations ; je me retournai donc, tendant la main pour l'attraper avant de me souvenir que c'était une très mauvaise idée de toucher ces gars-là sans leur permission. C'était trop tard, cela dit, mais heureusement, et à l'inverse de l'Ombre, je ne sentis rien d'autre de Reece que des muscles pectoraux exceptionnellement fermes et un parfum sec et terreux.

Il baissa les yeux vers mes mains sans dire un mot et, en dépit du rire que je pensais avoir entendu, son visage sublime était de nouveau impassible. Je les retirai d'un coup sec et déglutis avec difficulté.

— S'il vous plaît, j'ai besoin de comprendre.

Il acquiesça d'un signe de tête.

— Tu comprendras les informations que je pourrai te donner, mais je n'ai pas toutes les réponses. Les secrets de l'Ombre lui sont propres. Je ne peux que te parler de ce sortilège.

Je tombai presque par terre sous le poids de la déception avant de me rappeler que le sortilège en lui-même était quand même plutôt important.

— C'est une entité vivante, expliqua-t-il en posant ses yeux bleu sombre sur la porte et ses ombres. Il est alimenté par une source inconnue ; nous pensons qu'elle se trouve dans le Royaume des Ombres.

Sa voix se fit plus grave, caressant mes sens. Il y avait une sensualité innée chez celui que l'on appelait la divinité du désert.

L'Ombre II.

— Le sortilège est incroyablement intelligent, poursuivit Reece. Il s'adapte. À chaque fois que nous trouvons un moyen de passer outre son emprise et que nous sommes à quelques secondes d'ouvrir la porte, il se regroupe et se reforme, ce qui nous renvoie à la case départ de nos recherches. Pire qu'au début, puisque, quel que soit le moyen utilisé sans succès pour le battre, il est désormais inutile. Le sortilège contrecarre tout. Il s'adapte et il apprend.

Super. Un sortilège, précoce, faisant preuve de génie, et issu de ténèbres éternelles. Tout ce dont on a besoin dans la vie.

— Est-ce qu'il avait déjà fait à quelqu'un ce qu'il m'a fait à moi ?

Aucun de nous ne prétendit ne pas être au courant de ma petite danse avec les ténèbres. L'Ombre était clairement allé demander conseil à ses amis et je ne pouvais pas lui en vouloir ; j'aurais fait exactement la même chose.

— Jamais. Et de ce que j'ai pu constater, il ne s'est pas adapté à toi ni à ton énergie, déclara-t-il en m'observant attentivement. Tu lui as plutôt causé des dégâts pour qu'on le voie comme ça…

Il fit un geste en direction des volutes de fumée.

— Il ne peut plus se dissimuler et c'est bon signe.

— Vraiment ? grommelai-je. D'après ce que je peux voir, on n'est pas plus près de le briser qu'avant. Je ne peux pas le toucher sans que mon âme passe en mode gothique, donc c'est quoi, l'étape suivante ?

Il me tapota l'épaule et me surprit par son geste rassurant.

— Ne sois pas si dure avec toi-même. Le changement est un bon signe, même si l'on ne sait pas pourquoi pour l'instant. Une chose est sûre : le fait que tu sois dans le coin va assurément rendre la vie très intéressante.

Je fermai brièvement les yeux et essayai de calmer la frénésie de mon esprit.

— Je ne comprends toujours pas pourquoi c'est moi l'élue. Pourquoi ça m'arrive à moi alors que j'ai été insignifiante toute ma vie ?

Le visage de Reece était de marbre, mais ses yeux étaient plus chaleureux que je ne les avais jamais vus, avec ces incroyables cils qui les encadraient comme des portraits de son âme. Il tendit la main et dégagea une mèche de mes cheveux.

— Tu n'as rien d'insignifiant, Mera Callahan. Dès l'instant où tu as mis un pied dans cette pièce, en portant la couleur distinctive de l'Ombre, j'ai su que tu allais chambouler la vie de mon ami. Je m'en suis inquiété, au début, mais maintenant…

Il inclina la tête.

— Maintenant, je suis curieux de voir où ça va nous mener, conclut-il.

La couleur de l'Ombre… ? Ça expliquait certaines choses.

Reece me poussa gentiment du coude.

— Personne n'est appelé à réaliser de grandes choses tant que ce n'est pas le moment, Mera. C'est ton moment.

— De grandes choses ? répétai-je le souffle court.

Il hocha la tête.

— Ça peut prendre différentes formes. Certaines évidentes, d'autres moins, mais il y a une constante chez ceux qui sont appelés à faire de grandes choses : tu vas être poussée en dehors de ta zone de confort, brisée et réduite en cendres, mais de là, tu te relèveras et tu seras plus que tu n'imaginais pouvoir être.

Des cendres, le phénix renaîtra.

Le fait qu'il ait choisi d'utiliser la même analogie devait vouloir dire quelque chose.

— Je ne suis pas sûre d'être prête pour ce que ce monde a en réserve pour moi, expliquai-je en exposant mes craintes. Mais vu que je suis toujours vivante, et toujours prête à me battre, je vais finir par comprendre cette porte. Je découvrirai mon lien avec le Royaume de l'Ombre…

Je fus interrompue par l'apparition de l'Ombre dans un nuage d'obscurité vaporeuse.

— Nous devons retourner sur Terre, annonça-t-il, entouré d'énergie brûlante. De nombreuses créatures de l'ombre se sont rassemblées. Bouge tes fesses, Rayon de Soleil. On part à la chasse.

Si le sort de la Terre n'avait pas été dans la balance, je lui aurais expliqué où il pouvait se le mettre, son ordre. Mais, malheureusement, étant donné que j'étais la crétine qui avait libéré ces créatures en premier lieu, je devais prendre un peu mes responsabilités pour les y renvoyer. Et même si je savais que c'était l'Ombre qui faisait en réalité tout le boulot, s'il voulait que j'y aille, j'irais… juste au cas où. Ça aidait peut-être, le fait que les créatures aient manifesté un niveau inattendu de curiosité envers moi.

— L'abervoq et le sprecker ont tous deux fait très attention à moi, déclarai-je, tandis que mon esprit rassemblait les pièces du puzzle. J'ai été les deux fois prise pour cible et ça ne peut pas être une coïncidence.

L'Ombre croisa les bras, l'air troublé.

— Tu étais la cible la plus évidente, vu que tu es faible et pas menaçante.

— Oui, c'est vrai, acquiesçai-je. Et c'est ce que j'avais d'abord pensé moi aussi. Mais l'abervoq ne souhaitait pas m'attaquer et, à vrai dire, je ne pense pas non plus que le sprecker le voulait. Et bien que je ne sois pas experte en créatures de l'ombre, ne vous ont-elles pas semblé presque curieuses plutôt qu'assassines ?

Deux paires d'yeux étaient fixées sur les miens et je dois dire que ça faisait des merveilles sur l'ego d'une fille, de capter et de garder ainsi l'attention de deux dieux. Bien sûr, c'était peut-être parce que j'étais une sorte d'aimant à ténèbres, mais peu importe. Je pouvais prétendre pour encore un moment que c'était l'effet de ma personnalité brillante.

— Elle marque un point, finit par constater Reece en hochant la tête comme si mes paroles semblaient plus logiques que ce à quoi il s'était attendu. Est-ce qu'il est possible que quelqu'un de ton monde se soit faufilé à travers le voile dans les vingt-deux dernières années ?

Cette question était pour l'Ombre, qui inclina la tête, les sourcils froncés par l'arrogance tandis qu'il me jaugeait.

— Elle est tellement humaine, cela dit. Fragile et impuissante. Il n'y a aucune chance qu'elle vienne de mon monde.

Je me forçai à faire un grand sourire.

— Vous n'étiez pas censé prendre cette humaine fragile et délicate et aller sur Terre ? Puisque, apparemment, on a un monde à sauver et que vous ne pouvez pas le faire sans mon aide fragile et impuissante ?

Les lèvres de l'Ombre frémirent et Reece me décocha un sourire.

— Allez, viens, la louve, s'impatienta la bête en se retournant pour partir.

— Vous avez oublié « fragile et impuissante » ! m'exclamai-je à son attention.

Reece continuait à me fixer, le coin des lèvres toujours relevé en un léger sourire narquois.

— Quoi ? demandai-je en fronçant le nez. C'est *lui* qui l'a dit.

Le dieu haussa les épaules.

— Tu as raison. C'est intéressant, cela dit…

Ne pose pas la question. Ne pose pas la question.

— Qu'est-ce qui est intéressant ?

— Qu'il te laisse le provoquer autant. Les derniers métamorphes ont compris plutôt rapidement que l'Ombre ne tolérait pas longtemps l'insubordination.

Je déglutis avec difficulté en pensant à Victor.

— Est-ce qu'il assassine souvent les métamorphes qui n'obéissent pas à chacun de ses ordres ?

Quel genre de foutu psychopathe faisait ça ?

— Il ne tue pas au hasard pour le plaisir, expliqua Reece, comme s'il se tenait personnellement garant de la personnalité de l'Ombre. Seulement s'ils se rebellent contre son contrôle.

Je… C'était grosso modo la même chose.

— Vous avez besoin d'aide tous les deux, m'étranglai-je. Vos cerveaux ne fonctionnent pas normalement.

Reece se contenta de rire, apparemment pas vexé, et au moins ce petit moment avait rendu la divinité du désert un peu plus chaleureuse à mon égard.

J'étais à fond pour les petites victoires, en ce moment.

39

L'Ombre ne le savait pas, mais, cette fois, j'avais un autre plan à mettre en œuvre pendant notre séjour sur Terre. Bien entendu, l'étape numéro un était de sauver les humains de ces créatures, mais la deuxième était de découvrir si je pouvais filer en douce. J'avais besoin de savoir exactement combien de temps ça lui prendrait pour me retrouver et, quand il le ferait, j'apprendrais même peut-être comment il s'y était pris.

Ça m'aiderait à couvrir mes traces lorsque le plan de l'Ange entrerait en action.

C'était une petite expérimentation dangereuse pour laquelle je serais probablement sévèrement punie, mais, quel que soit le savoir que je gagnerais potentiellement, ça en vaudrait le coup. Je ne pensais pas qu'il me tuerait, du moins pas pour l'instant. Il voulait voir si je pouvais déverrouiller la porte du Royaume de l'Ombre ; je commençais à comprendre que c'était son but ultime. En réalité, il se fichait pas mal de renvoyer les créatures, étant donné que de toute évidence, elles pouvaient rester indéfiniment dans leur prison.

Il avait besoin que l'on ouvre cette porte, pour une raison personnelle dont il ne me parlait pas ; j'étais donc assez sûre qu'il ne me tuerait pas. Et ce moment me paraissait tout aussi bien choisi qu'un autre pour ce galop d'essai de la grande évasion.

— Dépêche-toi, m'ordonna sèchement l'Ombre, qui semblait d'une humeur pire que d'habitude.

— C'est quoi, votre problème ? lui demandai-je.

Il sembla hésiter entre soupirer ou me rouer de coups, mais, faisant preuve d'une plus grande force de caractère que moi, il réussit à se retenir de faire les deux.

— Je n'ai pas de problème. J'en ai juste marre de passer derrière toi et de ne rien obtenir en compensation.

L'espace d'un instant, je me demandai de quelle compensation il était en train de parler. J'étais censée le sucer ou quoi ? Sérieusement, je ne me souviens absolument pas d'avoir parlé de récompense… Attendez une petite minute…

Le Royaume de l'Ombre.

Il voulait que je déverrouille le Royaume de l'Ombre. Selon moi, ça lui aurait fait plus de bien de se faire sucer. Ce gars était un chouïa tendu.

— Quoi que tu sois en train de penser, il faut que tu arrêtes maintenant.

Je relevai brutalement la tête en me demandant s'il pouvait également lire dans les pensées.

— Ton odeur change quand tu es excitée, déclara-t-il sans ménagement. Sans parler de l'accélération de la respiration et des pupilles dilatées. Des signes classiques, que tu ne peux pas ou que tu ne cherches pas à dissimuler.

— Pourquoi devrais-je le faire ? demandai-je avec un léger haussement d'épaules. C'est une réponse naturelle à une stimulation, et un besoin normal pour une métamorphe. Vous n'avez pas de besoins, vous ?

Il dévoila ses dents.

— Mes besoins sont assouvis.

Je fus transpercée par une émotion brûlante, qui me fit presque chanceler. Je refusai de croire qu'il s'agissait de jalousie, puisque l'Ombre n'était que le geôlier temporaire dont je serais bientôt libérée, avec un peu de chance. Impossible que je sois en plein syndrome de Stockholm et en train de tomber amoureuse de lui.

Tout ce que nous avions, c'était une attirance physique ou, plus précisément, c'était tout ce que je ressentais pour lui. La Bête de l'Ombre m'avait peut-être un peu mieux traitée que ses autres prisonniers, mais nous savions tous deux que je n'étais qu'un pion sur l'échiquier. Il fallait que je revienne à la réalité et arrête de créer de faux liens entre nous avant de me mettre à gribouiller des petits cœurs avec nos initiales dedans.

Il était temps de changer de sujet.

— Où sommes-nous cette fois, sur Terre ?

Il plissa les yeux.

— Tu ne reconnais pas cet endroit ?

Je jetai un autre regard alentour.

— Non, je ne crois pas…

C'était le petit matin, le soleil était blafard et l'air frais, ce qui me fit dire que nous avions encore changé de saison.

— Attendez… ça sent la Californie.

— C'est le cas, confirma-t-il.

— Torma, en Californie ? me hasardai-je.

— Et on dit que les humains sont lents, railla-t-il. Oui, nous sommes au point le plus à l'est du territoire de ta meute pour être exact. Une tonne de créatures de l'ombre s'est rassemblée ici et je suis sûre que, même toi, tu peux en deviner la raison.

— À cause de moi, chuchotai-je en jetant un œil aux alentours à la recherche des bestioles.

L'Ombre hocha la tête.

— C'est ma théorie. C'est ici que tu les as libérées et ton énergie est forte sur ces terres. Elles sont à ta recherche, pour une raison ou pour une autre.

Il ne faisait aucun doute que la puissance de mon énergie était due aux vingt-deux années que j'avais passées à Torma, à vivre, respirer et saigner. C'était la terre de ma famille. Les terres de ma meute. L'endroit où j'avais presque souhaité ne jamais revenir, sauf pour faire savoir à mes amies que j'étais en vie.

Peut-être aurais-je la chance de les voir ?

Ma louve releva subitement la tête, étudiant les terres autour d'elle, et je sentis son désir de voir Torin. Ou tout du moins, son loup. Nous ne nous étions pas trouvées si proches de lui depuis près d'un an à en juger par la météo, et l'envie était forte de traverser ces terres pour le rejoindre.

Il me fallait une distraction.

— On a affaire à quelles créatures ?

L'Ombre choisit de ne pas relever la frénésie dans ma voix.

— Il y a un abervoq, un falaster et deux grekins, de ce que je peux voir.

Enfin une vraie distraction. De nouvelles créatures de l'ombre.

— Je connais la première, mais il va falloir que vous m'expliquiez les deux autres.

Il me fit signe de m'avancer en me dirigeant à travers le champ.

— Les falasters sont un mélange entre un mille-pattes géant et un anaconda, exposa-t-il, tandis que je plissais le nez face à cette image mentale. Ils n'ont pas de bouche ni d'yeux, mais peuvent sentir une goutte de sang à un kilomètre. Ils aiment écraser leurs victimes en s'enroulant autour de plus en plus serré jusqu'à ce qu'ils finissent par les consommer en les absorbant par la peau.

— Ça semble… charmant, lançai-je avec autant de sarcasme que j'en étais capable. Et le grekin ?

Il fit la grimace.

— Je crois que ce sont ceux que j'aime le moins. Ils sont fourbes, leur taille minuscule induit en nous un faux sentiment de sécurité. Mais si on leur tourne le dos, les deux vont nous mettre en pièces en riant tout du long comme des détraqués.

— Il y en a deux ? C'est comme ça qu'ils opèrent toujours ?

Il acquiesça.

— Ouais, ils aiment se déplacer par paire. Ça leur rend la tâche plus facile pour amorcer leur combine.

Quelles fantastiques nouvelles !

— Est-ce qu'il y a quoi que ce soit de normal dans votre monde ? Une créature qui n'essaie pas de tuer tout ce qui l'entoure ?

L'Ombre s'arrêta et je lui rentrai dans le dos, ne m'étant pas attendue à ce qu'il s'immobilise si brutalement.

— Hmmmf, désolée.

Il ne fit pas de commentaires à propos de ma maladresse et nous savions tous deux que je ne lui avais pas fait mal, donc ce fut immédiatement oublié.

— Mon monde est la contrée la plus belle que j'aie jamais vue, m'informa-t-il d'une voix plus légère, tandis que des volutes de souvenirs s'insinuaient en elle. Il me manque chaque jour et ça me tape sur les nerfs de savoir que ma contribution à cet endroit reste en suspens. Mais la vie n'a pas toujours marché de la façon dont elle aurait dû pour moi.

Tandis qu'il se rapprochait, ma main tressaillit d'envie de tendre le bras et de le toucher. Le souvenir de la douleur m'en empêcha et c'est à ce moment-là que je réalisai que ça ne m'avait pas fait mal quand je l'avais percuté.

Bizarre…

— Je te promets, Mera, continua-t-il en détournant mon attention, que si tu m'apportes ton aide là où j'en ai besoin, je m'assurerai que le reste de ta vie sera rempli de chaque cadeau, pouvoir et possession que tu pourras espérer.

— Je savais que vous n'en aviez rien à faire des créatures, murmurai-je. Vous avez juste besoin d'ouvrir le royaume.

Parce qu'apparemment, sa contribution là-bas n'était pas terminée. Non que cela surprenne qui que ce soit. L'Ombre suintait le pouvoir et l'importance, et les deux seraient gâchés s'il ne laissait pas un héritage.

— C'est pour moi une priorité depuis très longtemps, avoua-t-il, toujours disposé à partager. Revenir dans le Royaume de l'Ombre.

— Pourquoi êtes-vous venu ici en premier lieu ? l'interrogeai-je en m'attendant à une réponse blasée, du genre… *je voulais partir à l'aventure* ou *c'était un défi*.

Puis ce qu'il dit me fit un choc.

— J'ai été trahi, reconnut-il d'une voix qui se durcit et, une fois de plus, je vis la version effrayante de l'Ombre. Par une personne à qui je faisais confiance, plus qu'à tout autre. Mais, avec ton aide, je vais peut-être finalement pouvoir rééquilibrer les choses. Son temps est compté, et quand je rentrerai dans mon royaume, j'éparpillerai ce qu'il reste de cette personne à travers les nombreux mondes.

Berk.

— Faites-moi penser de ne jamais vous trahir, fis-je remarquer, histoire de détendre l'atmosphère.

Peine perdue.

— Tu ne vivras pas assez longtemps pour t'en inquiéter si c'est le cas.

— Très bien.

Je sursautai alors qu'un fracas impressionnant d'arbres et de branches retentissait au-dessus de nous. L'Ombre se retourna d'un coup pour s'accroupir devant moi et, une seconde plus tard, ma louve s'éleva à la surface, me prêtant ses sens tandis que nous nous préparions pour une attaque.

40

Toujours en mode furtif, à moitié accroupi et les bras en avant, l'Ombre commença à se glisser à travers les arbres. Je lui suivis parce que qu'est-ce que j'allais faire sinon ? Il y avait au moins quatre créatures dans le coin et, même si j'avais confiance en lui, je me demandai s'il y avait une limite au nombre qu'il était capable d'affronter.

Et qu'est-ce ça signifierait pour moi ? Est-ce que les créatures de l'ombre me tueraient et me dévoreraient ? Ou allais-je encore une fois me lier d'amitié avec des monstres ?

J'imaginais que nous étions sur le point de le découvrir.

— Aujourd'hui, j'espère vraiment que vous serez aussi *badass* que ce qu'on raconte, murmurai-je. J'ai l'impression qu'il y a un essaim de moustiques qui bourdonnent dans mon ventre et je n'aime pas ça.

Il s'immobilisa et se retourna pour me regarder.

— Des moustiques ? Je suis à peu près sûr que ce n'est pas ça, l'expression.

J'eus un rire nerveux.

— Honnêtement, on a largement dépassé le stade des papillons, là.

L'Ombre opina du chef comme si c'était parfaitement logique avant de se retourner de nouveau et de laisser échapper un grondement sourd. Il bondit en avant et saisit quelque chose dans le vide.

Non, pas quelque chose… un sprecker.

— Je ne savais même pas qu'il y en avait un ici, remarqua-t-il en observant les alentours. Mais… il crée seulement une diversion.

J'étais deux mètres derrière et, à ces mots, je me dépêchai de ramener mes fesses vers lui.

Avec juste quelques pas de retard.

Je fus saisie par les bras de chaque côté, une étreinte ferme et rigide, et tandis qu'un objet lourd s'abattait sur le côté de ma tête, l'Ombre laissa échapper un hurlement sauvage ; les flammes brillantes de ses yeux furent la dernière chose que je vis alors que l'on me traînait au loin. Non, en réalité, la dernière chose fut une douzaine, voire plus, de créatures de l'ombre qui lui descendaient dessus, lui bloquant le chemin jusqu'à moi.

Le coup n'avait pas été assez fort pour m'assommer et j'étais déjà en train de me débattre. Je venais seulement de m'habituer au dernier psychopathe qui m'avait arrachée sans permission à ma vie ; pas le temps de me familiariser avec un autre.

Mes mains se transformèrent en pattes, luttant et griffant, mais mes ravisseurs me maintenaient dans une position telle que c'était difficile de les atteindre. J'avais l'impression qu'ils étaient petits, malgré la puissance de leur étreinte, et peu importe ce que je faisais, je n'arrivais pas à me libérer.

Je fus égratignée par des brindilles tandis que l'on me traînait et j'avais beau planter mes griffes dans le sol, je n'arrivais pas à ralentir la foulée de mon kidnappeur. Ça devait être un grekin puisque le falaster n'était pas censé avoir de poigne, mais, encore une fois, ça pouvait être une toute nouvelle créature. Il y en avait eu tellement qui nous avaient surpris en tombant sur l'Ombre, ce qui voulait dire qu'elles s'étaient unies pour dissimuler leur énergie… Une embuscade classique.

— Lâchez-moi ! criai-je en retrouvant finalement ma voix. Je vous ordonne de me relâcher !

Les mots coulèrent de ma bouche avec plus que ma voix humaine, poussés par l'énergie de la louve et… *Vous n'allez pas le croire !* Les créatures s'immobilisèrent, me relâchant immédiatement.

Cherchant ma respiration, je roulai sur le côté et ignorai mon corps qui protestait face aux maltraitances dont il venait de faire l'objet. Je me remis debout en chancelant ; le mouvement soudain fit empirer la douleur, mais j'avais assez d'adrénaline et de colère en moi pour continuer à bouger.

La première chose dont je pris conscience, ce fut un gazouillement, et quand deux ombres passèrent en flèche devant moi, je réussis à peine à les suivre.

— Arrêtez !

Je savais que l'ordre fonctionnerait ; j'avais puisé dans la même énergie que celle que j'avais ressentie quand j'avais touché le Royaume de l'Ombre. Non pas que j'allais le raconter à l'Ombre, bien sûr, mais il s'avérait qu'il avait eu raison : j'avais juste eu à trouver le chemin et à le suivre.

Les deux créatures cessèrent d'alterner entre visibles et non visibles, s'immobilisant en position à moitié accroupie en me fixant du regard. Elles ne ressemblaient à rien de ce que j'avais vu auparavant, mais si j'avais dû les comparer à quoi que ce soit, ça aurait été à des farfadets noueux comme des arbres. Elles n'étaient pas plus hautes que le genou (les miens, pas ceux des jambes incroyablement longues de l'Ombre) et ne portaient pas de vêtements, mais ce n'était pas non plus comme si elles étaient nues. Leurs corps ne possédaient pas de membres comme ceux d'un humain.

Deux souches d'arbres aux yeux noirs et perçants, une balafre en guise de bouche, des bras et des jambes semblables à des brindilles et une capacité à se mouvoir si vite que l'on en avait presque la tête qui tournait. Excepté, apparemment, quand j'autorisais ma louve à s'élever à la surface et à utiliser son pouvoir pour les arrêter.

— Qu'attendez-vous de moi ? demandai-je.

C'étaient les premières créatures de l'ombre que j'avais le temps d'interroger et je n'allais pas laisser passer ça.

— Où m'emmeniez-vous ?

Elles commencèrent à jacasser à mon attention, une rafale de cliquetis et de claquements de langue, mais je n'avais aucun moyen en dehors de la bibliothèque de comprendre leur langage.

— Merde, marmonnai-je.

L'une des deux inclina la tête en m'observant attentivement.

— Merde.

Je clignai des yeux. Est-ce qu'elle venait de répéter ce que je disais ou parlait-elle un peu ma langue aussi ?

— Qu'attendez. Vous. De. Moi ?

J'espaçai chaque mot en faisant des gestes pour me faire comprendre.

— Merde, répéta la même créature. Merde, merde.

Super. Bon, j'aimais bien ce mot, mais c'était difficile de tenir une conversation complète avec juste mon juron préféré.

— Mera !

Je me retournai subitement à cet appel, et pas parce qu'il s'agissait de l'Ombre déboulant vers moi tel un loup enragé investi d'une mission. Mais parce que ce n'était pas lui.

C'était une personne totalement différente qui était à l'origine de ce cri.

Quelqu'un qui mit ma louve dans tous ses états tandis qu'elle grondait et me griffait la poitrine, et je ne savais pas si elle essayait d'aller vers Torin pour le tuer ou pour baiser avec lui, mais elle le voulait, d'une manière ou d'une autre.

— Non, arrête, la suppliai-je. Il nous a rejetées.

— Merde, rejetées.

Des mots comme un gazouillis criard venant de l'un des gremlins jumeaux. Il s'agissait de l'autre, cette fois-ci, et maintenant ils avaient deux mots de français dans leur arsenal. Celui que je préférais et celui que je détestais.

— Mera Callahan, je t'ordonne de rester là où tu es ! beugla Torin à moitié transformé, alors qu'il filait à travers le champ qui nous séparait.

Ça ne faisait probablement que six cents mètres et il les traverserait en un rien de temps.

Je levai mon pied, reculant d'un pas, puis d'un autre, avant de me retourner et de me mettre à courir.

Son ordre d'alpha n'a pas de prise sur moi.

À un moment donné, mes liens avec Torma avaient été suffisamment endommagés pour que même *son* commandement ne puisse me retenir en otage, ce qui perturba certainement Torin tandis qu'il me donnait la chasse.

Ma louve gémit, m'exhortant à reconsidérer ma décision, à l'écouter, et… merde, j'étais tentée.

En quoi c'était juste qu'il puisse me répudier et me briser, encore et encore, et que mon âme veuille toujours revendiquer le lien entre nous ? Ça n'avait pas d'importance, cependant. Je serais plus forte que ce désir. Je nous protégerais toutes les deux.

Je le sentis se rapprocher et changeai donc de direction, me déplaçant toujours vers l'endroit où j'avais laissé l'Ombre. Ou, tout du moins, j'espérais que c'était le cas : les grekins m'avaient traînée assez loin d'après ce que je constatai. Sales petits bâtards d'éclairs.

Torin était proche, plus rapide sous sa forme à moitié transformée que moi en tant qu'humaine brisée et couverte d'ecchymoses. Tout ce que j'avais pour moi, c'était la détermination pure de ne pas finir entre ses griffes. Je n'avais aucune idée de ce que me ferait Torin s'il m'attrapait, mais il y avait une chance qu'il me tue sur le coup afin de ne pas avoir à gérer ce qu'il restait de notre lien.

La mort d'un véritable compagnon finissait généralement en une blessure mentale irréparable pour l'autre métamorphe, mais Torin pensait probablement qu'il s'en remettrait plus facilement puisqu'il ne voulait pas de cette connexion.

De toute façon, je ne pouvais le laisser s'emparer de moi. Il fallait que je me batte avec tout ce que je pouvais, et avec un peu de chance, comme je n'étais plus la même métamorphe que celle qui avait été enlevée à Torma des mois plus tôt, j'aurais une nouvelle arme contre lui. Comme mes habilités du Royaume de l'Ombre.

Comme les créatures de l'ombre… toujours immobilisées par mon ordre.

Est-ce que je pouvais les utiliser pour ralentir Torin ?

— Je vous libère ! criai-je.

J'envoyai mon énergie vers l'extérieur en espérant que je n'étais pas trop loin pour les atteindre. Maintenant, il me fallait juste rester assez longtemps hors de portée de Torin pour laisser ces petits enfoirés de lutins faire ce qu'ils savaient de pire. Torma serait peut-être à la recherche d'un nouvel alpha avant la fin de cette journée.

41

Je ralentis le pas tandis que la démarche sourde de Torin se rapprochait, et ce ne fut que lorsque le sifflement haut perché des grekins atteignit mes oreilles que je me permis de prendre un instant pour me retourner et jauger la situation.

Torin se mit à rugir lorsqu'ils s'enroulèrent autour de ses jambes, ce qui les fit tous trois valdinguer. Le nouvel « alpha des alphas » ne se donna pas la peine de négocier une trêve avec eux ; il se contenta d'utiliser ses griffes à demi transformées pour les entailler avant de bondir gracieusement sur ses pieds.

Il avait dû être capable de les voir, même avec leur super vitesse, parce que son coup suivant en envoya voler un.

Complètement fascinée par le combat qui se déroulait sous mes yeux, j'avais comme une idiote arrêté de tenter de m'enfuir. L'idée que j'allais peut-être voir Torin se faire botter le train était trop tentante, mais j'eus plein de regrets lorsque son regard furieux croisa le mien.

— Ne bouge pas d'un putain de pas, m'avertit-il, alors qu'il se tenait à une dizaine de mètres de moi. Ou alors je te retourne sur mon genou et je te claque le cul jusqu'à ce qu'il soit rouge et te fasse mal.

Je clignai des yeux.

— Est-ce que tu viens vraiment de me menacer de me mettre une fessée en guise de punition ? ris-je. La bonne blague ! C'est bête pour toi parce que j'aime ce genre de truc, Torin. Il va falloir que tu sois plus convaincant pour me menacer.

Ça le prit par surprise et il hésita juste assez longtemps pour se prendre la deuxième vague d'attaque de grekins.

— Merde, à nous ! criaient-ils.

Ce fut mon tour de regarder la créature parce que je commençais à comprendre ce qu'elle était en train de dire. Ils croyaient que je m'appelai merde, ou c'était tout du moins le nom qu'ils m'avaient donné. *Et* ils semblaient penser que je leur appartenais.

— Merde n'est pas à vous, rétorquai-je. Je veux dire, Mera. Mon nom est Mera.

— Merde, à nous ! hurla le deuxième en disparaissant en un éclair.

C'était quoi, ce bordel ?

— Toi et moi, il faut qu'on parle, fit savoir Torin, qui semblait un peu moins enragé.

Un grekin fila vers lui, mais il l'éloigna d'un seul coup de pied rapide. Ce bâtard n'avait aucun problème à les voir et je ne comprenais pas pourquoi ils étaient toujours flous à mes yeux.

Ma louve s'éleva jusqu'à la surface, comme un signe m'indiquant que j'aurais dû utiliser ses sens plutôt que ceux plus restreints des humains que j'avais tendance à favoriser.

Oups, désolée.

Quelle idiote de ne pas avoir compris comment Torin voyait les grekins. Les sens de loup pouvaient suivre…

Torin avança, courant rapidement vers moi, et je m'étais éternisée trop longtemps pour pouvoir faire autre chose que me préparer à l'impact et me tenir prête à le combattre. Parce que je le ferais. Je lutterais de toute mon âme.

Tandis qu'il se rapprochait de moi, Torin s'accroupit et prit la position caractéristique d'un placage, avec l'intention de me soulever. Je m'abandonnai à ma louve, laissant son énergie me remplir tandis que je contrecarrais ses plans en tombant au sol et en faisant une rotation afin de pouvoir abattre ma main sur sa cuisse tandis qu'il passait devant moi.

— Merde, à nous ! cria un grekin en essayant à nouveau de s'agripper à moi.

Sauf que cette fois, je pouvais les voir, grâce à ma louve qui rôdait à la surface. Mon poing s'abattit sur son visage.

— Merde, pas à vous, grondai-je.

Torin récupéra bien plus vite que ce à quoi je m'étais attendue, enroulant ses mains autour de mon bras tandis qu'il me soulevait du sol sans ménagement, contre son corps. C'était un geste typique des alphas. L'Ombre l'avait utilisé contre moi plus d'une fois, mais ce n'était pas la même chose avec Torin. Il était grand, mais rien à voir avec l'Ombre. Comparé à la bête, Torin ressemblait à un enfant, n'ayant pas encore assez vécu pour être endurci. Ce serait le cas un jour, mais pas là.

— Lâche-moi, espèce d'enfoiré, bouillis-je en balançant ma tête en avant pour lui fracasser le menton.

Torin laissa échapper un grondement rugissant.

— Sale chienne !

— Bien sûr que j'en suis une. Tu t'en rends compte seulement maintenant ? T'es vraiment débile.

— Sale chienne, à nous ! gazouilla un grekin en sautant sur l'épaule de Torin et en enroulant les brindilles qui lui servaient de bras autour du cou du métamorphe.

Est-ce que *sale chienne* était une amélioration par rapport à *merde* ? Ça n'avait pas vraiment d'importance, tant qu'ils me donnaient une chance de m'enfuir. M'arrachant à l'étreinte de Torin, je réussis à me remettre debout sur le sol, mais je fus de nouveau trop lente.

Glissant sur l'herbe, je fus tirée d'un coup sec en arrière lorsque Torin referma sa main sur ma cheville.

— L'Ombre ! hurlai-je en me décidant enfin à jouer le joker que j'avais dans ma manche.

Il devait bien être quelque part pas loin.

— C'est qui cette Ombre, putain ? cria Torin en me ramenant à lui d'un seul coup violent.

Il me souleva de nouveau et cette fois, au lieu de me crier dessus, il m'embrassa, ses lèvres fermement collées aux miennes, la puissance s'élevant entre nous tandis que le lien qui avait été rejeté, mais pas complètement rompu, revenait à la vie.

— Non ! m'écriai-je en tentant de rejeter la tête en arrière.

Mais il me maintenait, forçant son énergie à entrer en moi. Forçant son pouvoir à se mélanger au mien. Me forçant d'une manière dont aucune femme, ou aucun homme, ne devrait jamais l'être. Je balançai mon genou pour essayer de lui faire mal, mais peu importe ce que je touchai, ça ne suffit pas à l'arrêter.

Donc je le mordis. Aussi fort que je le pus, mes dents déchiquetant ses lèvres avec tellement de force que du sang jaillit dans ma bouche. Avec un grognement, Torin me repoussa, le visage furieux et les sourcils froncés.

— C'est quoi, ça, putain, Mera ? On est de véritables compagnons ! Tu m'appartiens… Qu'est-ce qui ne tourne pas rond chez toi, bon sang ?

Qu'est-ce qui ne tourne pas rond chez moi ? QU'EST-CE QUI NE TOURNE PAS ROND CHEZ MOI ?

— Tu te fais autant d'illusions que ton père, grondai-je. Et je n'appartiens à personne.

À ce stade, les grekins avaient disparu et il ne restait que Torin et moi sur les terres de Torma.

— Tu apprendras, dit-il sans même essayer de cacher son narcissisme. J'ai parcouru un long chemin pendant cette année où tu étais absente, Mera. Et s'il y a bien une chose que j'ai comprise, c'est qu'un métamorphe est plus puissant avec sa véritable compagne.

Je laissai échapper un rire moqueur et léchai mes lèvres sèches ; je pouvais toujours sentir le goût de son sang.

— Je ne suis pas un trophée à trimballer partout dans l'espoir d'augmenter ton pouvoir.

Il s'avança vers moi et tendit les mains pour saisir mon visage, mais cette fois, je l'avais vu venir ; je fis un pas de côté et lançai ma jambe pour le faire tomber. S'il n'avait pas été aussi absorbé par l'idée de m'embrasser de nouveau, il aurait vu mon geste et l'aurait évité. Penser avec sa bite, une faille fatale pour les hommes.

— Je n'appartiens à personne, crachai-je. Je te rép…

Mes paroles pour essayer de rompre notre lien furent interrompues par le rugissement de l'Ombre et, sans mentir, c'était un soulagement de savoir qu'il allait bien et qu'il pouvait m'emmener loin de Torin. Mon précédent plan, celui qui consistait à m'échapper et à voir jusqu'où je pouvais aller, pourrait assurément attendre un autre jour ; apparemment, mon véritable compagnon avait à présent décidé qu'il voulait me revendiquer en tant que compagne-trophée.

— L'Ombre, souffla Torin, qui semblait à la fois paniqué et furieux. C'est lui que tu appelais ? La putain de Bête de l'Ombre ?

Je me penchai plus près, arborant un sourire narquois.

— Je le préfère largement à toi, Torin.

Il essaya à nouveau de se saisir de moi, mais l'Ombre était là à présent, une vision glorieuse, et la chaleur de ses flammes emplit le terrain.

Qui aurait cru que je serais un jour si soulagée de voir cet effrayant enfoiré de géant ?

En mode bestial, l'Ombre abattit une seule paume contre le torse de l'alpha, ce qui envoya Torin valser à travers le champ. Une satisfaction mauvaise m'envahit ; ce stupide enfoiré l'avait mérité, et tellement plus encore.

En dépit du danger mortel que ça représentait de s'attaquer à l'Ombre (il avait vu son père se faire détruire par la bête d'une seule pensée), Torin n'hésita pas à se remettre debout et à essayer d'attaquer. J'aurais en temps normal admiré sa bravoure, mais, dans le cas présent, ça lui collait l'étiquette *trop stupide pour vivre*.

— Tu ne peux pas l'avoir, la bête ! hurla-t-il. Je suis son véritable compagnon et je ne la libérerai pas pour que tu l'aies.

L'Ombre était furieux et ses flammes grandirent tandis que sa taille augmentait d'un coup, plus haute que je ne l'avais jamais vue. Il se déplaça de manière à fermement se placer entre moi et Torin et, vu ses proportions actuelles, je ne pouvais que fixer son derrière.

— L'Ombre, murmurai-je en plaçant ma main sur le bas de son dos.

Ma paume fut engloutie par la chaleur, mais elle ne me brûla pas ; ce n'était pas moi la cible de l'Ombre à cet instant.

— Contentons-nous de partir, ajoutai-je. Il n'en vaut pas la peine. Nous avons les créatures dont il faut s'occuper.

Il m'ignora, et cette fois, je sentis une décharge électrique le long de mon bras, un avertissement pour que je retire ma main. Ce que je fis donc.

— Vous ne pouvez pas ignorer les lois que vous avez établies lors de la création des métamorphes !

Torin était déterminé à hurler des conneries. J'essayai de regarder au-delà de l'Ombre pour tenter de déterminer où était ce bâtard d'alpha, mais à chaque fois que je me déplaçais, l'Ombre trouvait toujours le moyen de me bloquer pour que Torin ne me voie pas.

— J'ai aisément créé ton peuple, il me serait tout aussi facile de vous détruire, gronda l'Ombre.

Le rire de Torin sembla léger, mais je le connaissais depuis assez longtemps pour savoir qu'il était loin d'être détendu.

— Voyez-vous, je ne crois pas que ce soit exactement vrai. J'ai fait quelques recherches durant l'année écoulée, et il s'avère que nous constituons maintenant une part importante de la structure du pouvoir, à la fois de ce monde… et de vous. Sans les métamorphes, vous ne profiteriez pas du niveau actuel d'énergie auquel vous vous êtes habitué.

L'Ombre répandit sa chaleur avec une intensité qui m'indiqua qu'il était à un cheveu de péter complètement un câble.

— Avec qui as-tu parlé ? s'enquit-il. Il n'y a pas moyen que ce savoir soit écrit où que ce soit dans les textes et gravures de la Terre.

Torin se remit à glousser.

— Ouais, mais voyez-vous, nous avons une amie en commun. Elle est allée dans votre monde. Elle a été dans de nombreux mondes, vagabondant, et ça ne m'a pas trop demandé de *persuasion* pour la convaincre de déballer certains de vos secrets.

Vagabondant. Dannie était une vagabonde. C'était comme ça qu'elle s'était toujours décrite.

Cette fois, je ne pris pas la peine de prendre de gants et me jetai sur le côté pour pouvoir contourner l'Ombre.

— Torin ! criai-je. Je vais te tuer si tu lui as fait du mal !

Ma voix changeait à mesure que ma louve s'impliquait. Les yeux de Torin croisèrent les miens et ce fut la première fois que nous nous regardâmes réellement depuis qu'il avait commencé à me pourchasser.

— Reviens à la maison avec moi, Mera, et je m'assurerai qu'il n'arrive plus rien à Dannie.

Mes membres tremblaient, et alors que la chaleur brûlait en moi, je me demandai si elle venait au moins en partie de moi ou si elle était due au feu de l'Ombre. Il était quasi collé contre ma colonne vertébrale.

— Tu peux peut-être m'embrasser contre ma volonté, crachai-je à l'attention de Torin. Tu peux peut-être me toucher, me traîner et me faire mal. Tu as toujours eu plus de pouvoir que moi, mais il y a une chose que tu n'auras jamais, c'est me voir me soumettre à toi de mon plein gré. Demande simplement à l'Ombre. Mon indépendance est ce que j'ai de plus cher.

— Il t'a embrassée contre ton gré ?

Ses mots étaient coupants, chaque syllabe tranchante comme une lame.

Je déglutis difficilement.

— Oui, c'est ce qu'il a fait. Deux fois. Juste avant que vous nous rejoigniez, donc je lui dois un ou deux nez cassés.

La température monta en flèche autour de la bête et j'eus presque le souffle coupé de voir Torin tomber à genoux et d'entendre ses cris résonner. Je relevai rapidement la tête pour apercevoir le visage de l'Ombre ; il faisait plier l'alpha de son regard impassible, des flammes dans les yeux.

Putain de merde.

Je savais exactement ce qui était en train de se passer puisque j'avais déjà ressenti ce pouvoir en particulier auparavant. Même si je ne plaindrais jamais Torin, je voulais que ce soit moi qui brise ce bâtard.

— L'Ombre, appelai-je en posant ma main sur sa peau brûlante. Ça va. Je peux le gérer.

Il émit un grognement de poitrine, mais ne discuta pas et relâcha Torin. L'alpha se remit difficilement debout, ses épaules se soulevant en rythme tandis qu'il se débarrassait de cette douleur. Je me tins prête à ce qu'il attaque, mais il décida de ne pas répondre de cette manière et choisit une autre voie.

Il tendit la main vers moi et avança d'un pas en tremblant.

— Reviens simplement à la maison avec moi, Mera, implora-t-il d'une voix rauque, et nous pourrons travailler sur notre relation. Je sais que tu as toujours voulu être accueillie à bras ouverts dans la meute et maintenant tu peux. La compagne de l'alpha n'aura jamais à craindre pour sa vie.

Il était parvenu à pénétrer dans ma poitrine et à en arracher d'un coup sec mon désir le plus profond, le plus fort. Le vœu que je faisais depuis que j'étais préado. Depuis que j'avais perdu mon père. Depuis que ma vie à Torma avait implosé.

Mais en dépit de son apparente sincérité, je connaissais la vérité : il me contrôlerait pour pouvoir bénéficier du coup de boost à son pouvoir que lui apporterait notre lien.

— Et Sisily ? demandai-je avec un rire moqueur.

— Eh bien, quoi ? rétorqua-t-il tout aussi rapidement. Elle obéit à son alpha, comme le font tous mes loups, et peu importe ce que je décide à propos de ce qui est le mieux pour nous trois, c'est ça qu'il va se passer.

Je plongeai en avant, prête à assassiner ce foutu crétin, même si c'était la dernière chose que j'allais faire. Personne ne pouvait être passé à côté de ses sous-entendus et s'il pensait pouvoir démarrer son propre harem, alors il allait se réveiller avec une lame dans la poitrine. Encore une fois.

Torin et moi tombâmes à terre dans un enchevêtrement de membres et je me transformai au même moment, la douleur presque négligeable sous l'effet de la fureur. Ma louve ne perdit pas de temps à arracher la gorge de Torin et dans un premier temps l'alpha ne lutta pas contre moi ; mon attaque l'avait pris par surprise, mais son instinct de survie se réveilla quelques instants plus tard lorsque lui aussi se transforma en partie. C'était cependant trop tard, car l'Ombre fit irruption dans le combat, m'arrachant de là avant que Torin ne puisse me mordre ne serait-ce qu'une fois.

— Tu ne fais absolument pas le poids face à elle, déclara la bête au métamorphe ensanglanté. Et si tu essaies de la toucher à nouveau, je renoncerai au pouvoir que vous me fournissez et balayerai ton peuple de ce monde.

Torin cracha un peu de sang alors que les balafres sur sa gorge commençaient à guérir ; malheureusement, je n'avais rien touché de vital.

— Vous pouvez peut-être la revendiquer pour l'instant, tant que vous traquez vos créatures de l'ombre, mais elle n'est pas à vous.

Torin ne montrait aucune crainte et je ne savais honnêtement pas d'où lui venait ce courage.

L'Ombre dut penser la même chose tandis que de l'or coulait de nouveau dans ses yeux.

— Tu as brièvement montré les raisons pour lesquelles tu as été choisi pour être son compagnon, mais ce n'est pas assez, et c'est trop tard.

— Jamais ! s'exclama Torin, bouillant de rage. S'il y a bien une chose que j'ai apprise durant cette année, c'est qu'il n'y a que la mort qui est permanente.

Le rire cynique de l'Ombre résonna tandis qu'il tournait les talons, tenant toujours ma louve dans ses bras, et s'avança vers le portail de la bibliothèque.

— La Terre elle-même a entendu ton vœu de mort, clébard. Espérons qu'elle ne décide pas de te prendre au mot.

— Je connais votre faiblesse, Bête de l'Ombre ! beugla Torin en finissant par réussir à se mettre debout au moment même où nous nous volatilisâmes et que l'accès à la Terre nous fut coupé.

Des flammes éclairaient le couloir blanc et, si je n'avais pas été en sûreté dans ses bras, je serais morte brûlée par l'enfer qui faisait rage autour de nous. L'Ombre s'avança sans un mot et, à en juger par son expression, il valait mieux que je garde mes pensées pour moi.

Mais, pour Dannie, j'étais presque prête à risquer son courroux.

J'amorçai la métamorphose vers ma forme humaine et criai alors que je ne pouvais pas ignorer la douleur des os qui se cassaient et se réparaient cette fois. L'Ombre m'étreignit tout le temps du processus et d'une certaine manière ça rendit les choses plus faciles… ou pas. Quand je fus finalement une humaine haletante, toussant et grimaçant, je lui tapotai l'épaule.

— Il faut que j'y retourne, lui dis-je d'un ton pressant. Ils font du mal à mon amie à cause de moi. Enfin, de vous et moi, et c'est notre responsabilité de l'aider.

— Je vais m'en occuper.

— Qu'est-ce que ça veut dire, bon sang ? m'emportai-je d'un ton sec. Il faut qu'on s'en occupe maintenant. S'il vous plaît. Ce n'est pas négociable.

Sa main atterrit sur mes fesses nues en une claque ferme ; son pouvoir déferla en moi et je laissai échapper un cri. Ça ne m'avait pas fait mal à proprement parler, mais c'était un avertissement.

Comme quoi il fallait que je la ferme. Il devait savoir que ça ne risquait pas d'arriver.

En lançant des coups de pied, je commençai à me débattre contre son étreinte et mes efforts me valurent une autre claque sur les fesses. Cette fois-ci, sa main se serra jusqu'à ce que ce soit inconfortable tandis qu'il me maintenait en place tout en continuant à marcher à grandes enjambées.

Qu'il soit maudit ! Donc, à présent, il m'ignorait et s'attendait à ce que je lui fasse simplement confiance et qu'il *s'en occuperait.* Et pourquoi me donnait-il des fessées comme si j'étais une sale gosse, bordel de merde ?

Il n'y avait rien qui ne me fasse plus bouillir le sang, et le fait que sa main était toujours sur mes fesses, les tenant d'une manière presque possessive, me donnait envie de… enfin, merde, ça me troublait. Ça aurait été génial de ne pas être nue à présent, mais je m'étais encore une fois métamorphosée avant d'avoir réfléchi aux conséquences. Ça avait été sympa, cela dit, de tailler Torin en pièces.

— La conversation à propos de Dannie n'est pas terminée, avertis-je l'Ombre. On va y revenir bientôt. Cependant, j'ai d'autres questions qui ont aussi besoin de réponses.

— Évidemment que tu en as, grommela-t-il.

Je l'ignorai et essayai tellement fort d'ignorer sa main que c'en était ridicule.

— Qu'est-ce qui est arrivé à toutes ces créatures de l'ombre ? Même les petits arbres farfadets ont disparu.

Silence.

— Vous les avez capturés et tous emprisonnés pendant que j'avais affaire à Torin ?

À ce stade, nous avions tous deux arrêté de prétendre qu'il avait besoin de mon aide pour les soumettre.

Le silence, encore.

— Qu'est-ce que vous me cachez, l'Ombre ? Qu'est-ce qui est si important dans le Royaume de l'Ombre pour que vous me gardiez avec vous au cas où je pourrais ouvrir la porte ?

Le silence se fit plus intense, bien que je n'aie pas cru cela possible. Nous avions à ce moment-là pénétré dans la bibliothèque et à l'instant où je vis la pièce lumineuse, je ressentis une vague intense d'épuisement. Les métamorphoses rapides drainaient toujours mon énergie.

L'Ombre ne s'arrêta pas. Il ne m'adressa plus la parole. Je n'étais même pas sûre qu'il respirait, mais les flammes continuaient de faire rage à une hauteur impressionnante, ce qui, heureusement, ne mit pas le feu à la bibliothèque. La magie de cet endroit devait la protéger contre les bêtes de l'ombre sauvages et ravageuses. Autrement, j'imaginais qu'elle aurait été réduite en cendres depuis longtemps.

Il me déposa dans ma chambre lorsque nous rejoignîmes son antre.

— L'Ombre ? demandai-je. Il faut qu'on parle de Dannie. Et des créatures de l'ombre. Peut-être même de Torin. C'est important.

Il marqua une pause dans l'encadrement de la porte, sans se retourner.

— La prochaine fois que je reviendrai, déclara-t-il, tu ouvriras la porte du Royaume des Ombres ou je te tuerai moi-même.

Il y eut encore une pause.

— C'est le seul détail important dont tu doives te soucier.

Puis, avec un déferlement de feu qui roussit le chambranle en laissant derrière lui une traînée de braises ardentes et de suie, il quitta la pièce et m'enferma à l'intérieur.

42

— Laissez-moi sortir !

Des jours durant, j'avais cogné et crié contre une porte inébranlable. M'affalant contre elle, je fermai les yeux et me demandai si l'Ombre n'avait pas simplement décidé que c'était la façon la plus facile de s'occuper de moi. J'avais accès à l'eau dans la salle de bain et ça prendrait des mois, voire plus, pour que le manque de nourriture m'affaiblisse. Il n'y avait donc pas de danger intrinsèque, à moins qu'il ne m'oublie pour l'éternité.

Et peut-être était-ce son plan. Mais j'avais de la famille et des amis dont il fallait que je m'occupe et je devais gagner ce pari si c'était la seule chose qui lui ferait tenir parole et me laisser revoir les terres de la meute.

D'après mes calculs, il me restait une semaine pour gagner mon pari, et pour les quelques personnes que j'aimais, je ferais tout ce qu'il fallait.

Peu importe ce que c'était.

Mais je devais d'abord sortir d'ici.

J'avais fini par intégrer à quel point c'était inutile de tambouriner à une porte qui était scellée par quelque chose de plus solide que ce qu'une louve pouvait briser, mais j'étais littéralement incapable de trouver quoi faire d'autre. J'avais tenté d'appeler l'Ange, mais notre lien n'était clairement pas encore assez mûr pour que nous puissions entendre les pensées l'une de l'autre.

J'avais même eu recours à des messages SOS glissés sous ma porte. J'avais dû déchirer du papier dans l'un des livres volés de ma chambre et ça m'avait fait mal, même s'il s'agissait de ces pages blanches à la fin. J'avais utilisé un eye-liner pour écrire une lettre d'appel au secours et vu que personne n'était venu à ma rescousse, j'avais manifestement profané un livre pour rien. J'ajoutai ça à la liste des choses pour lesquelles l'Ombre aurait à payer.

J'explorai également la chambre à la recherche de passages secrets, mais il n'y avait rien à trouver.

À ce stade, j'aurais quitté cette pièce via le Royaume de l'Ombre si j'avais pu comprendre comment l'atteindre. Ce qui était ironique, vu que c'était la seule chose que l'Ombre attendait de moi ; la raison pour laquelle il m'avait enfermée à l'origine.

Si je déverrouillais le royaume, je serais peut-être même libre de retourner à Torma, pari ou non. Je veux dire, ce n'est pas comme si j'allais me joindre à nouveau à la meute, peu importe ce que Torin pensait ; mais j'y retournerais assez longtemps pour m'assurer moi-même que Dannie et Simone allaient bien. Puis j'embrasserais ma liberté comme jamais je ne l'avais fait auparavant.

Torin.

C'était quoi son problème de toute façon, à ce bâtard de métamorphe ? Depuis quand avait-il décidé de changer d'avis, à propos de lien de véritable âme sœur ? J'avais l'impression que c'était un coup de force, sans parler de contrôle : il ne voulait pas que sa véritable compagne vagabonde librement autour du monde.

Non pas qu'il ait longtemps à s'en soucier… j'allais rompre le lien dès que nous nous retrouverions de nouveau dans la même pièce.

Pour le moment, j'étais vautrée en travers du lit et laissais toutes ces pensées me consumer. Le manque de nourriture ne m'affaiblissait pas encore, mais j'étais fatiguée. C'était peut-être le moment de faire une sieste. Peut-être que dans mes rêves j'allais trouver le chemin menant au monde de l'ombre, ouvrir la porte et que la bête me relâcherait de son emprise.

Peut-être allais-je enfin comprendre ce à côté de quoi j'étais passée à propos du sort qui maintenait la porte. Qu'avions-nous tous manqué ? En toute franchise, comment allais-je résoudre cette énigme quand une bande de puissants bâtards semblables à des dieux n'avaient pas réussi à le faire ?

Je m'assoupis à un moment donné de mes réflexions et de mon stress, avec pour seul compagnon mon estomac gargouillant. Mes rêves suivirent le même fil conducteur sombre que mes pensées, des entailles de rouge et d'or éparpillées à travers un monde empli d'ombres. J'étais en train de courir, de poursuivre, de chasser. La louve avait le contrôle tandis que nous laissions les couleurs nous glisser dessus. Seulement, nous n'avions pas de vrai corps. Nous étions louve, mais pas celle que nous connaissions sur Terre. Cette louve embrassait les ténèbres brodées de fils de feu. Cette louve pouvait glisser de sa forme solide et ne faire qu'une avec l'ombre. Et quand nous étions l'ombre, nous étions puissantes… invincibles.

La sensation était entêtante et je n'essayai même pas de lutter contre alors que nous nous perdions dans les ténèbres. C'était là que nous aurions dû être, tout ce temps. C'était ma vocation… ma destinée. Le Royaume de l'Ombre…

Je me redressai d'un coup, me défaisant en un battement de cœur de la désorientation laissée par le rêve, même si ma respiration était saccadée.

Ça avait semblé si réel.

Je pouvais toujours sentir sur ma langue le goût de la fumée âcre des contrées que nous avions traversées ; toujours sentir les volutes froides du brouillard sur ma peau ; désirant plus que tout l'immense liberté qui s'était étendue devant moi.

J'eus des haut-le-cœur tandis que je luttais contre la sensation perturbante d'exister entre deux lieux. Avais-je réellement été dans le Royaume de l'Ombre durant ce rêve ? Où était-ce juste une manifestation de l'ordre que m'avait donné l'Ombre d'ouvrir le passage ?

La désorientation ne s'estompa pas, alors même que je restais assise là pendant de longues minutes, secouant la tête et me donnant de temps à autre des claques sur les joues. Je me mis sur mes pieds en chancelant ; mon idée suivante était de m'ébrouer entièrement, puis de prendre une douche froide. Je fermai d'abord les yeux et secouai mes bras et mes jambes ; des picotements suivirent chaque mouvement, comme si mes membres avaient été endormis bien plus longtemps que ce que le rêve avait indiqué.

Pourtant, il persistait une deuxième vue sombre en plein dans ma vision périphérique. Je n'arrêtais pas d'apercevoir des mouvements dans l'obscurité sur les côtés, mais quand je me tournais, il n'y avait rien. La vision double me donna la nausée tandis que je courais dans la salle de bain, réglant l'eau de la douche au plus froid et y sautai tout habillée. Fermant complètement les yeux, je laissai tomber ma tête contre le mur.

Le choc de l'eau gelée fit l'affaire, puisque l'effervescence qui régnait dans ma tête se calma et, quand je rouvris enfin les yeux, les ombres avaient disparu. En ajustant la température de l'eau, je m'affaissai sous l'eau chaude en serrant mes bras autour de mes jambes. Ma joue reposait contre mes genoux tandis que je songeais à la possibilité d'avoir atteint dans mes rêves le Royaume de l'Ombre. Et d'avoir peut-être libéré quelque part d'autres créatures.

Après m'être finalement calmée, mes pensées tournèrent autour d'une seule chose : à quel point il avait été stupide de rompre le lien avec l'endroit dont j'avais le plus besoin. J'avais laissé la peur prendre possession de moi et laissé passer une opportunité. J'allais devoir faire mieux que ça dans le futur, sans quoi je serais coincée dans cette pièce pour le restant de mes jours.

Une fois que j'eus terminé de m'apitoyer sur mon sort, je me débarrassai de mes vêtements mouillés sur le sol de la salle de bain, trottinant nue jusqu'à la chambre principale. Mon attention était focalisée sur le sol pendant que j'avançais ; j'étais en colère contre mes prises de décisions stupides et ne fis pas attention à l'intrus dans ma chambre.

Il plongea vers moi, une créature des ténèbres que je n'avais jamais vue avant, et je tombai au sol en un tas de chair nu, criant comme un foutu putois. À la seconde où ma peau et celle de la créature entrèrent en contact, je sentis le feu parcourir mes terminaisons nerveuses, tout comme quand l'Ombre me touchait.

Elle me cracha dessus dans une langue étrangère que j'ignorai alors que je balançais mon coude pour lui donner un coup en travers du visage, l'éloignant de moi. La douleur s'estompa quand le contact entre nous fut rompu et, en dehors de deux brûlures en forme de mains entre mes seins et mes épaules, il n'y avait pas d'autres marques sur ma peau. De ce que je pouvais voir.

Je reportai toute mon attention sur le spectre de l'ombre tandis qu'il inclinait sa tête sur le côté en m'observant. D'autres sifflements se firent entendre.

— Désolée, je ne parle pas le créature de l'ombre, dis-je sèchement en mettant les mains devant moi au cas où j'aurais encore besoin de me défendre.

Maintenant qu'elle n'était plus au-dessus de moi, j'avais le temps d'observer vraiment ce à quoi je faisais face. Cette créature spéciale possédait quatre bras, deux paires de chaque côté du torse, et se tenait debout sur des pattes arrière semblables à celles d'un loup. Le visage ressemblait lui aussi à celui d'un loup, avec son museau allongé, ses dents aiguisées et ses yeux noirs perçants. Elle correspondait bien au stéréotype du Royaume de l'Ombre, tout en nuances de noir et de gris, et elle n'était pas contente.

Elle agita de nouveau ses bras et se remit à siffler.

— Putain de merde ! jurai-je.

Je courus vers le côté pour la contourner.

— L'Ombre ! m'écriai-je en me jetant contre la porte de tout mon poids. Noir d'Encre ! Gaster !

Un de ces crétins devait bien être dans le coin !

L'Ombre avait forcément ressenti la perturbation ; ça avait été le cas la première fois que j'avais touché le Royaume de l'Ombre.

Il fallait juste que je tienne le coup assez longtemps pour qu'il arrive et me libère de cette foutue prison.

Faisant volte-face en appuyant mon dos contre la porte, je fus surprise de constater que cette *chose* se tenait toujours dans la même position et m'observait attentivement. Lorsque nos regards se croisèrent, elle fit un pas en avant et je me tins prête.

Être attaquée avait provoqué un déferlement d'adrénaline et j'en avais oublié que j'avais contrôlé les créatures de l'Ombre quand j'étais sur Terre. Une chose que je n'avais pas eu le temps de dire à l'Ombre ou à qui que ce soit d'autre.

Est-ce que je pouvais aussi contrôler celle-là ?

— Stop ! lui ordonnai-je. Ne fais pas un pas de plus.

Elle s'avança.

Et merde !

Quelle que soit cette créature, elle dégageait une sensation de puissance, avec une présence imposante. Elle était presque majestueuse tandis qu'elle me regardait dans le blanc de l'œil, perchée sur ses pattes arrière de loup. Et le fait qu'elle soit trop puissante pour que je puisse la contrôler ne présageait rien de bon quant à mes chances de survie. Tout particulièrement quand on prenait en compte une puissance de feu similaire à celle de l'Ombre.

— Que veux-tu ? demandai-je bêtement étant donné qu'elle s'exprimait par des clics et des claquements.

Elle s'avança encore d'un pas, sans faire de bruit étant donné qu'elle était clairement plus intelligente que moi et comprenait que nous ne pouvions pas communiquer. Je ne pouvais pas reculer plus loin puisque j'avais déjà le dos collé à la porte. De fait, quand quelqu'un l'ouvrit avec fracas, je fus projetée en avant et m'écrasai face contre terre ; un éclair de douleur fusa dans mon nez et mes joues.

— Pouah, grognai-je en sentant le goût du sang, tandis que je me relevais péniblement à quatre pattes.

Sous cet angle, je ne pouvais voir qui avait surgi par la porte. Était-ce l'Ombre ? Ou est-ce que ça pouvait être une autre bête qui voulait elle aussi me tuer ? Peut-être que « Quatre-Bras » avait un ami ?

Peut-être m'étais-je cogné la tête très fort et que ce n'était qu'un rêve ? Ou qu'Ombre m'avait assassinée dans mon sommeil et que c'était ma vie dans l'au-delà ?

Tant de questions.

Si peu de réponses.

L'histoire de ma vie.

43

Mon nez avait déjà guéri le temps que je me remette debout et je me concentrai sur les deux silhouettes qui feulaient l'une contre l'autre. Ce fut un vrai soulagement de voir un mâle familier de deux mètres cinquante de haut avec de larges épaules et une tignasse bouclée. L'Ombre dominait la bête à l'allure de gros loup, ce qui normalement aurait été bon signe, mais il arborait une expression étrange que je n'aimais pas. Ce n'était pas de la peur, mais il était perturbé et une chose était claire : ce n'était pas une créature de l'ombre ordinaire.

Les deux commencèrent à chuinter l'un après l'autre, en alternance, et j'aurais aimé pouvoir comprendre ce qu'ils se racontaient. Le visage de l'Ombre était la noirceur personnifiée tandis qu'il me jetait un regard assassin ; ça me donna envie de bouger mes fesses nues et ensanglantées de là, parce que ces gars-là ne rigolaient pas.

— C'est quoi, ce bordel ? demandai-je en essuyant du sang sur mon menton. C'est quoi, cette créature ?

L'Ombre me fixa comme si c'était moi le monstre de la pièce.

— Qu'est-ce que tu as fait ? s'enquit-il. Tu as libéré Igorna du royaume. C'est un des membres les plus en vue d'une des familles royales.

Igorna.

C'était un nom et pas une simple classification de créatures. Apparemment, celle-ci était très différente des autres. Une noble.

— Et il a dit que tu avais essayé de le contrôler. Il a ressenti une pulsion, celle d'obéir à l'ordre d'un alpha.

Oups. J'avais dévoilé ma main là et, franchement, ni l'un ni l'autre ne semblait d'humeur à écouter mes mensonges à propos de ce qu'il s'était passé.

— J'ai plus ou moins contrôlé deux-trois créatures de l'ombre sur Terre, mais je ne sais pas du tout comment j'ai fait ça, donc ne vous donnez pas la peine de me poser la question. C'est autant un mystère pour moi que pour vous.

L'Ombre tendit le bras et enroula sa main autour de mon biceps pour m'attirer de son côté.

— Ne t'approche pas de lui, m'avertit-il.

— J'en avais pas l'intention, ricanai-je. J'ai déjà les marques de quand il s'est jeté sur moi la première fois.

L'Ombre s'immobilisa et bien qu'il n'ait pas quitté Igorna des yeux, je pouvais sentir son attention.

— Quelles marques ?

Relevant mes longs cheveux, je dévoilai mes seins parce que, à ce moment-là, c'était le cadet de mes soucis. Je lui reconnus un certain mérite, car ses yeux se posèrent sur les marques de mains sur ma peau, quelques nuances plus sombres que le ton bronzé de ma poitrine, et ne descendirent pas plus bas.

Il pinça les lèvres. Ce que j'avais appris à reconnaître comme un très mauvais signe de sa part.

— Habille-toi ! aboya-t-il en me libérant de son regard inquisiteur et de son étreinte ferme. Il semblerait qu'Igorna et moi devions avoir une petite discussion à propos de toucher à mes affaires.

Luttant contre l'envie de lui rappeler que je n'étais la possession de personne, je décidai que le moment était mal choisi et fis ce qu'il me demandait. Je m'avançai et restai contre le mur pour ne pas croiser le chemin d'Igorna. En atteignant mon armoire, je regardai par-dessus mon épaule pour découvrir ses yeux perçants fixés sur moi.

L'Ombre se rapprocha et émit un grondement de poitrine en signe d'avertissement. Igorna retroussa les lèvres et grogna en réponse, dévoilant des crocs impressionnants, mais ne bougea pas. C'était rassurant. Peut-être que l'Ombre avait toujours le dessus sur ce type-loup.

Vu que personne ne bougeait, je me retournai et attrapai les premiers vêtements qui me tombèrent sous la main ; un pull en coton, un T-shirt gris et des chaussettes. Je ne sais pour quelle foutue raison l'armoire magique m'avait donné des chaussettes et pas de sous-vêtements, mais je n'allais pas discuter. Je remarquai en passant le T-shirt que la marque sur ma poitrine avait à présent disparu, le pouvoir de guérison des métamorphes ayant fait son effet.

Mais le mal était déjà fait concernant l'Ombre et son humeur. Pour la mienne aussi, en toute honnêteté.

Les chuintements se firent bruyants tandis que je me faufilais le long du mur, et les yeux de l'Ombre se dirigèrent droit sur moi. Igorna se retourna lui aussi et, avec ses traits si étranges, je ne pus deviner ce qu'il pensait.

— Qu'est-ce qu'il dit ? demandai-je à l'Ombre. Est-ce que je l'ai attiré ici depuis le Royaume de l'Ombre ? Ou est-ce que j'ai simplement ouvert un passage qu'il a emprunté ?

J'étais incapable de supporter le suspense plus longtemps.

L'Ombre ne répondit pas, trop occupé qu'il était à feuler contre la créature, et j'étais sur le point de péter un câble quand il finit par expliquer :

— Il ne sait pas ce qu'il s'est passé. Il était sorti chasser quand il a senti ta présence. Il a suivi l'énergie et ça l'a conduit dans notre monde. Le prince n'est pas content de se retrouver coincé en dehors du Royaume de l'Ombre.

Je m'interrogeai : et si je n'avais pas fait plus pendant mon rêve que de simplement me créer un chemin vers le Royaume des Ombres ?

— Est-ce que la porte de l'ombre dans la bibliothèque est toujours verrouillée ? m'enquis-je. Peut-être que je l'ai ouverte quand j'étais là-bas.

Comme si je l'avais invoqué en posant cette question, Noir d'Encre s'infiltra dans ma chambre, se frayant en tourbillonnant un chemin autour de l'Ombre.

— La porte reste inchangée. Tu es passée outre, comme d'habitude.

— Alors, qu'est-ce qu'on va faire à propos de notre nouvel invité ? demandai-je. Et est-ce que j'ai libéré autre chose cette fois ?

La mâchoire de l'Ombre aurait pu couper du verre tellement elle était tendue, et il fit une petite grimace tout en expirant.

— Je n'ai pas eu le temps d'enquêter pour savoir s'il y en avait d'autres, et Igorna va représenter un léger problème vu que le pouvoir que détient cette bête est proche du mien. Tout particulièrement quand je suis sous cette forme.

Sous cette forme ?

— Vous avez une autre forme ?

Mon cerveau devint fou à essayer de l'imaginer se métamorphosant en autre chose. Est-ce qu'il voulait parler du truc de loup de feu qu'il faisait ? Ou y avait-il un tout autre côté de l'Ombre ? Était-ce comme celui d'Igorna ? Ou totalement autre chose ?

Peut-être avait-il façonné les métamorphes à son image ?

— Tu dois quitter la pièce maintenant, Mera, reprit-il d'un ton qui ne souffrait aucune discussion.

En me dirigeant vers la porte, j'eus une hésitation et me retournai pour le fixer du regard.

— Est-ce que ça va aller, l'Ombre ?

— Très bien ! aboya-t-il d'un ton sec. Nous deux, on a juste besoin d'avoir une petite discussion.

Igorna feula plus fort qu'il ne l'avait fait jusque-là, et je n'aimai pas comment ça sonna. Mais je n'avais pas ma place ici, dans une bagarre entre bêtes de l'ombre. Il ne me restait plus qu'à espérer que l'Ombre prouverait une fois de plus que les rumeurs étaient vraies et qu'il était le plus terrifiant des deux.

44

Je sortis en trombe de ma chambre et me dirigeai tout droit vers la Bibliothèque de la Connaissance. L'envie de retourner en courant auprès de l'Ombre était forte, mais je ne pouvais rien faire pour l'aider, à part m'immiscer entre les deux et mourir. C'était l'être le plus effrayant, le plus charismatique que j'aie jamais rencontré, et je devais croire qu'il pouvait se défendre. Sans parler du fait que ce bâtard m'avait enfermée pendant des jours, donc allais-je réellement le pleurer s'il mourait ?

En entrant dans la bibliothèque, je n'arrivai pas à croire que tout était normal. Lumineux et spacieux, rempli d'êtres qui s'agitaient dans tous les sens, concentrés sur leurs recherches. Comme si aucun d'entre eux n'avait eu connaissance des jours que j'avais passés enfermée. Ou des nouveaux dangers obscurs que j'avais apportés parmi nous.

En marchant à travers les étagères, j'ignorai les regards confus. Ils n'avaient jamais vu de nana en quête de nourriture avant ou quoi ?

Mes oreilles captèrent une voix guillerette.

— Mademoiselle Mera ! Vous avez enfin fini votre projet de recherche ! Vous nous avez manqué.

Je m'arrêtai et me retournai pour découvrir derrière moi Gaster et son sourire sincère. Ravalant ma fureur, je me forçai à sourire moi aussi. Lorsque je m'étais retrouvée coincée dans la chambre, je m'étais sentie trahie par lui… par tout le monde. J'avais imaginé qu'ils savaient tous que j'étais emprisonnée et que personne n'avait même glissé un peu de nourriture sous la porte. En toute logique, je savais qu'il était stupide de m'attendre à ce que les gens défient l'Ombre, mais ça m'avait quand même blessée.

— Un projet de recherche ?

Il hocha la tête avec enthousiasme.

— Oui ! L'Ombre nous a dit que vous l'aidiez et que vous ne vouliez pas être dérangée.

Il a dit ça, hein ?

— L'Ombre est un putain de menteur, répliquai-je en lui retournant son sourire. J'étais enfermée dans ma chambre, prisonnière, sans nourriture ni de quoi me divertir. Donc si vous voulez bien m'excuser…

Je m'en allai d'un pas décidé, mais pas avant d'avoir vu son visage se décomposer. Oui, c'était méchant et vache de ma part alors qu'il ne le méritait pas, mais j'étais affamée et stressée, et ce n'était jamais le moment de m'acculer avec de la bonne humeur stupide.

En entrant dans le réfectoire, ma première action fut de jeter un coup d'œil à la recherche de l'Ange, mais sa place était libre. Forcément. J'étais parvenue à sortir de ma prison et ma seule amie était portée disparue. À l'évidence, elle avait une vie dans laquelle je n'étais pas impliquée et la chienne en manque d'affection que j'étais n'aimait pas ça. Avec un peu de chance, elle avait au moins remarqué mon absence et posé des questions à mon sujet. J'avais besoin de croire qu'il y avait au moins une créature surnaturelle ici qui se souciait de moi. Vu que ce n'était manifestement pas le cas de l'Ombre.

Noir d'Encre surgit de nulle part et s'enroula autour de moi, comme s'il voulait me rappeler que je lui importais.

— Tu t'en fiches, déclarai-je en le chassant. Tu n'es que le lèche-bottes de l'Ombre et ça veut dire que je ne peux pas te faire confiance.

Noir d'Encre enfla, et comme ça faisait longtemps que je ne l'avais pas vu faire ça, je le fixai du regard, hypnotisée par la beauté de ses synapses qui lançaient des étincelles. Pendant une minute, avant de me forcer à me détourner. Il était temps de commencer à prendre mes distances avec l'Ombre et tout ce qui était relié à son monde.

Les petits serveurs de métal s'affairèrent autour de moi. Je m'étais vraiment habituée à ces êtres du genre robotique, après avoir appris qu'ils venaient de la Faerie. Je n'aimais pas que l'on me serve en règle générale, mais de ce que je savais, ils se fichaient des tâches qu'ils se voyaient attribuer. Après tout, ils avaient été créés par les faes dans le seul but de servir. Leurs «visages» carrés et métalliques n'avaient ni yeux ni bouche, donc il n'y avait pas moyen de savoir s'ils étaient heureux, mais quelque part je doutais qu'ils ressentent même ce genre d'émotions.

Ou peut-être était-ce ma justification parce que j'appréciais énormément leur service efficace.

Une fois ma commande passée, je me rassis en essayant d'oublier les gargouillements de mon estomac et la petite part de moi qui se faisait du souci pour l'Ombre.

— Pourquoi êtes-vous encore assise là ?

Je me retournai brusquement et découvris l'Ange sur ma droite.

— Est-ce que vous venez juste de…

Je jetai un œil alentour pour essayer de comprendre comment elle avait pu arriver ici si rapidement et sans que je m'en rende compte. Était-elle apparue comme par enchantement ? Ou pouvait-elle se déplacer en super vitesse ?

— L'Ombre est occupé avec une autre entité puissante, chuchota-t-elle en se penchant plus près de mon oreille. Mes espions m'ont dit qu'il serait absent pendant au moins quelques heures. C'est le moment de vous envoyer en l'air.

J'aurais dû être sur mes pieds à courir pour sortir du réfectoire à toute vitesse, mais j'hésitai.

— Il me faut d'abord de la nourriture. Je n'ai pas mangé depuis des jours.

Elle se pencha en arrière, m'observant plus minutieusement, les sourcils froncés.

— Laissez-moi deviner. L'Ombre ne vous a pas assigné un projet de recherche.

Je secouai la tête et elle émit un grondement de colère.

— Il va falloir que je lui mette une raclée.

Tu n'es pas la seule, meuf. Pas du tout.

— Il m'a enfermée dans ma chambre jusqu'à ce que je découvre comment ouvrir le Royaume de l'Ombre. J'ai essayé de vous appeler via notre lien, mais je n'ai probablement aucune idée de comment il fonctionne réellement.

Son visage angélique se transforma l'espace d'un instant en quelque chose proche d'un messager de la mort vengeur. Il n'en était pas moins magnifique, mais il y avait quelque chose de terrifiant dans son intensité. Le genre de visage qui ferait fuir n'importe quelle personne vers qui il se braquait.

— Cela va prendre du temps pour que notre lien mûrisse, expliqua-t-elle d'un ton sec. Vous finirez par me ressentir comme une part de votre énergie, d'une manière similaire à votre louve.

Je hochai la tête car ça me semblait logique.

— Et l'Ombre est le prochain sur ma liste, gronda-t-elle. Je vais le détruire. Je lui ai posé sans détour des questions à propos de vous et je n'apprécie pas que l'on me mente.

— Techniquement, il n'a pas menti, soupirai-je. Il m'a laissée là pour que je découvre comment ouvrir la porte menant au Royaume des Ombres. J'imagine que c'était son «projet spécial».

— Un mensonge par omission est quand même un mensonge. Je me renseignais sur votre bien-être et vous laisser mourir de faim n'assure en rien une santé optimale.

J'avais découvert que plus elle était énervée et plus son langage était soutenu.

Je haussai les épaules.

— Je ne risque certainement pas de contester le fait de projeter sa mort. Faites-moi savoir si vous avez besoin d'idées.

Elle m'adressa un sourire éclatant, bien qu'un peu cassant vu que son visage était encore pincé de colère.

— J'ai entendu dire que le signe d'une véritable amitié sur Terre c'était de trouver quelqu'un qui vous aiderait à cacher un corps.

Je lui fis un sourire assorti au sien.

— C'est exact, mon amie. C'est exactement ça. Et si jamais vous en aviez besoin, n'hésitez pas à m'appeler à l'aide. Je suis totalement la fille qu'il vous faut. Je ne poserai pas de questions.

L'Ange me prit dans ses bras et la tension accumulée ces derniers jours s'estompa un peu. Par-dessus son épaule, je vis une grosse dizaine de visages choqués pointés dans notre direction, ce qui ne me surprit absolument pas. C'était un comportement hautement inhabituel pour qui que ce soit ici, encore plus pour quelqu'un venant des Champs d'Honneur.

Je la serrai fort en retour et elle laissa échapper un grand souffle d'air.

— Voilà une autre coutume humaine à laquelle je pourrais m'habituer, murmura-t-elle. J'ai souvent observé ça de loin et à présent je comprends les expressions qu'ils arboraient.

Ses mots attendrirent mon cœur et me libérèrent encore plus de la tension de la colère. Ça faisait longtemps que l'on ne m'avait pas étreinte avec attention comme ça, et la métamorphe triste en moi s'en imprégna le plus possible.

Lorsque nous nous éloignâmes l'une de l'autre, aucune ne sut quoi dire ; nous n'étions pas vraiment le genre de nanas à exprimer nos émotions les plus profondes. Ce fut donc avec un raclement rapide de la gorge que nous reportâmes notre attention sur la nourriture qui venait d'arriver, grâce à un serveur. Celle de l'Ange apparaissait toujours quelques minutes après qu'elle s'était assise, même si je ne l'avais jamais vue réellement passer commande. C'était un talent que j'aurais aimé posséder, mais au moins les miens n'étaient pas très loin derrière les siens.

Je me jetai sur mon repas comme si je n'avais pas mangé depuis des mois. Les métamorphes ne géraient pas bien la privation de nourriture, même si techniquement nous pouvions laisser passer beaucoup de temps entre deux repas. Aujourd'hui, tout me semblait meilleur que ce que j'avais jamais mangé. Le pain était sucré avec juste ce qu'il fallait de beurre, et le ragoût relevé, les épices et les saveurs explosant sur ma langue. Il y avait aussi cette boisson délicieuse, fruitée, pétillante qui faisait penser à du soda, mais en plus léger et avec moins de sucre.

L'Ange secoua la tête en émettant un petit gloussement guttural.

— Je n'envie pas beaucoup les humains, mais quand je vous vois manger avec une telle délectation, je brûle d'envie de connaître un moment de joie similaire.

— Êtes-vous sûre de ne pas pouvoir manger la nourriture avec laquelle vous jouez ?

Elle haussa les épaules.

— Je n'en ai pas besoin pour me sustenter, mais peut-être que…

Avec un regard curieux, elle leva un morceau de pain beurré à ses lèvres. Elle inhala pour d'abord sentir la nourriture, comme le faisaient tous les gourmets qui se respectaient, et quand ses dents mordirent dedans, elle mâcha d'un air pensif avant de faire la grimace et de le recracher.

— D'accord, ce n'est pas bon, souffla-t-elle. Je ne passe peut-être pas à côté de grand-chose finalement.

Je pouffai et finis par éclater d'un rire franc. Son visage exprimait tellement la déception et le dégoût. Quelle douche froide après tout ce temps passé à imaginer quel goût ça pouvait avoir !

— La prochaine fois, on pourrait peut-être essayer le chocolat, suggérai-je. C'est votre meilleure chance de trouver de la nourriture à la hauteur de vos attentes, ou qui les dépasse.

Ses yeux plissés indiquaient qu'elle n'était pas réellement confiante, mais elle ne discuta pas.

— Ne devrions-nous pas découvrir ce chocolat sur Terre ? demanda-t-elle.

Ça me rappela qu'elle m'avait au départ cherchée pour tenter de m'aider à m'enfuir pendant que l'Ombre était occupé avec Igorna. Une opportunité que j'aurais dû saisir à pleines mains, mais, pour une raison quelconque, j'hésitais encore.

— L'Ombre est en train d'affronter une créature puissante, murmurai-je. Elle était plus forte que toutes celles que nous avons rassemblées. Est-ce qu'on ne devrait pas s'assurer qu'il va bien ?

Elle pinça les lèvres en ignorant ma question.

— Comment vous êtes-vous retrouvée couverte de sang ?

Ce ne fut qu'à cet instant que ça me traversa l'esprit : j'étais assise ici avec elle depuis vingt minutes, du sang étalé sur la figure, et elle n'avait pas posé de questions jusque-là.

— N'aviez-vous pas remarqué ça avant ?

— J'avais remarqué, confirma-t-elle rapidement. Mais je me suis dit que si vous vouliez que je sache pourquoi, vous en auriez parlé. Ce n'est pas poli de demander.

Je lui donnai gentiment un coup de coude.

— Vous avez manifestement passé une trop grande partie de votre vie à côtoyer la violence si ça ne vous fait rien de voir quelqu'un déjeuner avec désinvolture tout en étant couvert de sang.

Les démons émotionnels qui rongeaient l'Ange flamboyèrent dans ses yeux expressifs.

— Je n'ai jamais entendu de paroles plus vraies. La violence coule dans mon sang, dans celui de ma famille, et mon passé ainsi que mon futur seront peints de nuances de rouge.

Elle émit un gloussement dénué d'humour et ajouta :

— Métaphoriquement parlant, puisque mon sang n'est pas de la même couleur que celui des humains.

Voilà qui était intéressant. Mais je n'eus pas le temps de lui demander que quelle couleur il était, car un rugissement déchira l'air avec assez de force pour me faire chuter au sol. L'Ange me rattrapa avant que je ne m'écrase face contre terre, et tandis qu'elle me tirait pour que je me remette debout avec le genre de force que j'associais à Ombre, nous nous retrouvâmes face à la chose qui venait vers nous.

Je me sentis quelque part un peu plus confiante avec mon amie à mes côtés.

45

— Restez derrière moi ! siffla l'Ange en s'arc-boutant vers l'avant en une pose faite pour les attaques rapides et puissantes. C'est un chasseur d'ombres.

Je n'avais jamais entendu parler des chasseurs d'ombres, mais la tension dans sa voix m'indiqua que ce n'était pas une bonne nouvelle. Il était probablement là à cause moi et, une fois de plus, je prouvais que j'étais bien trop stupide pour être livrée à moi-même.

Ce qui était la faute de l'Ombre, en fait, à insister pour que je me connecte au Royaume de l'Ombre.

Non, je n'avais pas de problème à lui coller quatre-vingt-dix pour cent de la responsabilité sur le dos.

— Derrière moi ! déclara-t-elle de nouveau quand je me glissai sur le côté pour la contourner.

— Ma belle, je ne joue pas comme ça, rétorquai-je dans son dos. Je ne me suis jamais reposée sur qui que ce soit pour se battre à ma place, et je ne vais pas commencer avec vous. Nous sommes solidaires.

Il n'y avait rien de mal à attendre qu'un preux chevalier vienne vous sauver ; c'était le rêve de beaucoup de jeunes métamorphes, mais ce n'était pas le mien. Mon chevalier se serait sûrement pointé dans une armure couverte de crasse et de rouille et m'aurait déçue encore et encore. Pourquoi attendre ? Pourquoi avoir des espoirs quand on nous prouvait sans cesse que ça ne servait à rien ?

L'Ange se contenta de secouer la tête mais ne discuta pas.

— Et puis, ajoutai-je, je sais et je reconnais que vous êtes dix fois plus *badass* que moi. Mais ça ne m'empêchera pas de me battre à vos côtés.

Avant qu'elle ne puisse répondre, d'autres rugissements résonnèrent dans la pièce et ma louve s'agita dans ma poitrine, essayant de bondir en avant en émettant son propre hurlement. J'avais la sensation qu'attirer l'attention sur nous serait une mauvaise idée ; je l'enfermai donc du mieux que je pus.

Deux chasseurs d'ombres firent leur apparition, enveloppés de noir de la tête aux pieds, défilant rapidement entre les rangées. La fébrilité de ma louve se fit plus intense et je me demandai pourquoi tout ce qui concernait le Royaume de l'Ombre la faisait réagir avec une telle violence. Est-ce que ça pouvait être simplement une histoire de connexion à la Bête de l'Ombre ? Ou était-ce autre chose ?

Et arriverais-je à résoudre ces énigmes avant que l'une de ces créatures ne m'abatte ?

— Ils sont deux, cracha l'Ange.

Il y eut un frémissement de lumière le long de sa peau tandis qu'elle déployait subitement ses ailes et que des armes apparaissaient dans chacune de ses mains. Il s'agissait de lames courbes, d'or et d'argent scintillants, dont la pointe était méchamment affûtée.

— Pourquoi sont-ils là ? chuchotai-je. Et comment on en vient à bout ?

Elle se pencha encore plus en avant, faisant tournoyer les lames autour de ses mains avec le genre d'habileté que jamais je ne posséderais : si j'essayais, même vaguement, de faire la même chose, je me sectionnerais les deux bras.

Elle n'avait peut-être pas réellement besoin de moi à ses côtés.

— Je n'ai jamais entendu dire qu'ils se baladaient hors du Royaume de l'Ombre, déclara-t-elle sans se soucier de cacher son agacement. Ils sont utilisés pour retrouver n'importe quelle créature qui aurait échappé au contrôle royal. Un peu comme des chasseurs de primes surnaturels. Que font-ils ici ? Je n'en ai aucune idée, mais le fait qu'ils soient arrivés alors que la Bête de l'Ombre est occupée ne présage rien de bon.

Puisque j'étais presque certaine que c'était ma faute, je devais faire tout ce qui était en mon pouvoir pour m'assurer que personne ne serait blessé. Et il allait sérieusement falloir que je trouve comment les renvoyer parce qu'il commençait à présent à y avoir foule de ce côté de la porte. Sans parler du fait que je commençais à comprendre pourquoi l'accès avait été bloqué en premier lieu. Les créatures de l'ombre étaient simplement comme la Bête de l'Ombre : dangereuses et incontrôlables. Un seul comme lui dans le Système Solaris était largement suffisant.

Le silence peu naturel fut brisé par un nouveau rugissement, suivi d'un bruit de bousculade tandis que tout le monde se précipitait hors du réfectoire, essayant d'échapper au sort que ces deux-là leur réserveraient.

— Qu'est-ce qu'il y a sous leur cape ? murmurai-je. Je n'ai même pas vu leurs têtes bouger lorsqu'ils ont hurlé.

L'Ange secoua la tête sans que sa concentration faiblisse pour autant.

— Personne ne le sait. Ils portent toujours un voile et leurs cris sont paralysants pour toutes les créatures ayant un niveau d'énergie plus faible que le leur. Ce qui veut dire à peu près toutes.

Génial.

— Au moins, nous sommes toujours debout.

Voir le bon côté des choses n'était habituellement pas mon point fort, mais j'en avais besoin, là. Peut-être que l'Ange et moi pourrions au moins les retenir le temps que les secours arrivent.

À moins que *nous* ne soyons les secours.

— J'ai eu maille à partir avec un chasseur d'ombres auparavant, raconta-t-elle en faisant tournoyer ses lames de nouveau. Un seul ne fait pas le poids face à moi, mais deux…

Elle n'avait pas besoin d'en dire plus. Elle ne savait pas si elle pourrait se charger des deux.

— Je jouerai le rôle de la diversion agaçante. Ça pourrait vous donner un avantage, déclarai-je, tandis qu'un autre cri, plus puissant cette fois, me mit presque à terre.

Ils se tenaient au milieu de la rangée, et l'Ange s'évertuait à essayer de me tenir hors de leur chemin. Quand il lui apparut évident que je n'allais pas bouger, elle laissa échapper un soupir et se jeta en avant, choisissant d'attaquer en premier.

Ses ailes relâchèrent une puissante bourrasque d'air qui renversa les deux silhouettes encapuchonnées, leurs visages restant bien cachés dans l'obscurité de leurs capuches. À cette distance, je pouvais dire qu'ils étaient grands, de constitution solide, et recouverts de la tête aux pieds d'un brouillard noir.

L'Ange entra en collision avec le plus proche des deux, son arme décrivant un arc rapide et tranchant ; dans le même temps, elle lâcha celle qu'elle tenait de la main gauche et l'envoya voler au-dessus de la table. Le deuxième chasseur réussit à l'éviter, mais la lame courbe revint à l'Ange à temps pour qu'elle puisse la relancer, tout en parant les coups de celui qu'elle affrontait face à face.

Les cris stridents étaient assourdissants et je luttai contre l'envie de me couvrir les oreilles et de ramper sous la table. Si l'Ange, armée de dagues volantes magiques, pouvait se battre seule contre deux types, je pouvais bien réussir à rester debout et ne pas me recroqueviller comme un louveteau. Je devais être à la hauteur de ma grande déclaration, à propos de mener mes propres combats, et ça voulait dire au moins rester à la verticale.

Ma louve griffa sa cage métaphorique, essayant de forcer une métamorphose. Après un moment d'hésitation, je décidai que je devrais peut-être la laisser prendre la tête. J'étais mieux armée en tant que louve, mais j'avais toujours un peu d'inquiétude quant à la façon étrange qu'elle avait de se comporter avec les créatures de l'ombre.

— Sortez d'ici ! me cria l'Ange, qui ignorait tout de mon débat interne. Allez chercher l'Ombre !

C'était l'étape la plus logique, mais il y avait de fortes chances pour qu'il soit plutôt occupé lui-même. Manifestement, s'il ne l'avait pas été, il aurait déjà senti le frisson de ces deux chasseurs ; leur énergie glacée donnait l'impression de se prendre une claque avec un sac de balles gelées.

Transformer !

Ma louve n'acceptait pas qu'on lui dise « non » et comme je n'avais plus le temps de m'inquiéter de savoir si c'était le bon choix, je la libérai et laissai la transformation me submerger. La douleur s'effaça en un éclair ; je ne m'étais jamais métamorphosée aussi rapidement. Ça aurait été une grande prouesse si je n'avais pas été sur le point de combattre un chasseur baigné d'obscurité.

Ma louve ne craignait absolument pas ces êtres et, puisque j'étais dissimulée profondément à l'intérieur de son âme, elle n'eut aucune hésitation au moment d'attaquer. Ensemble, nous frappâmes là où, seule, je me serais dérobée.

Alors que nous attaquions la cape noire, l'Ange laissa échapper un cri.

— Ne touchez pas leurs ténèbres !

Trop tard pour s'arrêter. Mes mâchoires s'étaient déjà refermées sur la cape, l'arrachant au corps. La louve et moi voulions toutes deux savoir ce qui se cachait derrière leur voile.

Ça avait un drôle de goût ; le matériau était musqué et pourri. Nous n'avions pas senti d'odeur jusqu'à ce que nous nous connections à lui. Mais dès l'instant où la cape fut entre nos mâchoires, nous fûmes assaillies par des effluves de mort et de sang.

Ça ne dissuada pas ma louve, qui se fit vicieuse dans ses attaques tandis que de plus en plus de lambeaux étaient arrachés au chasseur. L'Ange continuait à me crier des avertissements, mais je n'étais plus en mesure d'entendre.

Les chasseurs hurlèrent plus fort que jamais, mais ça ne me fit aucun mal sous cette forme.

— Comment diable fais-tu cela, la louve ? beugla l'Ange si près de mon oreille que je fus obligée de l'entendre… obligée de réfléchir à ce qu'elle disait.

Les toucher était apparemment un interdit suprême, pour des raisons que j'ignorais. Il y avait simplement trop de choses que je ne connaissais pas à propos de ce monde ; des informations qui me seraient sans aucun doute utiles quand je combattrais en première ligne.

Puisqu'il ne nous avait pas tuées jusqu'ici, nous ne nous arrêtâmes pas, choisissant plutôt de renforcer nos attaques en visant plus haut pour atteindre son « visage ».

Des coups tranchants de pouvoir glissèrent sur ma fourrure quand il contre-attaqua. Nous ressentîmes le coup qui ne fut cependant pas suivi de réelle douleur. Sa cape noire tomba un peu plus au sol et ma louve fut presque coupée en deux lorsqu'une lame en forme de faucille me frôla la tête à toute allure et s'enfonça profondément dans la capuche sans fond du chasseur.

Son cri perçant fut différent cette fois. Plus aigu, moins intense. Le premier cri avait été une attaque, mais celui-là exprimait la douleur. L'Ange l'avait touché pile à l'endroit où causer le plus de dégâts.

La cape noire voleta jusqu'au sol et nous reculâmes en l'examinant. Quelle que soit la substance qui avait composé le chasseur, elle s'était volatilisée à la suite de l'attaque de la lame de l'Ange, ne laissant derrière elle qu'un amas de matériau noir.

Le second cri de bataille de l'Ange s'accompagna d'un claquement d'ailes tandis qu'elles percutaient le chasseur restant avant que lui aussi ne tombe sous ses lames.

Ses foutues lames géniales, méchamment aiguisées.

Je m'en serais carrément pris un jeu, si je ne pensais pas que d'une manière ou d'une autre je me tuerais avec.

Alors que nous nous tenions au-dessus de deux flaques d'étoffe, elle se tourna vers moi, la respiration haletante, tandis qu'elle parcourait ma bête des yeux, tentant de forcer mes secrets.

— Vous, mon amie, n'êtes ni humaine ni métamorphe, souffla-t-elle.

Nous la fixâmes du regard ; ma louve aussi déboussolée que moi. Qu'est-ce que ça pouvait bien vouloir dire ?

46

Gaster arriva peu après et, comme je n'étais pas prête à me retrouver de nouveau nue devant tout le monde, je restai sous forme de louve.

— Oh là là ! s'exclama-t-il en baissant les yeux vers ce qu'il restait des capes. Vous les avez vaincus seules ?

L'Ange fit la grimace.

— Est-ce que la porte du Royaume de l'Ombre est toujours scellée ?

Il hocha la tête d'une manière rapide et nerveuse.

— C'est la première chose que j'ai vérifiée, parce que si le passage était ouvert, nous aurions dû nous soucier de plus que quelques chasseurs.

Ils étaient en train de parler de la porte que l'Ombre voulait désespérément voir ouverte, pas vrai ? Manifestement, personne n'était au courant de cette information et je n'avais pas l'impression qu'ils seraient contents s'ils l'apprenaient. Mais l'Ombre faisait ce que l'Ombre voulait, ça au moins c'était clair, sans que personne soit assez courageux ou fort pour se confronter à lui.

Mais ce serait intéressant de voir leurs réactions s'ils savaient.

J'allais peut-être lâcher cette bombe à un moment donné, histoire de donner un coup de pied dans la fourmilière.

— Est-ce que vous pensez qu'il y a d'autres chasseurs ? s'enquit nerveusement Gaster. J'ai fait sonner l'alerte dans toutes les contrées et je vais attendre leurs réponses et leurs conseils.

L'Ange secoua la tête.

— Il n'y en a pas d'autres dans la bibliothèque. Je me suis calée sur leur énergie et elle résonne dans le vide maintenant qu'ils ont été abattus.

Gaster baissa de nouveau les yeux comme s'il ne pouvait pas totalement croire qu'ils étaient morts.

— Nous aurions eu des problèmes sans vous. Nos sincères bénédictions, majesté.

Puis il s'inclina en maintenant respectueusement la pose.

J'inclinai la tête en arrière pour voir son visage et, même avec la vision en niveaux de gris de la louve, il était clair que le titre et la génuflexion l'agaçaient.

— J'ai fait ce que quiconque à ma place aurait fait. Et, honnêtement, sans Mera-la-louve, je n'aurais peut-être pas eu la chance de les abattre tous les deux.

Ma louve fit un peu la belle. Nous avions fait une sacrée bonne diversion, et tout ça sans avoir souffert au contact de leurs capes.

Gaster, qui était presque face à moi sous cette forme, se rapprocha et me regarda dans les yeux.

— Comment avez-vous pu apporter votre aide, mademoiselle Mera ? Les chasseurs d'ombres sont grandement craints et les toucher revient à toucher la mort pour un terrien. Votre âme s'abandonne à eux. Vous avez dû être particulièrement chanceuse de ne pas les toucher.

Oh, OK. Donc, maintenant, nous savions ce qui était censé se produire lorsqu'un mortel les touchait.

L'Ange releva un sourcil en me regardant.

— Oui, très chanceuse, acquiesça-t-elle. J'ai fait l'erreur de penser qu'elle savait ce qu'ils étaient. J'avais oublié que tout le savoir du Royaume de l'Ombre avait été censuré par la bête lui-même depuis longtemps.

Ce qui expliquait pourquoi son avertissement était arrivé trop tard pour m'empêcher de manger à moitié un chasseur. Ça s'était avéré utile d'être un drôle d'aimant à ombres, en m'empêchant de leur abandonner mon âme… ce qui avait l'air un peu effrayant.

— Avez-vous trouvé l'Ombre ? demanda l'Ange en détournant l'attention de moi, telle la véritable amie qu'elle était. Il sera sûrement intéressé par cette petite invasion du peuple de l'ombre.

Gaster fit un autre de ses mouvements rapides de la tête.

— J'ai essayé de le trouver, mais il n'y a aucun signe de lui.

Je ressentis un filet de peur s'agiter profondément en moi, à cet endroit qui ne pouvait se résoudre à haïr l'Ombre. Est-ce qu'Igorna avait fait ce que je pensais impossible ? Avait-il blessé ou tué l'Ombre, laissant les métamorphes à la merci d'une vie sans dieu ? Je ne savais pas si l'Ombre avait jamais fait quoi que ce soit de bénéfique pour moi, mais c'était appréciable de savoir qu'il existait, quelque part.

Il fallait que je vérifie qu'il allait bien.

Tandis que nous filions à travers la pièce, l'Ange me cria :

— Soyez prudente ! Faites confiance à votre instinct.

Ma louve laissa échapper un jappement en guise d'acquiescement avant de courir à toute vitesse dans la Bibliothèque de la Connaissance, qui n'était plus paisible ni tranquille. On aurait dit qu'une tornade était passée à travers ; les chasseurs avaient causé de sacrés dégâts avant de pénétrer dans le réfectoire.

Encore une fois, une créature de l'ombre avait été à ma recherche. Et, encore une fois, je ne savais pas pourquoi.

En entrant dans la tanière quelques instants plus tard, nous la trouvâmes silencieuse et calme, à l'opposé du chaos de la bibliothèque. Quelle que soit la magie utilisée par l'Ombre pour que cette pièce reste un sanctuaire, elle semblait apparemment intacte. Juste le silence, et de l'air frais et vivifiant…

Attendez, frais ? Il ne faisait jamais froid ici…

Changeant de direction, ma louve fit un détour par mon endroit préféré, avec ses canapés doux et sa belle flambée. Un feu qui, à ma connaissance, ne s'était jamais éteint ni n'avait diminué d'intensité.

Jusqu'à maintenant.

Pas la moindre lueur de flamme n'était visible et on aurait dit que l'intérieur sombre était froid depuis des jours. Ma louve nous fit approcher, gémissant tandis que de l'inquiétude pure s'insinuait dans notre poitrine.

L'Ombre était parti. Si le feu s'était éteint, est-ce que cela voulait dire que son énergie n'était plus là pour l'alimenter ? Avait-il trouvé un moyen de retourner dans le Royaume de l'Ombre avec Igorna ? Ou la créature avait-elle réussi à le détruire ?

Les questions tourbillonnaient dans ma tête, et même sous ma forme de loup, avec les émotions humaines en sourdine, nous avions peur. Nous nous dirigeâmes vers ma chambre en avançant lentement : nous ne voulions pas tomber dans un piège. En nous faufilant entre les piles de livres, je remarquai que rien n'avait bougé ; en dehors de l'absence de feu, il était impossible de dire que quelque chose clochait. Mais au plus profond de mon âme, à l'endroit d'où s'élevait l'instinct selon mes croyances, je sentis le changement.

Et je n'aimais pas ça.

Quand nous atteignîmes ma chambre, la porte était entrouverte ; elle ne l'était jamais. Nous avions donc à présent deux perturbations dans le *statu quo*, et c'était tout ce dont j'avais besoin pour savoir que nous étions complètement et totalement dans la merde. En me glissant à l'intérieur, je laissai mes sens errer en premier.

Il n'y avait rien. Pas d'odeur, de battement de cœur, de résonnance de puissance ou de présence physique. En poussant plus loin dans la chambre, je fus soulagée de constater qu'elle semblait déserte et intacte. Il n'y avait clairement pas eu là de combat important et je ne perdis pas de temps : je me transformai de nouveau et enfilai de nouveaux vêtements.

J'étais reconnaissante d'avoir eu la chance de manger et que mon énergie ne soit pas complètement épuisée, même après une métamorphose rapide. Je mis une veste par-dessus mon débardeur et enfilai mes bottes. Filant hors de la chambre, j'avais pour but de retourner dans la Bibliothèque de la Connaissance, de retrouver Gaster et de le forcer à me dire tout ce qu'il savait à propos du Royaume de l'Ombre. Je n'allais pas tolérer plus longtemps ses conneries de *ce ne sont pas mes affaires*.

Ouais, désolée, mec, mais quand deux mondes commencent à s'entrechoquer, c'est l'affaire de tous.

La bibliothèque avait retrouvé un peu de son sang-froid le temps que je revienne, les gobelins remettant en ordre tout ce qui avait été dérangé par les chasseurs. Ces deux-là s'étaient frayé un chemin de destruction à travers les étagères pendant leur trajet jusqu'à l'Ange et moi. Et l'une de mes plus grandes questions en suspens était de savoir pourquoi ils nous avaient pris pour cible… m'avaient prise pour cible.

À moins que l'Ange n'ait été le premier objectif à éliminer, vu qu'elle était l'un des rares êtres à pouvoir leur botter le cul. Il semblait narcissique de continuer à croire que ces conneries de drame de l'ombre n'étaient centrées que sur moi, mais elles s'évertuaient à croiser mon chemin.

— Mera !

Je m'étais attendue à ce que ce soit l'Ange qui m'interpelle, mais c'était Len, l'ami de l'Ombre à la cape et à la langue d'argent.

— Il faut que tu viennes avec moi, dit-il avec hâte.

Je secouai la tête.

— Non, je ne peux pas. Il faut que je retrouve Gaster ou l'Ange. J'ai trop de questions et j'ai besoin de réponses…

Il tendit le bras, posa une main sur mon front et l'obscurité troubla presque immédiatement mon esprit.

— Espèce de bâtard, marmonnai-je avant que ce qu'il m'avait fait ne fasse totalement effet et que je ne m'effondre dans ses bras.

47

Je me réveillai en me débattant, des grognements dans la poitrine tandis que ma louve laissait résonner ses hurlements. L'espace de quelques instants, je me retrouvai coincée entre louve et femme, à cause de la magie fae que Len avait utilisée sur moi. Je ne me rappelais que trop bien la façon dont son énergie avait commencé par le bout de mes orteils et était remontée jusqu'à ce que mon cerveau soit submergé et que je m'évanouisse.

Et maintenant j'étais prête à botter des culs faes.

Je roulai hors de la surface molle et me laissai silencieusement tomber sur le sol, à moitié accroupie, en jetant un coup d'œil autour de moi. J'étais dans un jardin. Non, en vérité, appeler ça un jardin était un euphémisme bien trop éloigné de la vérité.

Je me trouvais à l'épicentre du plus bel endroit de nature que j'aie jamais vu. Il y avait des fleurs à des kilomètres, arborant des couleurs qui n'existaient pas sur le plan terrestre. Ces étendues étaient parsemées d'arbres, si magnifiques et si majestueux que le paysage entier donnait l'impression que l'on avait peint la représentation de la perfection.

Et l'odeur. *Mon Dieu.* Tandis que j'avançais d'un pas, une foule de parfums me submergea. Il était impossible que je sois encore sur Terre ou dans la bibliothèque ; étant donné que c'était Len qui avait joué au magicien avec moi et m'avait emmenée là, ça ne laissait qu'une seule conclusion logique.

J'étais dans la contrée où l'on m'avait avertie de ne jamais aller.

La Faerie.

Je passe pour un foutu saint à côté d'eux et de ce qu'ils font aux humains qui tombent par hasard sur leur monde.

Cet avertissement était encore plus terrifiant en cet instant.

L'Ombre était un bâtard sans pitié qui n'avait aucun problème pour me pousser à bout, me punir et me posséder comme si j'étais un meuble qui lui appartenait, et il m'avait dissuadée de venir ici.

Ouais, j'étais dans la merde, et quand je mettrais la main sur Len, j'allais arracher ses jolis cheveux de sa jolie tête.

Incapable de rester tranquille alors que j'avais l'impression que l'on allait m'attaquer, même si je ne repérai aucune menace autour de moi, je me faufilai entre les parterres de fleurs. Je fis un certain effort pour ne toucher à rien et, une demi-douzaine de pas plus tard, je passais devant un tas de fleurs jaunes semblables à des pâquerettes. Des pâquerettes de deux mètres de haut ornées d'épaisses épines violet foncé tout le long de leur tige. De l'autre côté, il y avait des bandes de fleurs plus petites, d'un rose d'une intensité presque aveuglante.

De toutes les fleurs, ce furent celles qui attirèrent mon attention. Mes pas se firent moins assurés et je me retrouvai à tendre le bras pour laisser courir le bout de mes doigts le long de leur tige veloutée. Elles étaient presque trop parfaites, sans un seul défaut dans leurs feuilles ou dans la variation de leurs pétales.

La perfection me mettait mal à l'aise. Rien de vivant ne pouvait être aussi parfait et pourtant je ressentais leur énergie. La nature entière possédait cette énergie, et ses fleurs étaient particulièrement puissantes. M'arrêtant juste avant que je ne les touche du bout des doigts, j'inspirai une dernière bouffée de leur parfum sucré avant de reprendre mon geste…

— Mera, arrête-toi !

Je retirai vivement ma main sous l'effet de cet ordre, mon cœur battant la chamade dans ma poitrine. Merde, j'avais perdu la tête l'espace d'une minute et presque fait ce que je m'étais promis de ne pas faire.

Ne touche à rien, ne mange rien et n'interagis avec rien en Faerie.

C'était ce que disait la vieille légende urbaine et j'avais eu la ferme intention de m'y tenir, jusqu'à ce que les fleurs m'attirent.

Len, mon système d'alarme, se dirigea tranquillement vers moi, vêtu de manière plus décontractée que je ne l'avais jamais vu. Sa cape d'argent avait disparu, révélant de larges épaules plutôt impressionnantes recouvertes d'un simple T-shirt noir à manches longues. Je ne l'avais jamais vu porter une tenue aussi sombre, et le contraste avec son teint argenté était saisissant. Il était svelte comparé à l'Ombre, mais c'était le cas de la plupart des hommes ; et avec ses manches retroussées sur ses avant-bras, je pouvais voir ses muscles saillants. Le pantalon noir moulant ne dissimulait en rien le reste de son physique ; les raisons pour lesquelles il était devenu un tel dragueur devinrent étonnamment évidentes. Les femmes se jetteraient sur quelqu'un comme lui. La plupart des femmes… mais pas moi.

Dès que Len fut à portée, je m'avançai vers lui à grandes enjambées, pris de l'élan et lui assénai un coup de poing en plein visage. Ses traits exprimèrent la confusion tandis que sa tête partait brusquement sur le côté.

— Merde, Mera, grogna-t-il en se frottant la joue. Pourquoi t'as fait ça ?

J'émis un grondement, un son de loup sauvage.

— Comment avez-vous osé me traîner ici sans ma permission ?

Len inclina la tête, apparemment toujours confus que je sois contrariée.

Pointant mon doigt contre sa poitrine tout en luttant contre l'envie de le frapper à nouveau, j'enrageai :

— S'il y a encore un seul de vous, bande d'enfoirés, qui pense que vous avez le droit de me priver de mon libre arbitre, je vais trouver le moyen de faire en sorte que vous rendiez votre dernier souffle.

— Techniquement, on n'a pas besoin de respirer, murmura Len.

Je l'ignorai et lui adressai un regard particulièrement assassin.

— Vous, tous autant que vous êtes, c'est la dernière fois que vous me voyez aussi docile.

Je lui enfonçai de nouveau mon doigt dans la poitrine, même si le bout commençait à me faire mal à force d'être appuyé si fermement contre les muscles de son torse. Len tendit le bras et attrapa ma main pour m'empêcher de la bouger. Ce fut à son tour de grogner, et c'était assez impressionnant pour quelqu'un qui n'était pas un métamorphe.

— Je suis en train de te sauver la vie. L'Ombre m'a dit qu'il y avait des créatures de son monde actuellement en liberté et que beaucoup d'entre elles seraient à ta recherche. Il voulait que tu sois protégée le temps qu'il les rassemble avant que la prochaine putain d'apocalypse ne commence.

Je m'affaissai vers l'avant.

— L'Ombre est vivant ?

Je ne me l'étais peut-être pas avoué, mais une part de moi avait pleuré ce bâtard dès l'instant où j'avais vu l'âtre vide et froid.

Len se mit à rire.

— Bien sûr qu'il l'est. Rien ne peut tuer l'Ombre.

Je laissai échapper un soupir tout en me massant les tempes.

— Pourquoi ne me l'avez-vous pas simplement dit dans la bibliothèque ? Ça aurait été bien plus simple que ce que vous avez fait.

Il haussa les épaules.

— Vraiment ? Tu es plutôt connue pour avoir légèrement l'esprit de contradiction et je n'avais littéralement pas de temps à gaspiller. Si quelque chose était arrivé à son petit aimant à ombres, mon ami n'aurait pas été très content de moi.

Len n'avait pas peur de l'Ombre, ils étaient à l'évidence de vrais amis depuis longtemps, mais il éprouvait du respect envers le pouvoir de la bête et c'était toujours une position sûre à adopter.

— Peu importe la situation, vous n'avez pas le droit de m'enlever mon libre arbitre, déclarai-je d'un ton plus calme.

Une partie de moi était toujours énervée, prête à en découdre ; mais à dire vrai, Len m'avait laissé lui porter un coup convenable sans me rendre la pareille. Et s'il était littéralement en train de me sauver, alors je lui devais sans doute des excuses. Excuses que je rangeai soigneusement dans la catégorie des choses dont je me fichais éperdument.

— Je comprends, déclara Len. Ça ne se produira plus.

C'est ça. Bien sûr. Très rassurant.

— Du coup, on fait quoi ? soupirai-je. Je me contente de traîner ici dans votre jardin que je ne peux pas toucher, attendant l'appel de l'Ombre comme si on était dans les années 1900 sur Terre ?

— Tu as bien enregistré le truc à propos de l'interdiction de toucher les fleurs, hein ? fit-il remarquer avec un large sourire. Les humains sont plus malins que ce que l'on croit.

Je ne pris pas la peine de l'informer que j'étais probablement aussi humaine que lui, d'après l'Ange en tout cas.

— Le fait de beugler « arrête-toi » n'était pas tout à fait subtil. Et je connais les fables de cette contrée. J'ai juste momentanément perdu la tête avec cette fleur en particulier.

Le sourire de Len se fit plus grand encore.

— Oh oui, c'est ma petite chérie la plus séduisante. Mais elle n'est pas non plus douée pour jouer avec les étrangers.

Il se retourna brutalement et s'avança vers les fleurs rose vif. Quand il tendit la main pour les toucher, elles fusionnèrent en une seule entité avec une bouche ouverte énorme, les épines formant des dents tranchantes comme des rasoirs. Des épines qui n'avaient pas été visibles sous leur autre forme.

— Elles aiment amener leur proie à une fausse sensation de sérénité, expliqua Len tout en continuant à caresser ce foutu monstre-plante comme si c'était un chaton tout mignon. Ne fais jamais confiance à quelque chose d'aussi beau.

Je levai un sourcil.

— J'avais compris, merci. Pourquoi croyez-vous que j'aie autant lutté contre l'Ombre et son groupe de joyeux psychopathes ?

Len s'éloigna de ses plantes flippantes et je les fixai du regard, fascinée, tandis qu'elles revenaient à leur état innocent et doux. Personne ne pouvait soupçonner que derrière cette façade parfaite se cachait une plante qui dévorait les gens au petit déjeuner.

— Tu penses que nous sommes le groupe de l'Ombre ? Qu'est-ce qui te fait croire que ce n'est pas *moi*, le chanteur principal ?

Étonnamment, ils avaient tous une très bonne compréhension de ma langue et j'avais la sensation bizarre que, comme l'Ange, ils avaient passé un certain temps sur Terre.

— Je note que vous n'avez pas démenti le côté psychopathe.

Il haussa les épaules.

— « Psychopathe », c'est une vue de l'esprit. Et, à dire vrai, il y a peu de choses que nous n'ayons pas faites durant nos longues vies, et tout le monde n'est pas à même de comprendre la façon dont fonctionnent notre pouvoir ou nos esprits. Donc, oui, il y a du vrai dans ce que tu viens de dire.

— Je ne vais pas le contester, répondis-je en m'efforçant de garder une expression impassible.

Je regardai de nouveau autour de moi en ignorant son sourire moqueur. Je ne pouvais manifestement pas vexer ce type ; j'arrêtai donc de m'en faire et fis plutôt un geste en direction du paysage de la Faerie.

— Est-ce que vous allez me faire visiter ?

Le sourire de Len s'estompa légèrement.

— Tu devrais rester ici, dans les jardins immortels. Ce monde n'est pas tendre pour ceux ayant des faiblesses humaines. C'est mieux de ne pas tenter la contrée des faes.

Je clignai des yeux en le regardant.

— D'accord, très bien. C'est l'avertissement le plus bizarre que j'aie jamais entendu, mais je vais en tenir compte, ne vous inquiétez pas.

Len me guida vers la plateforme sur laquelle je m'étais réveillée et, à présent que mon attention n'était plus focalisée sur les fleurs, je vis qu'il s'agissait d'un large bloc de pierre drapé d'une cape épaisse et douce. Voilà où était passée sa cape argentée ; je n'y avais pas prêté attention avant.

— Désolée de vous avoir frappé, m'excusai-je doucement, tandis que je fixais la preuve qu'il n'était pas un enfoiré complet.

Len se contenta de me donner un petit coup d'épaule.

— Je l'avais mérité. J'avais oublié cette histoire de consentement. Les faes ne sont pas les mieux placés quand il s'agit d'en tenir compte, tout particulièrement les nobles. Mais la plupart de nos femelles sont dociles, contrairement aux humaines et aux métamorphes, donc ce n'est généralement pas un problème. Personnellement… je préfère le feu.

Nos regards se croisèrent et bien qu'il n'y ait pas de véritable étincelle entre nous, j'appréciai son aveu. En vérité, c'était exactement ce que j'avais espéré trouver dans la bibliothèque afin de pouvoir gagner ce pari. Une connexion avec quelqu'un que je trouvais attirant. Len cochait toutes les cases de ce point de vue là, mais… j'avais besoin de l'étincelle. Je n'avais pas besoin que ce soit le brasier du feu de forêt que l'Ombre avait créé, mais au moins une petite lueur vacillante.

Bordel. J'étais brisée et il semblait à présent évident que je n'allais pas gagner ce pari.

Je n'aurais pas été étonnée que l'Ombre ait orchestré tout ce manège pour s'assurer que je serais coincée en Faerie tant que le pari n'était pas fini.

48

Je passai le reste de l'après-midi (c'était bien l'après-midi, non ?) dans le jardin de Len. Il s'avéra qu'il s'agissait de ses terres privées, cultivées durant les derniers millénaires, et personne n'avait le droit d'y pénétrer sans sa permission, au risque d'être dévoré par les plantes.

Il y avait deux sentinelles à l'entrée principale. Des fleurs massives avec une grande ouverture au milieu, leurs pistils telle une rangée entière de dents coupantes comme des rasoirs. Elles me faisaient penser à des versions survitaminées, semblables à des ogres, des dionées attrape-mouches. Apparemment, si elles vous saisissaient dans leurs énormes crocs, c'en était fini de vous. Même Len ne pourrait vous libérer avant qu'elles ne réduisent votre corps en poudre.

— Mais elles ne vont pas me manger ? demandai-je pour la dixième fois depuis que nous avions vagabondé un peu trop près à mon goût.

— Tu seras en sécurité avec moi.

Len arborait un sourire détendu et j'aurais en temps normal vu ça comme un bon signe, mais j'avais compris qu'il ne se faisait pas de souci à propos de grand-chose. Un être quasi immortel, qui avait vécu plus d'un millier d'années et qui était un prince puissant se fichait de quelques plantes tueuses.

Contrairement à moi, qui n'avais aucune envie de mourir dans la bouche d'une plante. Et vierge, en plus. Clairement… non.

Une fois que j'en eus fini avec mon aventure dans le jardin botanique, je m'immobilisai et Len se retourna vers moi les sourcils froncés.

— Est-ce que je peux manger, ici ? demandai-je.

J'avais faim et j'étais énervée que l'on me force à être dans une nouvelle prison à cause de l'Ombre. Que ce soit pour ma sécurité ou non, j'étais une grande fille, une métamorphe, et je devrais être consultée avant qu'un enfoiré d'homme des cavernes ne me traîne par les cheveux.

Le moins qu'ils pouvaient faire, c'était de me nourrir.

— Je suis curieux de voir la façon dont notre nourriture va t'affecter, finit-il par dire en examinant mon visage de ses yeux argentés comme s'il cherchait une faille. Mais ne prenons pas de risques. Je vais m'aventurer de nouveau dans la bibliothèque et nous procurer de quoi nous sustenter.

Ne lève pas les yeux au ciel devant ce prince fae excessivement théâtral. Il a des plantes sentinelles.

— J'apprécierais cela, mon bon monsieur, gloussai-je en lui faisant une petite courbette.

Il ne rit pas, contrairement à ce à quoi je m'étais attendue. Au lieu de ça, le visage sérieux, il fit un pas en avant et baissa la tête pour déposer un bref baiser sur ma joue. Quand il se retira, je clignai des yeux en découvrant à quel point il était véritablement éblouissant. Le scintillement argenté de sa magie, les traits parfaits de son visage ; il respirait le charme, sans vraiment faire d'efforts, ce qui faisait des ravages chez les femmes bourrées d'hormones.

— Fais attention à toi, beauté, murmura-t-il. Ne touche pas aux plantes.

Il se déplaça comme l'une de ses feuilles, se laissant porter par un vent vivifiant. Il disparut en un seul saut gracieux et je restai seule dans ce jardin de… eh bien, d'Éden. Avec ses plantes tueuses et tout.

Je retournai au banc de pierre sur la pointe des pieds, presque certaine qu'il ne me dévorerait pas. J'avais décidé d'attendre là pour ne pas risquer de me faire assassiner par accident par une plante. Il était plus doux que dans mon souvenir et, tandis que je m'étirais en m'appuyant sur mes bras, je fermai les yeux et laissai la chaleur de ce monde m'envahir. La météo était parfaite, ni humide, ni trop chaude, mais plutôt comme un jour de printemps. Aussi agréable que ce soit, il y avait dans l'air une trace sous-jacente de magie, et j'en déduisis que le climat, tout comme les plantes, n'était pas totalement réel.

Est-ce que toute la Faerie était comme ça ? Un monde si empreint de magie que les faes en oubliaient l'aspect naturel de ce qu'ils voulaient créer ? Et est-ce que ça avait vraiment de l'importance ? Les humains essayaient de contrôler leur monde via la technologie, ce qui majoritairement ne fonctionnait pas de manière très positive à en juger par leur tristesse générale. La magie de la Faerie avait peut-être plus de succès au final.

Le calme de l'air me poussa à fermer les yeux et à m'étendre sur la plateforme. Je n'aurais pas dû être fatiguée, mais l'envie de faire une sieste prit le dessus. Même si c'était probablement un subterfuge de ce jardin dans le but de me bouffer, je décidai de me laisser aller à la tentation et de laisser la brume m'envahir.

La sieste était un cadeau des dieux. De quel dieu, je n'en avais aucune idée, mais même l'Ombre devait aimer faire la sieste. J'avais besoin de croire que même les bêtes sociopathes avaient elles aussi besoin d'une pause.

Je piquai un somme pendant une période indéterminée et ce ne fut que lorsqu'une main se posa sur ma joue que je repris connaissance. Toujours désorientée, je grognai doucement alors que cette paume se déplaçait le long de mon cou, descendait au milieu de ma poitrine et glissait au-dessus de mon ventre, caressant la peau nue là où mon T-shirt s'était relevé.

Le contact me brûlait comme du feu, me réchauffant jusque dans mon intimité, et je laissai échapper dans un souffle un gémissement tandis que je me cambrais. Au même moment, mon cerveau eut un déclic : quelqu'un ou *quelque chose* d'inconnu était en train de me toucher.

J'ouvris brusquement les yeux et dans la seconde qu'il me fallut pour regarder autour de moi, je découvris que j'étais totalement seule. Ou… J'étouffai un cri de surprise lorsque l'Ombre apparut. Il n'était pas du tout près de moi et, aussi rapide qu'il soit, je ne pensais pas qu'il ait pu se déplacer aussi vite. Il était au niveau de l'entrée, protégé par les sentinelles, et appuyait ses mains sur leurs troncs comme s'il saluait son chiot préféré.

Qu'est-ce qu'ils avaient tous à traiter ces plantes comme leurs animaux favoris ?

— L'Ombre, l'interpellai-je à bout de souffle.

Mon corps brûlait toujours, alangui. J'avais l'impression d'avoir été privée de quelque chose, comme si nous étions arrivés tout près de la meilleure partie et que dans le même temps elle nous avait été enlevée.

— Que faites-vous ici ?

Avec une dernière tape à l'adresse des plantes tueuses, il s'avança vers moi à grands pas. Il lui fallut deux minutes pour me rejoindre, ce qui consolida ma théorie selon laquelle il n'avait pas pu me toucher.

Puisqu'il arborait sa taille de géant, je dus tendre le cou pour voir son visage. J'avais l'impression qu'il s'était passé des semaines depuis que j'avais posé les yeux sur ses traits sombres et masculins ; la seule vue de sa tignasse et de ses lèvres charnues me poussa à me relever et à me lancer vers lui.

— J'ai cru que vous étiez mort, soufflai-je d'une voix rauque et étouffée, tandis que je le percutais en pleine poitrine. Le feu était éteint.

L'Ombre demeura aussi immobile qu'une statue pendant que je l'étreignais et, un instant plus tard, je recouvrai mes esprits : j'étais en train de serrer dans mes bras la Bête de l'Ombre. Juste au moment où j'allais me retirer brusquement, il bougea les bras et m'enserra à son tour.

Attendez… quoi ?

Mon âme se mit à hurler tandis qu'il me serrait dans une étreinte ferme et je me retrouvai un peu étouffée. Être prise dans les bras de l'Ombre, c'était comme trouver la pierre la plus rare et la plus désirable au monde et, l'espace d'un bref instant, je la tins dans ma main.

Il se retira tout aussi vite, mais c'était arrivé ; alors que mon cœur battait la chamade dans ma poitrine, je sus qu'il m'était impossible de nier qu'il me faisait de l'effet. Le fait était qu'il avait toujours été à l'origine d'un feu qui faisait rage dans mon corps, avec mes hormones qui se déchaînaient en sa présence. Les premiers jours, j'avais mis ça sur le compte du fait qu'il était le gars le plus charismatique et sexy que j'aie jamais vu. Vraiment, n'importe qui voudrait se le faire, mais il n'avait représenté qu'un intérêt superficiel.

Ce que je ressentais à présent, c'était plus. Plus profond.

L'étreinte voulait dire quelque chose pour moi.

Comment pouvais-je être assez stupide pour m'en faire à propos d'un foutu dieu qui ne se soucierait jamais de moi, en dehors du fait que je lui étais utile pour ouvrir le passage vers son royaume ? Ouais. Super stupide.

Une fois qu'il redeviendrait un enfoiré complet (et nous savions tous que ça arriverait), je pourrais certainement le renvoyer à cette place dans mon cœur réservée à ceux que je haïssais. C'était plus sûr et plus sain pour tous.

L'Ombre semblait m'observer aussi attentivement que moi. Avec un peu de chance, mon visage ne trahissait aucun de mes sentiments les plus doux à son égard ; il avait déjà trop de pouvoir sur moi, rien qu'en se basant sur nos positions respectives dans le monde. Un dieu contre une métamorphe, la question ne se posait pas. Tout le monde parierait sur l'Ombre. C'était logique.

Et la dernière chose qu'il avait besoin de savoir, c'était que mes émotions étaient à présent impliquées. Les émotions conduisaient les gens à faire des conneries et à sacrifier le sens moral… Je ne lui donnerais jamais ce pouvoir. Jamais.

— Tu as remarqué qu'il n'y avait plus de feu dans la bibliothèque ? finit-il par demander.

— Bien sûr que j'ai remarqué ! m'exclamai-je, ravie de sauter sur le sujet. L'antre est une vraie chambre froide sans.

Mes paroles le surprirent, à en juger par le léger flamboiement de ses pupilles suivi de ce pincement des lèvres qui était un appel au péché.

— J'en avais besoin pour un sortilège, expliqua-t-il.

J'écoutai attentivement, car j'apprenais beaucoup de choses de lui lorsqu'il était d'humeur à partager.

— Les flammes attirent les créatures à un endroit, poursuivit-il, ce qui me permet d'économiser de l'énergie. Je n'ai pas à les traquer individuellement. C'est la façon la plus simple de réduire les dégâts.

Oups.

Il fallait vraiment que j'arrête de casser des trucs.

— Pourquoi n'avez-vous pas utilisé le feu la première fois que j'ai touché les ombres ?

Regard énigmatique.

J'aurais dû deviner que je n'en saurais pas plus, mais je ne le laisserais pas s'en tirer comme ça cette fois-ci. Le visage durci, les bras croisés, je voulais sérieusement une réponse.

L'Ombre poussa un soupir avant de me surprendre grandement encore une fois en s'asseyant à côté de moi sur le banc de pierre. Était-ce la véritable Bête de l'Ombre ? Est-ce que je devrais lui poser quelques questions de sécurité dont lui seul détenait la réponse ? Nous avions peut-être besoin d'un code secret, parce que la façon dont il se comportait ne lui ressemblait pas du tout.

— Le feu protège mon antre quand je n'y suis pas, reprit-il d'une voix grondante, l'accent plus marqué. Je ne le libère jamais, d'autant plus dans une situation que je peux gérer seul. Ce nouveau fait est un peu plus complexe, cela dit, et pour économiser du temps et de l'énergie, j'ai décidé de sortir l'artillerie lourde.

— Et pourquoi êtes-vous ici et pas à suivre le feu ? le pressai-je en espérant qu'il continuerait d'être d'humeur à faire des confidences.

Son regard se fixa sur moi, de cette façon troublante qui lui était propre.

— Le sortilège qui attire toutes les créatures du Royaume de l'Ombre m'affecterait aussi. Il s'infiltrerait dans presque tous les mondes, sauf la Faerie. Les ombres ne sont pas les bienvenues ici, donc nous allons rester là le temps que le sortilège fasse son effet.

Je laissai échapper un petit rire.

— Est-ce que vous êtes en train de me dire que vous auriez pu être balayé par le sortilège alors que c'est vous qui l'avez lancé ?

Il fit la moue.

— Ouaip. Le pouvoir des flammes va bien au-delà des autres. Personne n'est immunisé et même si leur énergie est liée à la mienne, je n'aurais pas pu résister à leur attraction.

Intéressant.

— Je ne savais pas que vous aviez des faiblesses dans le domaine de la magie, lançai-je comme si je blaguais alors que c'était la vérité.

L'Ombre secoua la tête.

— Toutes les personnes et toutes les choses ont des faiblesses en ce monde. Certaines plus que d'autres.

Il me jeta un regard appuyé, comme s'il pensait que j'étais la fleur la plus délicate qui soit. Ce dont il lui fallait se souvenir cela dit, c'était que, comme dans ce jardin, ce sont parfois les fleurs les plus délicates qui mordent le plus fort.

— Est-ce que vous avez beaucoup de points faibles ?

Il éclata de rire, un son rauque qui semblait réellement amusé.

— Ta candeur est rafraîchissante.

On n'avait jamais qualifié mon comportement de «rafraîchissant» et il ne l'avait pas dit comme si c'était un compliment, mais, de sa part, je le prenais comme tel.

— Vous n'allez pas me le dire, c'est ça ?

Une étincelle de feu flamboya dans ses yeux.

— Même pas en rêve, Rayon de Soleil. Il y a déjà deux êtres dans ce monde qui connaissent mon point faible et je ne vais pas en ajouter un troisième.

Si ses cinq amis ne le savaient pas, alors c'était sûr qu'il n'allait pas me servir la réponse sur un plateau.

Mon estomac choisit ce moment précis pour se mettre à gargouiller, me rappelant que j'avais faim. L'Ombre fixa mon ventre comme si ce dernier était sur le point de se faire pousser des pattes et d'aller faire un tour.

— Len est allé chercher de quoi manger, expliquai-je sur la défensive.

— Je sais. Je l'ai relevé de son rôle de gardien, donc c'est à moi à présent de te garder en vie.

Mon sourire s'estompa tandis que je le regardais fixement.

— Euh... vous êtes vraiment qualifié pour ce boulot ? Vous avez grosso modo essayé de me tuer quotidiennement depuis notre première rencontre. Et c'est sans compter les jours où vous m'avez enfermée dans ma chambre sans nourriture.

L'Ombre passa un bras autour de moi, un geste soudain, et je fus entourée de sa chaleur. Ça aurait dû être trop, mais c'était étrangement parfait.

— Tu n'es en vie que grâce à moi, Mera, continua-t-il sans plaisanter. J'aurais pu te tuer à n'importe quel moment et tu respires toujours. Tout ça en dépit de l'impression persistante que j'ai qui me dit que tu pourrais être un instrument de ma chute.

Ce ne fut que quand il me balaya presque de la table que je réalisai quelque chose de très important. Je l'avais pris dans mes bras avant. J'avais fait le premier pas et je n'avais ressenti aucune douleur. Ce n'était pas la première fois que ça se produisait ces derniers temps ; je n'avais pas fait attention les fois précédentes, pensant qu'il m'avait vue arriver et avait empêché la douleur de se manifester. Mais cette fois-ci, je l'avais pris complètement par surprise et aucun brasier n'avait dévoré mes terminaisons nerveuses.

Qu'est-ce que ça voulait dire ?

Avant que je ne puisse poser la question, il me reposa sur mes pieds.

— Viens, allons chercher à manger. On a un jour ou deux avant de pouvoir quitter la Faerie, donc autant faire comme chez nous.

Sa déclaration me surprit.

— Est-ce que je peux survivre en dehors de ce jardin ?

L'Ombre arborait de nouveau son masque de mystère et son visage ne dévoilait rien, mis à part le fait qu'il s'était résigné à être coincé avec moi.

— Je vais te garder en vie, Rayon de Soleil.

Pour une raison quelconque, j'eus l'impression que c'était une promesse.

Une à laquelle je croyais vraiment, pour une fois.

49

Contrairement à Len, l'Ombre ne semblait pas inquiet à l'idée que nous quittions le jardin dissimulé par la magie.

Quand nous en sortîmes pour trouver Noir d'Encre de l'autre côté des sentinelles, je compris pourquoi. Entre lui et l'Ombre, rien ne pourrait s'en prendre à nous. Même les fleurs alentour semblaient s'écarter devant nous, créant ainsi un chemin dégagé et agréable.

— Noir d'Encre, c'est quoi exactement ? demandai-je à l'Ombre, tandis que nous marchions sur un chemin au bout duquel il semblait y avoir une immense maison.

En réalité, *maison* n'était pas le mot approprié… c'était un mégamanoir. Et il flottait. Les faes savaient vivre… si le luxe ultime et la magie étaient votre truc, évidemment.

L'Ombre me jeta un regard en coin.

— Tu ne peux pas réellement penser que je vais te révéler ça. Il est lié à moi et je ne te donnerai pas d'armes que tu peux utiliser contre moi.

Hmm. Donc il se pourrait que Noir d'Encre détienne des informations concernant ses faiblesses, d'une façon ou d'une autre…

Il m'apparut clair d'après l'expression de l'Ombre que je ne découvrirais rien de plus sur eux pour l'instant. J'arrêtai de m'en faire et me concentrai sur le fait de voir autant de choses de la Faerie que possible. Depuis que j'avais ouvert la porte et entendu cette musique, le besoin de venir ici s'était enraciné en moi. Comme si la mélodie s'était infiltrée dans mon âme au moment où j'avais le dos tourné.

— Comment puis-je être ici sans souffrir d'effets secondaires ? m'enquis-je, lorsque nous nous arrêtâmes devant le palais flottant.

J'avais très envie d'examiner le bâtiment, mais ma concentration était verrouillée sur la bête énigmatique à mes côtés. Comme toujours, sa simple présence éclipsait tout le reste.

— Tu n'es pas entrée de ton plein gré, donc la Faerie ne peut pas te retenir.

— Sérieusement ? Len ne m'a jamais dit ça, déclarai-je en ruminant cette information. J'imagine que ça explique la façon dont il m'a emmenée. Il aurait dû dire quelque chose ; j'aurais été bien plus indulgente.

Au lieu de ça, le fae m'avait laissée le frapper et s'était pourtant excusé en admettant avoir mal agi. Ce qui était… intéressant.

Le sourire de l'Ombre était chaleureux, comme il l'était souvent en présence de ses amis.

— La magie est une entité vivante et, comme tout ce qui existe, elle a des règles. La Faerie est plus magique qu'aucun autre monde et une fois que tu connais les règles, c'est l'endroit parfait à visiter. Cela dit, si tu ne les connais pas, tu seras mangée vivante. Len doit avoir ses raisons d'agir comme il l'a fait.

Merde, maintenant je me sentais mal. Ça avait été un moment de tension extrême, d'abord se battre contre les chasseurs…

Attends un peu…

— J'ai touché les chasseurs d'ombres ! m'écriai-je en me remémorant subitement le plus récent évènement étrange à propos de ma louve et moi. Et ils n'ont pas volé mon âme, ou quoi qu'il ait dû se produire.

Silence. Un très long silence.

Bon sang, *dis quelque chose.* Quelque chose de rassurant.

Au lieu de ça, le visage impassible, l'Ombre m'ignora et se tourna pour appuyer ses mains sur les murs du bâtiment. Celui-ci s'arrêta de briller et de scintiller tandis qu'un escalier menant à une large double porte d'entrée apparut.

— L'Ombre, insistai-je.

J'avais besoin qu'il réagisse, d'une façon ou d'une autre. Il s'immobilisa, un pied sur la première marche.

— Les règles normales ne s'appliquent pas à toi, Rayon de Soleil. Il est de plus en plus clair que tu viens du royaume. Il n'y a pas d'autre explication pour ce que tu es capable de faire.

Je voulus crier, la tension à l'intérieur de moi menaçant d'exploser alors que son intensité augmentait.

— Comment ? Les portes sont verrouillées depuis des milliers d'années ! Comment aurais-je pu les passer ? Et je ressemble comme deux gouttes d'eau à mes parents…

Il se retourna et me fixa intensément du regard.

— Je n'ai aucune idée de ce que ça veut dire ni de comment c'est possible. Et tant que nous n'arriverons pas à ouvrir la porte, nous ne le découvrirons pas.

Ses yeux me disaient que c'était là la raison pour laquelle il m'avait traitée si durement pour que je m'attelle à cette tâche, mais nous savions tous deux que c'était pour lui et pour personne d'autre. Découvrir *ce* que j'étais, c'était juste devenu une quête secondaire bonus.

Il se fraya un chemin jusqu'à moi et tendit la main pour toucher mon visage. C'était un mouvement des plus étranges, presque tendre.

— Ne t'inquiète pas pour ça aujourd'hui. Tu ne trouveras pas de réponse en ruminant tout ça dans ta tête. Dis-toi que tu es toujours en vie. Toujours prête à te battre. Tu as survécu à des choses auxquelles quatre-vingt-dix pour cent des métamorphes n'auraient pas survécu, et ça ne peut pas être une mauvaise chose. Nous finirons par découvrir la vérité. Jusque-là, assume la vie que tu es en train de vivre.

Merde, j'imaginais que ce philosophe doublé d'une bête antique n'avait pas tort et que ça ne me ferait probablement pas de mal de suivre son conseil.

Pour l'instant.

L'Ombre recommença à monter les marches et je le suivis cette fois, puisque j'avais enfin la chance de vraiment examiner le palais éblouissant. Je ne pus m'empêcher de soupirer à la vue de chacun de ses aspects. Il sortait tout droit d'un conte de fées, ce qui était ironique étant donné que nous étions dans un lieu appelé « Faerie[2] ». Ses murs étaient en pierre blanche, parsemée de cristaux étincelants assortis de tourelles et de nombreuses tours coiffées d'élégants toits de bardeaux gris foncé de différents niveaux.

Il était même plus grand que ce que j'avais pensé au départ et, tandis que je suivais l'Ombre dans l'escalier, j'eus le souffle coupé par la taille de la double porte.

---

2 Faerie, orthographe vieillie de « fairy » fée en anglais.

Elle devait mesurer trois mètres de haut et autant de large, et quand ses deux battants s'ouvrirent silencieusement pour nous permettre d'entrer, je me retrouvai les yeux écarquillés à jeter des coups d'œil autour de moi.

L'entrée était blanche, plutôt dépouillée ; il n'y avait que quelques œuvres d'art accrochées au mur. Elles n'étaient pas statiques comme les peintures sur Terre cependant : les images tourbillonnaient et se mouvaient, saupoudrées de magie scintillante, et représentaient des fleurs, des cascades et des oasis. Elles étaient tellement réalistes que j'avais l'impression que je pouvais y entrer et me retrouver dans le décor.

Pour autant que je sache, c'était en effet possible en Faerie.

— C'est la maison de Len ? demandai-je.

Elle avait l'air lisse et argentée, tout comme lui, mais dans le même temps, pas tout à fait comme il fallait. Len respirait le minimalisme et les lignes modernes. L'extérieur du bâtiment était très décoré et nous découvrîmes que le reste l'était aussi, à mesure que nous progressions à l'intérieur. De riches tapisseries, de larges meubles prévus pour accueillir des gens habitués au confort, et des éclaboussures de rouge et d'or qui me rappelaient quelqu'un…

— C'est la mienne, déclara l'Ombre en confirmant mes soupçons. J'apprécie d'avoir une résidence ici, et tu seras à l'abri des magies étrangères tant que tu resteras à l'intérieur.

Il me guida en haut de l'escalier, Noir d'Encre à mes côtés, tandis que nous parcourions le premier étage. Il y avait là une bibliothèque. Évidemment. Je commençais à penser que l'Ombre était un petit peu obsédé par les livres, ce qui ne le rendait que plus séduisant. Et *bon sang*, il n'avait vraiment pas besoin d'aide dans ce domaine.

En entrant dans la bibliothèque, il se dirigea au milieu, vers un jeu de canapés similaires à ceux qu'il y avait dans son antre. Noir d'Encre le suivit, mais je la traversai jusqu'à atteindre d'immenses fenêtres au cadre d'acier noir allant du sol au plafond et qui mettaient en valeur le monde en bas.

M'immobilisant devant elles, je fixai le paysage du regard.

— Mais on bouge ! m'exclamai-je en remarquant le décor qui se déplaçait rapidement.

Je ne m'étais pas attendue à ce que l'Ombre m'entende, car il n'était pas si près, mais quand je me tournai vers lui, ce fut pour découvrir que, d'une manière ou d'une autre, il m'avait déjà rejointe. C'était si rapide que je dus reconsidérer mon point de vue : c'était peut-être lui en fait qui m'avait touchée quand je m'étais réveillée de ma sieste. Le contact avait été tellement sensuel, cela dit, et ça n'avait aucun sens. Ça n'avait donc probablement été qu'un rêve très réaliste.

C'était mon fantasme, et je m'y tenais.

— Rien n'est stationnaire en Faerie, expliqua-t-il.

Il me fallut un peu de temps pour raccrocher les wagons. Mon esprit s'était focalisé sur la chaleur qui s'accumulait dans mon ventre et dégoulinait dans ma…

— Rien n'est stationnaire ?

Le visage de l'Ombre fut souligné par un éclat doré de soleil qui choisit ce moment pour traverser la vitre de façon théâtrale. Nous avions volé à travers un tas de nuages bas et, alors que le ciel se dégageait, la lumière se fit plus vive que jamais, et sous nos pieds il y avait… de la lave. Rien que des champs de rouge fluide.

— Le paysage ici change aussi souvent que les images qui ornent mes murs, révéla l'Ombre.

Essayer d'intégrer ce concept n'était pas chose facile. Les humains et les métamorphes aimaient ce qui était statique. C'était familier et réconfortant.

— Et le jardin de Len ? Il ne bougeait pas.

L'Ombre me fit un grand sourire.

— Tu es vive d'esprit. J'aime ça chez toi. La plupart des humains mettent une éternité à suivre la conversation.

Je lui tirai la langue.

— C'est mieux ?

Il hocha la tête.

— Ça correspond plus au niveau auquel je m'attends de la part de ton espèce. Mais oui, le jardin de Len est une petite section fixe. Il y en a plein, disséminées un peu partout, mais elles sont coupées de tout le reste, donc tu as toujours besoin de te trouver un mode de transport.

D'où le fait qu'il ait une maison flottante ici. C'était en gros la version fae des camping-cars.

En secouant la tête, je me retournai vers la vue en remarquant quelques petites îles parsemées au milieu des rivières de lave.

— Est-ce qu'on peut revenir à la Bibliothèque de la Connaissance depuis votre maison ?

L'Ombre fit un signe de tête négatif.

— Non. Il n'y a que peu d'entrées allant de la Faerie à la bibliothèque. Nous allons devoir retourner au jardin de Len dans deux jours pour pouvoir rentrer. C'est le portail le plus près de ce côté-ci de la grande division.

Et cette seule déclaration suffit pour que je meure d'envie de savoir ce qu'était cette grande division. Avec un peu de chance, j'allais en apprendre tellement plus pendant les quelques jours ici.

— Recule, Mera, m'ordonna-t-il subitement.

Je fronçai les sourcils à son attention en me demandant de quoi il pouvait bien par…

Noir d'Encre explosa, sa taille devint vingt fois plus grande et je me retrouvai presque prise dans sa fumée noire.

— On est attaqués ? hurlai-je en me couvrant la tête, tandis que je plongeais sur le côté.

L'Ombre se mit à rire et je marquai une pause parce qu'il n'avait pas l'air inquiet. Ce n'était manifestement pas une attaque, mais qu'est-ce que c'était, dans ce cas ?

Noir d'Encre continua à gonfler, et les étincelles à l'intérieur de lui devinrent de plus en plus lumineuses jusqu'à… ce qu'une boîte glisse hors de son centre.

C'est quoi, ce bordel ?

L'Ombre sembla s'amuser de mon expression tandis que je fixais cette image assez déconcertante.

— Le dîner est servi, déclara-t-il.

Je me frottai le visage de la main en ouvrant la bouche pour parler avant de la refermer. Noir d'Encre avait accouché d'une foutue boîte de nourriture et maintenant il fallait que je la mange ?

Mon ventre gargouilla encore, plus fort que jamais.

Ouais, d'accord, j'allais probablement le faire. Mais quand même…

— Comment il a fait ça ?

L'Ombre, la bête des secrets, se contenta de sourire de toutes ses dents.

Levant les bras au ciel, je me retournai en soufflant, irritée par le fait que tout soit secret dans ce monde. J'étais de nature curieuse et toutes ces questions sans réponse me rendaient dingue. Et j'avais l'impression qu'à ce stade, l'Ombre le faisait exprès.

Cela dit, maintenant que je savais que Noir d'Encre avait potentiellement un lien avec son point faible, il était peut-être simplement hyper prudent quand il s'agissait de révéler des informations à propos de son petit laquais.

— Noir d'Encre a des liens avec la bibliothèque qui vont au-delà de la norme, dit-il après quelques secondes d'un silence gêné. Il est également lié à moi et, entre les deux, cela lui permet de créer un petit portail magique. Ça a parfois son utilité.

Je ne m'étais pas attendue à ce qu'il me réponde et j'en fus vraiment surprise. Noir d'Encre s'enroula autour de nous deux et je laissai dériver mes doigts le long de l'obscurité. À un moment donné, comme pour l'Ombre, je pus le toucher sans qu'il y ait de répercussions. Comment cela s'était-il produit, je n'en avais aucune idée, mais je n'étais pas contrariée. Nous avions fait des progrès durant le temps passé avec eux. L'Ombre ne faisait peut-être confiance qu'à cinq êtres au monde, mais je n'étais plus l'ennemie que j'avais été à un moment donné.

Pour tester ma théorie, je passai nonchalamment la main à travers Noir d'Encre et la laissai effleurer la peau de celle de l'Ombre qui reposait sur son côté. Juste effleurer. Mais il n'y eut aucune douleur.

Je ne pus réprimer le grand sourire triomphant qui s'afficha sur mon visage. L'Ombre me décocha un petit sourire narquois, comme s'il savait exactement ce que je faisais.

— Ne prends pas trop tes aises, petite louve, m'avertit-il. Tu devrais faire attention à te protéger à tout prix.

J'acquiesçai d'un signe de tête.

— C'est ce que j'ai toujours fait, l'Ombre. Et je continuerai de le faire. On m'a laissée tomber trop de fois pour qu'il en soit autrement.

Il n'avait pas l'air convaincu, mais ça n'avait pas d'importance. J'avais été sous-estimée dans ma vie autant de fois que l'on m'avait déçue.

Les vagues avertissements mis à part, le reste de mon temps avec l'Ombre se passa bien. La boîte se révéla être un pique-nique grandiose, avec des sandwichs, des salades et de la charcuterie. L'Ombre ne mangea pas avec moi, mais resta à proximité tandis que je plongeais dedans. Quand je fus rassasiée et ne pus avaler un seul délicieux morceau de plus, la boîte se referma. Je la fixai d'un œil triste et l'Ombre eut l'air amusé lorsqu'il m'expliqua :

— Elle est scellée par la magie. Tout va rester frais et au sec à l'intérieur.

Je laissai échapper un soupir de soulagement.

— Très bien. Parce que c'est un péché de gâcher la nourriture.

L'Ombre, qui était étendu sur son canapé en face de moi, me fit un grand sourire paresseux.

— Le péché, c'est ma marque de fabrique, Rayon de Soleil. C'est là-dessus que j'ai bâti ma réputation entière et la raison pour laquelle on m'a viré de mon monde.

Il n'avait peut-être pas mangé, mais il avait tout de même une boisson en main et faisait tourner le verre afin de faire tourbillonner le liquide couleur ambre. Il avait l'air détendu et comme pour le moment il ne pouvait aller nulle part pour échapper à ma présence, je décidai de lui poser des questions sur le Royaume de l'Ombre.

Me penchant vers l'avant, je serrai un coussin bien rembourré contre ma poitrine et reposai ma tête dessus.

— Parlez-moi du Royaume de l'Ombre, le sollicitai-je doucement. Pourquoi est-ce que la porte est bloquée ? Et comment est-ce que j'attire des êtres de là-bas jusqu'ici ?

Sa première impulsion fut de refuser de me donner ces informations ; je le vis quand son visage décontracté se ferma.

— Ça me concerne aussi, lui rappelai-je. Et vous me demandez d'accomplir une tâche sans me donner toutes les informations dont j'ai *besoin* pour en venir à bout. Pour le bien de notre santé mentale à tous, et peut-être même de nos vies, il est temps de me le dire à présent.

Ses traits restèrent figés. Espèce de bâtard obtus.

— Pourquoi est-ce que cette foutue porte est barrée ?

Je perdis mon calme et les mots sortirent avec plus de force que ce que j'avais anticipé.

— À cause de moi, répliqua-t-il. Je suis né pour être le prochain Être Suprême, le *véritable héritier*, et ma famille a conspiré contre moi, me prenant mon trône et mon pouvoir. J'ai été trahi par celui qui était censé assurer mes arrières. Et quand ils m'ont envoyé dans l'espace au-delà de mon monde, ils ont bloqué la porte avec un sortilège que je n'ai jamais été capable de lever.

Il y avait une souffrance profondément ancrée sous son expression cynique. Pendant des milliers d'années, sa famille l'avait empêché de revenir chez lui… dans sa contrée.

Les salauds.

— Et moi qui pensais que *ma* tragédie familiale était affreuse, murmurai-je. C'est super tordu. Même si vous avez fait quelque chose de terrible qui méritait leur fureur, personne ne devrait être coupé de chez lui.

Les flammes de l'Ombre s'embrasèrent autour de lui, une boule de feu géante qui laissa place à son loup ardent. Je ne l'avais jamais vu se métamorphoser littéralement en bête, mais cette fois, à mesure que les flammes s'agencèrent afin de former un loup, ses autres traits se transformèrent eux aussi. Son visage s'allongea tandis que ses bras s'étendaient et que des griffes saillaient du bout de ses doigts.

Mon rythme cardiaque s'accéléra, une réponse naturelle face à la peur. Il s'agissait de la Bête de l'Ombre dans toute sa splendeur, ou tout du moins à quatre-vingt-dix pour cent. Sa version « feu de l'ombre » valait le détour.

— L'Ombre, murmurai-je, alors qu'il se relevait.

Il avait atteint plus de trois mètres cinquante et les ténèbres des démons dansaient autour de son corps tandis que des flammes s'élevaient toujours plus haut dans les airs.

— Il n'y aura ni pardon ni oubli, gronda-t-il.

Le loup de son visage et sa voix se firent plus prononcés à chaque mot.

— J'ai besoin que la porte s'ouvre afin de pouvoir les mettre en pièces et danser sur leurs tombes.

Je m'étais moi aussi mise debout et ressentais un grand désir de me soumettre. Le pouvoir pur qu'il libérait en tant que bête supplantait l'homme. Ajoutez à ça le grondement de sa voix, et ça me mit presque à genoux. C'était la bête qui avait créé les métamorphes, celle qui était crainte, vénérée et aimée par les membres de mon espèce de par le monde.

— Je vais vous aider à ouvrir la porte, promis-je en pensant chaque mot. Pour la première fois, cette tâche a réellement un sens pour moi. Je comprends pourquoi vous m'avez gardée auprès de vous à présent… Je suis la seule depuis tout ce temps à avoir pu passer outre le sortilège. Un sort qui vous retient loin de votre terre, votre famille et votre destin.

Il commença finalement à se calmer ; le feu battit en retraite et son visage reprit les traits du bel homme ténébreux, par opposition à la majestueuse bête féroce. Tandis qu'il redevenait comme avant, je pus enfin me détendre puisque je n'étais plus attirée par le pouvoir de son loup ardent. En vérité, je ne savais pas quelle facette de lui je préférais ; j'espérai rapidement le revoir sous sa vraie forme de loup, et j'ignorais ce que ça voulait dire.

Il s'approcha de moi, l'énergie chevauchant sa peau tandis qu'il se débarrassait de la bête.

— Tu es le premier être en un millénaire à être capable d'entrer en contact avec le Royaume de l'Ombre, me dit-il de sa voix impossiblement grave. Je ne sais pas comment ni pourquoi… Tu ne ressembles à rien de ce que j'ai pu rencontrer dans ma vie, et je ne sais pas quoi faire de toi.

Je m'avançai et fus incapable de résister au désir plus longtemps. Il avait brisé le contrôle qu'il avait sur lui-même et, ce faisant, m'appelait si fort que je ne pouvais résister. Son regard était circonspect ; il m'observa attentivement mais ne m'arrêta pas. Juste avant que je ne le touche, un air mélodieux et grave se mit à flotter dans la bibliothèque.

L'Ombre se figea et tourna brusquement la tête vers la fenêtre où, de ce que nous pouvions voir, la vue se résumait à un ciel brumeux et violet.

— Merde ! s'exclama-t-il. Len, espèce d'idiot.

— Qu'est-ce qu'il y a ? réussis-je à demander d'une voix étranglée par la peur.

Il gronda, un grognement qui fit vibrer toute sa poitrine.

— C'est la pleine lune en Faerie. Leurs cinq lunes vont converger en une seule et le temps de la fertilité va commencer.

Je me forçai à déglutir péniblement, la gorge sèche, et fis en tremblant un pas vers la fenêtre.

— Le temps de la fertilité ?

La musique se fit plus forte, plus rapide, et je grognai, mes genoux affaiblis s'effondrant sous moi tandis que je heurtais le sol, le corps brûlant inexplicablement du feu du plaisir et de la douleur. La faible brûlure de l'excitation que je ressentais souvent n'était rien comparée à ce nouveau déferlement d'*envie* et de *besoin* dans mon corps.

— Par tous les dieux ! criai-je, les jambes tremblantes, alors que mes mains glissaient sur ma peau, se dirigeant tout droit vers mon sexe qui brûlait d'un besoin désespéré de relâcher la tension.

— Mera, intervint l'Ombre. Tu dois lutter contre la tentation.

Mes mains tremblèrent et je me rendis compte lorsque je me forçai à m'asseoir que ma culotte était complètement trempée. Le tissu frottait contre mon clitoris et je faillis réellement jouir.

— Je ne peux pas lutter contre ça, murmurai-je avec un cri plaintif. J'ai mal.

Le désir était comme un coup de couteau dans le ventre, et peu importe la façon dont je bougeais ou me tortillais, rien n'atténuait la douleur. L'Ombre me prit brusquement dans ses bras et se mit à courir, s'éloignant des fenêtres. Mais il était impossible d'échapper à la musique. Elle flottait sur des vents magiques, portée par la poussière de la Faerie, et avait été conçue pour se tisser à l'intérieur de l'essence même de nos êtres.

— Les faes ne sont fertiles qu'une ou deux fois par an, expliqua l'Ombre d'un ton sec, comme s'il parlait simplement pour me distraire. Ils utilisent cette musique pour encourager de nouvelles croissances.

— Ça ressemble à la drogue du violeur, bredouillai-je, l'esprit embrouillé, alors que les flammes commençaient à me brûler les orteils et le bout des doigts avant de consumer tout mon corps.

— Non, répondit-il sans ménagement. Ton esprit n'est pas à même de lutter comme un fae le ferait. La musique est là pour encourager, pas pour contrôler les esprits. Mais clairement, elle t'affecte durement.

Je l'entendis marmonner quelque chose à propos des pucelles et autres, mais j'étais trop déconnectée pour m'en soucier. Juste au moment où le feu était sur le point d'exploser dans mon intimité après avoir rempli le reste de mon corps, il me déposa dans la douche, régla l'eau sur une température glaciale et me trempa complètement.

— Tu dois lutter contre le feu, Mera, dit-il sérieusement.

Mon rire étranglé fut évocateur. Je n'avais aucun espoir.

50

Le choc de l'eau glacée m'aida momentanément à retrouver mes esprits. Bien que faisant toujours rage dans mes veines et dans mon corps, le feu s'atténua suffisamment pour que je puisse me redresser et dégager de longues mèches de cheveux trempés de mon visage. L'Ombre se tenait dans l'encadrement de la grande douche en cuivre et me fixait avec une expression indéchiffrable.

En temps normal, ça aurait été le moment où j'aurais pris conscience de ma gêne ; j'avais littéralement essayé de me masturber devant lui. Mais je ne pus que gémir tandis que l'excitation pulsait de nouveau en moi. La magie déferla plus fort encore et mon corps se cambra en rythme avec les battements. L'eau froide me faisait mal en tombant sur moi, mais ce n'était pas assez pour lutter contre l'attraction. Mes mains se dépêchèrent d'ôter mes vêtements qui irritaient ma peau sensible.

— Sortez, dis-je sèchement. Laissez-moi m'occuper de ça sans personne pour me regarder comme un père réprobateur.

Non pas que je me souvienne ce que ça faisait d'en avoir un.

L'Ombre fit son truc de grondement de poitrine ; il avait l'air frustré et énervé.

— Je ne fais pas ça exprès ! criai-je.

Des larmes coulaient sur mes joues en même temps. Avec un peu de chance, il ne s'en rendrait pas compte à cause de l'eau.

— Ce n'est pas en te touchant que tu vas pouvoir te soulager, finit-il par dire.

Et soudain, il fut sous la douche avec moi. À l'instant où l'eau commença à couler sur son visage en suivant les contours de ses traits parfaits, je me mis à crier.

— Vous n'aidez pas ! fis-je savoir en inspirant, ce qui me valut un poumon à moitié rempli d'eau.

Tout en lui stimulait mes sens. Les deux ensemble, l'Ombre et la musique, m'étaient fatals, ainsi que pour mes hormones. Je n'arrivais déjà pas à lutter contre eux séparément, alors combinés, je n'avais aucune chance.

— Tu as besoin de moi, sans quoi tu ne passeras pas la nuit, déclara-t-il sans ménagement.

Ça retint mon attention à travers le brouillard dans ma tête.

— Que voulez-vous dire ?

Un regard aussi rouge que la lave visible depuis la fenêtre croisa le mien ; il ne se contenta pas de le croiser, mais se verrouilla dessus et le soutint.

— Tu sais parfaitement ce que je veux dire, Rayon de Soleil. Tu ne peux pas faire face au chant dans son entier… Ça va empirer.

— Pourquoi on ne peut pas partir ? criai-je, tandis que mon dos se cambrait de nouveau.

Et parce que l'Ombre était dans la douche avec moi, je me retrouvai plaquée contre sa jambe, mon corps essayant de se contorsionner pour soulager la douleur.

— C'est trop tard pour partir, lâcha-t-il.

Avant que je ne puisse dire autre chose, il tomba à genoux devant moi et je retins ma respiration tandis qu'il s'approchait aussi près que possible.

— Je vais t'aider. Juste pour cette fois.

Je grognai, mes larmes coulant toujours, et l'espoir que j'avais qu'il ne les ait pas remarquées fut balayé lorsqu'il tendit la main et fit glisser son pouce sur ma joue pour les en chasser.

— La douleur est fugace, me rappela-t-il. Et je vais la remplacer par du plaisir.

— Je vous en prie, suppliai-je.

— Tu vas me haïr demain, déclara-t-il. Mais je peux vivre avec ça. Ce que je ne veux pas voir, c'est ta souffrance, pas quand je peux l'empêcher.

Les mots me vinrent difficilement à cause des palpitations de mon corps.

— Je ne suis pas droguée, lui fis-je remarquer. Mon esprit n'est pas embrumé. À l'inverse, mon sexe n'est pas de bonne humeur.

À ces mots, le désir ardent que je ressentais dans mon entrejambe se fit plus intense, au point que mes mains descendirent de nouveau dans cette direction.

L'Ombre les captura dans les siennes tandis qu'un sourire se dessinait lentement aux coins de ses lèvres.

— Il est donc temps de lui faire plaisir.

Grâce aux dieux !

À ce stade, j'avais déjà à moitié passé mon haut par-dessus ma tête et Ombre ne perdit pas de temps et me l'arracha. Il baissa les yeux vers moi lorsque je me retrouvai vêtue d'un simple soutien-gorge noir, haletante tandis que je persistais à tenter de respirer.

J'avais sans aucun doute l'air d'un rat noyé, mais les flammes dans ses yeux brûlèrent plus intensément et je pris ça comme le signe qu'il n'allait pas complètement détester cela. Lorsque je tendis le bras vers son T-shirt, il secoua la tête.

— Non. C'est ton soir, Rayon de Soleil. Laisse-moi faire ce que je sais faire de mieux.

Je n'aimais pas ça, mais c'était impossible de lui tenir tête. Il avait le pouvoir, et j'étais désespérée… j'avais besoin de lui. La douleur empirait et je n'avais pas oublié ce qu'il avait dit : je n'allais pas survivre au chant en entier sans son aide.

En quelques secondes, l'Ombre m'avait complètement déshabillée, me laissant nue sur le sol de la douche. À l'instant où l'afflux d'eau venant de la pomme de douche toucha mon clito, je jouis, violemment et rapidement. C'était une véritable décharge, comme lorsqu'on touche une barrière électrifiée. Le plaisir et la douleur se mélangèrent, me donnant l'équivalent de coups de couteau et, quand ce fut fini, je ne me sentis pas mieux ; la douleur encore pire que jamais.

— Tu ne peux pas résoudre ce problème toi-même, me rappela-t-il.

Je gémis.

— Alors, comment pouvez-vous le faire ?

Je n'obtins pour toute réponse que l'éclat de deux iris rouge et or ainsi qu'un sourire espiègle. Puis il me souleva d'une main et m'emporta hors de la douche. Son pouvoir de feu nous sécha tous deux le temps d'atteindre le lit et je me tordis de douleur lorsqu'il me déposa sur les draps doux et frais. Cet orgasme n'avait pas du tout arrangé les choses.

Tandis que je remuais, l'Ombre tendit le bras et plaça une de ses immenses mains sur ma poitrine pour me maintenir en place. Je voulus crier, mais alors qu'il me retenait avec une poigne contre laquelle j'étais incapable de lutter, il baissa la tête et, toujours aussi direct, ne prit pas de chemin détourné pour arriver jusqu'à mon clitoris. À la seconde où je sentis la première caresse ferme de sa langue, suivie de ses lèvres aspirant dans sa bouche l'amas de nerfs, je laissai échapper un cri silencieux ; le plaisir était trop intense pour que je le supporte sans me briser.

La main qui pesait sur moi commença lentement à se déplacer le long de mon corps, me caressant au rythme de sa langue sur mon sexe et l'orgasme suivant me fit véritablement crier ; mes mains griffaient le lit à la recherche de quelque chose à quoi me raccrocher. La domination de l'Ombre ne diminua pas alors qu'il refusait de me permettre de bouger, même si sa bouche me faisait voler en éclats, encore et encore.

Un des doigts de son autre main se glissa à l'intérieur ; mon vagin était serré et j'eus besoin de quelques instants pour m'adapter tandis qu'il continuait à me lécher comme si j'étais la putain de meilleure glace qu'il ait jamais goûtée. En quelques secondes, le doigt découvrit mon endroit favori et, lorsqu'il me caressa, le plaisir s'accumula de nouveau dans mon ventre.

— Putain de merde ! braillai-je en jouissant encore, me demandant cette fois si je n'allais pas m'évanouir.

Ce ne fut pas le cas, mais pas loin.

Il ralentit un petit peu après ça et je ressentis heureusement une diminution du désir puissant que j'avais en moi. Il semblait qu'il avait eu raison finalement ; l'intensité du sortilège s'atténuait avec son « aide ».

Lorsque mon dernier orgasme s'estompa, je sentis mon corps se relâcher sur le lit et, pour la première fois depuis que la musique avait commencé, je ne ressentis plus le désir irrésistible de m'arracher la peau.

L'Ombre releva la tête, ses doigts explorant toujours mon corps avec désinvolture.

— Ça marche ?

J'acquiesçai d'un signe de tête.

— C'est moins pire que… Aaah ! m'écriai-je, alors qu'il touchait une nouvelle fois ce point à l'intérieur de moi. Pour l'amour des métamorphes, je vous en prie, ne vous arrêtez pas.

La vue de son corps étendu entre mes jambes, les paupières mi-closes tandis qu'il me fixait du regard, ses doigts me donnant du plaisir comme jamais je n'en avais ressenti…

— Merde ! m'exclamai-je, alors que l'orgasme suivant me frappa de plein fouet, vibrant tout le long de ma colonne vertébrale, d'après l'impression que ça me donnait.

L'Ombre secoua la tête.

— Je devrais peut-être remercier Len finalement.

Mon esprit n'était que brouillard, doux et plaisant après tant de jouissance, donc je n'essayai pas de trop l'interpréter.

— Moi aussi, renchéris-je.

Les petits rires de l'Ombre soufflèrent des rafales d'air chaud sur ma peau sensible et, lors d'un nouveau déferlement de musique, je me cambrai et il me rejoignit en plein mouvement, me prouvant avec sa bouche que ce dieu n'avait assurément pas été chaste tout au long de ses nombreuses années de vie.

De toute la nuit, il ne me toucha pas autrement et ne me permit pas de lui rendre la pareille. Il s'agissait juste d'atténuer ma douleur le temps que durerait le sortilège et la façon dont il était attentionné était entêtante. Le fait qu'il garde encore secrètes tant de choses à propos de lui était frustrant, mais pas surprenant. Il ne faisait que son devoir. Peut-être qu'il l'appréciait, mais c'était un devoir quand même.

Ce serait stupide de ma part de penser autrement.

51

Je me mis à grogner tandis que la lumière brillait derrière mes paupières closes et, en me retournant, je m'arrêtai en sentant des draps bien plus soyeux que ceux dans lesquels je dormais dans l'antre.

Qu'est-ce que… ? Où je suis ?

Alors que je me forçais à ouvrir les yeux, tout me fit mal, même mes paupières au moment de lever ma tête.

Hmmm… pourquoi je suis si épuisée ?

La fatigue pesait de tout son poids sur moi, écrasant ma poitrine, et ma bouche était tellement sèche que j'avais l'impression que l'on m'avait laissé cuire dans le désert pendant un mois.

Autour de moi, la chambre m'était totalement inconnue et j'eus la tête qui tournait au moment où je finis par me mettre debout. Je sentis le malaise m'envahir le ventre et tandis que les draps retombaient et révélaient une paire de seins nus (les miens), les souvenirs de la veille remontèrent dans mon cerveau embrouillé.

Putain de bordel de merde.

La Faerie. Le chant. Le désir douloureux qui avait fait de mon corps un ennemi contre lequel je ne pouvais lutter.

Et l'Ombre… Oh, par tous les dieux.

L'Ombre m'avait fait jouir plus de fois en une nuit que je ne l'avais fait en une vie entière. Il était adroit, implacable, et complètement inarrêtable une fois qu'il avait quelque chose en tête. Et ce quelque chose avait été de m'aider à passer le chant de la Faerie.

Les souvenirs me revinrent avec fracas, intenses et inflexibles, et mon foutu corps perfide en voulait toujours plus. C'était comme si nous avions à présent été conditionnées et que mes membres tremblaient à la seule pensée de la Bête de l'Ombre tandis que la chaleur et la moiteur s'accumulaient dans mon intimité.

Ça allait être un problème qu'il me faudrait affronter à un moment donné, mais pour l'instant, j'étais totalement en mode *faire comme si rien ne s'était passé hier*. Il fallait juste que je me trouve d'abord des vêtements. Non que ça ait vraiment de l'importance. À ce stade, il n'y avait pas grand-chose de mon corps que l'Ombre ignorait, à l'exception de ma bouche. Il ne m'avait jamais embrassée et je ne l'avais pas touché. Cela n'était allé que dans un sens pour autant que je m'en souvienne… concentré uniquement sur moi.

Certaines femmes auraient peut-être aimé ça, mais pour moi, c'était un souvenir doux-amer.

Puisqu'il n'y avait absolument aucun vêtement à proximité, je m'enroulai dans le drap et le traînai hors du lit en me levant. Il fallut quelques secondes à mes jambes pour se stabiliser ; quoi que le sortilège de Faerie m'ait fait, pour qu'en tant que métamorphe je ressente aussi fort les effets secondaires de cette nuit, je compris que j'étais encore en train de l'éliminer de mon corps.

Après avoir boitillé comme un poulain nouveau-né, je finis par retrouver mon équilibre et fus de nouveau à même de me déplacer librement et sans problème. Une fois que j'eus examiné brièvement cette chambre et la salle de bain, je ne trouvai toujours pas de vêtements. Sans doute parce que l'Ombre était un être de magie qui pouvait faire apparaître des habits par sa seule volonté.

Ce qui ne me laissait qu'une option : sortir d'ici et affronter la situation. Peut-être qu'il pourrait également me faire apparaître des vêtements par la magie. J'utilisai d'abord la salle de bain, soulagée de voir qu'elle semblait construite selon les normes de la Terre. Presque tout ce qui concernait l'Ombre était basé sur des choses auxquelles j'étais habituée et ça me faisait penser que, malgré son attitude blasée, il aimait en réalité la Terre. Peut-être un peu plus que les autres mondes.

La bibliothèque me parut déserte lorsque j'y pénétrai. Dans un palais de cette taille, il devait y avoir une tonne d'autres pièces où l'Ombre pouvait être, mais je fus un peu surprise de ne pas le trouver ici. Je jetai un regard rapide à travers les fenêtres, ce qui m'indiqua que nous étions toujours en train de survoler le monde ; en dessous de nous s'étendait ce qui semblait être une toundra de glace verte, parsemée de taches d'eau verte entre les terres gelées.

La Faerie allait d'un extrême à l'autre, mais je ressentais ici un sentiment de paix qui était étrangement fort. La paix et la faim, puisque apparemment une nuit de plaisir intense m'avait épuisée. Quittant à contrecœur la vue, je fouillai la boîte de nourriture, y trouvant de l'eau, des fruits et un sandwich (le tout frais et bien conservé comme l'avait promis l'Ombre) que j'engloutis.

Une fois rassasiée, je traînai l'un des canapés jusqu'à la fenêtre et m'étalai sur la surface douce, les pieds posés contre un grand panneau de verre afin de regarder le décor défiler devant moi. Quand allais-je pouvoir revenir en Faerie ? Je ne voulais rien manquer.

Nous n'étions pas le seul palais flottant au-dessus des terres : plein d'autres maisons, d'îles poussées par le vent et de grands domaines parsemaient l'horizon. Aucun d'entre eux ne s'approcha de trop près ; il était clairement question de magie pour faire en sorte que les choses se passent pour le mieux.

Je sentis l'Ombre avant de le voir et, sachant que ça allait être embarrassant, peu importe ce que j'allais faire, je décidai dans un premier temps de ne pas me retourner et d'admettre sa présence. Parce que j'étais une lâche, voilà tout.

— Len est là, gronda-t-il en se tenant au-dessus de moi.

Le son de sa voix grave eut un effet sur moi dont je n'avais jamais fait l'expérience avant. Mon corps s'éveilla à la vie, chaque cellule, synapse et récepteur se tenant au garde-à-vous comme si leur maître était arrivé.

Non ! Arrête-toi, espèce de chienne déloyale.

Je ne pouvais pas donner à l'Ombre plus de pouvoir sur moi. Je l'avais dit auparavant et c'était tout aussi important à présent : il avait déjà bien trop de contrôle sur moi. Ma louve hurla dans ma poitrine et je ne sus dire si elle aussi voulait rouler sur le dos pour lui ou si elle me rappelait que nous avions toujours un véritable compagnon. Je savais qu'une part de son âme n'avait pas renoncé à Torin.

On n'a besoin d'aucun des deux, lui rappelai-je. Son cri mourut mais elle resta super agitée tandis que je me concentrais sur l'Ombre.

— OK, cool, dis-je aussi nonchalamment que possible en me détournant de la vue pour enfin croiser son regard. Une raison particulière ? Pour nous avertir d'un autre sortilège sexuel bizarre dont il aurait oublié de nous parler ?

Ses yeux flamboyèrent d'or et, en dépit de mes souvenirs troubles, je compris qu'il n'avait pas oublié une seule chose de ce qui s'était passé la nuit dernière. Il ne me força heureusement pas à affronter les faits, me permettant de me cacher un peu plus longtemps.

— Viens. Je vais te montrer.

Je remontai le drap plus haut, le resserrant.

— Vous n'auriez pas des vêtements pour moi ici ? m'enquis-je.

Les flammes s'intensifièrent alors que ses yeux se baissaient sur mon corps.

— Noir d'Encre peut s'en procurer.

Bien sûr qu'il le pouvait.

L'Ombre se détourna et je n'avais pas rêvé, il avait eu un tic dans sa mâchoire. Je n'eus pas le temps d'en analyser la signification, car il fut de retour en quelques minutes avec un jeu de vêtements qui m'allaient parfaitement. J'utilisai la salle de bain afin de passer les sous-vêtements, le T-shirt noir, le jean skinny et la paire de bottes noires de motard qui m'arrivaient aux mollets et que j'aimais plus que n'importe quelles autres chaussures que j'avais possédées dans ma vie.

Mes cheveux étaient complètement ébouriffés, vu que je les avais laissés sécher tandis que je succombais aux affres du plaisir. Je ne pouvais donc pas faire grand-chose d'autre que passer mes doigts à travers mes boucles emmêlées et laisser une masse folle dans mon dos. Non pas que j'essayais d'impressionner qui que ce soit de toute façon. Apparemment, je ne représentais rien de plus pour l'Ombre que le devoir, et du fait qu'il était risible de penser que nous pourrions avoir plus d'une nuit de plaisir comme celle-là, il fallait que je garde de nouveau la tête froide. Il s'agissait d'un foutu dieu, bordel.

Lorsque je retournai dans la bibliothèque, l'Ombre et Noir d'Encre m'attendaient et, ensemble, ils me guidèrent hors de la pièce, en haut d'un autre escalier dont je n'avais pas remarqué l'existence. Tandis que les épaules de l'Ombre disparaissaient à l'étage supérieur, je suivis, la bouche grande ouverte alors que j'étais en train de réévaluer le fait que la bibliothèque soit encore ma pièce favorite.

C'était un observatoire. L'étage complet, aussi grand que celui du dessous, possédait des fenêtres allant du sol au plafond, sans fin.

— Waouh, dis-je, le souffle coupé, en m'approchant plus près.

J'avais l'impression que nous avions un point de vue bien plus en hauteur pour observer le monde, même si nous n'étions qu'un étage au-dessus.

— L'Ombre ne jure que par les panoramas et les livres, déclara Len.

Il sembla arriver de nulle part. Ses yeux étincelaient et il était de nouveau vêtu de la cape argentée, les cheveux coiffés vers l'arrière en une natte, ce qui mettait en avant les traits parfaits de son visage.

— Panoramas et livres, répondis-je. Je ne vois rien de mal à ça.

Il s'agissait aussi de mes deux choses préférées dans la vie, mais je me retins de l'admettre à haute voix.

Quand Len me rejoignit, il m'embrassa sur la joue comme si nous étions de vieux amis et l'Ombre émit dans le même temps un grondement de poitrine, ce qui fit glousser Len.

— Calme-toi, mon frère. Je lui dis juste *bonjour*.

Me frayant un chemin entre eux deux, je laissai mon visage adopter un air renfrogné.

— Bas les pattes, tous les deux, OK ? Montrez-moi juste ce que vous étiez sur le point de faire ici.

Aucun d'entre eux ne sourcilla, s'éloignant à grands pas des fenêtres en direction d'un coin très éclairé où… trônait un fauteuil argenté et brillant.

— Dans le Royaume de l'Ombre, nous avons une technique pour nous marquer la peau via l'énergie des créatures que nous contrôlons… depuis les brumes, expliqua l'Ombre.

Il se tenait assez près de moi pour que je sente presque son contact.

— C'est la seule «encre» qui contourne nos capacités de guérison, poursuivit-il en faisant un geste en direction de Len.

Celui-ci était à présent en train de s'affairer et plaçait deux jarres chatoyantes sur une tablette. Toutes deux semblaient contenir un mini Noir d'Encre de ténèbres vaporeuses et tourbillonnantes.

— J'ai réussi à emporter avec moi un petit morceau qui, au fil du temps, a continué de grandir, ajouta-t-il en se tournant vers son ami. Comme ça, nous pouvons lentement compléter mon tatouage. Len peut en imprégner ma peau en utilisant la magie fae. Il est ici pour finir celui de mon dos.

Ma respiration se fit un peu plus haletante. J'avais toujours eu un faible pour les hommes tatoués, d'autant plus quand ils étaient hyper baraqués et que leur dos était encré. Oui, j'étais superficielle.

J'avais aperçu quelques fois l'encre qui couvrait l'Ombre et je m'étais clairement demandé comment il avait réussi à marquer sa peau ; il semblait que j'allais enfin avoir une réponse à l'une de mes questions.

L'Ombre arborait un air satisfait tandis qu'il me contournait, ses yeux saisissant l'expression de mon visage qui trahissait probablement mes pensées. Alors qu'il était sur le point de se diriger vers la chaise, il se pencha en avant et murmura à mon oreille :

— Je pourrai sentir ton excitation n'importe où désormais, Rayon de Soleil.

Ravalant un juron et un gémissement, je serrai les cuisses et me forçai à ne plus y penser.

— Arrête de flirter et enlève ton T-shirt, ordonna Len. Je n'ai que quelques heures avant que ma famille ne requière ma présence.

Il grimaça en disant ça et j'eus le sentiment qu'il n'était pas du genre à aimer les réunions de famille.

L'Ombre passa les bras au-dessus de sa tête, attrapa son T-shirt par le col et tira dessus pour l'enlever en un seul geste rapide. Puis tout ce que je pus voir fut la peau encrée drapée sur ses muscles. Alors que Len avait une musculature svelte, ce n'était pas le cas d'Ombre ; il était large sans être trop corpulent. Avec ses abdos parfaits, ses larges épaules et les contours de son torse très définis, il avait l'air d'une œuvre d'art, et par là j'entendais de bien des façons, pas seulement à cause de l'art sur sa peau. Étant donné qu'il avait de longs membres, ça aurait dû être difficile d'avoir de gros muscles, mais il n'était clairement pas humain ni métamorphe et avait réussi à le faire comme il faut.

Il fallut que je me morde la langue pour ne pas laisser échapper de bave.

— Vous avez déjà beaucoup de tatouages, fis-je remarquer.

Je me sentais à bout de souffle mais fus soulagée de ne pas en avoir l'air.

L'Ombre baissa les yeux vers les écritures dansant sur sa poitrine. Tout du moins, je pensais qu'il s'agissait de mots puisqu'ils n'étaient pas dans ma langue. Il y avait en dessous d'eux de multiples images de ce qui ressemblait à des bêtes et des monstres.

— Ils ont été faits chez moi, dit-il calmement en les effleurant de la main.

Les tatouages bougèrent à son contact, l'encre sombre tourbillonnant. Une partie de moi voulait tendre le bras également et voir s'ils feraient la même chose avec moi.

— Dans le fauteuil, la Bête, interrompit Len.

Il l'avait ajusté, le mettant à plat, et l'Ombre s'allongea sur le ventre.

Une fois qu'il fut installé, les épaules dépassant des bords du fauteuil, je me rapprochai et observai le tatouage à moitié fini dans son dos.

— Impressionnant.

Réellement impressionnant.

Il s'agissait d'un arbre de mort, une seule pièce immense représentant une scène d'ombres sombres ; il y avait de nombreux crânes qui poussaient ou étaient nichés dans les branches d'un arbre tourbillonnant de fumée. Un espace près du sommet n'était pas fini et ce fut à cet endroit que Len se mit au travail.

Il cala l'une des jarres dans sa main et, lorsqu'il fit jouer le fermoir argenté, la fumée en sortit en tournoyant. J'eus l'impression qu'elle allait s'échapper, mais la magie de Len la rattrapa avant, les deux s'entremêlant tandis qu'il faisait tourner sa main au-dessus de la colonne de l'Ombre. Il n'y avait pas besoin d'aiguille ou de machine, juste de la magie fae qui était clairement l'élément clé permettant d'encrer la fumée d'ombre sur une peau qui ne pouvait être marquée. En tout cas, en dehors du Royaume de l'Ombre.

Les deux heures suivantes passèrent pour moi en un éclair tandis que je regardais la magie se déployer.

L'Ombre et Len bavardaient comme de vieux amis qui se connaissaient parfaitement l'un l'autre et avaient un million d'histoires à propos des conneries qu'ils avaient pu faire au fil du temps. C'était agréable d'être simplement assise là à les regarder ensemble, à les écouter se charrier et, quand il fut temps pour Len de partir, le dessin sur le dos de l'Ombre était presque terminé. Il allait être plus que spectaculaire une fois fini.

— On se voit bientôt, me dit Len en me faisant de nouveau une bise sur la joue avant de se jeter du bâtiment.

Je dus avoir l'air horrifiée, car l'Ombre secoua la tête.

— Il va s'en sortir.

D'une certaine façon, je n'en avais aucun doute.

Après ça, je mangeai de nouveau, fis une longue sieste, et quand ce fut l'heure pour nous de regagner la bibliothèque, l'Ombre et moi avions réussi à revenir à notre précédente relation. Aucune gêne du tout.

Enfin, quasiment.

Lorsque nous retournâmes dans le jardin familier dans lequel je m'étais réveillée, nous en sortîmes en silence et, de là, le trajet de retour jusqu'à la bibliothèque fut aisé. Je jalousai le fait qu'ils puissent créer des passerelles. Est-ce qu'ils réalisaient seulement le pouvoir qu'ils avaient entre leurs mains ? Cette capacité à passer d'un monde à l'autre sans jamais être prisonnier ? Même avec toutes nos forces, nous, les métamorphes, étions toujours bien plus proches des humains que des dieux. Ce n'était pas quelque chose dont je m'étais souciée jusqu'à ce que je me retrouve dans une bibliothèque remplie d'êtres très éloignés de ce que je pouvais comprendre. Mais en dépit du fait que j'étais complètement dépassée, j'étais toujours vivante et je comptais ça comme une victoire.

La librairie était silencieuse à notre arrivée par la porte de la Faerie ; quelques gobelins alentour me jetèrent des regards confus jusqu'à ce qu'ils remarquent l'Ombre à mes côtés. Ils se contentèrent alors de hocher la tête et de retourner à leur occupation.

Voilà pourquoi il était un connard suffisant. Il était entouré de lèche-bottes.

— Ce n'est pas vraiment sain, vous savez.

Son regard croisa le mien, les sourcils légèrement relevés.

— Tu réalises que je ne suis pas dans ta tête, n'est-ce pas ? C'est hallucinant, la façon aléatoire que tu as de parler à tort et à travers.

— Ouais, si vous voulez, répliquai-je en lui faisant un doigt d'honneur. Je parle du fait d'être constamment entouré de béni-oui-oui. Je veux dire, en quoi ça vous aide à évoluer ou à apprendre de vos erreurs ?

Il me dévoila ses dents.

— Qu'est-ce qui te fait croire que je fais des erreurs ?

Je soupirai.

— C'est exactement ce dont je parle. Tout le monde fait des erreurs ; c'est comme ça, tout simplement.

Il eut un haussement d'épaules tout en continuant à me guider à travers la bibliothèque en direction du couloir de la Terre.

— Je ne sais pas quoi te dire, Rayon de Soleil. L'univers m'a conçu de cette façon : un prédateur parfait.

Où était le mensonge ? Quel que soit son rôle à jouer dans ce monde, il semblait y arriver de manière fantastique. Il avait créé un foutu sous-groupe d'humains quand il nous avait fusionné avec des âmes animales. Qui d'autre pouvait se targuer d'un tel titre de gloire ?

— Ne vous attendez pas à ce que je vous lèche les bottes, marmonnai-je. Vous êtes toujours l'ennemi.

Cette fois, ce fut un véritable sourire, malicieux et alléchant.

— Oh oui, Rayon de Soleil. Tu me l'as bien fait remarquer. Sauf la nuit dernière, quand tu criais mon putain de nom.

Merde.

Mes cuisses se contractèrent de nouveau, mais je ne rougis pas ; je n'allais pas lui en donner la satisfaction. Il y avait quelque chose à propos de mon séjour en Faerie que je devais dire, cependant.

— Merci de m'avoir aidée, déclarai-je avec sérieux. Je ne me souviens pas de tout, mais la douleur avant ça était vraiment mémorable.

Il marqua une pause dans le couloir blanc.

— C'est ma faute, je n'ai pas vérifié le calendrier fae avant de décider de l'utiliser en tant qu'abri. C'était à moi de réparer mon erreur.

Mon sourire était assez éclatant pour aveugler n'importe qui.

— Tout ce que je viens d'entendre, c'est que vous n'êtes peut-être pas aussi parfait que vous semblez le penser.

Il secoua la tête et ses épaules se soulevèrent tandis qu'il laissait échapper un éclat de rire.

— Ne pousse pas, gamine. Je pourrais toujours te tuer si l'humeur m'en prenait.

La menace était presque devenue une plaisanterie à ce stade. Non pas qu'il ne pourrait pas me tuer, mais à présent, il se sentirait un minimum mal s'il le faisait ; nous avancions donc peu à peu dans notre relation. Et, heureusement, ce qui s'était passé en Faerie ne nous avait pas ramenés dix pas en arrière.

Le déni fonctionnait plutôt bien.

52

Le sortilège de l'Ombre avait été conçu pour attirer toutes les créatures à un seul endroit. Encore une fois, sur les terres montagneuses de la meute de Torma.

— Pourquoi ici ? demandai-je.

— La plupart d'entre elles sont déjà là, bien sûr, dit-il sèchement. Vu que tu es un vrai aimant à ombres.

Ouais, ça prenait tellement un double sens à présent et je chassai de nouveau la journée de la veille hors de mon esprit. Ça ne se produirait qu'une seule fois. Une putain de fois. Il fallait que je me fasse à cette idée et que je passe à autre chose. Si je continuais à me le répéter, peut-être que mon traître de corps finirait par être d'accord.

— J'espère qu'un jour je trouverai ce qui fait que je contourne les règles habituelles qui vous gouvernent, vous et cette terre, murmurai-je.

L'Ombre me jeta un regard indéchiffrable, mais il n'eut pas le temps de répondre car nous venions d'arriver au central des créatures de l'ombre.

— Putain de merde, il y en a tellement ! m'écriai-je le souffle coupé à la vue de douzaine, voire plus, de créatures prisonnières d'un immense cercle de feu qu'elles ne semblaient pas capables de traverser.

Le feu de l'Ombre était tout aussi *badass* que lui.

— Ouais, acquiesça-t-il avec un signe de tête. Il semblerait que cette fois, tu aies ouvert une multitude de portes du royaume. Heureusement, dans les hauts gradés, tu n'as apparemment libéré qu'Igorna et deux chasseurs, donc le reste ne devrait pas poser trop de problèmes.

— Qu'est-ce qu'il s'est passé avec Igorna ?

Le visage d'Ombre afficha une sombre satisfaction.

— Avec un peu de persuasion, il fait maintenant une petite sieste dans une des cellules.

Une sieste… mais bien sûr. C'était tellement plausible.

— Comment allons-nous les renvoyer ? Dans leur monde ?

Ça commençait à devenir plus problématique vu qu'il y en avait tellement de ce côté-ci de la porte à présent.

L'expression de l'Ombre se fit introspective.

— J'y ai beaucoup réfléchi ces derniers jours. Au départ, j'étais concentré sur le fait d'ouvrir la porte, mais maintenant… Et si on avait pris le problème à l'envers ? Le sortilège sur la porte ne constitue clairement pas une barrière pour toi vu que tu continues d'ouvrir tes propres portails temporaires vers le Royaume de l'Ombre. Si l'on découvre comment, il y a une chance pour que tu agisses comme un intermédiaire et une porte plus permanente pourrait être établie. Ensuite, je pourrais utiliser mon pouvoir pour renvoyer les créatures et peut-être même aussi les suivre.

Je hochai la tête en laissant l'idée faire son chemin dans mon cerveau.

— Ouais, on n'a pas essayé ça avant. J'ai l'impression que je pourrais plus facilement avoir une idée de comment faire ça que de passer outre le sortilège sur la porte.

Les lèvres de l'Ombre se courbèrent juste assez pour lui donner un air sinistre.

— Une fois que j'aurai détruit la personne qui a créé le sortilège, la porte ne sera plus barrée. Il me faut juste entrer dans le royaume d'abord.

Il aurait sa vengeance et je serais mise de côté, désormais inutile à ses yeux.

Avec un peu de chance, il resterait un peu plus de moi qu'une coquille vide lorsque ça arriverait, car il était clair que l'Ombre ferait presque n'importe quoi pour atteindre son but ultime et chercher à se venger.

Je n'avais plus le temps de m'inquiéter de ça parce qu'il était en train de traverser le sol pierreux à grandes enjambées, en direction des créatures. Il ne neigeait pas beaucoup à Torma, mais nous avions tout de même des vagues de froid et, à en juger par le sol gelé, nous ne devions pas être loin du solstice d'hiver. Ce qui voulait dire…

Que Simone était sur le point de se métamorphoser pour la première fois.

Il fallait que je la voie avant que ça ne se produise, même si elle me flanquerait certainement une dérouillée pour ne pas avoir essayé de revenir plus tôt. J'avais aussi besoin de voir Dannie et m'assurer qu'elle était saine et sauve. L'Ombre avait dit qu'il s'occuperait d'elle, mais, encore une fois, j'avais besoin de le voir de mes propres yeux.

Tandis que nous marchions, la grâce de ma louve m'empêchant de glisser sur la glace et d'atterrir sur mes fesses, je finis par rejoindre l'Ombre en un seul morceau. Nous nous tînmes tous deux en dehors du cercle de flammes qui tenait à distance les créatures grognantes, qui faisaient les cent pas et se battaient.

— Vous vouliez que j'essaie de vous ouvrir un chemin ici ? lui demandai-je.

L'Ombre me fit un signe de tête négatif.

— Non. Je veux toutes les renvoyer d'un coup, et ça veut aussi dire les chasseurs, Igorna et ceux que nous avons piégés.

— L'Ange a tué les chasseurs, lui rappelai-je.

— On ne peut pas nous tuer avec des armes qui ne viennent pas du Royaume de l'Ombre, me fit-il remarquer. Les lames de l'Ange sont redoutables, mais elles ne sont pas nées de l'ombre. Elle a juste perturbé leur structure physique et ici, sans les brumes, il est plus difficile pour nous de trouver l'énergie pour nous reformer. Je les ai enfermés avant qu'ils ne réussissent à retrouver leur pleine puissance.

D'accord. D'accord. Voilà la raison pour laquelle il n'avait pas tué les créatures en premier lieu et s'était contenté de les enfermer. Il avait mentionné les brumes, ce qui me remit en mémoire ses tatouages et titilla ma curiosité d'une façon qui était complètement nouvelle et universelle.

Ce nom, il semblait presque… familier. Mais l'impression de déjà-vu ne pouvait avoir été plus qu'une décharge aléatoire d'énergie parce que je n'avais aucune connaissance de ces brumes auxquelles il faisait référence.

L'Ombre se saisit des flammes et, contrairement au commun des mortels, il ne finit pas mort brûlé par le brasier qu'il manipulait. Au lieu de ça, les langues de feu semblaient lui sauter dans les mains et le caresser avec amour.

Se détournant de moi, il reporta son attention sur le feu.

— Merci, lui murmura-t-il.

Ces paroles furent suivies d'un tas de mots dans une langue étrangère. Ça donnait presque l'impression d'une chanson, les paroles comme une mélodie rythmée et apaisante, et la magie suivit chacun des battements.

Il me fallut une seconde pour comprendre ce qu'il était en train de faire : il concluait son sortilège. L'Ombre recula et les flammes s'intensifièrent, entourant entièrement les créatures d'une boule de feu. Le terrain était à présent silencieux ; leurs mugissements et leurs rugissements étaient coupés par la magie du sortilège.

La boule s'éleva dans les airs avec les créatures à son bord et nous suivit lorsque nous commençâmes à marcher. La porte de la bibliothèque apparut quand nous approchâmes du bord d'un affleurement rocheux, et j'aperçus brièvement un mouvement du coin de l'œil, mais il avait disparu au moment où je regardai plus attentivement.

C'était probablement un lapin ou un renard ; ces forêts étaient peuplées d'animaux, malgré la présence de métamorphes en leur sein. Je fis brièvement le vœu que c'en soit un afin de pouvoir faire passer un message à mes amies. Encore une fois, je partais sans les voir et, à chaque fois que ça se produisait, une petite part de mon âme se flétrissait. Même si je n'en avais pas l'impression, ça faisait déjà un an. Un an sans savoir si elles allaient bien.

— L'Ombre, dis-je brusquement, ce qui l'arrêta net. Je ne peux pas partir sans passer voir mes amies. Je sais que vous aviez dit que vous prendriez soin de Dannie… Vous me promettez qu'elle va bien ?

Je l'observai attentivement, à la recherche de la vérité dans ses yeux.

— Elle avait disparu quand je suis revenu en visite à Torma, me raconta-t-il. Les rumeurs racontent qu'elle se serait échappée, et je n'ai pas pu sentir son odeur à proximité ou ressentir son énergie.

Ses yeux ne mentaient pas, mais je ne me sentis pas rassurée par cette information. Ou par ce manque d'information, en réalité.

— Elle est débrouillarde, ajouta-t-il comme s'il la connaissait. Et quelque chose me dit que s'ils l'ont retenue en premier lieu, c'est parce qu'elle le leur a permis. Ça va aller pour elle. Tu la reverras.

Je soutins son regard, mais il ne cilla pas. Non pas que mon regard soit à même de briser l'Ombre, mais je devais lui montrer à quel point j'étais sérieuse. Il hocha la tête comme s'il respectait ce fait, et je me demandai s'il s'agissait là d'un autre pas en avant dans notre relation. Les limites étaient de plus en plus floues et je ne savais pas comment gérer mes émotions par rapport à ça.

— Ramenons ces créatures à la bibliothèque, déclara l'Ombre en me rappelant ce pour quoi nous étions réellement venus ici.

— Ouaip, répondis-je en inspirant une dernière fois l'air familier.

Le désir, léger, de revoir ma meute glissa à travers moi avant que je ne m'en débarrasse aussi facilement que je mettais de côté ma louve à la fin d'une métamorphose. Une part de moi ne se souvenait même pas d'avoir vécu à Torma ; mais la meute manquait à ma louve et, pour être honnête, c'était le cas d'une petite partie de moi également.

Tandis que nous arrivions dans le hall blanc, laissant derrière nous les paysages enneigés de la Terre, je suivis l'Ombre qui ne perdit pas de temps. Le feu emplit le hall de lumière et de chaleur jusqu'à ce que nous finissions par atteindre la prison suivante. Ombre libéra les créatures dans une pièce extra-large et, une fois qu'elles eurent dégringolé du feu, scella la porte avec son énergie. Une énergie qui ressemblait fort à Noir d'Encre : un nuage de fumée s'installant sur l'entrée. Leurs énergies se ressemblaient et ça ne me surprit absolument pas. J'avais déjà compris que peu importe ce qu'il était, Noir d'Encre était irrévocablement lié à la Bête de l'Ombre et qu'ils ne pourraient jamais être complètement séparés.

— Je vais faire apporter le dîner dans l'antre, me dit l'Ombre, une fois notre tâche accomplie.

Je ne pus m'empêcher de glousser.

— Comment vous appeliez toutes ces conneries avant de me rencontrer ?

Il ne rit pas, mais arborait une expression amusée.

— C'est caractéristique des humains de vouloir mettre une étiquette sur tout. Certaines choses n'ont tout simplement pas besoin d'un titre ou d'un nom propre.

Ça me paraissait étrange, mais je ne discutai pas parce que c'était certainement une caractéristique humaine. Lorsque nous entrâmes dans la Bibliothèque de la Connaissance, elle était grouillante d'activité, comme d'habitude. Divers habitants des différents mondes étaient éparpillés, à la recherche de tout, et me donnant de petits aperçus de culture que je ne verrais probablement jamais par moi-même.

Cette familiarité était cependant agréable, comme si cette affaire avec les créatures de l'ombre était peut-être finalement derrière nous et que nous avions un plan solide pour aller de l'avant.

Tout semblait aller dans notre sens. Pour une fois.

53

Gaster nous mit le grappin dessus avant que nous ne puissions rejoindre l'antre. Le gobelin était excessivement emballé de savoir que le problème des créatures de l'ombre était fini pour le moment et que nous avions un plan pour les renvoyer dans le royaume.

L'Ombre demeura distant avec lui, ne lui donnant que de brèves réponses… quand il daignait répondre. Personne d'autre que moi ne poussait la grande brute dans ses retranchements ; ils étaient trop contents d'accepter que ses paroles fassent loi. Si le gobelin savait que le seul objectif de l'Ombre était de retourner *lui-même* dans le Royaume de l'Ombre pour déchaîner sa vengeance sur ceux qui lui avaient fait du tort, son enthousiasme serait peut-être quelque peu douché.

Ou… pas, probablement.

La confiance aveugle qu'ils avaient en lui était surprenante.

Alors que nous étions sur le point d'entrer dans la tanière, j'entendis mon nom résonner à travers la pièce. Quand je me retournai, j'eus le souffle coupé à la vue de l'Ange, qui était habillée comme une putain de guerrière. Cette fille était vêtue de la tête aux pieds de ce qui paraissait être une armure argent et rouge personnalisée, moulée sur son corps et fixée autour de ses ailes. Elle avait tellement de lames sur elles que je perdis le compte du nombre de manches dépassant d'endroits divers et variés.

— Qu'est-ce qu'il s'est passé ? m'écriai-je en me précipitant vers elle. Est-ce que la guerre a éclaté aux Champs d'Honneur ?

Elle ne dit pas un mot, se contentant de jeter ses bras autour de moi en m'enlaçant comme si elle avait pensé ne jamais me revoir. Je ne pouvais pas respirer, mais je m'en fichais parce que c'était l'un des meilleurs câlins que j'aie jamais eus. Je m'affaissai contre elle et m'accrochai comme si ma vie en dépendait, éprouvant le besoin d'une connexion émotionnelle que l'on ne pouvait avoir qu'avec une amie femme. Les gars et le sexe, c'était génial, mais si vous n'aviez jamais eu de meilleures amies « à la vie, à la mort », vous étiez passé à côté d'un lien qui ne pouvait pas être reproduit.

Un dont nous avions besoin pour notre survie.

— Vous aviez disparu, dit-elle quand elle se recula, la voix cassée même si elle avait les yeux secs. J'ai cherché dans les contrées et interrogé tous les gens que j'ai rencontrés, mais personne ne savait ce qu'il s'était passé. Et notre fichu lien… Il ferait mieux de commencer à mûrir parce que je ne peux pas gérer le stress quand vous allez vagabonder seule.

L'Ombre nous rejoignit à ce moment-là et, en un instant, l'amie éplorée avait disparu, remplacée par une guerrière du tonnerre. Ses armes apparurent dans ses mains si rapidement que je ne pus suivre le mouvement, et elle n'hésita même pas avant de l'attaquer. Ce que je retins de ça, et que j'appréciai le plus, c'était que l'Ombre ne fit pas comme si c'était risible de l'avoir comme adversaire. Il lui accorda l'attention qu'elle méritait, la traitant comme une combattante de valeur tandis que les deux échangeaient des coups.

L'Ombre fit apparaître de nulle part une épée noire et vaporeuse, et je me demandai brièvement s'il ne s'agissait pas de Noir d'Encre se manifestant sous une autre forme. En règle générale, il restait à proximité, mais je ne le voyais nulle part.

L'Ange se battait avec détermination, attaquant encore et encore, toujours implacable, ne le laissant pas gagner un seul centimètre de terrain. Elle était plus que spectaculaire et je ne savais honnêtement pas pour qui j'étais au final. J'avais plutôt envie qu'ils gagnent tous les deux, à dire vrai, mais comme j'étais à moitié amoureuse de l'Ange et que je ne haïssais pas l'Ombre ce jour-là, il valait probablement mieux les arrêter.

— Les gars, commençai-je en essayant d'interrompre leur besoin intense de faire des trous dans la peau l'un de l'autre. Et si on en parlait au dîner ? Je vais bien.

Pas de réponse ni de pause. Nous commencions à attirer la foule et je n'avais pas besoin que ça devienne plus dramatique que ce ne l'était déjà. Connaissant l'Ombre, il voudrait prouver ses arguments une fois que tous ses larbins seraient en train de regarder. Il fallait que je les arrête avant que l'on en arrive là.

Inspirant un grand coup, je fis la chose la plus stupide à laquelle je pouvais penser, mais aussi l'action la plus à même de les arrêter instantanément. Je sautai entre les deux, juste à l'instant où l'Ange virevoltait et frappait avec sa lame massive et super affûtée. Elle me vit au dernier moment, cria « Noooooooon », mais c'était trop tard pour retenir le coup. En espérant que je n'étais pas sur le point d'être coupée en deux, je levai un bras et me préparai à la douleur.

À partir de là, tout se passa au ralenti, et alors même que ma destruction était proche, je regardai le reste se dérouler avec une curiosité presque détachée. Le rugissement de l'Ombre perça les tympans de toutes les personnes présentes dans la pièce ; la plupart d'entre elles en tombèrent à genoux. Et quand l'étincelle de son pouvoir me mordit l'épaule, je fus projetée hors d'atteinte tandis que la lame glissait sur mon bras.

— Assez, mugit-il sans me relâcher.

Puis le son de sa voix baissa drastiquement. Seules l'Ange et moi pouvions entendre ses paroles.

— Je l'ai gardée en sécurité, Melalekin. Tu n'as aucun grief contre moi.

Sa poitrine se souleva, les yeux toujours emplis de l'horreur de ce qu'elle avait failli faire.

— La prochaine fois, je ne serai pas aussi indulgente, Darkor, murmura-t-elle, elle aussi d'une voix très basse pour que la conversation reste entre nous trois. Souviens-t'en.

Puis, avec un regard tendre à mon attention, elle tourna les talons et partit, furieuse.

Ma respiration était toujours saccadée ; l'impression que je m'étais retrouvée plus proche de la mort que jamais auparavant planait au-dessus de moi. L'Ombre m'avait sauvée et je ne pouvais penser à autre chose. Excepté peut-être… Est-ce que je ne venais pas d'apprendre leurs véritables noms ?

C'était un morceau d'information tellement insignifiant, et pourtant c'était pour moi si énorme que j'en eus le souffle coupé. Comme si j'avais intégré un club que peu de gens avaient la chance de fréquenter. Je me sentais plutôt privilégiée de connaître une autre petite facette des deux êtres avec qui j'avais passé le plus de temps ici.

Il me fallut un moment pour remarquer la chaleur qui irradiait de l'Ombre. Il était hors de lui, même si personne d'autre ne le savait étant donné que son visage restait impassible. Il ne relâcha pas sa prise sur moi et se retourna pour entrer dans la tanière. Je ne savais pas pourquoi il me tenait toujours contre sa poitrine comme il le faisait, mais il y avait une part de moi, la traîtresse, qui était un tout petit peu sous son charme et ne voulait pas protester. C'était le genre d'étreinte possessive qui mettait le bazar dans ma tête. La mienne et celle de ma louve. Nous avions toutes deux envie de rouler sur le dos et de ronronner comme un foutu chaton.

Quand il atteignit la barrière de son antre, et alors qu'il commençait à avancer à travers, les lumières vacillèrent. Je n'avais jamais vu ça se produire auparavant, mais ce n'était pas alarmant dans l'immédiat… du moins, pour moi.

L'Ombre s'immobilisa, levant les yeux à la recherche de quelque chose au-dessus de nous. Je fus doucement déposée sur mes pieds tandis qu'il me faisait glisser derrière lui.

— Le feu a été restauré. Dirige-toi dans l'antre.

Je plaçai ma main dans son dos ; ses muscles étaient fermes sous mes doigts. Il était tendu, et ça m'inquiéta.

— Non, objectai-je. Qu'est-ce qu'il se passe ?

Le vacillement des lumières avait dû représenter pour lui une inquiétude pressante pour réagir de cette façon.

— Rayon de Soleil, pour une fois dans ta foutue vie, écoute-moi. Il faut que tu t'en ailles maintenant…

Ses paroles furent interrompues tandis que la bibliothèque se retrouvait plongée dans l'obscurité. Une demi-seconde plus tard, le feu de l'Ombre se mit à flamber autour de lui et la chaleur me repoussa prestement en arrière.

Il s'avança, mais c'était trop tard. Quiconque avait éteint les lumières était en train de nous attaquer. Deux silhouettes noires apparurent. Avant que la bête ne puisse les tuer sur place, un arc de poudre noire étincelante s'abattit sur nous deux et, alors que je m'étouffais à cause de la poussière, l'Ombre tomba à genoux à côté de moi.

Désorientée par ce que contenait la poudre, je remarquai à peine que l'on m'avait agrippée et que de lourdes mains me soulevaient et me portaient à travers la bibliothèque plongée dans le noir absolu.

— Non, toussai-je avec plus de poussière logée dans ma gorge.

Je me débattis contre l'étreinte, pas très bien, mais c'était mieux que rien.

— Sunny, arrête. C'est moi.

Je m'immobilisai en entendant une voix familière.

Jaxson.

Comment Jaxson pouvait-il être là, bordel ? Et qu'est-ce qu'il avait fait à la bibliothèque et à l'Ombre ? Ce n'était pas possible que cet idiot de métamorphe ait réussi à mettre les deux au tapis sans une aide conséquente.

— Lâche-moi, bon sang, grondai-je avant de tousser de nouveau.

La poudre était collante dans ma gorge et s'accrochait fortement.

— On est en train de te sauver, espèce de chienne stupide.

Ça, c'était Torin, qui était apparemment là lui aussi dans ce merdier.

— L'Ombre va vous réduire en un million de petits morceaux, déclarai-je d'une voix rauque. Ce serait mieux pour vous de filer d'ici maintenant et d'espérer qu'il ne découvre jamais que c'était vous.

Jaxson, me portant toujours, ne ralentit pas du tout.

— On va bloquer le passage, dit-il d'un ton pressé. On va être capables de le tenir à l'écart pendant une période indéfinie. Tu seras en sécurité.

— Je n'ai jamais été en danger, espèces de foutus crétins de merde, lançai-je d'une voix rageuse. Relâche-moi immédiatement ou l'Ombre sera le cadet de tes soucis.

Je fis appel à ma louve et elle arriva en grondant à la surface tandis que certaines parties de nous se transformaient afin de pouvoir lancer des coups de griffes à ceux qui nous tenaient.

— Utilise plus de poudre de lendemain, ordonna Torin d'un ton sec. Étourdis cette idiote. L'Ombre lui est monté à la tête, il va falloir la briser une fois de retour à la maison.

Me briser de retour à la maison ? Oh, j'allais lui montrer à quel point il avait tort…

Dans l'obscurité, un jet de poudre m'atteignit en plein visage, pire qu'avant, et la substance légèrement moisie m'étouffa et me fit crachoter. Ma volonté de me battre fut réduite à néant et alors que je respirais toujours plus de la décoction dégoûtante, je basculai complètement dans le noir.

Me laissant vulnérable face aux deux mâles que je haïssais le plus au monde.

54

La sensation de me réveiller dans un endroit et une situation inconnus était l'une des pires dont j'aie jamais fait l'expérience, et cela arrivait bien trop souvent ces temps-ci. Il fallait que je repense mes choix de vie, et vite, parce que ce n'était absolument pas sain.

Quel que soit le truc que l'alpha et le beta m'avaient balancé dessus, j'en gardai une violente gueule de bois. Une fois que j'eus fini de vomir de la bile et tout ce que je pouvais avoir dans mon estomac, je roulai sur le dos pour découvrir que j'étais enchaînée à un lit. Juste par une cheville, mais il s'agissait d'une chaîne renforcée et bien trop solide pour que je puisse la briser, ce dont je me rendis compte après plusieurs essais pour me libérer.

Quand le battement dans ma tête s'estompa un peu, je me relevai afin d'avoir une meilleure vue de ce qui m'entourait. J'étais dans la chambre de Torin et j'avais un sentiment terrible par rapport à ce que ça voulait dire : l'alpha n'avait pas mangé ses mots la dernière fois, quand il m'avait quasi incluse avec Sisily dans un harem. Je devais mettre fin au lien maintenant, de manière permanente. Il fallait juste que j'attende qu'il soit dans la pièce et assez proche pour m'assurer que ça marche.

Une autre pulsation de douleur enserra ma tête tandis que je me demandais de nouveau ce qu'il y avait dans la poudre dont ils nous avaient aspergés. Quel genre de substance pouvait faire ça à l'Ombre et à la Bibliothèque de la Connaissance ? Et d'abord, comment c'était même possible que des métamorphes puissent se faufiler dans la bibliothèque sans aucune aide ?

Ou est-ce qu'ils nous avaient suivis ?

Il y avait eu ce mouvement que j'avais aperçu alors que nous quittions Torma avec la boule de feu. Je l'avais ignoré, pensant à un lapin ou un renard en remarquant de la fourrure dans les buissons, mais ça avait pu être autre chose. Genre deux crétins de métamorphes qui pensaient venir à ma rescousse. Tout en envoyant l'Ombre au tapis.

La porte de la chambre s'ouvrit avec fracas avant que je ne puisse y réfléchir davantage, et Torin entra en roulant des mécaniques. Ma louve s'agita dans ma poitrine, mais elle ne réagit pas de la même façon que la dernière fois. L'envie et le besoin avaient disparu. Le désir ardent de se soumettre à son alpha et compagnon s'était estompé car nous étions furieuses de ce qu'il nous avait fait. Après toutes ces années de harcèlement et de tourments, après m'avoir répudiée, j'avais le corps qui brûlait de fureur à l'idée qu'il s'imagine pouvoir débarquer dans ma vie et prendre des décisions à ma place.

Je brûlai d'envie de verser son sang. De le sentir sous mes ongles et dans ma bouche tandis que je lui arracherais la gorge.

— Bonjour, compagne, me salua-t-il gaiement. Je suis ici pour te libérer, maintenant que je sais que tu ne vas pas souffrir d'effets secondaires dus à la poudre.

Je ne dis pas un mot, me contentant de le fixer intensément avec le genre de regard qui aurait inquiété un métamorphe plus intelligent. Ce crétin était trop égocentrique pour se donner la peine de m'observer plus attentivement et voir mon regard assassin.

Tandis que ses mains entouraient ma cheville, il la caressa lentement et je me forçai à garder une respiration régulière.

— Est-ce que tu es contente d'être revenue, bébé ? demanda-t-il, manifestement toujours aussi idiot.

Mes mâchoires étaient tellement serrées que je ne pus parler, mais je réussis à mentir d'un signe de tête et ça suffit pour lui faire plaisir.

— Tu vas rapidement oublier le temps que tu as passé avec la Bête de l'Ombre, ajouta-t-il, alors que la chaîne cliquetait enfin et que ma jambe était libérée.

À l'instant où ça se produisit, ma louve prit le dessus. Aveuglée par la colère, je n'avais pas réalisé à quel point elle était hors de contrôle et, en l'espace de quelques secondes, nous fûmes métamorphosées. En tant que louve, je fis exactement ce que mon père avait tenté et me jetai sur l'alpha de Torma. Je ne m'étais pas attendue à ce que Torin anticipe cette attaque, mais, d'une façon ou d'une autre, cet enfoiré savait.

— Arrête !

C'était un ordre soutenu par le pouvoir de l'alpha et, contrairement à la dernière fois quand j'étais sous ma forme humaine, celui-ci contrôla réellement ma louve. Nous grondâmes agressivement et nous débattîmes, mais comme nous étions techniquement toujours dans notre meute, j'étais obligée d'en suivre les lois. Même si son contrôle semblait au mieux fragile.

— Allons courir, poursuivit-il.

Il se transforma en loup si rapidement que j'aurais été impressionnée s'il n'avait pas été un tel connard.

Ma louve tenta à nouveau d'attaquer, mais il la garda sous le contrôle de sa magie ; nos jambes ne pouvaient bouger que lorsque nous le suivions, ainsi qu'il en avait l'intention. Elle ne lutta pas et je sus au fond de moi qu'elle avait toujours le mince espoir de revendiquer son compagnon, peu importe à quel point elle était énervée à présent.

Mon moi humain, en revanche, n'arrêterait jamais d'essayer de lui arracher le visage.

Torin continua de nous maintenir à l'aide de son pouvoir durant toute notre course, et le fait de passer à travers les terres de la meute avec mon véritable compagnon avait un goût doux-amer. Mais, encore une fois, j'étais sa foutue prisonnière. Une meilleure ère se lèverait bientôt, durant laquelle je ne serais plus la victime de chaque enfoiré puissant pensant pouvoir exercer sa volonté sur moi.

À cet instant, je les haïssais tous.

Une fois que Torin eut fini, nous retournâmes à la maison de la meute et il sauta autour de moi comme un chiot espiègle. Ma louve ne répondit pas ; nous en avions toutes deux assez de lui. Il finit par se métamorphoser de nouveau, disparaissant pour revenir, habillé, avec Jaxson à ses côtés. Ils s'assirent en face de moi et j'observai mon plus vieil ami-devenu-ennemi. Même avec ma vision de louve, il avait l'air fatigué ; il avait vieilli durant l'année que nous avions passée séparés.

— Qu'est-ce qu'on peut faire pour te prouver que c'est ici que tu es censée te trouver ? dit-il en se penchant, tandis qu'il m'attirait vers lui. C'est Torin qui dirige maintenant et il va s'assurer que plus personne ne te tiendra pour responsable des erreurs de ton père. Tu n'as pas idée de ce que nous avons traversé pour te ramener. Je ne comprends pas que tu ne sois pas plus reconnaissante.

Ma louve gronda, un son plus grave que tout ce que j'avais pu émettre auparavant, tandis qu'elle puisait dans les fondements d'une colère qui mijotait depuis des années à l'intérieur de nous. Si ces deux cons ne faisaient pas attention, j'allais dans ma fureur abattre la totalité du Royaume de l'Ombre sur nos têtes.

— Qu'attends-tu de nous ? insista Torin avec un stupide sourire narquois sur le visage. Et si je te donnais d'abord quelque chose pour te montrer à quel point je suis sérieux à propos de cimenter notre lien ?

Il fallait que je reprenne ma forme humaine pour pouvoir leur crier dessus, mais ça me laisserait nue devant ces deux enfoirés et alors j'aurais un tout nouveau tas de problèmes.

Heureusement, avant que je n'aie à choisir entre le marteau et l'enclume, une nouvelle personne arriva, se frayant un chemin dans l'herbe, des vêtements en main et des larmes coulant sur son visage. Simone se laissa tomber devant moi, les traits brisés, les mains tremblantes tandis qu'elle me tendait les habits.

Quand je détachai enfin mon regard de mon amie, ce fut pour trouver Torin tout suffisant et sûr d'être incroyable. Il pensait m'avoir amenée exactement là où il le voulait en agitant ma meilleure amie sous mon nez.

— Je peux rendre ta vie meilleure que tu ne pourras jamais l'imaginer, déclara-t-il.

Le pire, c'était qu'il avait raison. Je donnerais cher pour ce moment avec Simone. Très cher.

— On va vous laisser rattraper le temps perdu, déclara Jaxson, qui me connaissait bien mieux que Torin ne me connaîtrait jamais.

Mon indépendance avait toujours été importante, même avant que ma famille ne foute en l'air notre position dans la meute, et je détestais que l'on me surveille.

Torin voulut discuter, mais quand Jaxson prononça quelques mots à son oreille, il laissa échapper un soupir et suivit son ami sans plus de protestations. Une fois qu'ils furent hors de portée, l'énergie qui me maintenait s'estompa et je pus me transformer de nouveau. J'enfilai le survêtement que Simone m'avait apporté, mon corps et mes mains tremblant tandis que je luttais pour rassembler mes esprits.

— Mera, souffla-t-elle, toujours agenouillée au milieu du champ appartenant à la meute.

C'était comme si elle ne pouvait pas vraiment faire fonctionner ses jambes, le choc l'ayant rendue immobile.

Mon cœur battait la chamade, l'intensité de ce moment était tellement plus forte que ce à quoi je m'étais attendue que je tombai également à genoux. Je n'avais aucune idée de comment ça aller se passer. En dépit de ses boucles noires, Simone avait le tempérament d'une rousse, tout comme moi, et il était probable qu'elle réagisse de deux façons : soit elle péterait un câble et me crierait dessus à s'en évanouir, soit elle…

Elle se jeta en avant, m'entourant fermement de ses bras tandis que des sanglots lui étouffaient la voix.

— Ils m'ont dit que tu étais vivante, balbutia-t-elle. Mais je ne fais confiance à aucun de ces bâtards.

Je lui rendis son étreinte avec autant de force, sinon plus, respirant son parfum, l'anis particulièrement intense ce jour-là. Avant que je ne m'en rende compte, nous étions toutes les deux en train de brailler et d'essayer de parler à la vitesse de la lumière.

— Tu m'as tellement manqué !

— Ça a été l'année la plus longue de ma vie sans toi !

— Je vais tuer ces putains de métamorphes !

— Comment as-tu pu me laisser avec eux ?

Ça dura un moment, le temps d'évacuer la majeure partie de notre colère et de nos angoisses, tout en restant toujours accrochées l'une à l'autre. Une fois que les larmes finirent par se calmer, nous nous étendîmes sur le dos, côte à côte, et je pris ma première véritable respiration depuis que l'on m'avait enlevée à l'Ombre. Une respiration profonde et en quelque sorte purifiante.

— Je ne peux pas rester ici, lui dis-je calmement. Tu m'as manqué, chaque jour, j'étais inquiète pour toi, j'ai pleuré parce que je n'étais pas sûre de te revoir un jour, mais je ne resterai pas à Torma avec cette meute, pas même pour toi.

Le visage de Simone était farouche.

— Je n'aurais jamais compté là-dessus. J'ai plus qu'envie de partir d'ici pour toujours. Même mes parents... ils ont refusé de faire quoi que ce soit pour m'aider à te retrouver. Rien du tout !

Je tendis le bras vers sa main et la serrai fermement.

— Tu es la meilleure amie que j'aurais pu espérer avoir. Tu m'as soutenue à travers tellement de conneries que je ne pourrai honnêtement jamais payer ma dette. Mais ce voyage que j'entreprends...

Je marquai une pause et soupirai.

— C'est dangereux, repris-je. Et je ne veux pas que tu regrettes la décision de venir avec moi. Je ne veux pas que tu sois blessée.

Simone se redressa et fit un geste en direction de sa chevelure presque parfaitement tressée.

— Si je peux apprendre à tresser mes cheveux, je peux faire n'importe quoi. Je me suis déjà métamorphosée deux fois. J'ai de bonnes ondes avec ma louve. Tu n'as pas à t'inquiéter pour moi.

Elle ne comprit pas. Elle ne serait jamais en mesure de comprendre à moins de faire elle-même l'expérience du monde telle que je l'avais faite durant cette année. La vie de l'Ombre n'était pas faite pour les cardiaques et, bien qu'elle soit pleine de feu et de bravade, mon amie avait été plus protégée que moi. Elle avait été dorlotée par ses parents, peu importe à quel point elle les détestait à ce moment.

Je ne pouvais pas l'emmener avec moi, même si c'était ce qu'elle pensait vouloir à présent.

— Je t'aime, lui dis-je, et en ce moment, je n'ai pas d'autre choix que de rester parce que je ne sais pas comment ouvrir la porte vers la bibliothèque, mais quand je l'aurai compris, je partirai. Je suis en train d'aider l'Ombre sur quelque chose de très important et il ne peut pas le faire sans moi.

Elle me regarda en clignant des yeux.

— L'Ombre ?

Merde. Comment allais-je lui expliquer ça ?

— La Bête de l'Ombre, commençai-je, n'est pas exactement comme dans les contes. Il est assurément terrifiant et puissant. C'est l'alpha, il est un peu plus que possessif et à de nombreuses reprises pendant l'année qui vient de s'écouler, j'ai rêvé de le poignarder en plein cœur. Mais il y a aussi quelque chose… de plus à propos de lui. Une destinée plus profonde à laquelle je ne m'étais pas attendue. Il est étonnamment noble et bon… quand tu ne le gonfles pas.

Elle avait la bouche ouverte, les yeux ronds comme des soucoupes tandis qu'elle me fixait silencieusement du regard.

— Tu es amoureuse de la Bête de l'Ombre ? finit-elle par dire d'une voix étranglée. Le démon de nos cauchemars ? Le dieu qui a créé les métamorphes ?

Se penchant en avant, elle posa une main sur mon front pour vérifier ma température.

Avec un petit rire, je l'écartai gentiment.

— Je ne suis pas amoureuse de lui. Ça serait le summum de la stupidité. Mais je dois finir cette tâche.

Elle retroussa le nez.

— Forcément, il ne peut pas avoir besoin *de toi* pour quoi que ce soit. Enfin, je ne t'en veux pas de vouloir rester avec lui, ma chérie. À en croire les membres de notre meute qui l'ont vu, il est probablement la chose à deux pattes la plus sexy que le monde ait jamais vue.

— Pas que de *ce* monde, marmonnai-je.

C'était irrationnel, mais j'étais irritée que les autres aient parlé de lui de cette façon. Simone pâlit.

— Je ne veux pas savoir. J'ai déjà du mal à intégrer le fait que tu sois enfin là. Vivante. Après tout ce temps.

Mon sourire était sincère et c'était bizarre d'avoir réellement un moment de joie alors que le reste de moi-même était en mini panique par rapport à ce qui était arrivé à l'Ombre et à la bibliothèque.

Me tournant vers Simone, je baissai la voix.

— Est-ce que tu as une idée de ce qu'ils ont fait pour m'enlever à l'Ombre ? Ils ont utilisé une sorte de poudre.

Simone regarda prestement autour d'elle, son regard balayant à gauche et à droite avant de se rapprocher davantage et de chuchoter aussi vite qu'elle le pouvait.

— Je ne sais rien de sûr. Ils me gardent en dehors des discussions parce que je n'ai pas arrêté de leur montrer que j'étais dans l'équipe Mera. Mais ça a quelque chose à voir avec Dannie. Ils l'ont retenue pendant un moment, et j'ai essayé de forcer l'entrée et de l'aider, mais le temps que je trouve un moyen de passer au-delà des gardes, elle avait disparu.

Sa voix vacilla tandis que sa respiration se faisait plus haletante.

— Il y avait du sang partout cela dit, Mera. Tellement de sang que je ne suis pas sûre que même une métamorphe ait pu survivre.

Le monde se figea autour de moi tandis que ma tête se remplissait de bruit blanc. L'Ombre m'avait dit que Dannie s'était échappée, mais d'après ce que Simone avait vu…

Elle ne s'était pas échappée indemne.

55

Simone s'accrocha à moi tandis que je m'effondrais un peu mentalement et, une fois que ce fut fini, je me remis debout, ma louve faisant rage dans ma poitrine. Dans des circonstances normales, après une course, elle aurait été fatiguée, mais les nouvelles de Dannie souffrant aux mains des membres de cette meute avaient fait que nous étions toutes deux prêtes pour le deuxième round dans le combat visant à les tuer.

La seule chose qui me retint fut l'idée que si je les poussais trop à bout, ils pourraient me tuer et que je ne pouvais pas laisser ça se produire avant de savoir si l'Ombre et la bibliothèque allaient bien. Sans parler de toutes les personnes dans le Système Solaris que j'avais appris à apprécier.

Simone bondit sur ses pieds, son visage affichant un air déterminé tandis qu'elle hochait la tête. Quoi qu'elle ait pu ruminer dans sa tête, elle en était venue à une conclusion et était à présent prête à partager son plan.

Se penchant près de mon oreille, elle fit comme si elle me prenait de nouveau dans ses bras.

— Il y a une réunion secrète de la meute ce soir, pour les hommes de main et les membres de l'élite, chuchota-t-elle. Je pense que ce sera à propos de toi et ce qui est arrivé. Je ne voulais pas te le dire parce que j'avais peur que tu ne te fasses tuer en les combattant, mais on a clairement besoin de comprendre ce qu'ils ont fait.

Je me cramponnai à son T-shirt, m'accrochant à elle.

— Oui. Il faut que j'assiste à cette réunion. Tu peux peut-être simplement me donner les coordonnées et rester à la maison, là où tu es en sécurité…

Elle fit un signe de tête négatif en se détachant de moi.

— Même pas en rêve ! Je serai à tes côtés, tout comme j'aurais dû l'être quand tu as été enlevée.

Je fis la grimace.

— Tu n'as pas entendu ce que l'Ombre a fait à l'Alpha Victor ? Il est absolument impitoyable et dénué de compassion lorsqu'il est en colère. Si tu t'étais mise en travers de son chemin, tu n'aurais rien fait d'autre que signer ton arrêt de mort. Et si tu avais fait ça pour moi, j'aurais été tellement furieuse qu'il m'aurait fallu vivre au moins deux vies entières avant de te pardonner.

Ses yeux étaient remplis de larmes alors qu'elle secouait de nouveau la tête.

— Quand j'ai réalisé que tu t'étais enfuie de Torma juste avant ta métamorphose, je m'en suis voulu. Si j'avais été un meilleur soutien en tant qu'amie, je serais venue avec toi.

Je déglutis tandis que mes yeux me brûlaient.

— Je suis tellement désolée d'être partie comme ça, ma belle. D'autant plus après t'avoir dit que je ne le ferais pas.

Elle me secoua légèrement, la voix féroce.

— Ce n'était pas ta faute. J'ai eu pas mal de temps pour réfléchir à… tout. Tu as vécu un enfer et je n'ai rien fait pour t'aider. Pas vraiment.

C'était loin d'être vrai. Son amour et son soutien m'avaient assurément sauvé la vie plus d'une fois. Simone enchaîna avant que je ne puisse répondre :

— Quand tu as été emmenée par la Bête de l'Ombre, je me suis promis que si tu me revenais, je ne te laisserais jamais repartir. Je ne peux pas rompre cette promesse… s'il te plaît, ne m'oblige pas à le faire.

Mes yeux se plongèrent dans les siens pendant ce qui sembla être une éternité et je finis par acquiescer d'un signe de tête en voyant sur son visage la même détermination que j'avais vue sur le mien pendant des années. En vérité, le fait que je prenne des décisions à sa place était tout aussi mal que quand l'Ombre le faisait pour moi. Je n'étais pas plus forte ou plus intelligente que Simone et, tant qu'elle avait conscience des risques, ce n'était pas à moi de me mettre en travers de son chemin.

— OK. Il faut juste que tu saches que j'ai failli mourir une vingtaine de fois depuis que j'ai été emmenée là-bas, lui dis-je. Si tu es d'accord pour vivre en flirtant avec la mort, je ne vais pas t'en empêcher.

Elle s'en moqua.

— On va s'en sortir. Je suis à peu près sûre que d'être à Torma, c'est de toute façon vivre aux portes de l'enfer.

Il y eut une pause et nous pouffâmes.

— J'ai littéralement vécu avec le diable, ricanai-je.

Simone me jeta un regard narquois.

— Je sais.

Nous rîmes toutes deux et je dus secouer la tête face à l'ironie de l'année écoulée. Pour les métamorphes, Ombre était un dieu, un démon, une bête, un pécheur et un saint. Il était à la fois yin et yang. Obscurité et lumière. Bon et mauvais. J'avais vécu dans la maison du diable pendant un an et j'en ressortais plus forte et plus indépendante que je ne l'avais jamais été sous le règne de la meute.

— Nous allons les arrêter, déclarai-je avec conviction.

Simone arborait une expression féroce, sa bouche faisait la moue tandis qu'elle plissait les yeux.

— Oui. Il faut que je rentre à la maison pour pouvoir suivre mes parents. Je t'envoie les coordonnées par SMS.

Je grimaçai.

— Je n'ai pas de téléphone.

Elle sourit.

— J'en ai gardé un vieux à toi. J'espérais qu'un jour tu appellerais ton numéro, donc je ne l'ai jamais laissé se décharger.

Elle sortit de sa poche mon téléphone, entièrement chargé et en parfait état. Pour une vieillerie.

Ma gorge se serra tandis que je l'étreignais de nouveau.

— Je t'aime. Fais attention en suivant tes parents et envoie-moi un message dès que tu sais le lieu.

— D'accord, chuchota-t-elle en m'enserrant avant de tourner les talons et partir.

Je glissai le téléphone dans ma poche juste au moment où Jaxson et Torin revenaient vers moi ; ils étaient manifestement restés dans les parages.

— Tu vois ?

Ce furent les premiers et seuls mots de Torin qui me sourit d'un air suffisant. Je décidai de jouer les idiotes.

— Je vois quoi ?

Son sourire s'effaça et les ténèbres roulèrent dans ses yeux.

— Tu vois ce que je pourrais t'offrir si tu arrêtais simplement de lutter contre moi ? Tu ne seras pas une prisonnière avec moi. Tu seras la femelle d'un alpha, la compagne de l'alpha de tous les alphas.

J'inclinai la tête sur le côté, comme si je n'arrivais pas vraiment à intégrer ce qu'il était en train de dire. À dire vrai, je ne comprenais pas son arrogante stupidité, mais, heureusement, il ne pouvait pas lire dans mes pensées.

— J'ai juste besoin d'un peu de temps, mentis-je. Et pour être parfaitement honnête, je commence à en avoir assez des hommes qui pensent pouvoir faire étalage de leur puissance et de leur pouvoir et me traîner par les cheveux. Tu ferais mieux de réfléchir à ton angle d'attaque à partir de maintenant; je veux dire, si tu veux le genre de relation de pouvoir que tu agites sous mon nez.

Mon nouvel objectif était qu'ils gardent leur bonne humeur jusqu'à la réunion. Avec un peu de chance, j'obtiendrais ce soir-là toutes les informations dont j'avais besoin à propos de l'Ombre et de la bibliothèque et, tout aussi important, à propos de Dannie. J'avais besoin de savoir si j'avais une amie à venger ou non. S'ils lui avaient fait du mal, je trouverais comment faire en sorte qu'ils me supplient de les tuer.

Cette pensée me fit sourire. Torin, aussi stupide qu'il était, pensa bien évidemment que je lui souriais.

— T'as tout compris, bébé. On va diriger ce foutu monde et avoir les plus beaux louveteaux.

Mon estomac se retourna à la seule pensée qu'il me touche. Sa queue était probablement à moitié pourrie d'avoir été à l'intérieur de tant de métamorphes. En particulier Sisily. En parlant d'elle, je me demandai où était cette chienne. Savait-elle que j'étais de retour ? Et que Torin voulait revendiquer notre lien à présent ? Pourquoi n'était-elle pas ici à m'arracher les yeux ?

— Comment va ma maman ? demandai-je soudainement.

Non pas parce que j'en avais vraiment quelque chose à faire, car pendant des années elle n'avait rien représenté pour moi, mais parce que j'avais l'impression que je devais au moins demander.

Jaxson fit un pas en avant et prit ma main. Il n'y avait pas avec lui la révulsion que je ressentais vis-à-vis de Torin, mais je ne voulais quand même pas de son contact. Il sembla surpris quand je retirai ma main, mais s'en remit assez rapidement.

— Ta mère est tombée dans la dépression quand tu as été emmenée par la Bête de l'Ombre, dit-il lentement.

Mon estomac se contracta sous l'effet de sa voix douce. Je connaissais ce ton. C'était la voix qu'il utilisait pour dire *il va y avoir de mauvaises nouvelles.*

— Va droit au but, Jax ! lançai-je d'une voix rageuse.

— Je suis allé voir comment elle allait et elle était inconsciente, expliqua-t-il précipitamment.

Torin s'immisça dans la conversation.

— J'ai mis les meilleurs soigneurs sur le coup, mais ils n'ont rien pu faire. Elle avait fait trop d'abus pour son corps. Rien ne pouvait la sauver, pas même la génétique des métamorphes.

— Je suis tellement désolé, Sunny, ajouta Jaxson.

La douleur à l'idée que le dernier membre de ma famille était parti était comme un bruit sourd dans ma poitrine. J'étais plus seule que je ne l'avais jamais été… c'était un coup auquel je ne m'étais pas attendue au moment de poser des questions sur elle.

— Qu'est-ce que son corps est devenu ? demandai-je dans un souffle.

Le rituel funéraire pour les métamorphes était de brûler le corps, mais seulement après qu'un membre de la famille l'avait envoyé avec sa bénédiction vers la Bête de l'Ombre. Ma mère n'avait pas de famille en dehors de moi, donc je n'étais pas sûre de ce qu'ils avaient fait.

— Mon père lui a offert sa bénédiction dans l'au-delà, expliqua Jaxson.

Ma colère enfla face à ma douleur sourde, plus tranchante et plus vive que mon chagrin ne le serait jamais.

— Le père qui a assassiné sa véritable âme sœur ? *C'est lui* le métamorphe que vous avez pensé être le plus approprié pour l'envoyer dans sa prochaine vie ?

J'ajoutai silencieusement un autre nom à ma liste : Dean Heathcliffe.

Chacun d'entre eux allait payer, même si ça me prenait ma vie entière. Ce n'était pas une question de vengeance… Il s'agissait de redresser des torts qui n'auraient pas dû être tolérés.

Hé, peut-être était-ce la même chose, mais, peu importe, personne n'avait dit que j'étais parfaite.

— Nous sommes désolés, Mera, reprit Jaxson. Torin et moi voulions te le dire depuis un moment.

Torin croisa les bras, ne se donnant même pas la peine d'ouvrir sa stupide bouche tandis qu'il laissait son beta parler à sa place. Qu'est-ce que j'avais bien pu faire de mal, putain, pour me retrouver avec ce corniaud en guise de compagnon ? Il fallait que j'aborde le sujet avec l'Ombre… si jamais je le revoyais un jour.

— Et si vous vous rachetiez ? suggérai-je en mentant encore une fois entre mes dents. En me disant exactement ce qu'il s'est passé quand vous vous êtes faufilés dans la Bibliothèque de la Connaissance…

Les deux amis échangèrent un regard avant de se retourner vers moi.

— Est-ce que tu as vraiment besoin de savoir ? déclara Torin d'un ton condescendant. Enfin, tout ce qui importe, c'est que tu sois de retour. Demain on organisera une réunion de meute et on te présentera comme étant la compagne de l'alpha. C'est exactement ce que tu voulais, non ?

Je ne pus m'empêcher de ricaner ; ça n'échappa pas à Torin dont l'expression s'assombrit. Mais à quoi s'attendait-il ? La dernière chose dont j'avais envie, c'était d'être sa compagne. Je voulais me tirer de cette meute le plus rapidement possible, donc c'était un peu comme mon pire cauchemar.

Maintiens la paix. Maintiens la paix.

Encore quelques heures.

56

Jaxson dut s'en aller pour tenir ses obligations vis-à-vis de la meute, me laissant seule avec Torin. À présent que son ami était parti, l'alpha avait perdu un peu de son arrogance, son expression peu assurée alors qu'il me demandait :

— Tu aimerais peut-être que… l'on aille marcher ?

Ma louve releva la tête, apparemment intéressée. Moi je ne l'étais pas, mais je visais le long terme désormais, donc je ne pouvais pas fléchir.

— Bien sûr. Ce serait sympa.

Autant que de se faire faire une épilation du maillot. Sous ma forme de louve.

Il ne me toucha pas pendant que nous marchâmes, mais il était plus près que ce que j'aurais aimé, surtout qu'une part de moi appréciait le bourdonnement du lien de compagnons entre nous.

— Ça t'a surprise ? m'interrogea-t-il, ce qui m'étonna assez pour que je m'arrête.

— Quoi ?

Mon esprit papillonnait constamment entre lui, Jaxson et l'Ombre, et je n'avais aucune idée de ce qu'il me demandait spécifiquement.

— Que je sois ton véritable compagnon ?

Oh. Je me forçai à me remettre à avancer et il me rattrapa.

— J'ai cru que ce serait Jaxson, finis-je par admettre. Nous avons toujours eu un lien plus profond que la normale. Je veux dire, après mon père, notre relation est partie en cacahuète, mais avant ça… il était mon ami. Et j'ai honnêtement cru que si ça devait être quelqu'un, ce serait Jax.

J'étais honnête avec Torin, probablement pour la première fois depuis que j'avais essayé de lui arracher la gorge. Il eut un petit rire étranglé.

— Ouais. On a eu une grosse dispute après que tu es partie et ça m'a plus ou moins montré qu'il ressentait la même chose. Tu as failli briser notre amitié de longue date. Encore une fois.

— Tu l'as quand même nommé beta, notai-je en haussant les épaules.

Torin acquiesça d'un signe de tête.

— Jaxson est le meilleur métamorphe que j'aie jamais connu. Il mérite d'être un alpha et il est assurément le meilleur homme pour toi, mais le sort a bien sûr décidé que ça n'allait pas se produire cette fois-ci. Donc, à moi d'être…

Il marqua une pause.

— Ce que tu mérites. Ce que vous méritez, Torma et toi.

Je réussis à dissimuler mon incrédulité en toussant. Ça n'échappa cependant pas à Torin et, contre toute attente, il pencha la tête et sourit.

— Ouais, je n'ai peut-être pas pris un bon départ de ce côté-là, mais je ne m'étais honnêtement pas attendu à ce que tu luttes contre moi si férocement. On était en train de venir à ton secours, et j'ai passé six mois à essayer de faire marcher mon plan, donc c'était un peu décevant de savoir que tu ne voulais même pas être sauvée.

Oui, j'imagine que de leur point de vue, j'ai probablement dû agir d'une façon qui ne me ressemblait pas. Peut-être n'ont-ils jamais compris la véritable profondeur de ma haine envers eux. Comment auraient-ils pu penser autrement après le traitement que m'avait fait subir la meute ? Mais après tout, c'étaient des crétins.

— Tu as dit que j'avais presque mis fin à ton amitié avec Jaxson, encore une fois. Pourquoi *encore une fois* ?

Je n'avais jamais entendu parler d'un combat entre eux et je ne pouvais réprimer ma curiosité à propos de ce que ça voulait dire.

Pour la première fois depuis que nous avions commencé ce petit tête-à-tête, Torin sembla évasif, mais je dus reconnaître qu'il n'essaya pas de me mentir.

— Quand ton père a attaqué le mien, j'ai averti Jaxson qu'il devait s'éloigner de toi.

Je lus dans ses yeux de la douleur à l'évocation de son père exécuté.

— Il a refusé, mais c'est sa vie entière qui était en jeu. Il était clair que votre position dans la meute était réduite à néant et que s'il voulait devenir beta, il ne pouvait pas perdre le respect comme c'était arrivé aux Callahan. Il n'avait pas d'autre choix.

La tête me tournait, et j'avais une drôle de douleur dans la poitrine, comme une indigestion.

— Je n'étais pas au courant de ça. Il s'est battu pour rester ami avec moi ?

Torin hocha la tête.

— On ne s'est pas parlé pendant un mois, et à chaque fois qu'il en a eu l'occasion, ou presque, il a essayé de me mettre K.-O.

À l'époque, je vivais dans un monde de souffrance, de chagrin et de peur, donc tout était flou, mais je me souvenais un peu de Jaxson qui était encore là, pendant une courte période après la mort de mon père.

— Pourquoi est-ce qu'il a abandonné sa mission, celle de rester avec moi ?

Le visage de Torin était fermé, dur et inflexible, l'alpha qui était en lui visible comme le nez au milieu de la figure.

— Son père et le mien se sont mis d'accord pour lui donner quelques leçons de vie. Il a failli ne pas survivre, et sans moi, ils l'auraient peut-être tué. Ils ont quand même réussi à briser quelque chose chez mon ami ce jour-là, et je ne l'avais jamais revu jusqu'à récemment. Sa force et sa volonté sont revenues avec la vengeance, et je doute qu'il y ait quoi que ce soit dans ce monde qui pourrait l'arracher à toi à présent.

Je ravalai un sanglot. Pas moyen que je pleure devant Torin. Mais cette petite histoire, qui était presque incroyable et qui pourtant expliquait tant de choses, c'était un nouveau coup de poignard dans ma poitrine.

— Qu'est-ce qu'on en fait, des sacs de nœuds, murmurai-je. Je ne savais absolument pas que Jaxson avait enduré tant de choses pour essayer de me sauver.

Ça n'excusait pas toute la merde qu'il m'avait fait endurer, mais ça m'aidait à comprendre, et du coup, à lui pardonner un peu.

Torin se mit à rire et, dans le même instant, se pencha en avant et enroula ses mains autour de mes avant-bras, m'immobilisant tandis qu'il me forçait à le regarder.

— Il ne va pas te laisser partir facilement. Donc voici ma proposition… Je vais combattre à ses côtés pour te gagner et tu pourras décider qui est le meilleur compagnon pour toi. Je t'ai entendue tout à l'heure, à propos des choix qu'on avait faits à ta place, et je pense que j'ai suffisamment à t'offrir pour prendre volontiers le risque d'être en compétition avec Jax.

Mes yeux étaient si écarquillés que j'avais sincèrement peur qu'ils tombent de leurs orbites. Je n'avais jamais vu Torin ainsi, si ouvert et vulnérable. Affichant ses émotions sur son visage.

Mon incrédulité devait être visible depuis l'espace.

— Je sais que je n'ai pas fait grand-chose pour te le prouver, mais j'ai changé cette année, dit-il doucement. J'ai revu mes priorités. J'ai fait face à quelques vérités difficiles dont on m'avait protégé pendant mon enfance. Je ne suis pas le même métamorphe, le même homme que tu as connu, Mera. Je suis bien plus près d'être digne de toi. Laisse-moi juste une chance de te le prouver.

Ma louve hurla ; elle voulait saisir cette chance parce qu'il était notre véritable compagnon. Celui qui compléterait notre âme comme personne d'autre ne le pourrait. Mais je ne faisais pas confiance à ce nouveau Torin, peu importe ce qu'il disait. Il y avait encore trop de non-dits, de secrets, et je ne savais toujours pas ce qui était arrivé à Dannie.

Sans parler du fait qu'une partie de moi attendait toujours que l'Ombre fasse son apparition. C'était peut-être stupide, mais c'était comme ça.

Refoulant mes émotions les plus douces, je m'écartai de l'alpha.

— Ça va prendre vachement plus que ton petit discours répété, Torin, répondis-je sèchement. Je ne suis pas non plus la même métamorphe que j'étais il y a un an et, à présent, il va falloir te démener comme un diable pour prouver ta valeur.

Ma voix trembla, malgré ma résolution de ne pas m'émouvoir. Torin sourit et, pour une fois, ce ne fut pas d'un air narquois.

— J'accepte le défi, ma douce. Tu vas être courtisée comme jamais tu ne l'as été auparavant.

Mon cœur s'emballa de nouveau, mais je fis taire cet enfoiré. Nous avions une mission, et on n'allait pas m'en dissuader, peu importe ce qui arriverait. Torin était peut-être passé à autre chose, mais j'avais des doutes. Est-ce que les gens changeaient vraiment ? Resterais-je assez longtemps dans les parages pour le découvrir ?

57

Mon après-midi avec Torin fut très instructif et, honnêtement, s'il n'y avait pas eu des années d'histoires pourries entre nous, j'aurais été diablement charmée par l'alpha de Torma. Il semblait vraiment différent : mature, calme et intuitif. Il avait fait un réel travail sur lui depuis que la mort de son père l'avait précipité dans le rôle de l'alpha. Mais je n'étais apparemment pas le genre de fille à pardonner, parce que ma colère brûlante était toujours un trou sans fond qu'il avait à peine commencé à reboucher.

Cependant, cette journée ne fut pas complètement détestable.

Torin resta avec moi jusqu'à la fin du dîner avant de s'excuser en disant qu'il avait des affaires de la meute à gérer. Je me contentai de lui sourire et de hocher la tête sans prendre la peine de le retenir. C'était un très bon signe. Ça voulait dire que la réunion de la meute allait se faire et que j'avais juste à attendre le SMS de Simone. Un peu plus tôt, elle en avait envoyé un qui disait «*Je suis sur le coup*» suivi d'un emoji. Elle était restée vague, sans doute au cas où nos téléphones tomberaient entre de mauvaises mains.

Torin me laissa dans la maison de la meute ; elle avait été vide la grande partie de la journée, mais était à présent remplie d'hommes de main, sans doute là pour me garder à l'œil. Ce fait nouveau allait rendre mon évasion légèrement plus compliquée, mais j'avais pas mal d'expérience quand il s'agissait de se faufiler dans et hors de cet endroit. Et j'étais sûre que ces abrutis ne connaissaient pas toutes les sorties comme moi. J'y arriverais, tant que Simone m'envoyait les coordonnées aussi vite que possible.

Quelques minutes avant vingt heures, mon téléphone vibra dans ma poche. Je n'étais pas seule et me gardai de réagir. Au lieu de ça, je passai encore cinq minutes à discuter avec tous ceux qui m'avaient accueillie comme si j'étais un membre estimé de cette meute, perdu de vue depuis longtemps. Pas celle qu'ils avaient tous essayé de briser à un moment ou à un autre.

Heureusement, j'étais une excellente actrice parce que la haine que j'éprouvais pour eux passa inaperçue.

Le téléphone brûlant dans ma poche, je finis par bâiller pour montrer qu'il était temps que j'aille me coucher. Quand je déclarai vouloir aller dans la chambre de Torin, j'eus droit à des rictus satisfaits de la part de quelques-uns de ses lèche-bottes. Il était facile de voir qui soutenait l'alpha. Malheureusement pour lui, j'étais dans le camp Mera et j'allais faire ce qui était le mieux pour moi. Toujours s'aimer soi-même, mesdames.

Trois métamorphes m'escortèrent jusqu'à sa chambre et je remarquai que c'étaient presque tous des mâles. Ça ne se passait pas comme ça habituellement ; les femelles étaient tout aussi coriaces que les hommes et avaient souvent des postes dans la sécurité, mais Torin jouait manifestement à fond la carte du festival de la saucisse pendant son règne.

C'était probablement un point sur lequel Sisily avait insisté. Sauf que… elle était aux abonnés absents, tout comme Dannie. Il y avait eu un sacré bordel pendant mon absence, et j'allais devoir faire des heures sup pour me mettre à jour de la situation.

Dès l'instant où je fus en sécurité dans la chambre de Torin, je dégainai le téléphone pour découvrir quatre mots de la part de Simone.

École. Théâtre. Quinze minutes.

D'accord, eh bien, ça allait me prendre au moins quinze minutes de sprint sous ma forme humaine, mais si j'y allais en tant que louve, je serais là-bas en moitié moins de temps.

Tandis que je commençais à élaborer un plan, je renvoyai un message à Simone.

Serai là dans dix. D'abord diversion.

Sa réponse fut instantanée.

Diversion imminente.

Je fis une pause. Les choses allaient être plus simples si je n'avais pas à imaginer les deux étapes de mon plan. Simone avait plus d'un tour dans sa fourrure, donc j'allais la laisser tirer en premier.

Afin de me préparer, je fouillai la chambre de Torin et trouvai un petit sac à dos dans lequel je mis des vêtements de rechange en m'assurant que la fermeture Éclair était bien fermée car les loups avaient du mal avec. Le temps que je me prépare, Simone était passée à l'action et les alarmes de périmètre retentissaient au loin. Je savais comment les hommes de main fonctionnaient, cela dit, donc je me glissai d'abord dans le lit tout habillée et fis semblant de dormir. La porte s'ouvrit avec fracas et je me relevai d'un coup, clignant des yeux tandis que je me les frottais pour les protéger de la lumière.

— Qu'est-ce qu'il se passe ? criai-je en me cramponnant aux draps comme une demoiselle en détresse.

Les deux gars jetèrent un coup d'œil alentour, suivant le protocole visant à maintenir la sécurité de la pièce.

— Reste ici, compagne de l'alpha, m'ordonna un grand homme noir avec une expression sérieuse.

Je ne le connaissais pas personnellement et je me demandai s'il s'agissait d'un nouveau membre de la meute. Non pas que j'en avais quelque chose à faire.

Il était clairement doué pour son boulot, cela dit. Rapide et efficace, mais comme je ne lui avais donné aucune raison de ne pas me faire confiance, il ne se se méfia pas.

— Est-ce que je peux aider ? demandai-je, tandis qu'ils tournaient les talons.

Que quelqu'un me donne un putain d'Oscar de la Meilleure Actrice dans une Meute.

Ils secouèrent tous deux la tête.

— Non, je t'en prie. C'est notre travail de te garder en sécurité. C'étaient très probablement juste des animaux qui ont déclenché l'alarme.

Ouais, peut-être. Des animaux envoyés ici par ma fougueuse meilleure amie. Une de celles que l'on gardait toute la vie, tout comme l'Ange était en train de prouver qu'elle l'était également. Deux amies féroces, intrépides et *badass*. Ça contrebalançait presque le fait d'être la véritable compagne de Torin.

Je hochai la tête en me forçant à sourire.

— D'accord. Eh bien, tenez-moi au courant, s'il vous plaît.

Ils me saluèrent en partant et, quand la porte fut fermée, je me débarrassai de ma personnalité de gentille fille et roulai hors du lit. Le sac à dos était placé à un endroit où ma louve pourrait facilement l'attraper, la porte d'entrée très légèrement entrouverte. Puis j'invoquai l'énergie de ma bête à la surface, espérant que ma transformation serait silencieuse sous le chaos ambiant.

Ça n'était jamais agréable d'avoir les os remodelés, mais tandis que la magie imprégnait mon âme, il ne me fallut qu'un court instant pour devenir une louve. Sous cette forme, nous avions une concentration totale ; nous attrapâmes le petit sac dans notre gueule et nous faufilâmes par la porte. Le couloir était désert, comme je m'y étais attendue. L'alpha et sa famille étaient toujours du côté le plus étendu de la propriété, laissant l'entrée de l'autre côté sous la garde de leurs laquais.

Une fois encore, leur lâcheté allait leur coûter cher. Je me glissai dans la nuit comme une voleuse. Cette vieille maison regorgeait d'entrées secrètes, de petits placards menant à des ruelles et disposait d'un conduit de lingerie que j'avais utilisé plus d'une fois pour échapper aux enfoirés qui me poursuivaient. Ma stature plus petite sous mes deux formes, humaine comme louve, m'avait donné l'avantage un paquet de fois.

Personne ne se mit en travers de mon chemin le temps que je rejoigne la buanderie. Évidemment, lorsque je poussai la porte, elle était complètement fermée et, quels que soient les points forts de ma louve, les pouces et la capacité d'ouvrir les portes n'en faisaient pas partie.

Merde.

J'allais devoir me transformer de nouveau, et une dernière fois, mais trois métamorphoses en un si court laps de temps m'épuiseraient au point que je ne serais d'aucune utilité en cas de bagarre.

Je perdis de précieuses secondes à étudier d'autres options, pour finir par entendre des métamorphes revenir de ce côté du bâtiment. La diversion était terminée et, dans peu de temps, j'allais être coincée. Ce qui ne me laissait pas d'autre choix. Ma louve, comprenant le plan, ne lutta pas contre la métamorphose, me permettant de revenir à notre peau humaine. J'ouvris la porte en un éclair, me précipitai à l'intérieur et la refermai avec fermeté.

Inspirant un grand coup tandis que je cherchais l'énergie pour me transformer, je lâchai prise et espérai que ma louve répondrait, ferait au moins la moitié du travail à ma place. Elle ne me laissa pas tomber, et quand la métamorphose nous submergea, la douleur fut pire, mais ce fut vite terminé. Ça me fit quand même haleter sur le sol pendant une minute ou deux le temps de me remettre, mais il y avait de la force dans notre corps quand nous nous relevâmes, attrapâmes le sac et nous dirigeâmes vers le mur et la sortie. C'était un de ces conduits à l'ancienne, en métal, irrégulier par endroits mais je l'avais utilisé suffisamment de fois pour connaître ceux à éviter.

Nous recouvrâmes encore plus d'énergie quand l'air frais nous fouetta le visage, et je me dirigeai rapidement vers le ruisseau. L'eau était mon truc préféré pour dissimuler mon odeur ainsi que mes traces, et après quelques kilomètres le long des berges, je finis sur la route principale, prête à me diriger droit vers l'école.

Putain, ce que c'était bon quand un plan marchait.

58

L'école était plongée dans la pénombre. Aucun signe de vie depuis l'extérieur. Mais mes sens étaient plus forts que ça, et, lorsque je découvris le théâtre principal vide, je reniflai la piste de ces bâtards, les trouvant dans un sous-sol du bâtiment. C'était la pièce où l'on stockait les accessoires, les costumes et l'éclairage.

Les métamorphes n'aimaient pas vraiment les pièces de théâtre scolaires ou jouer la comédie, mais il y avait une production chaque année. Après quoi, tout était rapidement rangé dans cette pièce.

Et disséminés au milieu de tout ça se tenaient les membres les plus éminents de la meute de Torma.

Je rampai sur l'un des chevrons en suivant l'odeur de Simone. Elle était accroupie sur une plateforme très haute au-dessus de la salle ; une de ces planches de bois à levier qui servaient à déplacer les personnages sur la scène.

C'était le point de vue parfait pour observer, assez loin pour qu'ils ne nous sentent pas. Je ne discernai l'odeur de personne, pas même sous ma forme de louve ; je sus donc que nous serions en sécurité.

— Tu arrives juste à temps, murmura Simone en tendant le bras pour prendre le sac dans ma gueule.

Me retransformer fut rude. Premièrement parce que ma louve ne voulait pas lâcher prise alors que nous étions dans une salle remplie d'ennemis, deuxièmement parce que j'avais salement épuisé mon énergie, et troisièmement parce qu'il nous fallut le faire dans un silence total.

Simone me regarda avec inquiétude tandis que je soufflais sur le sol.

— J'ai dû me métamorphoser deux fois, grognai-je doucement en poussant sur mes bras pour me relever.

Elle me jeta un regard compatissant tout en m'aidant à prendre les vêtements et à les enfiler sur mes membres tremblants. C'était juste un survêtement trop grand pour moi, mais je me sentais mieux quand j'étais couverte.

Je n'eus pas plus de temps pour me remettre, car les métamorphes en dessous étaient sur le point de commencer. Torin s'écarta pour laisser Dean Heathcliffe parler et cet enfoiré avait des conneries intéressantes à raconter.

— La poudre que nous a procurée l'exploratrice s'est avérée très utile, commença-t-il.

Des applaudissements retentirent dans toute la pièce tandis que ces bâtards célébraient leur victoire.

— Un sacrifice de vierge et la magie d'une putain de l'ombre nous ont permis d'interrompre l'énergie de leur petit portail magique, et maintenant nous les empêcherons à jamais de revenir.

Plus d'applaudissements encore.

Torin et Jaxson restaient cependant tous deux silencieux, les bras croisés, côte à côte. Je me surpris à essayer de lire chaque minuscule expression de leurs visages, le moindre signe indiquant qu'ils avaient pris part à… ou peut-être même été instigateurs de ce plan. Mais leurs expressions étaient impassibles.

Un métamorphe leva la main avant de crier une question.

— Est-ce que ça va affaiblir la bête ? Est-ce qu'il sera toujours capable de nous punir ?

Dean fit un grand sourire qui lui donna l'air d'un maniaque pendant qu'il jetait un regard sur la pièce.

— À en croire les dires de la vagabonde juste avant que son corps soit détruit pour le sortilège, c'est exactement ce que ça veut dire.

Mon exclamation de surprise ainsi que celle de Simone furent noyées par les rires tapageurs et les cris d'excitation, mais je n'entendis rien d'autre, car mon corps chauffait comme si je venais de sauter dans une cocotte d'eau bouillante.

— Mera ! cria Simone.

Mais c'était un chuchotement insignifiant en comparaison de la fureur qui émergeait en moi. Ma vision commença à se dédoubler tandis que le feu faisait rage dans mon corps, comme si je canalisais le pouvoir de l'Ombre. Je sentis sa présence au moment où Dean laissa échapper un rire rauque.

— Et nous n'aurions jamais été capables de tuer cette vagabonde de chienne de l'ombre sans la Bête de l'Ombre lui-même. Il a posé la première pierre de ce qui va mener à sa destruction.

Ils s'esclaffèrent tous une nouvelle fois, mais mon monde s'effondra sous moi tandis qu'un hurlement surnaturel résonnait dans toute la pièce.

L'Ombre les a aidés à la tuer ?

L'Ombre m'avait menti et m'avait trahie pour arriver à ses fins, juste quand j'avais commencé à lui faire confiance.

L'Ombre, dont je sentais maintenant la présence puisque j'étais à nouveau entrée en contact avec le Royaume de l'Ombre.

Je n'eus cependant pas le temps de réfléchir à ça, car les métamorphes en dessous de nous s'étaient tus en sentant que la destruction faisait route vers eux. Un autre rugissement déchira la nuit et les mit tous à genoux. Le son était magnifique dans ce qu'il avait de terrifiant et, tandis que la lumière ondulait hors de la pièce, les ombres s'y glissèrent, l'air devint lourd et épais. Je laissai un sourire amer se dessiner sur mon visage.

Le diable avait fini par arriver. Et il n'était pas seul.

Avec le feu d'un million d'anges vengeurs faisant rage sur mon dos, les flammes dansant haut au-dessus de mon corps, je fis un pas hors de la plateforme. Les cris de Simone résonnèrent dans mes oreilles alors que je tombais.

Lorsque je touchai avec grâce le sol, c'était comme si j'étais descendue d'un petit rocher. Je me redressai pour me tenir face à face avec le diable. Nous arborions des flammes jumelles et son expression était un portail creux de mort. Tandis que nos regards se croisaient, un sourire se dessina lentement sur mes traits. Derrière l'Ombre, Lucien se racla la gorge, mais semblait manquer d'assurance pour parler. Tout comme Reece.

Parce qu'ils voyaient ce qu'il se passait réellement. Entre les ailes, il y avait une nouvelle terreur qui attendait l'Ombre. Une terreur qu'il n'avait pas vue venir.

Moi.

Postface

Ahhhhhh ! OK, j'espère vraiment que vous n'avez pas jeté votre livre à la fin parce que, oui, ça s'est légèrement terminé sur un *cliffhanger*. Mais l'idée derrière cela était… que vous alliez rapidement vous procurer le tome 2 comme ça vous n'allez pas me traquer et m'assassiner ! Ha !

Donc, pour le moment : ne me haïssez pas. Ne jetez pas votre livre. N'invoquez pas Lucifer dans le but de me détruire… ou faites-le, je veux dire, ça me semble plutôt pas mal.

En vérité, j'espère que vous avez aimé cette histoire avec un peu de ténèbres et beaucoup d'intrigue. Elle a commencé avec une seule image : celle d'un démon tenant une femme. C'était difficile de dire quelles étaient réellement ses intentions, mais j'y vis de la possessivité, des êtres de l'ombre et le genre de romance épique qui peut détruire des mondes.

Et même si nous ne sommes qu'au premier livre de la trilogie, je suis tellement amoureuse de mes personnages. Je veux juste me prélasser dans leur feu et voir tout ça prendre forme.

Quoi qu'il en soit, merci de m'avoir lue. Je vous apprécie tous tellement, et quand le démon fera son apparition, envoyez-le-moi tout simplement. Je me sacrifierai pour vous.